La dernière
semaine de mai

Infographie : Marie-Josée Lalonde
Collaboration à la rédaction : France Courteau
Révision : Élyse-Andrée Héroux
Correction : Véronique Desjardins

Catalogage avant publication de Bibliothèque et Archives nationales du Québec et Bibliothèque et Archives Canada

Tétreault, Christian, 1954-

La dernière semaine de mai

ISBN 978-2-7619-3401-5

I. Titre.

PS8639.E89D47 2012   C843'.6
C2012-941748-3
PS9639.E89D47 2012

DISTRIBUTEURS EXCLUSIFS :

Pour le Canada et les États-Unis :
MESSAGERIES ADP*
2315, rue de la Province
Longueuil, Québec J4G 1G4
Téléphone : 450-640-1237
Télécopieur : 450-674-6237
Internet : www.messageries-adp.com
* filiale du Groupe Sogides inc.,
  filiale de Québecor Média inc.

Pour la France et les autres pays :
INTERFORUM editis
Immeuble Paryseine, 3, allée de la Seine
94854 Ivry CEDEX
Téléphone : 33 (0) 1 49 59 11 56/91
Télécopieur : 33 (0) 1 49 59 11 33
Service commandes France Métropolitaine
Téléphone : 33 (0) 2 38 32 71 00
Télécopieur : 33 (0) 2 38 32 71 28
Internet : www.interforum.fr
Service commandes Export – DOM-TOM
Télécopieur : 33 (0) 2 38 32 78 86
Internet : www.interforum.fr
Courriel : cdes-export@interforum.fr
Pour la Suisse :
INTERFORUM editis SUISSE
Case postale 69 – CH 1701 Fribourg – Suisse
Téléphone : 41 (0) 26 460 80 60
Télécopieur : 41 (0) 26 460 80 68
Internet : www.interforumsuisse.ch
Courriel : office@interforumsuisse.ch
Distributeur : OLF S.A.
ZI. 3, Corminboeuf
Case postale 1061 – CH 1701 Fribourg – Suisse
Commandes :
Téléphone : 41 (0) 26 467 53 33
Télécopieur : 41 (0) 26 467 54 66
Internet : www.olf.ch
Courriel : information@olf.ch
Pour la Belgique et le Luxembourg :
INTERFORUM BENELUX S.A.
Fond Jean-Pâques, 6
B-1348 Louvain-La-Neuve
Téléphone : 32 (0) 10 42 03 20
Télécopieur : 32 (0) 10 41 20 24
Internet : www.interforum.be
Courriel : info@interforum.be

09-12

© 2012, Les Éditions de l'Homme,
division du Groupe Sogides inc.,
filiale de Québecor Média inc.
(Montréal, Québec)

Tous droits réservés

Dépôt légal : 2012
Bibliothèque et Archives nationales du Québec

ISBN 978-2-7619-3401-5

Gouvernement du Québec – Programme de crédit d'impôt pour l'édition de livres – Gestion SODEC – www.sodec.gouv.qc.ca

L'Éditeur bénéficie du soutien de la Société de développement des entreprises culturelles du Québec pour son programme d'édition.

 Conseil des Arts **Canada Council**
du Canada **for the Arts**

Nous remercions le Conseil des Arts du Canada de l'aide accordée à notre programme de publication.

Nous reconnaissons l'aide financière du gouvernement du Canada par l'entremise du Fonds du livre du Canada pour nos activités d'édition.

Christian Tétreault
La dernière semaine de mai
ROMAN

LES ÉDITIONS DE
L'HOMME
Une société de Québecor Média

À France et à nos quatre enfants,
Félix, Marie, Francis et Simon.

Du même auteur aux Éditions de l'Homme

Je m'appelle Marie (2007)

Trois fils et un ange (2009)

Sur les traces du bonheur (2011)

Chapitre Un
Samedi 26 mai 2001

Aujourd'hui, il pleut à Philadelphie. Le match des Expos n'aura pas lieu. Va y avoir un programme double demain. Ce soir, une game à la télévision : les Red Sox jouent à Fenway contre les Blue Jays. Chris Michalak contre Frank Castillo. Je viens de sauter dans la douche.

À l'heure du souper, je serai à l'aéroport. Je m'en vais chercher Laurent qui revient de Grèce.

Laurent

Laurent et moi on s'est connus au cégep. Il était à Maison-neuve et j'étais au Vieux-Montréal. Sa blonde du temps était aussi au Vieux et j'en étais amoureux. C'est comme ça que je l'ai connu : il était le chum d'une fille que j'aimais. La fille s'est envolée et lui est resté dans mon clos. Le hasard a souvent de bonnes idées.

Il a quitté le Québec il y a dix-huit mois. Il est diplômé en éducation physique, mais quand il a terminé l'université, il ne se voyait pas sur le marché du travail tout de suite, pas sérieusement en tout cas. Il a donc occupé des postes sans conséquences pendant quelques mois : moniteur ici, suppléant là. Il a donné des cours privés à des étudiants en difficulté.

Puis il a choisi de voyager. Un peu en Europe, un peu en Afrique, en Amérique du Sud, deux semaines au Japon.

Un jour, il est tombé sur un encart du Club Med dans le journal. On offrait des emplois pour jeunes dégourdis ayant le goût du voyage, du soleil et de l'aventure. Il a postulé, a décroché l'emploi facilement et a quitté pour les îles grecques. Il est allé se faire une idée sur son avenir, entre deux vagues, deux baises et deux cuites. Laurent a longtemps été un baiseur incessant, impénitent et insatiable. Il s'est rassasié les hormones à tout jamais au Club Med. Il n'a plus faim. Pense-t-il.

Sa décision de rentrer au bercail a été facile à prendre, parce qu'au Club Med il a reçu une lettre de la CSDM, acheminée par sa mère. Il sera enseignant dans une école secondaire de Rosemont. Dès septembre. Il a jonglé un peu (comme tout bon G.O.), puis a décidé de revenir au pays.

Moi, ça fait bien mon affaire. À cause du tennis. Depuis des années, Laurent est mon meilleur partenaire, mon favori, et de loin. Il est aussi imbattable que moi. Deux imbattables qui s'affrontent, c'est magique. J'aime bien jouer avec ma blonde Chloé, mais ça n'a rien à voir. Avec Laurent, le tennis prend tout son sens. Et sur le terrain en bas de la côte, juste à côté du chêne sous lequel Chloé s'assoit pour lire, ce sera le ciel.

J'ai hâte de lui montrer le court en terre battue, éclairé à l'ancienne par des lampes qui ont l'air de cloches perchées sur les huit poteaux qui entourent le site, magnifique. Il y a un tapis de broche avec lequel on peigne le court entre chaque set. Il va adorer. En plus, jouer sur la terre battue, c'est tellement plus intéressant. La terre est une surface un peu plus difficile et demande plus de déplacements. La puissance est moins importante que la stratégie et l'adresse.

Laurent n'a jamais vu ma nouvelle maison non plus. J'y suis depuis juillet dernier. Une belle petite chaumière que je loue, sur une île, à l'extrémité ouest de la ville de Laval. Cette île est un paradis caché dans la rivière des Prairies, une perle au royaume de la banlieue. L'endroit est unique. Rien à voir avec votre quartier résidentiel lavallois habituel. La place semble tirée des plus belles pages d'un roman. Les maisons aux toits pointus, les grands arbres, les oiseaux rares, la petite église blanche campée sur une vaste pelouse. Les rues qui sillonnent et tournoient, entre les centaines de vieux arbres. La tranquillité. Toutes les saisons sont encore plus belles sur cette île.

Ce soir, Laurent sera de retour. Il revient avec un plan. Nettement plus enligné sur l'avenir que le jour de son départ. Et sûrement beaucoup plus bronzé. J'ai hâte de le voir. J'ai surtout hâte de ressortir ma raquette.

Et puis, il ne connaît pas Chloé. C'est certain qu'il va l'aimer. Elle est en plein son genre. Bon, c'est sûr que toutes les femmes sont pas mal son genre. En fait, le genre féminin est son genre.

Chloé est très genre féminin.

Chloé

Elle est tellement désirable, ma blonde. Je le sais. Tout le monde le sait, elle-même est au courant, comme les autres.

Chloé, avec la fraîcheur de ses vingt et un ans, est d'une extrême beauté et a une imagination éclatée. Au point où elle me surprend encore. Nous sommes ensemble depuis plus d'un an. Par bouts, je pense la connaître par cœur. Pourtant.

Elle ne sait pas qu'il y a deux semaines, ma vie sentimentale a été bouleversée par un appel inattendu de Varennes. Depuis cette conversation téléphonique, je ne vois plus Chloé de la même façon. Mon cœur l'a désertée. J'attends la suite des événements.

Je l'adore, pourtant, et c'est plutôt mauvais signe. Adorer, c'est bien, mais aimer, c'est imbattable.

Quand le printemps est déjà l'été, comme aujourd'hui, Chloé me laisse devant la télé et va prendre une petite marche qui la mène au parc en bas de la côte. Elle s'assoit, le dos bien accoté à son chêne, et elle lit. Elle a toujours un livre à la main. Aujourd'hui, c'est certain que son livre est cochon.

Sûr et certain.

Il est seize heures. Je sors de la douche. En robe de chambre, je fouille dans le frigo. J'hésite. Il y a une Carlsberg bien froide et un céleri garni de Cheez Whiz. Je vais prendre les deux, finalement.

J'ai encore la tête dans le frigo quand Chloé me propose une troisième option. Une option qui m'étonne et me laisse pantois.

– Émile, sont où, tes jeans?

– Dans la salle de bain, pourquoi?

Sur le coup, je me dis qu'elle veut laver mes jeans, mais elle ne lave jamais mes jeans. Peut-être qu'elle veut fouiller dans mes poches? Elle va dans la salle de bain, y reste quelques secondes avant d'en ressortir, complètement nue.

– Punis-moi.

– Pardon?

Elle me tend ma ceinture qui était bien tranquille dans les ganses de mes jeans.

– Punis-moi, j'ai pas été gentille.

Chloé est toute douce. Son corps est d'une parfaite blancheur, avec de petits seins bien pointés et des fesses toujours un peu frissonnantes. Elle n'a rien à voir avec les beautés chromées des discothèques ou des magazines. C'est une petite intellectuelle avec une voix comme celle de Blanche-Neige. Et elle veut que je lui donne une fessée avec ma ceinture.

– Il faut que tu me punisses. Juste pour voir. Donne-moi une fessée… Je la mérite.

– Comment, t'as pas été gentille? Qu'est-ce que t'as fait?

– Je te le dis pas. Fais-moi parler. Je finirai bien par tout avouer…

Elle recule vers la chambre, se penche sur la commode et attend mon châtiment. Les fesses un peu sorties, les reins cambrés.

Mais quel livre lit-elle? D'où ça lui vient, cette idée bizarre?

Debout dans le cadre de la porte, j'ai la ceinture dans la main gauche et mon céleri au Cheez Whiz dans la droite. Ma bière est sur le comptoir, encore capsulée et bien froide.

– Euh… non.

– Je te jure, je le mérite, j'ai pas été gentille, je mérite la fessée.

J'ai un peu de difficulté à ne pas rire. Ces jeux de rôles, très peu pour moi. Bien sûr que j'ai des fantasmes, mais les coups de ceinture sur les fesses de ma blonde, ce n'est pas dans ma palette.

– S'il te plaît.

– Oublie ça.

Elle se redresse et s'approche de moi. Dénoue ma robe de chambre et se colle sur moi en bougeant le bassin. Je reçois l'appel du devoir érotique. Mon soldat se lève et attend le signal. Tout droit, au garde-à-vous.

– Allez, punis-moi. Essaie. Juste un peu, pour voir.

Mon soldat retourne se coucher. Je laisse quand même mon céleri sur le comptoir et j'enroule un bout de la ceinture dans ma main droite. Chloé est penchée devant moi, ses jolies petites fesses fébriles. Je la regarde sans bouger.

– Vas-y. J'ai pas été gentille. Pas du tout gentille. J'ai été une petite peste qui mérite un châtiment.

Je reste immobile, toujours incrédule, la ceinture autour du poing. Puis, bon joueur, je balance le bout de la ceinture sur sa fesse gauche, que je frôle délicatement.

– Pas comme ça, gros con. Donne-moi un coup, plus fort. Je te jure : je le mérite.

J'abandonne. J'en suis totalement incapable.

Écoute, Chloé. Je sais pas ce que tu as lu, ce que tu as vu, à qui tu as parlé ou comment cette idée t'est venue, mais oublie ça. Je ne peux pas. On peut essayer d'autres jeux, si tu veux, mais ça, non : c'est pas moi. Je veux bien te chatouiller avec une plume d'autruche, mais te donner la fessée avec une ceinture, ou avec un fouet, ou une raquette de tennis, ou une palette de ping-pong, je ne peux juste pas…

Elle va se rhabiller en boudant. Je dépose la ceinture sur la table basse du salon, reprends mon céleri et débouche ma Carlsberg.

– Tu boudes?

– Non, non.

Elle dit toujours «non, non» quand elle boude.

– Si je te donne une pichenotte, est-ce que ça peut faire l'affaire? Une pichenotte, je suis game d'essayer.

– Niaiseux.

Charles

Charles, c'est mon autre chum. Il travaille avec moi à la station de radio M-Rock de Montréal. Nous nous sommes connus au pensionnat; j'avais dix ans, lui onze.

Charles ne sera jamais malheureux. À vingt-sept ans, il n'a jamais mis l'ombre d'un poil d'orteil à l'université. Il est vendeur de pub. Dans le jargon, on dit «conseiller publicitaire». Quand je dis qu'on travaille ensemble, c'est dans le vrai sens: je conçois les publicités que Charles vend. Après toutes ces années, encore amis. Il est à peu près célibataire. Pas tout à fait.

Il conduit une petite voiture décapotable italienne orange métallique, toujours brisée, et se promène constamment avec son chien. Un bâtard qui s'appelle «Le Chien». En fait, son chien n'a pas de nom.

Je dis que Charles ne sera jamais malheureux et c'est vrai. Il ne sait pas comment faire pour l'être. Il peut être au milieu d'une tempête de merde, endetté, les deux jambes cassées et se faire flusher par une fille formidable, il n'arrive pas à se sentir mal. C'est sa force. Le malheur ne colle pas sur lui.

Il aime bien gratter la guitare électrique avec son band de garage, mais il a rarement le temps de le faire.

Charles manque de temps. Le temps lui coule entre les mains, entre les jambes, entre les oreilles. Sa carrière marche à fond et il gagne beaucoup d'argent. C'est un excellent vendeur, même s'il n'a pas de diplôme et qu'il n'a pas suivi le cheminement classique de la profession.

C'est qu'il est attachant.

Très curieux et maladivement optimiste, il n'a pas une once de malhonnêteté et n'a jamais de plan secret. Il vit au grand jour. C'est un gars positif à qui la vie envoie continuellement des épreuves, des défis. Comme pour tester sa résistance. Il a aussi un don unique pour se mettre les pieds dans les plats, mais il n'est jamais désarmé.

J'adore mon Charles. Il est trop distrayant.

Il gagne donc un très bon salaire, mais il dépense tout au fur et à mesure. Il se paye un gros train de vie, mais il est aussi très généreux. C'est un hyperactif qui ne dort jamais et il fait de la coke à l'occasion.

Il lui arrive de prendre des décisions étranges parce qu'il est sur un buzz. Des fois, je me dis qu'il est polaire. Si les bipolaires se promènent d'un bout à l'autre du spectre de l'humeur, Charles, lui, est toujours à l'extrémité positive.

Il habite sur la rue du Carré-Saint-Louis avec Mirabelle. Sa maîtresse. Charles et Mirabelle sont des amis qui baisent. Les deux le savent, l'assument et sont bien ainsi. Entre les deux, jamais de chicane, jamais de mensonge. On fait les confidences qu'on veut.

Charles a déjà dit à Mirabelle :

– Des fois, je comprends pas pourquoi je suis pas cul par-dessus tête en amour avec toi. Pis des jours comme aujourd'hui je le sais : c'est parce que c'est plus que de l'amour que j'ai pour toi. T'es comme un chum. Pis en bonus, t'as les plus beaux seins au monde.

Charles a couché chez un ami hier soir. Loin de la ville. Il n'était pas en condition. En ce samedi après-midi, il stationne sa petite Alfa Romeo décapotée devant chez lui et en sort sa Stratocaster et sa petite valise molle. Il laisse dans l'auto un grand sac de plastique qui contient un costume de Batman à sa taille, masque, bottes, cape et tout, et un bouquet de fausses fleurs multicolores qui sentent l'Aqua Velva. Le chien saute par-dessus la portière avant que Charles remette le toit.

Quand Charles a une idée en tête, on peut presque la lire dans sa démarche et dans ses gestes. En ce moment, il a quelque chose en tête, c'est clair. Il entre chez lui, prisonnier de ses pensées, sans réaliser que Mirabelle dort. Il est seize heures. Personne ne dort à seize heures de toute façon.

Depuis hier après-midi, le chien a bouffé seulement deux épis de blé d'Inde. Il doit avoir un creux. Première chose à faire en entrant, nourrir la bête.

Charles dépose sa guite sur le divan, son sac à tout et rien sur le plancher, et fouille dans le frigo. Le fond d'un quarante onces de Smirnoff et le restant d'une grosse soupe minestrone. Il ouvre le Tupperware, sent la soupe : elle est encore bonne, c'est sûr.

– Eille, Le Chien, veux-tu une bonne soupe minestrone ? Tiens…

Le chien mange de tout et il est sans fond. La soupe minestrone disparaît en moins de sept secondes. Dire qu'elle aurait pu nourrir une famille d'Italiens. Le père, la mère, quatre enfants et la mamma. Et il en veut encore, le porc.

– Wo, le gros. Couche-toi pis digère, man…

Charles branche sa guitare et met un vieux disque de Cream, *I Feel Free*. Il improvise avec son meilleur, Clapton. Mirabelle, tout endormie, se pointe au salon.

– Y est peut-être un peu tôt pour ça… non?

– Y est quatre heures. De l'après-midi. Je pensais que t'étais déjà partie. Tu fais pas le cinq à sept?

– Je rentre pas aujourd'hui. J'ai travaillé quatorze heures par jour cette semaine. Pis je suis allée conduire ma sœur à l'hôpital ce matin. Y vont la provoquer demain. Le temps qu'il me reste, je relaxe.

Charles s'excuse et débranche sa guitare, éteint son ampli et ferme la trappe à Clapton.

– J'suis fatiguée.

– Veux-tu retourner te coucher?

– J'serai pu capable de dormir. Toi, qu'est-ce que tu fais là? T'étais pas à la pêche pour la fin de semaine? Me semble que t'étais supposé revenir juste lundi matin…

– Oublie ça. L'estie de fucké à Jimmy Scandale a tout bousillé. J'ai eu l'air d'un vrai fou. Le bonhomme Kirtatas a sauté un gasket. Pas vu un estie de poisson. Même pas une goutte d'eau. Je suis revenu hier finalement, j'ai pris mon char et je suis allé faire un tour chez le Kid. J'ai couché là-bas. Je viens de faire un jam chez eux, là.

– Encore du niaisage. Qu'est-ce que tu fais, de toute façon, à te tenir avec une tête brûlée ? Jimmy Scandale ! Y est
même pas bon.

– Je me tiens pas avec lui, je le connais à peine ! C'était
juste pour rendre service à un client. On peut-tu enchaîner
sur d'autres choses, là ? Va te recoucher.

– Oublie ça. Y est trop tard.

Charles réalise soudain que Mirabelle n'a qu'une légère
chemise sur le corps.

– Je peux te raconter une histoire pour t'endormir ou te
chanter une chanson, si tu veux…

Il s'approche, prend sa belle tête brune entre ses mains et
l'embrasse tendrement. Le baiser dure à peine trois secondes.
Charles recule. En faisant la moue.

– Quand j'étais petit, j'avais joué un tour à mon père.
J'avais mis une barbotte dans sa belle Pontiac Parisienne
neuve. Le garage la lui avait prêtée pour une semaine, pour
l'essayer. Puis j'y ai pu pensé. Faisait comme mille degrés.
Quand mon père est rentré dans l'auto… Y a été pogné
pour l'acheter. Ce char-là a toujours senti la barbotte
passée date.

– Pourquoi tu me racontes ça ?

– Va rincer ta bouche, Mirabelle. Tu goûtes la Pontiac
Parisienne.

– Y a un de mes amants, c'est son fantasme que je pue de
la bouche.

Mirabelle

Mirabelle a vingt-six ans. On jurerait qu'elle est grecque,
ou roumaine. Elle m'a dit une fois que son père, qu'elle n'a

pas connu, était probablement grec. Je la crois. En tout cas, elle est très méditerranéenne avec ses longs cheveux noirs, ses yeux comme du charbon.

Elle travaille dans un des bars rock les mieux cotés de Montréal. Tous les groupes underground importants vont s'y produire. Pas seulement rock. Des fois, c'est du jazz, d'autres fois c'est plus reggae. Mirabelle a le pif pour étonner la clientèle. Elle a commencé à travailler là pour payer ses études en administration, et depuis qu'elle a eu son bac c'est son travail à temps plein. Elle gère la place. C'est la patronne. Elle embauche le personnel, trouve les bands, s'occupe de l'administration, chapeaute les achats, orchestre le roulement quotidien.

Une fois ou deux par semaine, elle s'installe derrière le bar, par passion du métier et pour connaître ses clients. Elle retient leur nom par cœur. Elle adore l'action, l'ambiance survoltée du vendredi soir, la musique dans le tapis, les commandes qui se prennent avec des signes parce que la musique est trop forte. C'est son territoire.

Mirabelle est facile à aimer. Elle a un cœur gros comme ça et elle sera là pour qui lui demandera une épaule, une oreille attentive ou un coup de pied au cul. Elle est directe et sans détour, elle n'a peur de rien. Toute sa vie, elle a négocié avec des gens qui ne font pas dans la dentelle. Des motards, des mafieux, des policiers, des durs. Après la mort de sa mère, Mirabelle a dû se prendre en main. Elle avait seize ans. Et prendre aussi sous son aile sa petite sœur Marguerite, quatorze ans. Pas question d'aller en famille d'accueil. Elles se sont débrouillées.

Mirabelle et Charles vivent ensemble depuis un peu plus de deux ans. Chacun tient à garder sa totale indépendance et ne veut rendre de comptes à personne, surtout pas à son colocataire. Mais moi je suis convaincu qu'ils s'aiment. Il arrive qu'on en parle ouvertement, pendant un souper, genre. Ils réfutent l'accusation.

– Je pourrai jamais être en amour avec Charles. Pour que j'aime quelqu'un, faut que je sois capable de le décoder, de le comprendre. Charles est tellement en dehors de la track des fois. C'est drôle quand on est colocs, mais en couple, oublie ça… Je l'étoufferais.

Charles dit qu'un des grands avantages de baiser entre amis, c'est qu'après on a plein de choses à se dire, à se raconter. Des choses qui vont fouiller plus loin que les petites flatteries stériles et romantiques. Ou des choses drôles, enrichissantes, éclairantes.

Ce samedi après-midi ne fait pas exception. Charles se dévoile. Ce qui est écrit dans sa démarche et dans son regard, il le met sur la table.

– Quelque chose me trotte dans la tête.

– Une idée ?…

– La semaine passée, j'ai payé six cent cinquante piasses pour un ticket de vitesse vieux de quatorze mois. Un ticket que j'avais pas payé parce que j'ai été con. Je roulais à cent vingt dans une zone de quarante, mais j'étais pas saoul, ni gelé, ni rien. Je paye toujours mes contraventions, mais celle-là, fuck, je l'ai oubliée. Elle a fini par me rattraper et ça m'a coûté dix fois le prix.

– C'est ça qui te trotte dans la tête ?

Le principe de la facture. C'est ça qui lui trotte dans la tête. Le fait que tout arrive avec une facture. Un jour ou l'autre, on finit par tout payer, il n'y a pas de passe-droit. Si je triche, je finirai par payer. Personne ne peut dépenser, et dépenser, et dépenser encore sans finir par devoir acquitter sa dette.

Mirabelle ne voit pas les choses de la même façon.

— Y en a pas, de justice. C'est la mort, la justice. On va tous crever. Le reste, c'est de la merde. Pourquoi t'es correct, toi? Pourquoi t'as tes mains, ta tête, tes couilles, pis pourquoi ta petite sœur est toujours en souffrance?

— Estie, ma sœur. Je devrais faire quelque chose. Ma mère arrête pas de me gosser avec elle.

— Ta mère a raison.

— Qu'est-ce que tu veux que je fasse? Ma sœur, c'est un accident. Elle est onze ans plus jeune que moi. Je la connais pas. Je sais pas quoi faire avec elle.

Ninon, la sœur de Charles, a de graves problèmes de dépression et de drogues. En proie à des crises de démence, elle se mutile souvent. Charles n'est pas très proche d'elle.

— Donc, t'attends une facture? reprend Mirabelle.

— Non, non.

— C'est quoi, d'abord?

— Une vieille affaire que j'ai dans la tête depuis une semaine ou deux. Quand j'étais petit, je jouais au hockey. Le coach, c'était monsieur Landry, le père d'un de mes chums. Une fois, un samedi matin, il m'avait demandé de rester un peu plus tard. Il voulait me parler. Il m'avait nommé capitaine de l'équipe. M'avait dit qu'à l'âge que j'avais, fallait que je donne l'exemple et que je montre aux autres qu'il fallait prendre une douche après les games.

— Je te vois venir.

— Le vieux tabarnak! J'suis plus jamais retourné. J'aurais pu faire un pro, peut-être.

— Qu'est-ce qu'il t'a fait?

— Pogné le cul. Y a mis sa main dans mes culottes pis y m'a forcé à mettre la mienne dans ses shorts. J'ai eu assez peur, j'ai crissé le camp!

— L'as-tu dit à ta mère?

— Jamais. Ma mère prenait un coup dans le temps, c'était pas le genre d'affaire à discuter avec elle.

— Ça t'a fucké?

— Ça m'a écœuré. Estie d'pervers. Un moment donné, ç'a passé. Mais j'ai jamais rejoué au hockey.

Ça, c'est Charles. Mon chum Charles. L'idée de la vengeance a germé dans sa tête. Et là, par un beau samedi du mois de mai, quinze ans plus tard, l'heure a sonné. Cette histoire d'agression sexuelle, il ne m'en a jamais parlé. Pourtant, on s'est toujours tout raconté.

Aujourd'hui, inutile d'essayer de le calmer. Mirabelle connaît Charles. Quand le cheval a son idée, il ne sert à rien de le retenir par la bride.

— Si c'est comme tu dis, Charlie, un moment donné il va payer.

— Ben c'est moi qui vais lui donner son bill. Aujourd'hui.

— En tout cas, s'il voulait que tu vires aux hommes, ç'a pas marché son affaire…

J'adore l'aéroport. On ne va jamais à l'aéroport en bâillant. C'est toujours émouvant. Même les chauffeurs de taxis doivent aimer l'aéroport. C'est l'émotion du départ ou la joie de l'arrivée, du retour. Je ne suis jamais allé à l'aéroport dans l'indifférence. Même que des fois, quand je me sens vide, je vais à l'aéroport pour rien, juste pour voir ceux-ci arriver et ceux-là partir, des gens que je ne connais pas. Je passe de très bons moments à épier leurs conversations. L'aéroport est devenu un personnage de roman, au même titre que le fut la gare des temps jadis. La gare demeure quand même, à ce jour, un excellent personnage. Mais l'aéroport a un peu pris sa place.

Ce soir, j'y vais chercher Laurent.

Je l'attends de l'autre côté des portes. Je suis seul. Peut-être que la dame, juste là, à côté, est sa mère. Je ne sais pas. Elle lui ressemble.

Laurent est déjà débarqué. La tête ébouriffée, il regarde les valises passer sur le carrousel et surveille la vieille poche de hockey bourgogne, avec le numéro 22 dessus. C'est sa valise. C'est sûr qu'il n'y a pas grand-chose de valeur dans cette poche, mais il y a quand même quinze bobines de photos et quatre bouteilles d'ouzo, déclarées et légales, qu'il a enroulées dans des serviettes et des jeans pour ne pas qu'elles se brisent.

Dix-huit mois, c'est long, surtout dans la seconde moitié de la vingtaine. Ce sont des années charnières dans la vie d'un gars. Chaque journée de cette période est capitale et déterminante, autant qu'elle est intense. Passer dix-huit mois sans mon meilleur chum, entre

24 et 26 ans, c'était une éternité. J'ai tellement hâte de le revoir, ce salaud.

Il est là, c'est lui. Il transporte son gros sac sur le dos, il est tout bronzé et il a son sourire des jours heureux.
— Laurent!!
— Émile!!
Et on s'est collés pendant dix bonnes secondes. Une vraie accolade chaude et intense. Laurent! J'ai pris son gros sac bourgogne, il m'a dit de faire attention à ne pas trop le brasser, et on est allés à l'auto. La dame n'était pas sa mère.

Mon auto est bordélique, c'est évident, mais quand même un peu moins que d'habitude, j'ai fait un petit ménage hier.

C'est une petite Nissan 1999 bleue, à peine plus grosse qu'un casseau de fraises. Je l'ai promenée dans tous les sens sur 230 000 kilomètres. Le plus loin qu'elle a roulé, c'est au bout de Key West, en Floride. J'y suis allé une fois, en faisant plein de détours et d'arrêts, dans l'espoir de tomber en amour et d'y rester. Ça n'a pas marché.
— Attends de voir ma petite maison.
— Tu l'aimes?
— C'est comme un rêve, j'y crois même pas moi-même. J'ai jamais habité dans un décor comme celui-là.
— Wow. Mais j'ai surtout hâte de rencontrer Chloé, si tu veux savoir…
— En fait, c'est pas MA maison. Pas encore, en tout cas. Elle appartient à un vendeur à la station qui l'a achetée il y a quatre ans. Mais là, il vient de s'en acheter une autre. Je l'ai louée pour un an certain, deux peut-être. Une belle

vieille maison, à cinq cent quarante-cinq par mois. Attends de voir. Tu vas rester chez nous, non ?

— J'ai planifié d'aller chez ma mère pour une couple de semaines, le temps de trouver quelque chose dans le même quartier que l'école. J'ai pas d'auto, évidemment. J'ai tout vendu avant de partir…

— Chez ta mère ? Regarde. Fais ce que tu veux, mais je t'offre la place chez nous. J'ai une chambre avec un lit vide. Une chambre d'amis. Quand tu vas voir l'endroit, tu ne pourras pas dire non. Je te le dis.

— As-tu de la bière dans ta maison de rêve ?

— Deux caisses de Carlsberg.

— Tu m'intéresses…

— Yes.

Laurent finit par accepter. Il restera chez moi pendant au moins une semaine, je vais lui prêter ma Nissan et il pourra faire ses courses : rencontrer son employeur, rendre visite à sa mère, à ses sœurs et à ses frères. Laurent a une grosse famille. Il va peut-être se trouver une auto d'occasion ?

Il s'inquiète de la réaction de Chloé. Il ne veut pas s'imposer. Rester chez moi, oui, mais faut penser que je ne vis pas seul, il y a Chloé. Il s'en fait tellement pour rien.

— Mais ta blonde ?

— On s'en est parlé. Aucun problème avec elle. Chloé, ça lui fait plaisir, juré. Elle aime dépanner et rencontrer des nouvelles personnes. En plus, je lui ai parlé de toi mille fois.

— Bon, écoute… Pourquoi pas, dans le fond ? Merci, Émile.

– On va jouer au tennis! Faut que je te parle de mon terrain de tennis. En terre battue, s'il vous plaît.

– J'ai pu de raquette…

– Je vais t'en donner une, j'en ai cinq.

Cartierville, 18 h

J'ai essayé de joindre Charles un peu plus tôt aujourd'hui pour lui demander de m'accompagner à l'aéroport, mais il était parti chez sa mère. J'ai laissé le message à Mirabelle. Je lui ai dit que quoi qu'il advienne, on bouffe à la maison et il y a une game de balle à la télévision.

Charles a grandi à Cartierville, dans le nord de Montréal. Sa mère est veuve et habite toujours le bungalow familial avec Ninon, sa fille troublée, quand elle n'est pas en cure dans un centre ou un autre, ou bien en fugue en Ontario.

Quand Charles arrive à Cartierville, toujours aussi préoccupé par son plan de vengeance, il ne trouve personne. Il frappe, il sonne, il tente d'entrer, la porte est verrouillée, alors il fait le tour et se rend dans la cour. Il y a au moins une fenêtre entrouverte, puisque ça sent bon : dans l'air, un irrésistible fumet de tourtière. La mère de Charles fait des tourtières qui défient l'imagination. La porte est déverrouillée, il entre. Le chien sent les tourtières et salive.

– Oh! que non, mon malade! Oublie ça. Penses-y même pas une seconde. Pas une miette de ces tourtières-là pour toi, le comique. Pense à d'autre chose… Tu viens de manger une soupe anyway. Maman! Allo? Y a quelqu'un? Ninon?…

Il jette un œil dans la chambre de sa mère, personne. Il fait le tour du rez-de-chaussée, rien. Va au sous-sol, là où

Ninon a sa chambre, ouvre la porte. Elle est là. Elle ne bouge pas. Il s'approche. Lui touche l'épaule.

– Ninon ?

Elle se réveille en sursaut. En criant.

– Wo ! wo !! C'est moi. Calme-toi. C'est correct.

Elle se retourne et se rendort aussitôt.

– Sais-tu où est maman ? Ninon ?… Fuck.

Charles remonte les escaliers et quitte en coup de vent. Juste comme il saute dans sa voiture, il réalise que son chien n'est pas à ses côtés.

– Le Chien ! Arrive ! On s'en va !

Comme la bête ne donne pas signe de vie, il descend de la voiture pour aller la chercher en dedans. Il aperçoit alors sa mère qui sort de la maison voisine.

Madame Lamy, la mère de Charles, c'est un numéro. Elle aura bientôt soixante ans, et c'est une grosse femme profondément malheureuse. Elle souffre de mille maladies, certaines réelles, d'autres imaginaires, et, constamment d'humeur massacrante, elle s'en prend à son fils chaque fois qu'elle en a l'occasion. Elle le méprise, et il le sait. Elle n'a pas d'argent. Elle a été mariée à un alcoolique qui vendait des électroménagers usagés et qui, quand Charles avait cinq ans, est mort des suites d'une bagarre qui a mal tourné. Elle ne veut pas se souvenir du père de Ninon. Elle est elle-même alcoolique, mais passe chaque année par plusieurs périodes de sobriété.

La mère de Charles vit sur une maigre pitance, grâce à son chèque de Bien-être social et aux travaux qu'elle effectue pour les familles du voisinage. Elle leur fait la cuisine : confitures, conserves de toutes sortes, salsa, tourtières. Elle fait aussi de la couture, répare les tuyaux qui fuient ou l'électricité qui fait défaut. C'est la femme à tout faire du coin. Comme elle n'a pas d'hypothèque ni d'auto, son mince revenu lui suffit.

Elle a toujours sous sa garde sa fille Ninon, dont elle ne sait plus quoi faire. Elle l'aime malgré tout, sa petite fille, mais n'a jamais su le lui communiquer. Elle en veut à Charles. Elle l'accuse de laisser Ninon dépérir sans rien faire.

— Maman!

— Qu'est-ce que tu fais ici, toi?

— Salut.

Il l'embrasse.

— Je m'en allais.

Elle contourne la maison pour entrer par la cour. Charles la suit.

— T'étais dans le coin?

— Non, non, je suis venu pour te parler.

— Depuis quand t'as quelque chose à me dire? C'est nouveau!

— Qu'est-ce que t'as à être de bonne humeur de même à matin, maman?

— J'ai fait des tourtières, mais j'en ai juste huit, j'en ai pas pour toi. Ça tombe mal.

— Merci. J'ai vu ça. Ça sent bon. Je me suis retenu pour pas t'en piquer une.

— Fais ça, voir. Qu'est-ce que tu veux?

— Monsieur Landry, le père de Sylvain, tu sais, celui qui me coachait au hockey. Y restait pas loin, dans un des blocs, c'est ça?

– Le vieux pédé qui avait un pet shop dans le petit centre d'achats?

– Oui, lui. Pourquoi tu dis « pédé » ?

– C'était un vieux fifi, tout le monde le sait. Pourquoi tu me parles de lui?

– J'ai affaire à lui. Faut que j'y parle. Il reste encore à la même place?

– Me semble.

– Est-ce que tu le vois encore dans le quartier?

– Des fois.

– Y reste dans le gros bloc sur la rue Belleau, c'est ça?

L'édifice de la rue Belleau est parmi les plus gros de Cartierville. C'est un immeuble à logements de six étages. Une construction datant du début des années soixante, devenue un des premiers immeubles en copropriété de type condo. Quand Charles était enfant, ça s'appelait un « bloc appartements ».

– Pourquoi tu veux savoir ça?

– Disons que je fais une recherche.

Île Verte, 18 h 02

En revenant de Dorval, juste avant d'arriver au petit pont qui enjambe la rivière des Prairies et relie le Laval continental à la petite île Verte où je demeure, j'ai averti Laurent de bien se concentrer: en moins de trente secondes, il va changer d'univers. Il y a à peine quinze minutes, on était sur l'autoroute 20, grise, déprimante, qui traverse une plaine où rien ne pousse. Et là, dans les prochaines secondes, tout deviendra vert, rouge et blanc. Il n'y aura plus de gris.

Avant d'arriver à la maison, je m'arrête au parc et me stationne juste à côté de l'église. Je suis si heureux de vivre à cet endroit. Je fais comme si Laurent était mon fils; je veux lui faire découvrir mon univers comme un rêve.

Je n'ai pas besoin de mots. J'ai juste ouvert la portière de mon auto sale. On marche et on fait le grand tour de cet immense terrain vert agrémenté de saules tristes, de chênes chauds et d'un orme haut. C'est la paix.

On s'arrête au milieu de cette vaste pelouse fraîche. Dans ma poche arrière, un petit flasque de mezcal. On parle de femmes. J'ai aux lèvres un sourire imperturbable.

– Je veux pas de réponse précise. Juste un aperçu. Mais au Club Med, en Grèce, t'es-tu fait beaucoup de, disons, belles-sœurs?

– Moins que tu penses.

– À peu près…

– C'est pas intéressant, Émile, je te dis.

– Je vais juger de ça. Je suis sûr que tu t'es payé une traite impressionnante. Je me fiais sur toi pour me raconter toutes sortes d'aventures. Fais-moi rêver, Laurent. Des belles touristes de toutes les couleurs, de toutes les saveurs, de tous les accents, et toutes ces femmes qui sont au Club Med comme sur un territoire de chasse. Toutes veulent le trophée des trophées: un G.O. Le prédateur qui devient le gibier. Fuck, man. Un rêve…

– C'est une légende urbaine, la baise totale au Club Med. Un mythe. Penses-tu qu'un G.O. va se taper des clientes? Y a des règles. C'est pas l'orgie.

– Ben non, hein…

– Parle-moi donc de ta blonde. Comment elle est?

Je sais que Laurent va beaucoup aimer Chloé et que Chloé va beaucoup aimer Laurent. Dans d'autres circonstances, ça m'aurait même inquiété. Mais dans ma fantasmagorique réalité, ça fait mon affaire, quelque part. Ça m'arrange. Je sais que ces deux-là sont sur le 220. Ensemble, ils feront des flammèches, c'est sûr.

Moi, je ne peux pas faire autrement que d'avoir une fixation. Vendredi. Vendredi prochain. Le 1er juin.

– J'ai hâte de la rencontrer…

– Chloé a une belle voix. Elle sait parler mieux que personne. Ce qu'elle dit est toujours bien dit. Je suis tombé en amour avec elle au téléphone.

– Non. Pour vrai?

– Même si je sais que souvent la voix d'une fille peut être trompeuse. Des belles voix qui cachent des sorcières, on a déjà vu ça… Mais elle, sa voix est raccord avec le reste.

– Elle est à la maison?

Sûrement qu'elle est là. Elle s'est probablement replongée dans son roman cochon dès que je suis parti pour l'aéroport. Chloé aime l'amour beaucoup plus qu'elle m'aime, moi. Du moins, c'est ce que je me plais à croire. Ça me déculpabilise. Elle aime la romance, le sexe féroce, l'imaginaire, les voyages en sueur. Souvent essoufflante.

Laurent me parle un peu de ses aventures à Mykonos. Comme il me l'a dit, ça n'a pas été le party que j'ai créé dans mon imaginaire déluré. Il est même tombé en amour, le salaud, avec une fille qui s'appelle Mary May, une Australienne qui enseignait le surf. Il a planifié, sans le lui dire, de partir avec elle à Sydney après son contrat à Mykonos, mais au fil du temps, il a réalisé que ce que Mary May aimait le plus chez lui, c'était les photos de ses blondes. Mary May préfère les filles.

Nous arrivons à la maison. J'ai laissé ma voiture dans le stationnement de l'église, je reviendrai la chercher plus tard. C'est à moins d'un kilomètre. Cette maison, elle chante en plus. On marche sur le chemin des Arbres, et tranquillement le petit souffle du soir de printemps amène avec lui un peu de Moraes, d'Astrud ou de Getz. Ça vient des fenêtres de la cuisine. Chloé a acheté des moules ce matin. Et beaucoup de vino bianco.

Quand Laurent a vu la maison, il a ri. Laurent rit souvent quand il ne sait pas comment réagir. Il a ri comme un illuminé. Étouffé, les yeux qui coulent, et ç'a duré plus de deux minutes. J'ai pensé qu'il riait de moi. Il rit de moi? Il trouve ma maison ridicule? Pourquoi il rit?

– Qu'est-ce que t'as?

– C'est écœurant! Pour cinq cent quarante-cinq piasses?

– C'est un rêve, je te dis. Et juste en bas de la côte, là-bas, y a le tennis en poussière de roche. Manucuré tous les jours par un vieux monsieur habillé en blanc. La totale. La totale.

Le chat de la maison d'à côté se tient dans l'allée et nous fixe. C'est un curieux personnage. Il refuse que je l'approche, mais il est constamment dans le coin, à épier mes gestes.

Dans cette maison, il y a une femme seule. J'ai vu Gilles Proulx sortir de là l'hiver dernier. Pas sûr, mais ça lui ressemblait.

Cartierville, 18 h 05

Les astres sont bizarres. Pourquoi faut-il que les foutus astres soient toujours complètement désalignés quand Charles et sa mère se rencontrent ? Comme si la vie se chargeait, par pure méchanceté, de rendre leurs rapports impossibles et invivables. Chaque fois que Charles rend visite à sa mère, le hasard accouche du diable. Comme ce samedi.

En mettant un pied dans la maison par la porte arrière, la mère de Charles a lâché un cri de mort. Elle a hurlé le nom de Charles si fort qu'il existe un rapport de la NASA sur l'événement. Comme ça se passe quand la nature se déchaîne, la première secousse est suivie de répliques, aussi terribles, peut-être pires.

Le chien est mort au milieu de la cuisine.

En levant les yeux, la mère voit les assiettes d'aluminium disséminées à gauche et à droite, partout sur le plancher, vidées de leur contenu. Le chien a mangé toutes les tourtières, jusqu'à la dernière croûte. Il n'a rien laissé.

La mère est hystérique.

Charles entre en courant et se lance sur le chien. Juste comme il le touche pour voir s'il est bien mort, l'animal lâche un gaz. Une flatulence canine de force 8 sur l'échelle Pavlov. Son cœur bat, mais il est dans les vapes, le souffle court.

– Estie de câlice ! Qu'est-cé que t'as fait là ?! As-tu vu ce que t'as fait ? Imbécile de gros porc !

– Mes tourtières ! Y a mangé toutes mes tourtières !! Y en reste pas une !!!

– Shit. T'es ben stupide !!!

– Mes tourtières !

– T'es-tu vu ??!

Le chien est dans un triste état. On dirait qu'il est complètement saoul, l'estomac hyper gonflé, comme s'il allait exploser.

– Regarde son ventre !

– Gros plein de marde !

– C'est pas d'la marde, c'est mes tourtières !!

– Appelle le vétérinaire.

– Qu'y crève, c'te gros porc ! J'appelle pas le vétérinaire !

Charles décroche le téléphone, fulminant. Il appelle l'assistance annuaire et demande un vétérinaire. À Laval. Il note le numéro.

– Mes tourtières !!…

– Je devrais te laisser crever là.

– Mes tourtières !

– Ok ! Ok ! Tes tourtières !! Je vais te les payer, tes estie de tourtières ! Mais là je suis au téléphone ! Oui, madame. Je suis chez le vétérinaire ?

– Oui.

– Êtes-vous vétérinaire vous-même ?

– Non, mais je peux peut-être vous aider.

– Mon chien est à moitié mort. Y vient de manger huit tourtières.

– Combien ?

– Huit.

– Y avait quoi dans les tourtières ?

– Pardon ?

– Dans les tourtières, y avait quoi ?

– Y avait de la viande pis de la pâte. Je vais vous envoyer la recette par courriel, mais pour l'instant j'ai un chien qui est à veille d'exploser… Je fais quoi, câlice ?!

La fille, offusquée, lui raccroche au nez. Il compose un autre numéro. Trois fois de suite, on le prend pour un plaisantin. Charles finit par abandonner, puis il prend son gros chien dans ses bras et va le déposer dans la cour, sur la pelouse. Il lui saisit la face d'une main, le regarde dans les yeux et semonce l'animal, complètement K.-O.

– Écoute-moi bien, Le Chien. Si jamais tu crèves, je vais partir à rire, ok? Estie de cave. Si tu t'en sors et que tu refais ça UNE fois, juste UNE autre fois, ou quelque chose qui ressemble à ça, je t'en fais manger vingt, des estie de tourtières. Des vraies. Du Lac. Deux fois plus grosses. Pis je te mets du ciment dans le trou de cul!

À la cuisine, Charles retrouve sa mère dans tous ses états.

– Où tu mets ta maudite tête?! Tu l'as laissé tout seul dans maison. Maudit cave! J'ai commencé mes tourtières à cinq heures à matin. C'est des tourtières pour des gens qui ont faim! Pas pour un ciboire de gros chien de riche!

– Regarde, maman, écoute ça: Coupable! Ok? Fucking coupable!!

Charles, pensant qu'il fait le bon geste – et il a probablement raison, dans sa vision des choses –, tire son portefeuille de la poche arrière droite de ses jeans et en sort cinq billets bruns. Cinq cents dollars. Il les tend à sa mère qui recule, comme menacée. Comme si les billets étaient empoisonnés.

– Es-tu fou? Garde ton argent.

– Si tu le prends, je vais me sentir moins coupable. Prends-le, je te dis. Achète-toi quelque chose.

– Pas question. Je veux pas de ton argent, maudit show-off. Ça me redonne pas ma journée perdue ni mes tourtières.

Charles, fantasque, sort un briquet de ses poches.

– Regarde ce que je fais si tu les prends pas. Je les brûle. Un par un. Tu les prends ou je les brûle, m'man?

– Si t'es assez fou pour faire ça, fais-le.

– M'man, je les brûle, j't'avertis.

Il faut une tête de cochon pour en enfanter une autre, et quand deux têtes de cochon de fort calibre se font face, ça frappe. Alors Charles brûle un premier billet, devant sa mère qui le regarde dans les yeux sans broncher.

– Estie, maman…

– Au lieu de faire ton jars en brûlant ton argent, tu devrais peut-être parler à ta petite sœur…

– J'ai pas le temps, là. Anyway, elle dort comme une bûche, je l'ai vue.

– C'est ça. Continue à brûler ton argent pis laisse-nous dans not' marde, d'abord.

Il met les quatre billets de cent dollars dans le pot de café et ressort par la porte arrière.

Île Verte, 18 h 23

Laurent et moi venons d'entrer dans la maison. Chloé n'est pas là, elle est partie chercher de la laitue et des tomates de serre. Elle me l'a écrit sur un bout de papier, roulé et coincé dans la boucle de ma ceinture qui traîne sur la table du salon. Cette ceinture qu'elle aime tant… Elle est allée au marché Jean-Talon, trente-cinq minutes pour s'y rendre, autant pour revenir, peut-être un peu plus. Mais les tomates sont bonnes.

Je nous débouche une Carlsberg, j'offre à Laurent un céleri-Cheez Whiz et je lui montre la maison.

La cuisine est comme le reste : asymétrique. D'architecture inégale. Les portes d'armoires, un peu partout, sont en bois et ont été décapées cent quatre-vingt-neuf fois, on dirait. Du bois qui a vécu, et surtout résisté aux caprices et aux modes des hommes. D'une armoire à l'autre, les dimensions ne sont pas exactement les mêmes. Presque, mais pas tout à fait. Dans les armoires vitrées au-dessus du vieux lavabo blanc, il y a des bouteilles de tout. Rhum et vinaigre de framboise. Ketchup, vodka et balsamique. Les bouteilles s'accommodent très bien les unes des autres.

Il y a un poêle à bois et une cuisinière ordinaire. Une grande table au milieu avec des chaises rustiques et un banc pouvant accommoder trois paires de fesses adultes, quatre ados ou cinq enfants.

La pièce de résistance, c'est la chambre-loft, au deuxième. La chambre fait l'étage au complet, elle est immense. Bâtie sur le long, deux fois plus longue que large, mais quand même très large. Toute en bois. Le plancher a été refait. Très habilement et joliment. On croirait le plancher d'origine. Le lit est tout au fond, sous une fenêtre qui donne à l'est, donc au soleil du matin.

Quant à la chambre d'amis, petite comme une grande niche, elle est attenante à la cuisine, en bas. Laurent y a déjà posé son gros sac. Je débouche une autre Carlsberg et on se tire une chaise.

– J'étais sûr que Charles serait à l'aéroport. Il m'avait dit de l'avertir quand tu reviendrais. Je lui ai laissé un message. Y l'a pas eu, ç'a l'air.

– Comment y va ?

– Bien, comme d'habitude. Beaucoup trop vite pour moi, c'est sûr. Il habite au carré Saint-Louis avec Mirabelle. Tu te souviens de Mirabelle ?

– Ben oui, elle travaillait au Sale Caractère, le bar dans l'ouest.

– Ils vivent ensemble, mais sont pas ensemble. Nuance. C'est des colocs qui baisent.

– Je crois pas ça. Comment tu peux faire ça ?

– C'est pourtant ça.

– Le carré Saint-Louis, c'est pas donné…

– Charles, à la job, il fait de l'argent, c'est incroyable. Il fait des salaires de malade et il dépense en malade. Et il joue encore dans son band de garage…

– Bon. La vie est belle.

– On vit sur deux planètes. Lui fait du sprint, moi je fais du fond. On se voit une fois de temps en temps sur les lignes de côté.

Chloé arrive dans sa vieille Volks rouge. Cette voiture est fantastique l'été, mais l'hiver c'est de la vraie merde. Même pas de chaufferette…

Elle ne l'a pas payée cher.

Cartierville, 18 h 40

Juste avant de partir pour de bon de chez sa mère, Charles a glissé deux autres billets de cent dollars dans le pot de café. Pour les huit serviettes de bain qu'il venait de prendre dans une armoire. Il est vite allé les étendre sur trois épaisseurs dans le petit coffre de son Alfa Romeo, puis il est retourné voir son chien, toujours allongé dans le gazon. Après s'être assuré que personne ne l'épiait, Charles a enfoncé le majeur dans le fin fond de la gorge de l'animal, comme il se le fait à lui-même, au besoin, les soirs de virée spectaculaire, question de provoquer une régurgitation. Ç'a marché. Le chien a renvoyé l'équivalent de trois tourtières. Même quatre. Ensuite il a ramassé son gros goinfre, toujours saoul, l'a mis sur son épaule et l'a couché dans le coffre de sa voiture.

– Pis si jamais tu vomis là-dedans, tu vas finir en méchoui chinois, mon estie!

Charles se souvient de l'immeuble où vit Landry. Trois minutes et il y est. Il se gare discrètement dans la rue Belleau, enfile son costume de Batman et se regarde dans le rétroviseur. Ensuite il ouvre le coffre, prend le chien, lui met sa laisse et l'attache à une roue. S'il doit poursuivre son dégorgement, au moins il ne souillera pas le coffre.

Peu après, Charles entre dans le hall de l'immeuble et parcourt les noms sur le panneau. Il trouve: Landry, numéro 407.

Déguisé en Batman, mais sans le masque pour n'apeurer personne, il tient un bouquet de fleurs qui pue l'après-rasage. Il fera croire, si nécessaire, qu'il est là pour une surprise. Ce qui n'est pas tout à fait faux, d'ailleurs. Et puis Charles a un visage honnête. L'air de rien, il reste là et attend qu'un visiteur ou un locataire entre ou sorte pour se glisser à l'intérieur.

Enfin, un homme pousse la porte et sort. Charles se faufile derrière lui et grimpe au quatrième étage par les escaliers. Il met son masque et frappe à la porte du 407. Pas de réponse. Une voisine, pensant qu'on frappait chez elle, s'étire le cou dans l'embrasure. Charles l'aperçoit.

– C'est bien monsieur Landry qui habite ici?

– Mon Dieu, Batman?

– Chut… Je suis une vieille connaissance de Val-d'Or. Il ne sait pas que je suis là. C'est une surprise.

– Je sais pas qui reste là, ça fait un mois que j'habite ici.

La dame referme sa porte. Charles a un petit geste de frustration et tente de forcer la poignée. Il décide finalement de s'en aller. Landry fait peut-être sa comptabilité au magasin, son inventaire, son ménage…

Il reviendra plus tard, c'est tout. Le vieux pédé ne perd rien pour attendre.

Le chien, au pif, a maintenant rendu six tourtières. Et pas une seule serviette salie. Il y avait huit tourtières, Charles a pris huit serviettes. Les serviettes mènent donc 8 à 2. Charles tient toujours ce genre de score dans sa tête. Ça l'aide à relaxer. Tout en ôtant son costume de Batman, il a enfin un petit mot d'affection pour la bête.

– Lâche pas, le gros. Bonne job. Si tu salis aucune serviette, je te paie un trio Big Mac.

Il flatte son chien avant de le remettre dans le coffre.

Île Verte, 18 h 45

Je ne me sens pas parfaitement bien à l'idée de mentir à Chloé. De souhaiter que Laurent l'allume. Qu'elle me quitte en s'envolant plutôt qu'en tombant, c'est tout ce que je veux. Je sais bien que Laurent va la trouver intéressante, c'est trop évident, mais j'espère que ce sera réciproque. Ça me libérerait.

Chloé vient de refermer la portière. Je suis sorti sur le balcon avant.

– Donne-moi tes sacs…

– Ah, merci, mon amour. Ton ami est là ?

– Il est top shape.

Je suis entré avec les deux sacs et Chloé a suivi.

Je n'avais jamais vu ça de ma vie. J'en ai été moi-même victime une fois, mais jamais je n'avais assisté, comme spectateur, à un coup de foudre. J'ai compris, en le voyant, pourquoi on appelle ça un coup de foudre.

Wow.

J'ai vu l'éclair. La foudre. Je l'ai vue de mes yeux.

Wikipédia : « L'ordre de grandeur de l'énergie de la foudre est de quelques centaines de kilowatts-heures par choc (environ 280 kWh, en incluant l'énergie de l'onde rayonnée magnétiquement). »

Je vous découpe l'image.

Dès que je suis sorti pour accueillir Chloé, Laurent s'est levé. Il n'est pas venu avec moi dehors, mais s'est juste posté à trois pas de la porte, légèrement en retrait, à distance de poignée de main. Chloé est entrée à ma suite.

Dès que Laurent l'a vue, son visage a changé. Ses yeux se sont exorbités. Il a reçu une décharge électrique, est devenu rouge et tout en sueur. Tout ça en un battement de cils.

– C'est Laurent !! a crié Chloé et elle lui a sauté au cou, comme dans un film.

Chloé est une actrice douée.

Laurent s'attendait peut-être à un gentil baiser sur la joue et à une modeste poignée de main. Il a eu droit à un câlin des ligues majeures, qui a duré de huit à dix secondes, chrono. Après ces huit à dix secondes, Chloé lui a expliqué :

– Émile m'a dit : Chloé, c'est Laurent. Tu es mieux de l'aimer, parce que tu vas le voir souvent. Je t'aime, et bienvenue, Laurent…

Il a mis une seconde pour réagir.

– C'est réciproque. Merci, euh, de m'accueillir…

Brillante et très allumée, Chloé a vu et senti encore mieux que moi le coup de foudre de Laurent. Ce n'est pas la première fois qu'elle en provoque un. Et je vois dans le regard de mon chum que cette fois c'est du sérieux. Il l'a reçu en plein, plein cœur.

Laurent is dead meat.

Il s'est immédiatement excusé, maladroit. Est allé à la salle de bain pour se calmer.

Chloé me regarde, s'approche de moi et chuchote :

– T'as vu comme je ne suis pas gentille ? Regarde ce que je fais à ton ami. Je sais pas ce que je mérite… mais j'en ai une bonne idée.

Et elle met son index sur la boucle de ma ceinture. Elle a aussi un certain sens de l'humour, la vilaine.

Fuck.

Laurent, dans la salle de bain, se regarde dans la glace et se voit écarlate comme un tangara. Puis il se sourit. Et son sourire évolue de battement de cœur en battement de cœur, se transforme en un fou rire qu'il tente d'étouffer en se pinçant le nez. Il est là, dans la salle de bain de son meilleur ami qu'il n'a pas vu depuis dix-huit mois, et il est fou amoureux de sa blonde. Peut-on imaginer situation plus loufoque ? Laurent, crampé dans la salle de bain, est incapable de se retenir.

Laval, entre Cartierville et l'île Verte, dans une auto sport décapotable italienne avec un chien malade dans le coffre, 18 h 45

Le cellulaire de Charles sonne. C'est Mirabelle.

— Attends, je me stationne et je te rappelle.

Il s'arrête près d'une station-service, ouvre le coffre, sort le chien, voit que les serviettes sont propres. Il félicite la bête. Puis il l'attache au pare-chocs. Il se penche sur lui, le flatte, regarde à gauche et à droite, lui fait ses excuses et lui fout de nouveau un doigt dans le fond de la gorge. Rien ne sort. Toujours 8 à 2.

Charles rappelle Mirabelle.

— Oui, c'est moi.

— Où est-ce que t'es?

— Je suis allé chez ma mère. Je m'en vais chez Émile.

— Ça fait deux fois qu'il appelle, il a pas ton numéro de cellulaire? Ton chum Laurent est revenu de Grèce.

— Je sais, j'ai pas pensé d'aller à l'aéroport, mais je m'en vais chez eux, là. Le chien a mangé les tourtières de ma mère. Huit tourtières, câlice.

— T'es pas sérieux...

— Je l'ai mis dans le coffre. Le gros colon.

— Pis, la « facture » ?

— Je suis allé voir chez le bonhomme, y avait personne. Mais je sais où il reste. Je vais revenir lui dire bonsoir plus tard.

— Charles, fais pas le con, là.

— Regarde, j'y ferai pas mal. Je vais juste le shaker un peu. Vieux chausson sale.

— Tu perds ton temps. Tu cours après le trouble.

— On se parle plus tard, beauté. Je vais rappeler Émile.

Île Verte, 18 h 50

Laurent est sorti de la salle de bain, les yeux encore tout rouges d'avoir trop ri tout seul. On dirait qu'il a pleuré. Chloé s'en est inquiétée, un peu mal à l'aise.

— Es-tu correct, Laurent?

— Oui, oui, je suis parfait.

Il a visiblement peine à se contenir, il esquisse un début de rire. Il glousse et s'essuie les yeux.

— Je suis fatigué. C'est sûr. Ça fait comme vingt-huit heures que j'ai pas dormi. Excusez-moi.

— Tu ris?

— Je suis fatigué. Je suis fait à l'os. Avec la bière, ouf. Mais je me replace, je me replace.

Le téléphone sonne.

Laval, entre Cartierville et l'île Verte, dans une auto sport décapotable italienne avec un chien malade dans le coffre, 18 h 54

— Émile?

— Salut, Charlie. T'es pas venu à l'aéroport?

— J'avais des choses à faire. Mais franchement j'ai oublié, j'ai juste oublié. J'arrive. Avez-vous soupé?

— Non, pas encore. Chloé a acheté des moules, mais pas des tonnes. Viens-t'en, on va appeler un lunch.

— Oublie le lunch, je m'en occupe, je vais passer prendre des sushis chez un de mes amis. Ça vous va?

— Une seconde… Des sushis avec les moules, ça vous va?

Laurent et Chloé approuvent d'un signe de tête.

— C'est parfait! Mirabelle est avec toi?

— Non, j'suis tout seul. As-tu du vin?

– En masse. J'ai de la bière aussi.

– Ok. Je vais être là dans une heure.

Il appelle ensuite son ami japonais, celui qui est en affaires avec un congénère, et commande la bouffe. Charles, féru de l'histoire de la Seconde Guerre mondiale, a surnommé les deux hommes Fat Man et Little Boy, les noms de code des deux bombes nucléaires qui ont détruit Nagasaki et Hiroshima en août 1945. Ces surnoms conviennent parfaitement à l'apparence des deux Japonais.

Fat Man, le patron, est toujours heureux de faire ses sushis pour Charles. Ce dernier l'impressionne, parce qu'il travaille à M-Rock et lui offre toujours des cadeaux : des billets de spectacle, des disques, des tee-shirts, des casquettes, toutes sortes de choses. Il lui a même promis de lui présenter Kim Carnes, la blonde qui chante *Betty Davis Eyes,* une promesse qui date de vingt ans mais que Fat Man n'a jamais oubliée.

– Sushi fo' four people. It's okay. Be ready, mister M'ock... You know Kim Ca'nes.

– I remember, Fat Man, I remember. I'll be there in thirty minutes.

Le chien n'a plus rien rendu et Charles lui accorde le siège du passager. L'animal est réveillé, mais amorphe et fatigué, comme s'il revenait d'un marathon.

– Ok, man, embarque en avant. Pis vomis pas, dude.

Sur le chemin entre Cartierville et les sushis de Fat Man, roule une petite auto qui coûte cher. À droite, un chien dort ; à gauche, Charles se fait du cinéma.

Il s'imagine la scène cruciale. Quand il va frapper à la porte de l'appartement du vieux vicieux et qu'il va lui apparaître en pleine face. Landry va savoir immédiatement pourquoi il est là. Payback time.

Deux jours plus tôt, Charles était allé voir une amie qui travaille chez Ponton, le costumier du Vieux-Montréal. Comment voulait-il surprendre le vieux pourri? Sous les traits d'un inspecteur de police, avec des verres fumés et un berger allemand assorti? Souhaitait-il se déguiser en motard? En vampire? En zombie? En gai cuirette? Son amie lui avait alors suggéré le splendide costume de Batman. Charles l'avait essayé. Parfait! Il est assez bien baraqué pour que le costume lui aille comme un gant.

Depuis, il le garde dans son Alfa Romeo, dans un sac.

Île Verte, 19 h 50

Encore cent mètres et Charles arrivera à la maison de l'île. Il n'y a plus de chien sur le siège du passager, mais un sac de plastique contenant quatre grandes assiettes pleines de petites bouchées de riz et de poisson cru.

Charles n'a voulu courir aucun risque et a remis le chien dans le coffre. Celui-ci ne s'en est pas offensé, il a très bien compris la situation.

Charles stationne la voiture, éteint le moteur, prend la bouffe, ouvre la portière, descend de la voiture, ferme la portière, ouvre le coffre, sort le chien, referme le coffre. Se fige. Rouvre le coffre.

– Câlice.

Le vomi a gagné 9 à 8 : toutes les serviettes sont souillées. L'animal, la queue basse, sait qu'il a déçu son maître.

Le chien connaît bien la maison de l'île Verte et sait qu'il y a une place formidable, dans la cour, pour se reposer et digérer. Un abri avec un panier que Chloé a acheté pour tous les chiens et les chats qui veulent bien y faire une halte. Chaque fois que le chien vient avec Charles, il s'y étend.

Charles laisse le coffre ouvert et entre sans sonner. C'est Laurent qui l'accueille.

– Laurent!

– Charlie!

– Prends les sushis, il faut que j'aille vider le coffre. Émile! Donne-moi un sac vert, j'ai des vidanges dans le char.

– Mon câlin? J'ai pas de câlin?

– Laisse-moi vider mon coffre…

Chloé ne croit pas Charles quand il lui raconte ce que le chien a fait chez sa mère. Les huit tourtières. Elle lui donne deux sacs verts et un énorme bol à salade rempli d'eau pour la bête.

Le souper se déroule dans une atmosphère étrange. Oui, la bouffe est excellente: les moules à la moutarde de Chloé, les sushis de Fat Man, le vino bianco et le mezcal. La musique brésilienne et les images, sans son, du match entre Boston et Toronto. La conversation porte surtout sur les dix-huit mois de mon ami à courir la planète. Tout ça est parfait. Cependant, Laurent est tellement sous le choc Chloé, le pauvre, que tout le long du repas il pouffe de rire sans raison apparente.

– Excusez, je suis fatigué…

Il a dû vider une bouteille de vin à lui seul. Et il n'a presque rien touché dans son assiette…

– Tu ne manges pas?

– Je n'ai pas faim plus que ça. La fatigue, c'est sûr.

Je vais au salon regarder la partie des Red Sox avec Charles. Quand nous sommes seuls, il m'informe de son projet de vengeance. Il me demande de ne pas en parler, ajoute qu'il va me « tenir au courant ». Je trouve que c'est stupide et que ça ne rime à rien, mais mon opinion n'a aucun poids, je le sais bien.

Charles sniffe une ligne de coke.

Dans la cuisine, Laurent et Chloé discutent.

– Est-ce que t'enseignes une matière en particulier ou si t'es titulaire ?

– L'éducation physique. Je me vois mal donner des cours de maths.

– C'est ce que je voulais faire, au début, enseigner. J'y pense encore des fois, mais je suis trop paresseuse pour retourner faire un bac.

Laurent voudrait lui dire : « Chloé, je sais que ça n'a aucun sens et que je vais finir par régler ça, mais pour l'instant c'est ça qui est ça : j'ai jamais désiré quelqu'un comme je te désire actuellement. Et j'ai désiré toute ma vie. Ma vie est un long désir ininterrompu. J'en ai des sueurs. Je n'ai plus rien entendu depuis que je t'ai vue. Je fais seulement te regarder. J'en ai des douleurs dans le dos... »

Mais il n'ose pas.

– J'ai hâte de commencer.

– J'espère que tu trouveras pas la chambre trop petite.

– Je ne pense pas que je vais coucher ici, finalement. Je vais aller chez ma mère. C'est plus commode. Question transport.

– On est juste à cinq minutes de l'autoroute, ici.

– Oui, je sais, mais j'ai pas d'auto. J'aime mieux aller chez ma mère.

– Émile était content que tu restes ici une couple de jours. Ça lui ferait quelqu'un pour jouer au tennis en bas de la côte.

– Tu joues pas, toi ?

– Oui, des fois, mais je suis pas tellement bonne dans les sports de raquettes. Je fais du vélo. Un peu de natation. Et du power yoga, bien sûr.

Dans le salon, les Red Sox se font battre et Raùl Mondesi produit deux points pour Toronto.

– Viens voir la game, Laurent.

– Je pense qu'Émile t'appelle…

Laurent voudrait lui dire : « Regarde, Chloé. Je ne veux pas le voir. Tout ce que je veux voir, c'est toi. Je ne veux rien voir d'autre. Rien ni personne… Je veux juste te regarder, toi. Je veux te regarder et pleurer tellement tu es belle. »

Mais il n'ose pas.

– C'est quoi le pointage ?

– Trois à zéro Toronto.

– Go Boston. Les Expos jouent pas ?

– Y pleut à Philadelphie. Vont jouer un double demain.

Les Red Sox ont finalement perdu 5 à 0.

En temps normal, quand on fait un souper entre amis, ça se termine quand même assez tard. Genre minuit, au moins. Mais ce soir il est à peine vingt-deux heures quand la cloche du départ sonne.

Laurent est inflexible : il ne veut pas rester à coucher. Je comprends son malaise. Il veut aller cuver son vin ailleurs qu'ici, et je sais très bien qu'il n'a pas seulement son vin à cuver. Il veut aller se remettre de l'attaque de Cupidon. Charles, lui, est impatient d'aller remplir sa mission. Quand il a quelque chose en tête… Je ressors donc le gros sac bourgogne de Laurent et le mets dans le coffre de l'Alfa Romeo. Charles l'avait laissé ouvert, question de l'aérer et d'en chasser les odeurs. Mais il reste un petit fond pas très agréable à humer.

On se salue.

– Laurent, t'as vu le terrain de tennis? Va te reposer, va embrasser ta mère et appelle-moi. J'ai trop hâte.

– Juré, on fait ça. Je suis désolé de vous quitter si tôt, mais je suis mort. J'ai vingt-huit heures sans dormir dans le corps.

On se fait l'accolade. Chloé salue Laurent et lui sert un autre câlin. Cré fille.

– Laurent, penses-y: t'es sûr que tu veux pas rester? On va se faire un bon déjeuner demain matin…

– Merci, Chloé. Je pense que je vais dormir douze heures. C'est gentil de m'inviter, mais…

Charles, pour sa part, n'est pas dans son état normal. Il a dû se taper deux ou trois lignes de coke. Je sais où il a la tête.

– Charles. Fais attention, man. Es-tu capable de conduire?

– Si je suis capable de conduire? Qu'est-ce que c'est, cette question-là? Je suis top shape. Peux-tu garder le chien? Je viendrai le chercher demain. Ça te dérange pas?

– Non, non… On va le garder.

– Y va probablement dormir jusqu'à demain anyway.

Ils partent enfin, avec le toit ouvert. Il fait tellement beau ce soir, et quand le soir s'étend sur l'île Verte à la fin mai, ça ressemble au paradis.

Charles met toujours sa musique dans le tapis dans son auto. Cette fois, il l'a éteinte, et avec Laurent ils ont jasé un peu.

– Où elle reste, ta mère?

– À Montréal-Nord.

– Faut que je passe par Cartierville. J'ai quelqu'un à voir, une petite affaire à régler, ça va prendre cinq minutes.

– C'est cool.

– Veux-tu aller prendre une bière après?

– Non, je suis fatigué.

– Veux-tu faire une ligne? On peut s'arrêter faire une ligne…

– Non, ça va aller.

Laurent a du mal à faire la conversation. Il est dans les vapes. Il se joue des scènes dans sa tête et Chloé tient le rôle principal. Il lui dit : « Je t'aime. » C'est Charles qui lui répond.

– Moi aussi, j'suis content de te voir. T'as l'air bien, top shape. T'as le petit buzz Chloé, toi aussi, hein?

– Quoi?

– Tout le monde a le petit buzz Chloé, la première fois. Est cute, hein?

– C'est sûr.

– Ha! Le petit buzz Chloé! Il chatouille, le petit buzz Chloé, hein Laurent? Ha!

– J'appelle pas ça chatouiller… Elle me fait mal. Jamais vu une fille si belle.

– Émile sait que sa blonde est spéciale. C'est tout un numéro, Chloé. Mais oublie-la. Elle est folle de lui. Tu vas voir, ça va finir par passer.

Charles a raison. Oui, Chloé m'aime, et oui Chloé est spéciale. Si belle et si sensuelle. Mais je suis ailleurs, et ça, personne ne le sait, sauf moi.

Je ne sais pas si je suis heureux ou malheureux.

Je ne sais pas si je suis au bord de la mer ou de l'abîme. Je ne sais pas.

Je sais que plus rien n'existe que vendredi qui vient.

Je sais qu'il ne me reste que six dodos avant mon moment. Avant mon instant. Je n'ai pas appelé cet instant, je ne l'ai pas provoqué. Il s'est créé tout seul et il m'a trouvé.

Je sais en même temps que c'est ridicule. Tout miser sur ce moment, faire de ce vendredi soir le point tournant, sans savoir. Jouer son bonheur, jouer sa vie à l'aveugle, ce n'est pas très sage. Mais quand on aime, plus rien n'existe, surtout pas la sagesse.

Cartierville, dans un parking, 22 h 40

Laurent n'a aucune idée de ce que trame Charles, il ne lui a rien dit. Malgré les apparences, Charles n'est pas certain de la pertinence de son plan. Il a une grande confiance en Mirabelle, et elle lui a dit que c'était stupide. C'est certain qu'elle a semé un doute. C'est pour ça qu'il n'a rien dit à Laurent. Il ne veut pas nourrir ce doute, au contraire : il veut l'étouffer et suivre son instinct.

Il y en aurait pour des jours à disserter sur l'instinct plutôt rock'n'roll de Charles.

Il a laissé sa petite Alfa Romeo dans le parking du bloc appartements de Landry. Après avoir enfilé son costume de Batman, il est descendu de la voiture et a laissé les clés dans le démarreur. Laurent, assis sur le siège du passager, a vu Charles devenir Batman. Quand on a une bouteille de vin dans le corps, une douleur au cœur et une grande fatigue, cette scène peut rendre perplexe. Batman ? Charles ? Presque vingt-trois heures ? Que se passe-t-il ici ce soir ?

– Je te laisse les clés, tu peux écouter de la musique, j'en ai pour cinq, dix minutes, même pas. Be right back.

– Qu'est-ce que tu fais habillé de même ?!

– Juste une situation à régler.

– À cette heure-ci, déguisé en Batman ?

– Relaxe. Je reviens tout de suite.

Dans le hall, Charles sonne à l'appartement 407. Pas de réponse. Il se souvient de la dame qui habitait juste à côté, au 409. Il cherche son nom sur le panneau. Gignac. Il sonne. Au bout de quelques secondes, elle répond. Elle a l'air bête.

– Qui est là ?

– Désolé de vous déranger à cette heure-ci, madame Gignac. On s'est rencontrés cet après-midi, rapidement. Batman. Vous vous souvenez ? Je suis une connaissance de monsieur Landry. Je dois lui remettre un colis, mais il ne répond pas. Seriez-vous assez gentille pour me laisser entrer ?

– Non.

Et la dame raccroche.

– Tabarnak !

Batman ne se laisse pas décourager si facilement. Il sort de l'immeuble et se rend à l'arrière, où sont les balcons. Il repère le quatrième étage, compte les balcons de gauche à droite et identifie l'appartement de Landry. Il y a du mouvement aux fenêtres. Quelqu'un est là. La porte coulissante est légèrement ouverte et la télévision est allumée.

Charles revient vers l'auto, de sa démarche des jours bizarres. Il a une idée. Une autre idée inspirée par son fabuleux instinct.

Laurent n'écoute pas la radio. Il est assis bien calmement, préoccupé.

– Y a un petit problème, lui dit Charles.

– Un problème ?

– Ça va juste prendre une couple de minutes de plus. Petit changement au programme.

Laurent comprend de moins en moins ce qui se passe.

– Qu'est-ce que tu fais ?

– J'm'amuse, j'm'amuse. Ça sera pas long.

– Es-tu dans le trouble ?

– Je reviens.

Laurent, assis sur le siège passager de l'Alfa Romeo, en train de cuver son vin et son amour nouveau, ne sait pas que Charles est sur le point d'entrer par effraction chez quelqu'un pour venger une agression sexuelle. Pauvre Laurent. Le gars revient de Grèce. Il est en ville depuis à peine six heures et, en plus d'avoir subi le choc de l'amour, il sera témoin des turpitudes de son vieux chum à l'instinct instable.

Charles retourne derrière l'immeuble et, se prenant pour le vrai Batman, escalade les balcons jusqu'à l'appartement de Landry. Ça ne se fait pas sans difficulté, mais Charles est un sportif.

Il est maintenant sur le balcon de Landry et entend la télévision. Il reprend son souffle. Son cœur bat fort.

Chapitre deuxième
Dimanche 27 mai 2001

Ouf. Quelle nuit.

Je m'arrête et je pense à la réalité. On s'imagine qu'il n'y a qu'une seule réalité, alors qu'il y en a autant qu'il y a d'humains. Toutes des réalités foncièrement différentes les unes des autres. Et chacun perçoit la réalité universelle avec soi-même au centre.

La réalité de Charles, hier soir, était à des lunes de la réalité de Michel, et parce que la vie est ainsi faite, ces deux réalités, voyageant chacune dans son univers, se sont payé un magnifique face-à-face.

Je connais la réalité de Charles. Je sais où il est, qui il est et ce qu'il cherche. Je connais sa quête. Hier soir, sa quête, c'était le remboursement de la dette d'un monsieur qui agresse des petits garçons.

Au moment des événements, Charles et moi ne savons rien de Michel. On ne sait même pas qu'il existe.

Sa réalité, la voici.

Michel a 37 ans et vit dans un logement de cinq pièces à Cartierville. Il est réparateur de presses d'imprimerie et travaille à son compte, sur appel. C'est un homme simple et bon. Il est incapable de refuser de rendre service. Il a seulement ça, on dirait : du temps pour les autres.

Aucune situation ne peut désarmer Michel. Et on connaît la vie, n'est-ce pas ? Elle fait exprès pour le tester, plonge toujours Michel dans des bourbiers, et lui ne s'en rend pas compte tellement il maîtrise sa réalité avec doigté. Comme Guy Lafleur dans le temps, il roule avec les coups.

Il a des amis dans tous les milieux, et tout le monde l'aime. Ce qui fait le bonheur de Michel, en fait, c'est la confiance totale et aveugle qu'il accorde à chaque individu.

Michel est veuf et père de deux enfants. Deux petits garçons. Son plus vieux s'appelle Maurice et son plus jeune, Henri. Maurice a 10 ans et Henri, 8 ans. Il consacre son temps, son énergie, sa créativité à les élever.

Sa femme Élisabeth, sa blonde de toujours et la maman de ses fils, est morte il y a trois ans et quelques mois, victime d'un accident de la route survenu dans des circonstances hallucinantes. Le jeune homme qui l'a happée mortellement n'était pas sous l'influence de la drogue ni de l'alcool, et ne roulait pas à une vitesse excessive. Il a juste commis une manœuvre interdite dans un moment où il n'avait pas le choix.

La première chose que Michel a faite : il lui a pardonné.

Cartierville, 7 h

En ce dimanche matin, lendemain de veille, sa réalité n'est pas celle qu'il aurait voulue.

Voici le portrait.

Michel, assis seul à la table de la cuisine, boit un très mauvais café instantané. La cuisine est sens dessus dessous. Il a les traits tirés, il s'est endormi très tard, a mal dormi, et pas beaucoup. Deux heures top. Toutes les pièces du logement, sauf la chambre des petits, ont été vandalisées. L'individu s'est acharné en particulier sur la cuisine et le sofa du salon.

Les policiers ont fait un rapport, pris des photos et noté sa déposition. Quand ils l'ont quitté, deux heures plus tard, Michel s'est affalé sur ce qui fut un divan, maintenant devenu un ancien divan beaucoup moins confortable, beaucoup plus déchiré.

Michel est assis seul à la table et son très mauvais café instantané est froid.

Maurice et Henri ont dormi dans leur chambre, morts de fatigue, après une forte décharge d'adrénaline. Maurice, le plus vieux, s'est couché la gorge nouée et a étouffé ses sanglots toute la nuit. Henri a été saisi lui aussi, mais l'événement a suscité chez lui des questions plus que des larmes. Michel a préféré l'attitude de Maurice, n'étant pas d'humeur à répondre aux questions incessantes du cadet. Ils ont fini par s'endormir.

Ce matin, Michel a appelé sa sœur Jeanne. Elle s'en vient. Elle va ramener les garçons chez elle le temps qu'il fasse du ménage. Beau petit dimanche en perspective. Il y a deux petits sacs à dos dans l'entrée. Michel les a préparés au réveil.

Il y a du bruit dans la chambre des enfants. Maurice se lève, suivi dans la seconde d'Henri. Le plus vieux vient tout de suite à son père, le plus jeune inspecte d'abord les lieux. Maurice pose la première question.

– Est-ce que .tu vas être obligé d'acheter un nouveau frigidaire ?

– Je le sais pas, je vais voir. Faut que je parle aux assurances.

– Qu'est-ce qu'y vont faire, les assurances ?

– Je le sais pas, Maurice, les assurances vont décider de ce qui est pu bon, pis de ce qu'y faut juste laver. Y vont peut-être tout payer, faut que je voie. Mais on est dimanche. Hier soir, papa a fait un rapport de police. Demain, on va voir.

– Faudrait qu'on ait un nouveau sofa, c'est sûr. Pis des nouveaux murs.

Henri a fait le tour du logement et ne trouve pas ça très drôle. Malgré son tout jeune âge, il est droit comme un peuplier et très respectueux des lois et des règles, très préoccupé par le bien et le mal. Maurice est moins soucieux. Henri est un grand partisan du bien. Intolérant avec le mal.

– Est-ce que tu penses que la police va arrêter Batman ?

– Je le sais pas, Henri.

– Toi, papa, est-ce que t'as eu peur ?

– Ben oui, j'ai eu peur.

– Moi aussi.

– Moi, j'ai pas eu peur, moi, prétend Maurice.

Tout le monde sait, surtout Henri, que Maurice a pleuré en cachette. Henri n'aime pas les mensonges.

– C'est sûr que t'as eu peur. Hein, papa ? Maurice a eu peur lui aussi, hein ?

– S'il dit qu'il a pas eu peur, faut que tu le croies.

Henri ne pense pas de la même façon : Maurice a eu peur et il doit le dire, sinon il ne respecte pas le règlement qui dit qu'on n'a pas le droit de mentir, et ce n'est pas juste.

Loin d'avouer, Maurice explique, techniquement, pour-quoi il n'a pas eu peur.

– Ça m'a pas fait peur parce que Batman avait pas d'arme, tu sauras.

Henri sait que Maurice «bullshitte». Michel sait qu'il faut faire diversion, sinon cette discussion ne finira jamais. Peur, pas peur, peur, pas peur, peur, pas peur... Ce matin, ce n'est pas le moment.

– J'ai mis le PlayStation et vos jeux dans ton sac à dos, Maurice. Je vais donner cinq piasses à Jeanne, vous irez vous en louer un autre au club vidéo.

– Tu peux me le donner à moi, le cinq dollars, je vais m'en occuper.

On sonne à la porte. Henri se réserve le scoop.

– C'est moi qui dis à Jeanne qu'on s'est fait maganer la maison!!

Les deux courent à l'interphone, Maurice arrive avant Henri, appuie sur l'émetteur et vole le scoop, le vilain.

– Jeanne! On s'est fait maganer notre maison!!

– Papa!! C'est moi qui devais lui dire! Y triche!

Jeanne est la sœur jumelle de Michel. Ils sont nés le 15 juin 1963. Elle est lesbienne, parfaitement assumée et inébranlable. Rien ne la rebute, personne ne lui fait peur. Elle aurait pu continuer une carrière bien entamée dans le monde de la haute finance, mais préfère le travail social auprès des mal foutus et des esseulés. Jeanne aime les en-fants de Michel comme si elle était leur mère. Et elle ne laissera jamais personne faire du tort à son frère, depuis toujours son alter ego. Il est sa chair et son sang, leurs cœurs battent à l'unisson.

Maurice et Henri n'ont pas attendu que Jeanne arrive au logement, sont partis à la course à sa rencontre vers l'ascenseur. En entrant dans l'appartement, elle prend son frère dans ses bras.

— Veux-tu bien me dire qu'est-ce qui s'est passé?

— Jeanne, on s'en va coucher chez vous pour au moins un soir.

— On s'est fait maganer notre maison.

— Qu'est-ce qui s'est passé?

— Y a un gars qui est rentré dans la maison pis qui a tout vandalisé.

— Qu'est-ce qu'il t'a volé?

— Rien. Absolument rien. T'as vu le plancher de la cuisine? C'est le désastre total. Regarde dans le frigidaire.

Jeanne, soufflée, fait le tour de la place. Elle reste la bouche ouverte tout le long. Maurice et Henri lui piaillent des détails dans le désordre.

— On va avoir un frigidaire neuf, ça dépend des assurances.

— Pis un sofa aussi. Les assurances sont pas ouvertes le dimanche.

Elle ouvre le frigo et le referme aussitôt.

— J'suis rentré hier soir, je revenais du cinéma avec les gars. Y avait un type ici. Je vais te dire, j'ai eu peur.

— Moi, j'ai pas eu peur.

— Qui? demande Jeanne. Un jeune?

— Il était déguisé en Batman! J'imagine qu'y devait être dans la vingtaine. Y est rentré par le balcon.

— En Batman?! Ben voyons donc. As-tu fait quelque chose de pas correct? Es-tu dans le trouble? J'ai des contacts dans la GRC, Michel. C'est qui?

– Aucune idée. Erreur sur la personne.

– T'es sûr?

– C'est lui-même, le gars, qui me l'a dit.

Le gars, c'est Charles, évidemment. Le con fini.

Île Verte, 7 h 16

On n'a pas entendu le chien. Il a dormi toute la nuit. Il est passé sept heures du matin et il dort encore.

Chloé et moi, on est à table. Elle a le nez dans le journal. Je ne lui ai pas dit que Charles avait une vengeance au programme hier soir. Je me demande quand même comment ça s'est passé. Si sa vengeance l'a contenté.

Ce matin, le sujet de conversation, ici, c'est un chien, justement. Je sais que Chloé veut avoir un chien depuis qu'on habite la maison de l'île. Elle dit que c'est un endroit parfait pour un chien, et elle a raison. Moi, en temps normal, je voudrais bien. Pourvu que la bête en question ne ressemble pas à un hamster. Si on achète un chien, il faut que ce soit un vrai chien… Chloé a toujours voulu un grand danois. On en parle ce matin à cause d'une annonce dans le journal qui lui a sauté aux yeux.

– Regarde, ici. Des chiots, grand danois. À vendre. C'est dans le coin de Granby. Y fait beau, on devrait aller faire un tour.

Je sais que ce n'est pas le bon timing pour acheter un chien, à cause de vendredi et de son inévitable conséquence: la fin de notre couple. Je le sais, mais je ne peux pas le lui dire. Maudit lâche de moi. Bon. Je vais opposer de la résistance, mais pas trop, pour éviter d'attirer les soupçons sur mon agenda caché.

– Je ne sais pas si c'est le bon moment, Chloé, pour un chien. Ça s'élève pas tout seul, tu sais.

– Je vais m'en occuper.

– Un grand danois, à part de ça… C'est plus proche du cheval que du chien.

– Quand j'étais petite, à Sept-Îles, ma mère en avait un. C'est beau, c'est fin et c'est pas du tout méchant.

– Y en a un dans *Le Secret de la Licorne*. Un moyen air bête.

– C'est un gardien exceptionnel, pas parce qu'il est méchant, juste parce qu'il est imposant. Il jappe comme une basse à l'opéra.

Elle s'avance pour m'embrasser. Je lui rends son baiser. Puis je reviens sur la soirée d'hier.

– Laurent, il t'a dérangée un peu, non?

– Pas du tout.

C'est évident qu'il y a eu un déclic du côté de Laurent. Chloé est habituée, ça lui arrive tous les jours. Mais dans l'autre sens, des fois…

– Tu l'as pas trouvé correct?

– Je l'ai trouvé très correct. Super beau. Fin. Mais moi, c'est toi, Émile. Seulement toi. Juste toi. Tout le temps. Y a personne d'autre que toi.

Elle se rapproche et cette fois elle ne se contentera pas d'un baiser. Elle a détaché sa robe de chambre. Laissant apparaître l'eldorado. Elle sent le lilas. Mais je ne veux pas aller là. Je ne dis pas que ça ne me tente pas, c'est sûr que ça me tente. Mais ce n'est pas une bonne idée. Il ne faut pas aller là. Je ne vais pas là.

– Ah non, pas à matin. On peut-tu revenir au cheval? As-tu une idée combien ça coûte?

– Je le sais pas.

– C'est où ?

– En Estrie quelque part. Y a un numéro de téléphone. Veux-tu que j'appelle ?

Pourquoi pas, finalement ? Le pire qui puisse arriver, c'est qu'on revienne avec un petit grand danois. Et quand il se passera « quelque chose » entre nous deux, je laisserai le petit grand à Chloé. Au moins, il la consolera.

Cartierville, 7 h 20

Maurice et Henri ne pourraient pas être plus heureux. Ils s'en vont pour au moins une journée, au moins un dodo, chez Jeanne. C'est comme un voyage. Jeanne l'hyperactive n'est pas banale. Les petits gars le savent.

Ils sont déjà à l'autre bout du corridor, devant l'ascenseur. Jeanne a proposé à Michel de les garder toute la semaine. Elle ira les reconduire à l'école, sans faute. Elle ne l'a pas dit devant les enfants, sinon ils auraient explosé de joie et Michel aurait été incapable de négocier.

– Regarde, Jeanne, je vais t'appeler, on verra pour le reste. Pour l'instant, je te remercie mille fois. Aussi, fais ce que tu as à faire, les gars s'amusent très bien ensemble… C'est plus des bébés…

Jeanne partie, Michel a refermé la porte et a refait le tour du saccage. Par où commencer ?

Il est d'abord allé dans sa discothèque et en a sorti *Kind of Blue*. Il l'a inséré dans le lecteur et, aux premières notes de *So What*, il a rempli un seau d'eau chaude avec un peu de vinaigre. Il en a pour un bout de temps. Il doit laver les murs, vider et nettoyer le frigo, voir si le divan est réparable, ou bien le mettre aux vidanges. Il doit laver le linge souillé, les planchers et les tapis.

Il a bien besoin de Miles Davis.

Montréal, carré Saint-Louis, 7 h 30

Charles, l'homme à l'instinct presque infaillible. L'homme inspiré, le Batman des fuckés. Le redresseur de torts tordu. Il n'a pas fermé l'œil de la nuit. Il est allé reconduire Laurent chez sa mère à Montréal-Nord et est revenu au carré Saint-Louis vers minuit. Il a sorti une bouteille de Old Parr et a commencé son introspection.

Il s'est traité d'imbécile, de gros cave, d'innocent, de nuisance publique et d'« ostie de loadé ». Toute la nuit, planté devant le miroir, il s'est accablé d'insultes, jusqu'à avoir le goût de se tirer une balle dans la tête. Jamais un homme ne s'était verbalement tant fait violence.

– J'espère que tu vas te faire pogner, maudite face de gelé. Tête enflée. Cerveau dans le formol de crisse.

Ses élucubrations et son autoflagellation auront eu raison du sommeil de Mirabelle, qui n'a plus fermé l'œil de la nuit. Elle en a profité pour mettre à jour son agenda et son carnet de numéros de téléphone. Charles lui a donné un nouveau cellulaire. Il est le fournisseur officiel de téléphones dans son cercle d'amis. J'en ai un moi-même, et il en a offert un à son client, M. Kirtatas, pour essayer de sauver les meubles après la débâcle du week-end.

Au matin, Mirabelle lui apporte un jus d'orange.

– Viens déjeuner, Charles.

– Jamais. Pu jamais. Je vais me retrouver en prison. Je vais aller en dedans. C'est ça qui va m'arriver. Pis j'aurai couru après. Je mérite pas mieux. J'espère me faire enculer solide par un gros fif agressif. Poilu.

— Déjeune, Charles.

— J'ai pas faim.

— Panique pas, veux-tu? D'abord, t'es impossible à retracer. T'as pas de casier judiciaire, non?

— Je vais me rapporter à la police. Je te le dis, si je me fais pas prendre, je vais me rapporter. Faut que je paie pour ça, entends-tu? Tu sais comment j'aime les enfants? T'aurais dû leur voir la face, Mirabelle, y ont eu la chienne de leur vie. Je vais payer.

— Arrête. Prends ton trou. Y a pas de danger. J'ai vu pire que ça. As-tu volé quelque chose?

— Es-tu folle? Voler?! Jamais. J'ai fait pire que voler.

Non loin de Granby, dans une Nissan bleue, 8 h 22

Tout de suite après le petit déjeuner, abandonnant le chien de Charles attaché dans la cour et encore endormi, Chloé et moi sommes partis vers la ferme d'élevage, à Roxton-Sud. On en a pour une bonne heure à rouler, même plus. En fait, c'est Chloé qui a noté les indications de la madame, mais elle n'a aucun sens de l'orientation. On va probablement se rendre un jour. C'est entre Sainte-Pudentienne et Roxton-Sud. Pour l'instant, on a passé Granby et Chloé relit ses notes.

Mon cellulaire sonne. C'est Laurent. Je me passe tout de suite cette remarque: le gars revient d'un voyage en avion de dix heures, il a pris une tasse solide hier, il devrait être mort de fatigue, et pourtant il appelle à cette heure-ci. Il n'a pas dû dormir de la nuit. Je me demande bien à quoi, ou plutôt à qui, il a rêvé…

Laurent me raconte tout. Charles a capoté.

Cartierville, la veille, 23 h
Derrière l'immeuble, le faux Batman, justicier malheureusement trop sûr de ses douteux instincts et au cerveau parfois un peu trop poudré, grimpe par les balcons et les escaliers de secours et se retrouve à l'appartement de son tortionnaire. La porte coulissante est légèrement entrouverte et la télévision est allumée. Charles reprend son souffle, tente de retrouver un semblant de calme. Même si l'adrénaline lui court dans les veines. Il pousse la porte et se glisse dans l'appartement.

Il n'y a personne dans le salon. Le volume n'est pas très élevé. Charles prend la télécommande et éteint l'appareil. Puis, d'une voix toute douce et innocente, il appelle le maître des lieux.

– Monsieur Landry?

Pas de réponse, alors il élève la voix d'un cran, toujours du même ton presque chaleureux, pour ne pas effaroucher le gibier.

– Monsieur Landry, je m'excuse de vous déranger. Inquiétez-vous pas. C'est moi, Charles Lamy... J'ai joué au hockey avec Sylvain, votre fils...

C'est clair qu'il n'y a personne ici, Charles a fait le tour de l'appartement. Le vieux salaud. L'écœurant. Il y a des photos de petits garçons sur les murs. La pourriture a même aménagé une chambre d'enfants. Après toutes ces années...

Charles pompe, son cœur bat fort. Le vieux dégueulasse va payer.

Il se rend dans la cuisine et ouvre le frigo. Il y a de la bière. Il en décapsule une et la boit d'un trait. Et il balance dans le salon la bouteille vide qui éclate sur le plancher. Il retourne au frigo, trouve un pot de cornichons à l'aneth. Charles est fou des cornichons à l'aneth. Il en croque un, puis il vide le reste du pot dans le frigo tout en parlant à voix haute.

— Y sent mauvais votre frigidaire, monsieur Landry. Faudrait mettre de la petite vache. Vous avez pas de petite vache ? On va mettre du lait, ça fait pareil.

Il verse une pinte de lait dans le frigidaire.

— Vous devez avoir ça, des biscuits soda ?

Il ouvre une grande armoire.

— Ah ben ! Y a une souris là-dedans ! Y a une souris dans l'armoire, monsieur Landry. Je vais la pogner. Minou-minou-minou…

Il brasse l'armoire, la renverse, jette tout son contenu pêle-mêle sur le plancher.

— Estie de cochon ! Vieux sale !

Charles détruit la place. Il répand le contenu du frigo par terre, lance un pot de moutarde sur le mur du salon. Il écrit « Ostie de vieille pédale » sur le mur avec du ketchup Heinz. Il saisit un couteau à pain et éventre le sofa du salon. Dans la chambre principale, il vide les tiroirs. Sur les vêtements qu'il a étalés pêle-mêle sur le lit, il verse savamment du jus de pomme et du sirop de maïs. Il enlève même le capuchon des petites bouteilles d'épices et les envoie valser dans tous les coins. Il ouvre les robinets, bouche les toilettes.

Pendant ce temps, dehors, Laurent attend dans l'Alfa Romeo. Il pense à Chloé et soupire sans arrêt. Soudain, arrive un minivan rouge qui se gare à quelques pieds. C'est celui de Michel. Laurent ignore que dans quelques minutes, cet homme et ses deux petits garçons vont faire la rencontre inopinée de Batman.

Michel et ses fils reviennent du cinéma. Ils sont allés voir *Espions en herbe.* Michel adore emmener les gars au cinéma. Naturellement, ils sont fatigués. Maurice se plaint en sortant du véhicule.

– J'ai mal au ventre, papa.

– Je le savais, je te l'avais dit. T'as trop mangé.

– C'est toi, papa, qui a voulu manger un smoked meat après.

– Moi, Maurice, mon ventre est habitué. Toi, t'as un petit ventre tout jeune, tout rose. En plus, tu t'es bourré de pop-corn pis de M&M pendant le film. Tu penses que t'as fait plaisir à ton ventre, mais c'est le contraire. Ton ventre, y est de mauvaise humeur. Y est trop plein.

C'est alors que le plus jeune, Henri, se mêle de la conversation.

– Moi, mon ventre y est encore plus petit que son ventre, pis j'ai mangé autant, pis j'ai même pas mal.

– Toi, Henri, c'est pas pareil. T'es une machine à digérer. Une vraie machine.

– Peut-être que t'as pas mal au ventre, mais moi j'ai mal.

– Je vais te donner du Bromo-Seltzer.

– L'affaire qui fait beaucoup de ballounes?

– Oui.

– Moi aussi, j'en veux.

– Faut avoir mal au ventre pour prendre ça, Henri.

– On n'est pas obligé, tu sauras.

– Papa, faut avoir mal au ventre, hein, pour prendre ça ?

– Faut avoir mal au ventre.

– Ok, d'abord. J'ai mal au ventre.

– Henri. S'il te plaît.

Charles a terminé son œuvre. Le logement de Landry est totalement vandalisé. Une belle job de bras.

Il entend du mouvement à l'extérieur, dans le corridor. Il distingue de petites voix d'enfants. Le pire lui traverse l'esprit. C'est le vieux ! Le salaud. Le cœur de Charles se met à courir et il serre les dents et les poings. Puis ses doutes se confirment. C'est lui, c'est certain. Ça ne peut pas être quelqu'un d'autre que le vieux : il entend la clé dans la serrure.

Il se place droit devant la porte, pour un maximum d'effet quand Landry l'ouvrira.

Michel déverrouille et pousse la porte de l'appartement. Batman est là et lui fait face.

– Salut, mon estie de fucké. Toujours en amour avec les petits gars ?...

Et là, dans la seconde, la triste vérité éclate au visage de Charles. Il y a erreur sur la personne, ce n'est pas Landry. Michel reste figé un instant, puis a un mouvement de recul. Ses fils lui saisissent le pantalon, terrifiés.

– T'es qui, toi ? Qu'est-ce que tu fais là ?!!

– Papa, c'est Batman !!

Charles, sidéré, a les yeux comme des assiettes à fromage. Il ne sait pas quoi faire. Il esquisse un mouvement pour se

sauver. Michel donne ses clés à Henri et ordonne aux garçons d'aller dans la fourgonnette. Mais les deux petits ne
bougent pas. Tétanisés.

– Les gars, dans l'auto !!!

Maurice et Henri partent en courant.

Charles se sent comme le parfait imbécile qu'il est.

– Attends minute, estie, dit-il la voix tremblante, ç'a pas
de bon sens ! Je me suis trompé. Regarde… j'suis pas armé.
J'ai rien sur moi. Je pensais que c'était un vieux qui restait
dans le 407. Mon erreur…

– C'est le 307 ici !

– Ostie… Je me suis trompé d'étage. Landry, je cherche
monsieur Landry…

– Y a pas de Landry ici.

Charles panique. Il n'avait pas prévu ce scénario. Il fait
néanmoins semblant d'être en contrôle de la situation.

– Restons calmes. On va tout régler ça. Écoute, appelle
la police, je me sauve. Mais je vais tout payer !! Je sais pas
quoi te dire. Je vais tout payer. Fie-toi sur moi. Prends ma
parole. Faut que j'y aille.

– Tu vas tout payer ? Comment, tu vas tout payer !?

Charles prend ses jambes à son cou et fout le camp par
les balcons et les escaliers de secours. Il crie :

– Je vais revenir ! Je vais tout te rembourser. Fais-moi
confiance !!

Michel s'avance dans le logement et constate l'état des
lieux. Il comprend ce que voulait dire Batman en promet-
tant de tout payer… Sans tarder, il compose le 911.

– Oui, faites ça vite, s'il vous plaît. Je m'appelle Michel
Gravel, 234, Belleau à Cartierville, appartement 307. Y a

un gars qui vient de saccager mon logement. Là il se sauve!
Venez-vous-en!

Charles, à bout de souffle, arrive à la voiture.

– Estie, j'suis dans marde! crie-t-il à Laurent. Faut sacrer
le camp d'icitte! Pis vite!

Batman monte dans l'auto et démarre calmement, pour
éviter d'attirer l'attention et d'éveiller les soupçons. Laurent,
qui avait la tête et le cœur ailleurs, ne comprend rien. Il
contemple la scène en se demandant s'il rêve.

Michel a raccroché et, au pas de course, a descendu les
escaliers pour tenter de voir l'auto de Charles. Mais juste
avant de sortir, il entend Henri crier: «Papa!!» Les enfants
se sont cachés sous un escalier au sous-sol de l'immeuble.
Maurice pleure.

– Qu'est-ce que vous faites là? J'avais dit DANS L'AUTO!

– Batman, c'est un voleur?!?

– Restez là, je reviens!

Michel remonte vite au rez-de-chaussée dans l'espoir
d'apercevoir le véhicule du fuyard et de noter le numéro de la
plaque. Les deux petits gars le suivent tant bien que mal.
Maurice en pleurant, Henri s'interrogeant en silence. Comme
ça arrive toujours dans ces situations, Michel a de la difficulté
à ouvrir la porte et quand il arrive dehors il est trop tard.

– Shit!

– Papa, qu'est-ce qui se passe!?

– Shit!!

Il s'assoit où il peut et n'ose pas blasphémer devant les
enfants. Dans sa tête, pourtant, le Vatican défile.

Voilà ce qui s'est passé hier soir, sur la rue Belleau, à Cartierville. Là, vraiment, Charles abuse. Prend-il trop de dope? Difficile à dire, mais il a les idées de plus en plus floues et s'avère un as pour se mettre dans la merde. Sans compter sa nouvelle lubie: il veut maintenant faire carrière en musique. Il pense abandonner son emploi lucratif pour partir en tournée aux quatre coins de la planète. Son band n'a pas encore composé une seule chanson. Ils ne font que des covers. Lui se voit déjà dans les grands hôtels, célèbre et adulé...

Charles n'a jamais été plus Charles que depuis ces quelques mois.

Campagne de Sainte-Pudentienne, 9 h 35

Il y a toujours une différence entre ce qui, selon nous, devrait arriver (la réalité qu'on attend) et ce qui arrive pour vrai (la réalité qui s'impose). De tous mes amis et de toutes les personnes qui m'entourent, je trouve que ma réalité est, depuis toujours, la plus simple et la moins surprenante. Job correcte, blonde correcte, vie correcte, pas de vice majeur, rien de très excitant. La vie file devant moi à vitesse moyenne, sans trop d'embûches, de détours, de surprises ou d'accidents.

En ce dimanche matin, au moment de partir avec Chloé chercher un chiot, je m'étais spontanément dessiné une éventuelle réalité. Toujours, le dessin se trace tout seul dans mon imaginaire et je ne fais que suivre le plan.

J'avais prévu qu'on irait dans une maison de campagne où une chienne a eu six chiots. J'ai prévu que Chloé les examinerait, hésiterait longtemps, me demanderait mon avis, et en choisirait un. Je paierais alors la madame, on mettrait le chien dans une boîte de carton et on reviendrait en ville pour jouer au tennis avec Laurent et connaître la suite des aventures de Batman à Cartierville.

C'est ce que j'avais prévu. Mais, ce matin du dimanche 27 mai 2001 à 9 h 35, la mine du crayon s'est brisée et le dessin a eu un accident.

D'abord, l'endroit est caché. Dans ce coin de la campagne, les voisins demeurent à 501 kilomètres les uns des autres. On finit par trouver, mais après une enquête interminable. Au bout d'un rang, j'aperçois une habitation. Juste à côté de ce qui semble être la maison, il y a une douzaine d'enclos, dont seulement deux sont occupés par deux chiens en laisse. Les chiens sont d'une race impossible à déterminer et de toute évidence malades, à moitié pelés. Ils n'ont même plus la force de japper comme du monde.

Le reste des enclos est complètement délabré, abandonné. Des piquets tordus et des clôtures rouillées. Le gazon, surtout de la mauvaise herbe. Une allure de taudis, avec des plaques de ciment cassées, empilées. Si j'avais été un photographe du *Journal de Montréal*, j'aurais eu ma photo en une, c'est sûr. C'est une vision d'horreur.

Chloé et moi, on se regarde sans se parler, mais on est d'accord. Où sommes-nous? Chloé a peur.

De mon côté, je trouve la situation trop bizarre pour ne pas la pousser juste un peu plus loin. Même si je veux absolument aller frapper à la porte, j'ai quand même mis les choses au clair avec la belle Chloé. Je ne dépenserai pas le moindre dollar pour acheter un chien ici. Mais je veux voir. On est plongés dans un film. Je veux rencontrer les personnages.

– Je pense que j'aimerais mieux m'en aller tout de suite, Émile. Pas de farce. Je sais que c'est moi qui voulais venir, mais là, j'ai peur.

– On va juste aller voir, je te dis. Viens.

– J'aime pas ça.

– Prends des notes, c'est un cas pour la SPCA.

– Je suis mal, Émile. Je me sens mal.

– Regarde, on s'éternisera pas ici. Mais on y est. Prends sur toi.

Je sonne. Nous attendons une bonne minute avant de frapper à la porte, cette fois. Peut-être que la sonnette ne fonctionne pas.

La porte s'ouvre, c'est un petit garçon. Il a entre sept et dix ans. C'est la première fois de ma vie que j'ai peur d'un petit garçon. Il est tout maigre et sale. Il a la pelade. Ses cheveux tombent par galettes. Il lui manque des dents. Je me demande si c'est l'âge ou la pourriture. Ou les deux.

Il ne parle pas tout de suite, il nous scrute. Chloé et moi sommes complètement bouchés. Puis, il entame la conversation.

– Quoi ?

– Est-ce que ta mère est là, s'il te plaît ?

Le petit garçon ne nous répond pas, ne réplique pas. Il nous ferme tranquillement la porte au nez. Chloé remet sa demande sur la table.

– Je veux m'en aller.

– Relaxe.

– As-tu vu le petit garçon ? Moi, j'appelle la DPJ, c'est sûr.

– Y est peut-être juste malade.

– Y a des poux. As-tu vu sa tête ?

– Relaxe.

La porte s'ouvre de nouveau. Un autre personnage irréel. Une dame. Une dame tellement hideuse, je n'essaierai même pas de la décrire. Tout est laid chez elle, tout est pire que pire. Laide et défaite. Sale, les yeux jaunes, édentée. Au point où je ne veux plus parler à la SPCA, mais à un CLSC. Elle lance le même monosyllabe que son fils.

– Quoi ?

– Bonjour, madame. On vous a téléphoné pour les danois.

– Hein ?

– Je vous ai appelée ce matin pour avoir des renseignements sur vos chiens danois.

– Ah oui…

J'essaie de faire la conversation sans trop en avoir le goût. Je lui parle du temps qu'il fait et elle ne répond pas. Je lui mentionne que l'endroit n'est pas évident à trouver. Pas de réponse. Je souligne que Tony Armas Jr lance contre Paul Byrd ce soir à Philadelphie. Elle me regarde, je pense qu'elle veut que je me la ferme.

– Je vous replace, là. Vous m'avez appelée pour les danois.

– En plein ça.

– C'est correct. Rentrez. Y m'en reste trois.

Nous entrons. Je lui dis que je ne suis pas certain d'en prendre un, que j'aimerais bien les voir, elle me demande quelle couleur je veux. Je ne savais pas qu'il y avait des choix de couleur. Je pensais que les danois étaient tous de couleur fauve.

– Pour l'instant, j'ai juste des noirs, mais j'ai deux femelles qui vont mettre bas. Je vais avoir un meilleur choix dans deux ou trois semaines.

– Bah, c'est comme pour une auto, la couleur c'est pas si important, dans le fond…

Chloé veut savoir quelles couleurs seront disponibles. La madame laide répond qu'il y aura probablement du fauve, du gris, de l'arlequin et encore du noir.

– Finalement, si on en veut un tout de suite, c'est un petit noir, c'est ça ?

– Je vais avoir des portées dans une couple de semaines.

– On peut les voir, les noirs ?

– Venez.

On la suit dans le sous-sol, où nous attendent trois chiots dans une boîte de bois – et une autre surprise.

Ahuntsic, à l'appartement de tante Jeanne, 9 h 50

Jeanne est la générosité même. Elle va donner toutes ses chemises, pas juste une, pour aider quiconque est mal foutu, en particulier s'il s'agit de son jumeau Michel ou d'un de ses neveux. Ce n'est pas la première fois que Maurice et Henri viennent passer une nuit chez Jeanne, et ils l'adorent. Ils ont apporté des vêtements pour trois jours. Ça se peut qu'elle leur donne congé d'école demain, et même après-demain.

Jeanne a une armée d'amies toutes plus intéressantes les unes que les autres. Elle n'est jamais seule dans son logement. Toujours de la visite.

Cette fois-ci, ses visiteuses sont Jules et Jim, deux femmes culturistes. Même montées sur des corps d'acier trempé, ce sont de très jolies femmes avec des épaules de joueurs de football. Jeanne sait que ses neveux réagiront quand elle leur présentera ses amies. Surtout Henri.

Maurice se garde de commenter, plus timide, mais Henri, bien sûr, a une question technique.

– Pourquoi tes amies ont des noms de garçons, Jeanne ?

– Henri ! Des fois t'es trop stupide, souffle Maurice, mal à l'aise. C'est pas nécessaire d'avoir toujours un nom de fille quand t'es une fille, pis y a des prénoms qui marchent pour les filles et pour les garçons. Comme Michel. Y a des filles qui s'appellent comme papa. Pis Daniel aussi. Y a des filles qui s'appellent Danielle.

– Oui, mais pas Jules, pis pas Jim.

Jeanne, Jules et Jim rient. Puis Jim répond à l'interrogation bien légitime du petit.

– Ça vient d'un film de François Truffaut. Quand je suis tombée amoureuse de Jules, on se louait plein de films à la Boîte Noire, et un jour on a loué *Jules et Jim*. C'est un film d'amour. Ça vient de là.

– Tu me fais penser à Terminator.

– *Jules et Jim* ou *Terminator,* on est au cinéma…

– Terminator, est-ce qu'il est plus fort que Batman ?

Depuis son réveil, et même depuis hier soir, c'est le grand problème d'Henri : comment Batman a-t-il pu démolir sa maison ? N'est-il pas supposé être un bon ? Il en a conclu que ça ne pouvait pas être le vrai Batman. Et il raconte son aventure pour une millième fois.

Maurice en rajoute.

– Là, mon père y nous a dit de se sauver puis d'aller se cacher dans l'auto.

– Moi, je voulais pas sortir dehors. On s'est cachés dans les marches. J'avais peur.

– Pas moi.

– Menteur!

– Mais là, la police est arrivée. On l'attendait dehors.

– Y avaient même pas mis leurs lumières de police.

– C'est normal, fallait pas que Batman se sauve.

Pendant que Jeanne et Jim écoutent les petits radoter les péripéties de la veille, Jules, qui est technicienne en informatique, s'affaire à brancher la console PlayStation sur le téléviseur.

Sainte-Pudentienne, 10 h 05

C'est amusant, un grand danois, quand c'est petit. Les bébés sont des femelles. Elles sont âgées de six semaines et ont des pattes énormes et disproportionnées. Les trois sont identiques, avec des taches blanches sur le bout des pattes. Dans la boîte, il y a aussi un petit tas de merde. La femme laide appelle aussitôt son fils.

– Marcel!! Y en a une qui a chié, viens ramasser ça!!

Chloé a posé des questions. Elles ne sont ni opérées, ni vaccinées, ni vermifugées; elles sont nées, c'est tout. La femme les vend deux cents dollars chacune. Argent comptant, pas de chèque. Pour des chiens de race, c'est pas cher. Je lui demande si les chiennes ont un pedigree, et la dame me répond qu'elle ne connaît rien dans les maladies et que ça ne l'intéresse pas.

Ensuite, elle me fait une étrange suggestion:

– Voulez-vous voir les autres couleurs? J'ai des échantillons.

Elle veut sans doute dire qu'elle a des photos. Je lui dis pourquoi pas. Et elle nous entraîne un peu plus loin dans le sous-sol, vers un congélateur horizontal dont elle soulève le couvercle. D'un geste de la main, elle désigne trois chiots congelés. Ils peuvent avoir un mois. Un petit arlequin congelé. Un petit gris congelé. Et un petit fauve, tout aussi congelé. Congelés comme trois petites dindes.

Chloé et moi sommes assommés. Bouche bée.

La dame prend alors le premier chiot congelé et passe la main dessus pour enlever un peu de frimas. On voit mieux la couleur ; c'est le petit arlequin.

– Regardez, y est deux couleurs. Noir et blanc. Ça ressemble à un dalmatien, vous trouvez pas ?

Elle le repose et saisit le petit fauve.

– C'est la couleur la plus populaire. Regardez ça. Vous trouvez pas que c'est la couleur du lion ? Le monde l'aime bien, cette couleur-là, avec des petites taches.

Chloé tire sur ma manche sans dire un mot. Blanche comme un drap, elle réclame un moment de réflexion.

– Je le sais pas trop, madame, je vais aller en discuter avec Émile dehors… Viens-t'en, Émile.

– Comme que je vous dis, je vais avoir deux autres portées d'ici deux ou trois semaines. Normalement, je devrais avoir une bonne douzaine de chiens, même plus.

– Vous en avez beaucoup, des congelés ?

– Les autres dans le fond du freezer, c'est d'autres races. Dans le danois, c'est toute qu'est-ce que j'ai.

– On va juste aller en discuter.

– Pas d'offense.

Nous sortons de la maison et marchons jusqu'à l'auto sous le regard des deux chiens usés dans les enclos.

– Achète les trois, Émile. Je t'en supplie. Sors-les de là.

– Quoi?

– Tu pensais payer cinq cents piasses de toute façon. Achète les trois. S'il te plaît, mon amour… Sinon, t'as vu comment y vont finir…

– Les trois? Je veux pas avoir trois chevaux dans ma maison. C'est pas une écurie, chez nous!

– On en gardera juste un, on donnera les deux autres, ou on les vendra.

Et là, elle me fait les yeux doux. Ces maudits yeux doux que je déteste, parce qu'ils sont mortels.

– Maudit que t'es laide quand tu fais ces yeux-là.

J'ai acheté les trois.

Montréal, carré Saint-Louis, 10 h 15

Charles est allé faire du jogging pour tenter d'alléger ses tourments. Il a descendu Saint-Denis, tourné à droite sur Sainte-Catherine, couru jusqu'au Forum en réfléchissant. Normalement, il court toujours avec son walkman, mais cette fois, non. Il en a profité pour penser.

On pourrait écrire une série de livres sur les gaffes de Charles, les volontaires et les accidentelles. Il s'est mis les pieds dans les plats plus souvent que dans ses bottines. La plupart du temps, quand il gaffe, il s'en veut pendant quelques minutes et passe à autre chose. Cette fois, sa conscience le torture et lui fait chauffer les oreilles. C'est qu'il y a des enfants mêlés à tout ça. Deux petits garçons innocents à qui il a probablement causé des cauchemars qui reviendront troubler leur sommeil encore et encore.

Il est revenu de sa course en sueur, avec un nouveau plan. Il en a parlé à Mirabelle.

— Je vais retourner voir le gars. Chez eux. Tout de suite. Je suis sûr que c'est un gars bien correct. Faut que je retourne là. Je peux pas laisser ça de même. J'ai toute décrissé son frigidaire, ses meubles, ses murs. Viens-tu avec moi?

— Oublie donc ça, Charles. Oublie ça.

— Viens-tu?

— Non, j'y vas pas. Premièrement, je trouve ça complètement nul que tu retournes là, et puis, juste au cas où tu t'en souviendrais pas, Marguerite accouche aujourd'hui. Faut que je me tienne pas loin. J'y ai dit de m'appeler. En plus, on est dimanche, pis je travaille ce soir. C'est la fin du mois, j'ai de la job jusqu'au plafond.

— Je vais y aller tout seul d'abord.

— Crisse de con.

— Mets-en.

Cartierville, 10 h 25

Michel, malgré tout, est difficile à décourager. Il a commencé le nettoyage de son logement. Heureusement, les cadres avec les photos des garçons sont intacts. En écoutant Miles Davis et son album génial, il torche et, surtout, il réfléchit.

Ses deux fils, Maurice et Henri, sont au centre de sa vie. Ce qu'il ressent pour eux dépasse l'amour.

Il pense aussi à Élisabeth, leur mère et sa blonde, décédée. La perte d'Élisabeth a été une tragédie. Au moment des événements, il y a près de quatre ans, Michel a dû puiser dans toutes ses ressources pour protéger ses garçons et les empêcher de sombrer.

Ce matin, vadrouille en main, il repense à ce funeste épisode.

Lui-même victime de l'injuste hasard, il avait besoin de tout son air. Il passait ses nuits, non pas à pleurer, mais à apprivoiser la nouvelle Élisabeth.

L'Élisabeth-souvenir. L'Élisabeth-esprit. L'Élisabeth-sans-forme-ni-odeur-ni-voix. L'Élisabeth-du-cœur. L'Élisabeth-partout-tout-le-temps. L'Élisabeth-morte. Des nuits à lui parler à voix haute.

Une fois, de son lit, le petit Maurice qui avait sept ans et qui est toujours le plus inquiet, a crié :

– Avec qui tu parles, papa ? !!

Michel a rejoint ses fils dans leur chambre.

– Avec maman.

Il savait que sa réponse allait susciter des questionnements, mais il ne voulait pas bullshitter. Dans la chambre des gars, il y a d'abord eu le silence. Maurice, qui commençait à apprivoiser l'absence de sa maman, ne comprenait pas pourquoi papa lui répondait qu'il parlait avec maman.

Il a pensé pendant une seconde qu'ils se parlaient au téléphone. Mais non, impossible. Tout le monde lui dit que sa mère est « au ciel ». Peut-être qu'il y a des téléphones au ciel, alors ? Le silence a duré assez longtemps. Michel a saisi le désarroi de Maurice, perdu dans un dédale d'hypothèses et de pensées sans issue au sujet de l'énigme de maman-qui-parle-avec-papa.

Alors la question est arrivée.

– Pourquoi tu dis que tu parles avec maman?

Henri, alors cinq ans, dans le lit juste à côté, était aussi réveillé.

– J'ai les yeux fermés, mais je dors pas et j'écoute. Pourquoi que tu dis que tu parles avec maman et qu'elle est morte, mais que tu lui parles pareil? Mais je reste avec les yeux fermés.

Michel n'est pas très ésotérique ni mystique. Il a toujours eu les deux pieds bien plantés sur le plancher de tuiles et n'a rien trouvé de mieux à leur dire que la vérité.

– Je le sais pas pour vous autres, les gars, mais moi j'ai décidé que maman était pas morte. Je l'aime trop pour la laisser disparaître. Le ciel et tout ça, c'est de la marde. J'ai trop besoin d'elle. Je peux pas arrêter de lui parler. J'ai toujours besoin de ses conseils, j'ai toujours besoin d'elle. Alors je lui parle. Et je sais qu'elle m'écoute. Et qu'elle reste ici.

– Comment tu fais pour savoir que maman t'écoute? a fait Henri, sceptique, les yeux toujours fermés.

– Je le sais, c'est tout. Vous autres, vous parlez jamais à maman? Jamais?

Maurice a été le premier à se mouiller.

– Moi je lui parle dans ma tête, avec pas de mots. Et me semble qu'elle répond.

– Moi aussi.

– Dodo, les gars…

Michel est retourné dans sa chambre et s'est étendu sur son lit pour fixer le plafond. Les yeux grands ouverts dans le noir. Il a pleuré. Il a dit «je t'aime» à Élisabeth. Il l'a murmuré, pour ne pas que les garçons entendent. Un petit moment d'intimité, quoi.

C'était il y a trois ans.

Ce matin aussi, Michel est étendu. Sur le lit de Maurice, les yeux au plafond. Et il parle à Élisabeth.

– Je sais que tu ris. Je sais que tu me vois avec mes gants de caoutchouc pis ma chaudière d'eau chaude au vinaigre, pis que tu ris. Je te connais, beauté. Maurice pis Henri sont probablement en train de jouer au PlayStation ou de manger du pain doré au sirop d'érable chez Jeanne… Je t'aime.

Il prend le téléphone et appelle sa jumelle.

– Allo?

– C'est moi. Finalement, c'est pas si pire que ça. Je vais rencontrer le gars des assurances au début de la semaine. D'après la police, y vont toute payer. Je devrais en profiter pour changer le frigidaire. Comment y sont, mes boys?

– Sont parfaits. T'as pas besoin d'appeler toutes les dix minutes, Michel. Fais tes affaires.

– Sont pas trop ébranlés?

– Ébranlés? Où ça, ébranlés? Zéro ébranlés.

– Je vais voir comment ça va, pis je vais peut-être aller les chercher après le souper.

– Oh non, tu ne viens pas les chercher, je les garde. Toi, tu vas relaxer pis t'occuper de tes affaires.

– Je te prends au mot, Jeanne. Tu serais fine si tu les gardais jusqu'à demain matin. C'est rare que je suis tout seul, j'ai le goût de sortir. Je vais aller prendre une bière. Ça te dérange pas, certain?

– Excellent. Relaxe un peu, mon grand.

Dans une Alfa Romeo orange métallique, 11 h 30

Charles a réussi à convaincre Mirabelle de l'accompagner pour sa visite chez Michel à Cartierville. Il a décidé de jouer le tout pour le tout. Il va se livrer à la victime innocente de ses erratiques élans vengeurs. Si Michel décide d'appeler la police, soit, ce sera ça. Charles a une tache sur sa conscience et la seule façon de la faire disparaître, c'est de se mettre à la merci de Michel.

C'est lui qui va décider de son sort. Point.

— Y a des fois, Mirabelle, je comprends pas pourquoi je suis pas cul par-dessus tête en amour avec toi. Pis des journées comme aujourd'hui, je le sais : c'est parce que c'est plus que de l'amour que j'ai pour toi. T'es comme un chum. Pis en bonus, t'as des seins fantastiques. Les plus beaux.

— Arrête de radoter, Charlot. J'y vais juste pour voir à quel point tu vas te caler.

— C'est ça que je te dis, Mirabelle : un vrai chum.

— Si ma sœur appelle, je t'avertis, on retourne de bord pis on s'en va à l'hôpital.

— Yes.

Dans une Nissan bleue, 11 h 53

Chloé est assise sur le siège du passager et elle tient un chiot grand danois sur elle. Je suis au volant. Les deux autres petits chiens sont dans une boîte sur la banquette arrière.

— Tu pues, mais t'es belle, souffle Chloé à la petite femelle.

— Tu m'écœures, lui dis-je, plein de bienveillance.

— Je le sais. J'ai pas été une bonne fille, hein ? Je t'ai fait dépenser ?

— Trois chiens ! Tu m'as fait acheter TROIS chiens !

– Je mérite une fessée. Quand on sera chez nous, tu me donneras une fessée.

Encore cette fixation. Je ne peux pas faire autrement, je souris. Y me semblait bien que ça allait revirer au cul. Chloé ramène toujours tout à la même page.

Le téléphone sonne.

– Oui?

– Chloé? C'est encore Laurent.

Depuis le matin, Laurent fait les cent pas chez sa mère, dans la chambre d'amis. Il regarde le téléphone, tenant à la main la raquette de tennis que je lui ai donnée. Il ne pense qu'à elle. Exténué. Fébrile.

– Où es-tu? demande-t-il.

– Dans l'auto avec Émile, on revient à la maison. On sort de l'enfer, Laurent. On a vu l'enfer.

– Bon. Une autre affaire. Qu'est-ce qui s'est passé?

– Émile va te conter.

– Avez-vous eu des nouvelles de Charles? Émile l'a appelé? Je vous dérange pas?

– Non, pas du tout. Émile est fâché un petit peu, je l'ai fait dépenser. On a acheté trois chiots.

– Quoi?

– Trois chiots danois. C'est toute une histoire.

– Trois?

– Trois.

– Je comprends pas… Vous faites quoi après-midi?

– On va certainement passer une partie de la journée à faire la paix. Je te passe Émile.

Elle me tend l'appareil. Laurent me répète, en bref, tout ce qui s'est passé hier soir à Cartierville. Il se cherchait un prétexte pour entendre la voix de Chloé, c'est clair... Il me donne de nouveaux détails. Batman, les enfants, le ketchup Heinz, le sofa éventré, le sirop de maïs, la police... Je suis sans voix. Charles, c'est mon vieux chum, mais je ne peux m'empêcher de le trouver pire que con.

Laurent me demande combien de temps on va « faire la paix », Chloé et moi, cet après-midi.

– Écoute-la pas. Elle a juste ça dans tête, faire la maudite paix. Eille, on a acheté trois chiens. Viens à maison, je te conte ça. Amène ta raquette.

– Parfait. Y est rien arrivé de grave, j'espère ?

– Non, juste une scène de film d'horreur. À tantôt.

Chloé avait l'intention de se faire pardonner l'achat des trois chiens. Moi, j'aime mieux jouer au tennis.

– Tu veux pas être seul avec moi ?

– Non.

Rien comme la franchise.

Ahuntsic, chez Jeanne

Jeanne est très contente de voir les garçons s'amuser, les doigts collés de sirop d'érable, avec en mains les manettes du PlayStation.

– Vous couchez ici ce soir, c'est sûr. Papa veut sortir un peu. Pour relaxer.

– Il va aller voir des filles danser, c'est son sport favori, déclare Maurice du tac au tac.

Cartierville, dans l'Alfa Romeo, 12 h 45

Charles et Mirabelle sont passés par l'île Verte chercher le chien-qui-a-mangé-huit-tourtières. Il dort encore, toujours assommé après sa grande bouffe de la veille, le système digestif complètement détraqué.

Depuis qu'ils ont quitté l'appartement en matinée, Charles et Mirabelle ont beaucoup discuté et le différend qui les oppose est irréconciliable : Charles veut aller expier sa faute, Mirabelle souhaite qu'il fasse le mort.

Ils sont donc de retour sur les lieux du crime, garés dans un coin discret du parking.

Charles a voulu laisser le chien chez sa mère en passant, mais a très bien compris la situation quand elle a refusé en lui disant que si elle revoyait ce chien, elle lui ferait manger une tourtière spéciale, « pis y va crever, ton câlice de chien ». Alors le chien dort sur le siège arrière.

Charles est certain de son plan. Il veut se punir et laisser la justice décider de son sort. Il a fait royalement chier un innocent, alors l'innocent en question a le droit, à son tour, de le faire chier. C'est comme ça que se joue la game de la vie dans le grand livre de Charles.

Mirabelle trouve ça bien digne, mais foutrement déraisonnable dans les circonstances.

– Tu cours après le trouble. T'as la paix, là. Garde-la donc.

– Non, je l'ai pas, la paix. Pas pantoute. Je vais payer pour, ou ben je vais vivre mal.

– Un gars vient défoncer mon logement. Le lendemain, il se montre la face chez nous. Je fais quoi, d'après toi ? Je lui offre une bière ? Qu'est-ce que tu penses qu'y va faire ? T'as fait un fou de toi, assume. Rajoute pas de moutarde.

Encore une conversation stérile. C'est bien évident que Charles souhaite amadouer Michel et qu'il a réellement l'intention de réparer sa faute. Et il aimerait bien pouvoir le faire sans avoir à se farcir un casier judiciaire.

– Je suis pas un crosseur, je suis pas un bandit. Juste un imbécile.

Selon le «plan», Mirabelle va sonner chez Michel et se présenter comme l'avocate venue trouver une solution à l'affaire. Si Charles sonne lui-même, Michel appellera la police tout de suite et ça l'empêchera de le confronter, face à face. Selon Charles, si c'est Mirabelle qui sonne au 307, c'est sûr que Michel va la faire monter, c'est une affaire de testostérone.

– Bonjour, monsieur Gravel, je suis maître Mirabelle Dorval, l'avocate de monsieur Charles Lamy. Le type qui s'est introduit chez vous par effraction. Je voudrais vous parler.

– Pardon? Vous êtes l'avocate de Batman?

– Y était déguisé en Batman?

En prononçant ces mots, elle songe: «T'étais déguisé en Batman? Tu m'avais pas dit ça…»

– Vous pouvez descendre ou je peux monter. C'est comme vous voulez.

– Montez.

Comme il avait été convenu entre Charles et Mirabelle, celle-ci devra bientôt se retirer du dossier. Le but, c'était de provoquer un face-à-face entre Batman et sa victime. Dans l'escalier, Charles, malgré ses propos un peu fanfarons, a les mains moites. C'est Mirabelle qui frappe délicatement à la porte. Michel vient ouvrir.

– Bonjour, maître Dorval.

– Bonjour, monsieur Gravel.

À cet instant, Batman, alias Charles Lamy, surgit devant Mirabelle pour remettre une carte à Michel.

– Bon, écoutez, monsieur Gravel, mon nom c'est Charles Lamy. C'est moi qui ai décâlicé votre logement hier soir. Ça, c'est ma carte. Mon cellulaire est là. Mon bureau, mon domicile, mon courriel. Tout est là.

– Ah ben.

– Et je suis prêt à payer pour. Si vous voulez appeler les policiers, je vais rester ici et attendre qu'ils viennent m'arrêter.

– C'est mon call?

– Complètement.

– C'est bon.

– Mais si vous préférez m'écouter, je vais tout vous dire. En détail. S'il vous plaît.

– T'es bien parti.

– J'avais pas de mauvaises intentions, mais en même temps je suis le plus gros cave que la terre ait porté.

– On s'entend là-dessus.

– Qu'est-ce que vous voulez faire? Vous appelez ou je m'explique?

Michel se tourne vers Mirabelle.

– Votre client est mémère, votre seigneurie…

– Mon client est surtout un imbécile. Il vous l'a dit lui-même.

– Entrez, mais faites pas attention au désordre, je suis justement en train de faire du ménage. Batman est venu faire la fête hier soir.

– Je peux attendre ici si vous voulez.

– Non, non. Entrez, entrez. Faites pas attention. Voulez-vous une bière? La bouteille sent les dill pickles, mais la bière est excellente.

C'est alors que Mirabelle reçoit un appel de sa petite sœur Marguerite.

– Oui?... Hein?? Pourquoi tu m'as pas appelée avant!? J'arrive!

Pas question qu'elle reste une seconde de plus. Elle appelle tout de suite un taxi.

– Marguerite s'en va en salle d'accouchement. C'est quoi, l'adresse, ici?

– 234, rue Belleau.

– Charles, prête-moi un cent...

– Ça peut pas attendre dix minutes?

– Donne-moi un cent. Je vais prendre un taxi.

– Mirabelle, cinq minutes?

– Oui, Taxi Coop? Un taxi, pressé pressé, 234, Belleau à Cartierville, je vous attends en bas. Vite!

Dès que Mirabelle sort, Charles raconte tout à Michel. L'épisode de son enfance qu'il a voulu venger hier soir et les raisons pour lesquelles tout a mal viré. Peu à peu, Michel se prend de sympathie pour le vandale. Pas tout à fait le syndrome de Stockholm, mais dans la même zone. Michel, père de deux petits garçons, comprend l'intention de Charles et sa volonté de remettre la monnaie de sa pièce à son agresseur.

– J'avais douze ans dans le temps. Imagine-toi. Tu ferais quoi à ma place?

– Si ça arrivait à un de mes fils, j'irais certainement vandaliser la maison DU VOISIN du vieux pédé. Ça me semble logique… De toute façon, faut que je te dise : c'est une madame qui reste en haut, une madame toute seule, c'est pas ton prédateur. Elle s'appelle Landry, mais c'est une madame de soixante-dix ans…

– Attends minute.

– Oui…

– Si je m'étais pas trompé de balcon, je serais tombé sur une madame ?

– Une chance que tu t'es trompé. C'est rare, mais des fois c'est une chance que les caves soient gelés. Sinon…

– Merci.

– Veux-tu une autre bière ?

La vie est formidable. Elle nous décourage et on a envie de la flusher, mais subitement elle change ses couleurs et apparaît, comme ça, géniale. Moins de vingt-quatre heures après qu'un gars déguisé en Batman a scrappé l'appartement d'un autre gars, nous ne sommes pas dans un poste de police, ni dans un bureau d'avocats, ni chez l'assureur. Nous sommes dans un logement de cinq pièces à Laval et la bière coule. Une amitié naît sur une terre en apparence infertile. Une amitié naît du crime et du vandalisme. Une amitié au-delà de toute force négative. Deux gars dont la destinée était de s'affronter, et qui ont transformé cet affrontement en occasion de fraterniser. Charles est ferme : non seulement Michel ne paiera pas cinq sous, mais il va probablement s'enrichir. Cet incident deviendra une occasion imprévue et séduisante.

– Tu me donnes toutes tes factures. Toutes. Je te fournis tout ce qui te manque, à neuf. Frigidaire, sofa, peinture, tout. Je vais même avoir des jeux de PlayStation pour tes gars.

Michel le croit, parce que Michel a ce talent : entendre la vérité quand elle s'exprime. C'est un talent spécial et il ne sait même pas que la nature le lui a donné.

– Qu'est-ce que tu fais dans vie, toi ?

– Je cultive mes contacts.

– Hein ?

– Je suis représentant aux ventes pour un poste de radio. Vendeur de pub, si tu veux…

– Ah oui ? Quel poste ?

– M-Rock.

– C'est celui-là que j'écoute.

Le téléphone de Charles sonne, c'est Chloé.

– Charles ?

– Je te rappelle dans cinq minutes…

– J'en ai pour dix secondes.

– Dépêche, je suis occupé, là.

– Je le sais que t'as déjà un chien, mais t'aimes tellement ça… J'ai une belle petite chienne danoise à donner. Penses-tu que tu connais quelqu'un qui serait intéressé ? Ou toi, la veux-tu ? Elle est belle…

– Qu'est-ce que tu fais avec ça ? Où t'as pris ça ?

– Ce matin, à la campagne. Je cherche quelqu'un à qui la donner.

– Attends une seconde, veux-tu ?

Charles voit là une autre excellente façon de marquer des points. Lui-même, quand il était jeune, quand il était petit gars, il aurait tout donné pour avoir un chien.

– Tes gars aimeraient ça, un petit chien ? J'ai un petit chien si tu veux. Un petit danois.

– Un danois, c'est gros…

Charles a tout vu dans les yeux de Michel. Il n'a pas d'enfant, mais il a une imagination formidable. Il a vu dans les yeux de Michel toute la joie qui brillera dans ceux de ses fils.

– Ok, dit-il à Chloé, garde-le pour moi. Je le prends. Faut que je raccroche.

– Y paraît que t'en fais des pas pires?

– On s'en reparlera.

Tiré par les cheveux? Oui. Impossible? On l'aurait juré. Contre toute logique, toute attente et tout bon sens, Michel et Charles sont devenus des amis instantanés. Coup de foudre d'amitié.

Charles a enlevé son blouson de cuir et s'est attelé à la tâche. Il a aidé Michel à laver tout son logement. Ils ont passé toute la journée, des heures, ensemble, à tout remettre en ordre.

Le plus étonnant dans tout ça, c'est que Michel ait trouvé ça normal que Charles se présente comme ça, à peine quelques heures après son crime, et qu'il lui offre de l'aider à tout réparer. Pour Michel, ça se peut.

Île Verte, 15 h

Les choses autour de moi, la vie qui m'entoure, tout ça semble avoir été écrit par un scénariste. Moi, je crois que ce scénariste génial, chargé d'écrire les pages de mon existence, a tout bien planifié. Je crois que tout s'arrange, que tout converge vers des dénouements heureux, malgré ce qui semble être des embûches. Bien sûr, mon scénariste connaît mes bouleversements intérieurs, il sait que je semble vivre en équilibre, mais que ce n'est qu'une illusion. Je suis chaviré et mon cœur est en crise.

Une crise que je dois camoufler pour éviter de blesser Chloé. Mais je sais que dans les heures qui viennent, dans les jours qui viennent, je devrai lui en parler. Chaque minute s'empile sur la précédente et le poids de l'amour s'amplifie et m'écrase doucement.

À mon grand plaisir.

Je pense à cette fille que je reverrai vendredi. Ève. Cette seule perspective a mis mon univers sens dessus dessous. Pourtant je ne suis pas un gars de châteaux en Espagne. Je ne suis pas le gars des grandes ambitions, des emportements. Je ne demande rien de spécial à la vie, juste être heureux. Payer mon loyer, mon char. Jouir d'un peu de musique, aller au cinéma de temps en temps, jouer au tennis, regarder le hockey sur une bonne télé. Rouler sur un vélo usagé.

Des dizaines de petits bonheurs. Mais un seul grand amour. Démesuré.

Je m'invente une nouvelle façon d'aimer Ève à chaque minute. Je cherche à m'isoler pour pouvoir me jouer une scène avec les yeux ouverts. J'hésite à dormir, parce que je ne suis pas certain de pouvoir rêver à elle quand je ne maîtriserai plus mon imagination.

J'adore le scénariste de ma vie. Il a ramené Laurent de Grèce et lui a envoyé Chloé dans le cœur – et ailleurs...

Laurent est arrivé chez moi et nous sommes immédiatement allés au terrain de tennis. Il a beaucoup joué au Club Med, ça paraît. Il s'est grandement amélioré. Avant, nos matchs étaient serrés, mais je parvenais à le battre six fois sur dix. Aujourd'hui, il me fait courir à sa guise, devant, derrière et sur les côtés ; il me manipule comme une marionnette et, de peine et de misère, je parviens à lui arracher une partie de temps en temps. Je ne suis plus de taille. On dirait un enfant contre un adulte, un novice contre un pro. Mais je suis en amour et je me fous totalement de perdre au tennis. Laurent aussi est en amour et se fout complètement de gagner. Il ne s'est même pas forcé. Il n'a pas la tête à la balle jaune. Tellement pas. Je peux juste imaginer ce qui se serait passé s'il avait eu le goût de jouer. Je n'aurais jamais touché à la balle.

Chloé est à la maison et prend soin des trois chiots. Elle leur a acheté de la nourriture et leur donne beaucoup d'eau. Elle les a lavés à l'eau tiède avec du shampoing pour bébé, les a séchés délicatement avec une serviette en ratine douce. Elle les a baptisés Un, Deux et Trois.

Puis elle a téléphoné à sa mère à Sept-Îles.

Judith

Judith, trente-neuf ans, est la mère de Chloé et elle est dangereuse. Elle n'est pas méchante, certes pas, mais elle est dangereuse. Aussi belle que sa fille et tout aussi portée sur les plaisirs de la vie. Elle est folle du sexe. Psychologue-artiste-peintre-poétesse-botaniste-écrivaine-naturiste-philosophe-engagée-sensuelle-gauchiste, elle parle et écrit quatre langues, a signé deux livres sur l'éducation politique des enfants, des livres traduits en quatorze langues et lus par des milliers d'écoliers dans le monde entier.

Le genre parfait.

Devenue mère à dix-huit ans, elle a quitté Montréal avec sa fille qu'elle a élevée jusqu'à l'âge scolaire à Brooklyn, dans un appartement qu'elle partageait avec trois collègues tout en fréquentant NYU. Elle a reçu son diplôme en éducation spécialisée, puis elle est revenue au Québec et s'est installée à Sept-Îles, où Chloé a étudié jusqu'au cégep. Quand celle-ci est partie pour Montréal, Judith est demeurée sur la Côte-Nord et s'est rapprochée de la réserve de Maliotenam.

Mère et fille sont de grandes amies et des complices de tous les instants. Chacune donnerait sa vie pour l'autre, et, malgré la distance, elles sont en contact permanent.

Chloé a raconté à Judith l'épisode de notre visite chez l'éleveur de petits chiens.

— C'était l'enfer, maman. Une vraie scène de film. Il fallait absolument sortir les chiots de là et Émile a acheté les trois. Je les ai avec moi.

— Tu ne peux pas garder trois chiens, Chloé…

— Je veux que tu en prennes un. Je veux absolument que tu en prennes un, maman. Dis-moi oui, s'il te plaît. Tu vis dans un endroit magnifique pour un grand chien et je sais que tu aimes ça…

— J'ai pas eu de chien depuis que Socrate est mort.

— Je te garde la plus belle. C'est trois petites filles.

— D'accord, alors… Tu viendrais quand?

— Je sais pas, probablement demain, au plus tard après-demain.

— Je t'attends. Je vais nous faire une soupe aux huîtres, j'irai en chercher demain matin.

– Je t'aime, maman.

– Je t'aime encore plus, Chloé.

Et c'est ainsi qu'en moins d'une demi-journée, trois petites chiennes ont trouvé des niches. Un restera à l'île Verte ; Deux ira chez Michel et ses fils ; et Trois chez Judith.

Île Verte, 17 h 40

J'apporte toujours de la bière très froide quand je joue au tennis. Six blondes, de la Leffe. Elle a du goût et assomme juste assez. Avec tout ce que j'ai dans la tête depuis quelques jours, être assommé est une excellente idée… Après que Laurent m'a foutu une volée, nous nous sommes assis à l'ombre d'un grand saule, à quelques mètres du terrain.

– C'est sûr que t'as joué au tennis en Grèce, toi. Il y a deux ans, je te clenchais trois fois sur quatre.

Laurent a toujours une bonne réplique.

– Attends que je joue avec ma bonne main, ça sera pas beau. Non, pas de farce, j'ai joué tous les jours en Grèce. Je donnais des cours.

– Ça fait deux semaines que j'ai recommencé. Avec Chloé, ça va pas mal moins vite.

– Elle a quand même l'air en forme.

– Elle fait du vélo, du yoga. Elle nage. Top shape, la petite Chloé.

Laurent demeure silencieux. Enfin, disons qu'il n'émet aucun son, mais son silence, comme ça arrive souvent, est très bavard. Je serai franc et honnête : je fais exprès de lui vanter les mérites, attributs, qualités de Chloé. Ça lui fesse dedans plus qu'une Leffe, même plus que deux.

– Je sais pas comment te dire ça… Je sais juste qu'y faut que je te parle. Shit, Émile, c'est toffe. Les affaires vont trop vite. Je me disais que je pourrais peut-être attendre un peu, mais je peux pas. C'est trop dangereux. Je pourrai pu jouer au tennis avec toi.

Je sais exactement ce que Laurent veut me dire. Mais moi aussi, des fois, j'ai le sens du punch.

– Tu m'aimes. Depuis qu'on s'est rencontrés au cégep, tu te bats contre toi-même. Tu t'es sauvé en Grèce en pensant m'effacer. Mais pendant que tu étais loin de moi, tu n'as pas guéri ta blessure, au contraire. Tu as rêvé à moi, à mon cul, à mon sexe… C'est ça ?

Il est bouché.

– C'est Chloé, Émile. J'aime Chloé. Je suis fou de ta blonde. Demande-moi pas de t'expliquer, je serais pas capable. Demande-moi pas pourquoi, je sais pas. Demande-moi rien, je sais rien. Je l'aime. Je suis à terre.

Sacré Laurent. Il pense me faire de la peine, alors qu'il me libère d'un poids. Quand je dis que le scénariste de ma vie a pensé à tout… Je laisse quand même un silence de cinq secondes appesantir l'atmosphère. Ne pouvant plus en supporter le poids, il reprend.

– Je suis ici, avec toi. On a joué au tennis ensemble tout l'après-midi. Et c'est ta blonde que j'ai dans la tête.

Je le regarde encore sans rien ajouter. J'adore cette situation. Je suis heureux comme un pinson du matin. Laurent ne sait plus où se mettre. Il appréhende la suite. Il attend une réplique. Je le scrute sans rien dire. Puis, après un bon bout de temps, il se met à s'agiter.

– Ben là, Émile, dis quelque chose. Donne-moi un coup de raquette dans le front. Fais quelque chose.

– Chloé?

– Chloé.

– Bon.

Je détourne le regard, me lève et me mets à marcher tranquillement. Je m'arrête et contemple la cime du chêne. Avec un sourire. Laurent est nerveux.

– Qu'est-ce que tu fais?

– Je réfléchis. Je pense à ce que je vais te dire. Je veux pas te dire n'importe quoi.

– Regarde. Je te le dis, on va prendre un peu de temps. Je vais rester de mon bord pour un bout de temps. Ça fait dix-huit mois qu'on se voit pas. Une couple de jours de plus, le temps que je me raisonne…

– Je pense, là. Je pense. Peux-tu me laisser penser?

– Aimes-tu mieux que j'm'en aille? Je saute dans le char de ma mère, pis je m'en vais. Je prendrai ma douche chez elle.

– Tu me dis que si t'es venu ici aujourd'hui, c'est pas pour jouer au tennis, mais pour voir Chloé?

– En fait, je suis venu ici ni pour le tennis ni pour Chloé. Je suis venu pour te parler. Pis là, ben je te parle. Et ça fait du bien.

Bon, d'accord, je me dis, le pauvre a assez souffert. Je lui dévoile mon doux et douloureux secret.

– Laurent, y a deux semaines, je sais pas comment j'aurais réagi. J'aurais peut-être été frustré, mais peut-être pas non plus. Tout le monde tombe en amour avec Chloé, je le sais. Chloé, je l'adore. Elle est fine, brillante, curieuse. Originale. Elle est juste assez enfant, juste assez femme.

Elle est comme tu penses qu'elle est. Mais depuis deux semaines, Laurent, c'est fini. Je sais que c'est fini.

– Quoi ?

– Elle le sait pas, alors sois discret, on s'entend ? Mais moi je le sais.

– Qu'est-ce qu'il y a eu, y a deux semaines ?

– Une autre fille m'a appelé. On est dimanche ? Alors ça fait exactement treize jours… Il est quelle heure ? Six heures et quart ? Treize jours, six heures et onze minutes.

– Une fille pas comme les autres, c'est sûr.

– La fille qui m'a appelé, elle-même, c'est banal. Ordinaire. Mais ce qu'elle avait à me dire, c'est ça qui a tout changé. Qui m'a fait exploser.

Le premier amour

J'ai été un petit garçon très ordinaire, comme il y en a des milliers au pays et des millions sur la planète. Un enfant aimé par ses parents, qui a grandi dans une famille ordinaire dont tous les membres s'aimaient sans se le dire. Quand j'ai commencé l'école, j'avais toujours de bonnes notes sans fournir le moindre effort. Je chassais les grenouilles, je jouais au hockey dans la rue, je faisais crier mes sœurs, tout était facile. L'enfance était un jardin de roses. J'étais le plus jeune d'une famille de cinq enfants. Les quatre autres étaient des filles. Ce qui ne m'a jamais empêché d'accomplir mon mandat. Mes sœurs vous le diront : je leur ai joyeusement tapé sur les nerfs. Comme tout bon jeune frère hyperactif.

Dans mon esprit, jusqu'à l'âge de treize ans, une fille ne servait qu'à ça : mesurer son degré de résistance à l'humour stupide d'un garçon.

Puis je suis devenu adolescent et mes hormones sont sorties de leur sommeil. Je me souviendrai toujours qu'à quatorze ans, j'ai touché une autre fille qu'une de mes sœurs, dans un autre but que de la faire chier. Non, je n'ai pas touché un sein, ni une fesse. Juste une épaule. Ma main nue s'est posée sur son épaule nue. Les hormones s'imposent dans la vie de l'homme, par surprise. Sans mode d'emploi, sans description de tâche. On en découvre les mystères avec le temps et l'expérience. La fille s'appelait Louise et son épaule gauche était plus précieuse que de l'or.

Lentement, les hormones ont fait leur œuvre et les filles sont devenues autre chose que des objets de mauvaises jokes et de moqueries. Elles sont devenues des fées et des magiciennes capables, en un battement de cils, de tout chavirer.

Puis, j'ai eu seize ans.

À cet âge, j'avais déjà expérimenté plein de choses avec l'amour et les filles. De l'épaule de Louise, j'avais évolué. Je connaissais la douceur des lèvres, le feu d'un baiser long et langoureux, avec la langue. Je savais aussi la chair des seins et la rondeur des fesses. Je n'avais pas encore poussé l'apprentissage jusqu'au bout, mais je savais vers où ça allait. J'ai vite été un grand amateur d'amour.

Ève vivait à quelques rues de chez moi. Je ne le savais pas. Un jour, un samedi matin, j'allais comme d'habitude tracer les plans de mon week-end d'ado avec les frères Bérard, Réjean et Rodrigue. C'est là que je l'ai vue pour la première fois. J'étais sur le trottoir sud et je marchais vers l'est. Elle était sur le trottoir nord et marchait vers l'ouest.

J'avais touché l'épaule de Louise, les lèvres de Sandra, la langue de Guylaine, les seins de Paule, les fesses de Maria.

Mais je ne savais pas que la simple présence physique d'Ève, sa seule existence, sans même que je la touche, que je lui parle, que je la sente, allait avoir cet effet.

Je suis devenu fou. Dans la discrétion de la salle de bain familiale, j'avais feuilleté, avec un intérêt orgasmique, plein de revues avec des vedettes de la chanson et du cinéma qui n'existaient que pour apprendre à mes hormones la raison même de leur existence, mais je n'avais jamais vécu cette émotion. Rencontrer Ève. Juste la voir. Quand on a seize ans, la dernière chose au monde à laquelle on pense, c'est la mort. Pourtant, ce samedi matin de mes seize ans, je me suis passé cette réflexion : «Je vais mourir un jour. Et il faudra que je me souvienne de cet instant. Il faudra que je me souvienne que j'ai rencontré l'infini. L'infini, c'est cette fille. Je ne sais rien d'elle. Je ne sais pas où elle habite, je ne sais pas quelle école elle fréquente, je ne sais pas si elle a un chum. Je ne connais ni son nom, ni sa famille, ni son adresse. Tout ce que je sais, c'est son effet. Ce qu'elle a provoqué en moi.»

La scène est simple. Un ado voit une ado. C'est tout. Mais cet ado n'a jamais imaginé que la beauté pouvait atteindre un tel sommet. Il en est complètement assommé. C'est un tel choc qu'il en perd tous ses moyens.

Quand j'ai frappé à la porte de Réjean et Rodrigue Bérard, ce samedi matin-là, j'étais dans un état second.

Cette fille qui marchait de l'autre côté de la rue ne m'a plus jamais quitté. Personne, aucune vedette de la chanson, de la télé, du cinéma, des magazines, aucune idole au maquillage étudié, à la crinière soignée, n'allait la reléguer au deuxième rang.

C'est le plus vieux des frères Bérard, Rodrigue, qui m'a révélé son nom. Ève.

J'avais seize ans et j'étais victime du coup de foudre fatal.

À partir de cet instant, toutes les filles que j'allais connaître, voir, sentir, souffriraient de la comparaison avec Ève.

Il m'est impossible de la décrire sans tomber dans l'excès. Ses yeux surtout, son regard. Puis tout le reste, le bronze de sa peau, la fluidité de sa démarche, la couleur impossible de ses longs cheveux. J'allais être prisonnier de cette vision pour le reste de ma vie.

Je ne lui ai jamais parlé. Je ne connais pas la musique de sa voix, mais je suis certain qu'elle sonne comme un stradivarius. Ce soir-là, je me suis endormi en exhortant le ciel et mon imaginaire de me faire rêver à elle.

Moi qui fréquentais le collège anglais privé depuis le début du secondaire, j'ai changé d'école. Je suis entré à l'école publique, sachant qu'elle y était. Je l'ai vue tous les jours, de septembre à juin, sans jamais oser lui parler. Elle n'était pas dans ma classe. J'ai terminé le secondaire, elle aussi, et je ne l'ai plus revue.

Et puis, un jour, il y a deux semaines, dix ans plus tard, cette fille m'a appelé. Elle s'appelle Charlotte, et je me souviens de chaque mot de notre conversation.

– Allo ?

– Je voudrais parler à Émile, s'il vous plaît.

– C'est moi.

– Salut Émile, je sais pas si tu vas me replacer, je m'appelle Charlotte. Charlotte Stevens. De la polyvalente.

– Oui, sûr. Charlotte Stevens. Bonne en maths, en physique, en chimie. Tu sortais avec le grand Croteau.

– C'est ça! Je l'ai même marié, le grand Croteau, et on a deux enfants. T'as une bonne mémoire! Comment tu vas?

– Y a quelqu'un qui est mort? Qui est-ce qui est mort?

– Bon, je vois que t'as pas beaucoup changé.

– Je suis beaucoup plus beau qu'avant. Tu m'as pas vu depuis longtemps pour dire ça.

– Ça devrait se faire bientôt, justement. C'est pour ça que je t'appelle. J'organise des retrouvailles et j'essaie de retracer un maximum de nos amis du secondaire 5. C'est vendredi dans deux semaines, chez moi. J'ai une petite maison à Varennes.

– Ça fait combien de temps, le secondaire?

– Dix ans.

– Qui va être là? Donne-moi des noms, voir si j'y vais tout seul ou si j'emmène ma blonde.

– C'est un party «exclusif». Seulement ceux de l'école. On va être une trentaine. Je fais même garder mes enfants pour la soirée. Il y aura les deux Stéphane, le grand Viau, peut-être les Sergerie, la petite Cousineau. Ah! Et Ève Adam, bien sûr. Tout le monde sait que tu l'aimais bien…

À ces mots, j'ai perdu mes moyens. Je n'avais plus la tête à faire le drôle. Charlotte a continué son énumération d'invités.

– Charlebois, Bonneau, Julie Lizotte. Y a chose, là, qui est rendu député. Et monsieur Lamirande, le prof de chimie. Tu te rappelles de lui?

Je ne lui ai pas répondu.

– Émile?…

– Ève Adam, comme dans Ève Adam?

– Oui. Elle va être là. Je te dis, t'as pas changé !

– Attends une petite minute.

Je me suis levé. J'avais un besoin irrépressible d'exulter, sinon j'aurais pu mourir d'apoplexie. Mon cœur ne fournissait plus et j'avais le goût de pleurer. J'ai eu peur d'imploser. Juste son nom… Ève Adam. J'ai cherché une façon d'accuser le coup de cœur. Je suis allé au frigo et j'ai sorti le pot de jalapenos. J'ai bu trois gorgées de vinaigre. Juste pour me mettre la tête ailleurs et être en mesure de finir la conversation, puis j'ai repris le téléphone.

– Excuse-moi.

– Pas de quoi. Et puis ? Je peux compter sur toi ? On va te voir ? Faut que tu viennes, Émile.

– Juré, je vais être là. Donne-moi ton cell, je vais te rappeler pour le chemin. Vendredi 1er juin, c'est ça ?

Elle m'a donné son numéro.

– Y aura un cinq à sept, un souper traiteur, pis de la musique.

– C'est beau.

Je raconte tout à Laurent. Il écoute mon histoire, mais je pense qu'il n'est pas très concentré. Il a la tête chez Chloé.

Ce que Charlotte m'a dit ensuite a été une douche froide. Débandade totale : Ève sera à la fête, mais elle n'habite plus au Québec. Elle vit au Brésil, où elle représente un consortium d'hommes d'affaires, propriétaires de multiples édifices commerciaux. Elle loue et vend des locaux à des compagnies. Elle est ici pour rendre visite à sa mère et prendre des nouvelles de ses amies. Le party retrouvailles tombe au milieu de ses vacances. Elle retournera au Brésil après.

Je ne suis pas fou des soirées retrouvailles. On dirait que tout ce que ça fait, c'est de te remettre ton âge en pleine face. On croit toujours avoir l'air plus jeune que les autres. Erreur.

N'empêche que depuis cette conversation, tout mon monde a été bouleversé. Et je n'ai plus revu la beauté de Chloé. Je me suis enfermé souvent un peu partout, juste pour vivre mon émotion en paix, à l'abri des regards.

Je vais revoir Ève vendredi prochain et je ne pense qu'à ça. Vingt-quatre heures sur vingt-quatre. Tout le temps. Tout le temps. Je ne sais rien d'Ève. A-t-elle des enfants, un mari? Une blonde? Tout ce que je connais d'elle, c'est l'effet qu'elle a sur moi.

Je l'aime.

Laurent et moi sommes restés au pied du chêne jusque tard après le coucher du soleil. Je me doute bien que Chloé a dû préparer quelque chose à bouffer. Elle nous attendait plus tôt, mais on avait des choses à se dire, des points à mettre sur des « i ».

C'est la pleine lune ce soir. On a marché dans nos ombres.

Centre-ville de Montréal, boulevard Saint-Laurent, bar Sale Caractère, 22 h 30

Mirabelle est aux côtés de sa petite sœur Marguerite qui accouche à l'hôpital. Elle ne s'est pas encore présentée au Sale Caractère, où elle travaille depuis quatre ans. Elle en est le cerveau, le cœur et la tête, même si le bar est la propriété d'un type de Toronto, Izzy Shapiro, qui est lié à des clubs de motards criminalisés, mais n'a pas de casier judiciaire. Né à Brooklyn, c'est un avocat qui n'a jamais pratiqué. Son droit lui a servi à trouver des planques et à dénicher des façons originales de s'enrichir. Il est très riche et a plusieurs maîtresses un peu partout sur la planète. Mirabelle fut l'une d'elles jadis, mais plus maintenant, dit Charles. Elle est devenue son associée, sa partner. Elle a un bon sens de l'organisation, un excellent pif en affaires et pour la promotion. Izzy lui a confié le bar. Il passe une fois par mois pour un bilan. Mais, au quotidien, le Sale Caractère, c'est à elle. Elle a un revenu spectaculaire et son bar est un des plus courus en ville.

Les fins de semaine, Mirabelle produit des spectacles sur la scène du Sale Caractère. Des jeunes artistes qui viennent surtout de Montréal, mais aussi d'ailleurs, et qui cherchent une visibilité. Il n'est pas rare que les découvreurs de talent viennent jeter un coup d'œil sur ces jeunes inconnus qui chantent et se déhanchent le samedi et le dimanche. De temps à autre, un chanteur ou un band se démarquent des autres et font carrière. Une fois célèbres, certains reviennent même au Sale Caractère et donnent un show ou deux, juste pour dire merci à Mirabelle d'avoir été la première à avoir osé croire en eux. Ce soir, ce sont les Funkettes. Trois filles habillées pareil : une Sénégalaise et deux sœurs haïtiennes. Elles donnent dans le rhythm'n'blues. Elles sonnent motown.

Il a fallu toute la journée à Charles et à Michel pour remettre le logement à peu près en ordre. Bien sûr, la tâche n'est pas terminée. Il reste le divan et les électroménagers à remplacer. Mais on ne voit plus le saccage.

Après leur grosse journée de travail, ils sont venus au Sale Caractère, question de relaxer et de prendre une bière, même deux. Après la première, Michel est sorti dehors, loin du bruit d'ambiance et des Funkettes, pour appeler chez Jeanne, s'enquérir de ses fils et leur apprendre une bonne nouvelle.

— Jeanne? C'est Michel.

— Salut, mon beau. T'es où?

— Dans un bar sur Saint-Laurent. Je suis venu prendre une bière.

— Es-tu tout seul?

— Tu me croiras pas, mais je suis avec Batman.

— Michel, Michel! T'as retrouvé le gars qui a décrissé ton logement, pis tu y payes une bière, c'est ça?

— C'est lui qui est venu s'excuser. C'est lui qui paye la bière.

— Michel...

— Y est quelle heure, là? J'ai pas ma montre. Les gars sont couchés?

— Y est dix heures et demie. Y dorment, tes gars...

— Shit, je voulais leur parler. Passe-moi Henri pareil.

— Y dort, Henri. Y a pas dormi la nuit passée. Donne-lui un break, non?

— Passe-le-moi. Réveille-le tranquillement. Je le connais, y va se rendormir tout de suite après. C'est important.

Jeanne a apporté le sans-fil jusqu'au lit improvisé du petit Henri. Un sac de couchage, en fait, déroulé sur un mince matelas posé sur le plancher de la chambre d'amis. Henri était tout endormi. Jeanne s'est penchée sur lui et lui a parlé doucement à l'oreille.

– C'est papa au téléphone.

Henri n'a même pas ouvert les yeux.

– Papa? Qu'est-ce qu'y a?

– Faut que tu me donnes un coup de main, Henri, j'suis un petit peu mal pris. J'ai besoin d'une idée. Peux-tu m'aider?

– Qu'est-ce qu'y a? Fais ça vite, papa, j'suis pressé. J'suis fatigué.

– Y a quelqu'un qui m'a donné un p'tit chien, pis là j'suis pogné.

– Un chien?

– Un bébé chien femelle. Elle m'attend dans une petite boîte. Faut que j'y trouve un nom AVANT d'aller la chercher. C'est super important, mais j'sais pas comment l'appeler. As-tu une idée?

– Est quelle couleur?

– Elle est toute noire. C'est un grand danois. Tu regarderas demain matin sur Internet. C'est un grand chien, ça, un grand danois. Mais là, elle est encore petite.

– C'est une fille?

– Oui.

– T'en as-tu besoin tout de suite, tout de suite? J'ai pas le goût de penser.

– Bon, ben regarde, c'est pas grave. Dors là-dessus. Ça peut attendre à demain matin.

– Appelle-la Suzanne.

– Suzanne? C'est bon. Merci mon grand, retourne faire dodo maintenant…

Henri a coupé la communication tout de suite, sans trop savoir si la conversation avait réellement eu lieu ou si ce n'était qu'un rêve. Puis Jeanne a pris le téléphone des mains toutes molles du petit.

— Papa a raccroché?

Les yeux fermés, Henri a répliqué:

— Y a acheté un chien fille. Un grand banois.

Et il s'est rendormi.

— Un quoi?

Michel a éteint son cellulaire et est retourné dans le bar, pas convaincu non plus qu'Henri a eu conscience de leur conversation.

Charles n'est plus à la table. Il a laissé les deux verres de bière sans surveillance quelques secondes et est revenu presque en même temps que Michel.

— Je suis allé me poudrer. En veux-tu?

— Quoi?

— Veux-tu te mettre un peu de poudre?

Michel ne saisit pas tout de suite l'allusion à la cocaïne.

— Hein?

— Veux-tu faire une petite ligne?

— Non, non. Je touche pas à ça.

— Je vais arrêter moi aussi, dit Charles qui se promet réellement, depuis six mois, de se débarrasser de cette vilaine habitude. C'est sûr que je vais arrêter. C'est rendu fou, mon affaire. Coûte cher.

— J'ai essayé ça une fois, j'ai pas aimé ça. J'aime mieux prendre une bière. C'est qui, les trois filles qui chantent?

— Sont écœurantes, hein? C'est les Funkettes.

– C'est drôle pareil, enchaîne Michel. Ça va faire vingt-quatre heures bientôt qu'on se connaît. On n'était pas partis pour prendre une bière ensemble, pourtant.

– Deux bières.

Évidemment, pendant leur séance de nettoyage, de lavage et de rangement du logement massacré, Michel et Charles ont eu le temps de jeter les bases de cette relation, mais au bar de Mirabelle ils sirotent du houblon et jasent de leurs vies. Michel parle de sa vie accidentée et rangée. Charles, de sa vie accidentée et mêlée.

Les Funkettes font la pause et la musique est moins forte dans le bar. Les deux hommes en profitent pour élaborer.

Le sujet de conversation favori de Michel, c'est sa famille. Ses fils, Maurice et Henri, sa raison de vivre. C'est pour eux qu'il respire et qu'il a hâte de se lever le matin. Rien n'existe que ses petits garçons. Le plus vieux, Maurice, est gaucher et gêné. Il se donne des airs de brave, mais il est sensible et fragile. La bonté imprimée dans l'âme, il ne sera jamais autre chose qu'un enfant. Il s'émerveille de tout, aime tout et tout le monde. Il ne se soucie de rien et dans son imagination le monde est parfait et tous les humains sont des anges.

Le cadet, Henri, est né avant terme. C'est un prématuré. Il est arrivé dans des circonstances difficiles qui auraient pu être tragiques. Il a toujours été un petit garçon différent des autres. Depuis toujours, son passe-temps favori est de réfléchir. On le regarde et on voit que sa tête est en action. Son petit cerveau est en ébullition. Henri aime calculer, penser, élaborer un scénario puis un autre, il aime planifier et questionner, mais il aime surtout trouver des réponses. Et il en trouve toujours. Des réponses étonnantes de fraîcheur et de vérité. Henri n'a que huit ans, mais il porte déjà une longue barbe blanche de sage éclairé.

Ces deux petits hommes sont la sève de l'arbre de Michel. Il les a élevés à peu près tout seul, même si Élisabeth a joué un rôle de premier plan. C'est quand même elle qui les a portés...

— Je viens d'appeler mon petit Henri. Je lui ai dit que j'avais adopté un petit grand danois et je lui ai demandé de lui trouver un nom.

— Il devait être content.

— Un peu trop endormi pour être content, je pense. Mais il lui a quand même trouvé un nom. Il veut l'appeler Suzanne.

— Suzanne?

— Une de mes tantes s'appelle Suzanne. Elle ressemble plus à un terrier qu'à un danois.

— Henri, c'est ton bébé?

— Oui. Il a huit ans. Maurice, le plus vieux, a dix ans.

— T'es divorcé? Séparé?

— Veuf. Ma femme Élisabeth est morte.

— Shit. Excuse-moi. Ça fait longtemps?

— Ça va faire quatre ans cet été.

Autodrome Saint-Benoît, trois ans et dix mois plus tôt
À la fin juillet 1997, Michel a été pris pour accepter une invitation. Il avait travaillé toute une nuit pour réparer une presse géante à l'imprimerie Dagenais, propriété de M. Jean-Guy Dagenais. M. Dagenais, prospère homme d'affaires aux cheveux teints argent et arborant une pierre

précieuse incrustée sur une dent, est aussi propriétaire de l'Autodrome Saint-Benoît. Les dimanches d'été, on y présente un «derby démolition», la forme la plus primitive de compétition automobile. L'objectif est de rester le dernier en piste, après que toutes les autres voitures ont été démolies et rendues hors d'usage. On est loin de la Formule 1.

Ce dimanche après-midi, Michel faisait donc partie des invités spéciaux de M. Dagenais. Comme il ne voulait pas y aller seul, Élisabeth a accepté d'accompagner son homme et de faire garder Maurice et Henri par Jeanne, la tante favorite. C'est toujours un repos apprécié, cette petite pause d'enfants.

Dans la loge de M. Dagenais, il y avait de la place pour une vingtaine de personnes. Une faune bigarrée. Beaucoup de peaux bronzées, de souliers à talons hauts, de coupes Longueuil, de seins en plastique bien en vue. Et des discussions qui ne changeraient pas grand-chose à la grande aventure de l'humanité. Mais la bière, le rhum and coke et les hot dogs steamés étaient gratuits, et il y en avait à profusion, servis par un waiter de soixante-seize ans, tout maigre, qui fumait continuellement.

L'après-midi, malgré tout, a passé vite. Michel et Élisabeth se sont même bien amusés.

Comme il y a toujours une foule de deux mille personnes, l'attente est longue à la sortie. Un seul chemin à une voie se rend à la route principale. Dans la voiture, pris dans le flot de la circulation locale, ils avançaient un pouce à la fois.

Élisabeth n'avait pas eu l'idée d'aller aux toilettes après les courses, si bien que sa vessie menaçait maintenant d'exploser. Ç'aurait été mieux si Michel ne l'avait pas fait rire. Les quelques bières qu'avait bues Élisabeth, elle qui n'en buvait jamais, n'aidaient pas non plus. Elle avait le rire trop facile.

– Je te l'avais dit que j'avais des contacts, hein? Tu me prenais pour un tout-nu, mais t'as vu que je suis big. C'était-tu jet-set, ça, oui ou non, bâtard?

– Arrête, arrête, je vais pisser dans mes culottes! Je te jure, arrête!!

– Non, mais tu l'as vu? Avec son rubis à six piasses et demie vissé dans son dentier à cinq piasses et quart? Tu l'as vu ou non? J'suis pas n'importe qui, moi!

– T'es fou! Arrête! Je suis pu capable de me retenir. Arrête!!

– Eille, toi là, pisse pas sur mon siège!

– J'ai trop envie. Arrête!! Tasse-toi sur le côté.

Il y avait un sous-bois juste au-delà de l'étroite voie d'accotement en poussière de roche, à droite. En étranglant ses rires, Élisabeth a enlevé sa petite culotte dans l'auto. Michel riait aussi.

Sans regarder, elle a ouvert la portière en trombe et a fait à peine deux pas. Derrière eux, un conducteur pressé avait quitté la file pour foncer, pleins gaz, vers la grand-route. Il n'a jamais pu éviter la jeune femme et l'a frappée de plein fouet. Il l'a tuée sur le coup.

Île Verte, 22 h 40

Je sais que Laurent est ébranlé par notre conversation. Il est en même temps content, d'une certaine façon, mais aussi inquiet, plongé dans un étrange univers où les émotions s'entrechoquent et se chassent. Chloé est sur le marché des agents libres et elle ne le sait même pas.

Je ne l'ai pas dit comme ça à Laurent, mais je le lui ai clairement laissé savoir. C'est une question de temps avant la grande cassure.

Quand nous arrivons à la maison après le tennis et les confidences, je reste surpris de voir Chloé affairée à remplir une valise rose. Le destin nous fait de drôles de clins d'œil, parfois.

– Qu'est-ce qui se passe? Tu fais tes bagages? Tu me quittes?

Laurent est aussi surpris que moi. Mal à l'aise, en plus.

– Oui, je te quitte, je retourne chez ma mère.

– Hein?

– Je retourne chez ma mère… jusqu'à samedi. Je vais lui porter l'autre petit chien. Avoue que je t'ai fait peur?

«Peur» est un bien grand mot. Je m'étonne du fait qu'elle se tape le long voyage Laval-Sept-Îles pour apporter un chiot à sa mère. Mais en même temps je suis à mes heures un salaud d'hypocrite et je me dis que, si elle part pour Sept-Îles, et jusqu'à samedi si le diable est bon, elle ne sera donc pas ici vendredi soir. Me laissant le champ libre pour ma grande séduction.

– T'aurais pas pu le donner à quelqu'un qui habite plus proche?

– Ça va lui rappeler Socrate, son chien. Je pense que maman est bien contente.

– Tu seras pas là vendredi, ça veut dire?

– On a quelque chose, vendredi?

– J'ai un party retrouvailles. Du monde avec qui j'suis allé à l'école, adolescent. Je t'en avais parlé.

– Je vais être à Sept-Îles.

– Shit.

Des fois je pousse l'hypocrisie à sa limite. Et même que j'en rajoute un petit peu. Elle est déçue.

– J'pensais que t'aurais pu venir avec moi chez maman. Toute seule, c'est un peu plate. Mais c'est pas grave.

Je suis un joueur de hockey dans l'âme. Quand je vois une ouverture, j'ai le réflexe d'y aller. Chloé va à Sept-Îles toute seule avec un chiot. Et Laurent ? Laurent est ici et n'a rien à faire. Et je crois savoir qu'une petite escapade de quelques jours en compagnie d'une jolie fille, fût-elle la blonde de son chum…

– Laurent, tu fais rien cette semaine, que je sache. Veux-tu aller rencontrer la belle-mère à Sept-Îles ? C'est un cas, la belle-mère.

Chloé n'hésite pas une seconde.

– Laurent, c'est vrai ! Tu vas voir, je suis très sage. Je conduis prudemment.

La tête de Laurent a fait mille tours en une seconde et demie. Quand il est arrivé ici cet après-midi, il était loin de se douter qu'il finirait par partir en balade avec Chloé…

– Ben oui, pourquoi pas ? Certainement. Avec plaisir.

– Tu vois, Chloé ? Tu seras pas toute seule.

Bar Sale Caractère, 23 h

Charles aurait bien aimé pouvoir s'exiler dans le bureau et regarder un peu la télé dans le calme. Il le fait parfois quand Mirabelle est au bar. Mais ce soir, elle n'est pas au bar.

Attablé avec Michel, il a été assommé d'apprendre de quelle horrible façon la mort a fauché Élisabeth, sa femme, la mère de ses deux garçons. Michel vient de lui raconter la fin de l'histoire. Une fin qui n'a rien de banal.

Le conducteur de l'auto qui a fauché Élisabeth s'appelle Jeff. Il a été accusé de conduite dangereuse, mais n'a jamais été condamné. Michel aurait pu le poursuivre au civil, mais ne l'a pas fait.

Cet après-midi-là, Jeff assistait aux courses avec sa blonde, enceinte de huit mois. Soudainement, alors qu'ils attendaient dans la file des autos pour quitter le site, les eaux ont crevé. Pris de panique, il a décidé de sortir de la file et de foncer vers l'hôpital. C'est là qu'il a frappé Élisabeth, qui se ruait pliée en deux hors de sa voiture pour aller faire pipi dans le sous-bois. Peu après, la police arrivait sur les lieux et arrêtait Jeff. Il a fallu qu'un autre type, un parfait inconnu, aille à l'hôpital avec sa femme enceinte.

Michel a toujours les larmes aux yeux quand il raconte ce triste dimanche.

– Pauvre moi, pauvre gars, pauvre tout le monde. Pauvre femme. Le bon Dieu était dû pour une mauvaise journée.

Charles est sonné.

Michel ne s'est jamais remarié. Il n'a jamais eu envie de le faire. Et puis, il a à peine réussi à se sortir la tête et le cœur de son deuil. Il s'est consacré exclusivement à ses deux petits garçons et à son travail, le temps que passent ses malheurs. Heureusement, Jeanne a toujours été là pour l'épauler. Michel n'a même jamais eu d'autres blondes. Il a rendu visite à des escortes, deux fois, mais n'y est jamais retourné. Il a décidé d'être abstinent et de passer à autre chose.

Il n'a plus entendu parler de Jeff, l'automobiliste coupable bien malgré lui. Puis, un jour, quelqu'un a sonné à sa porte. C'était lui. Avec son fils de trois ans. Il est resté tout l'après-midi à pleurer en regardant les albums de photos de Michel.

— Depuis ce temps-là, on est devenus chums, on s'appelle, on joue au golf, nos gars se connaissent.

Il y a un long silence. Silence au cours duquel Charles s'est demandé si Michel n'inventait pas toute cette histoire, encore plus incroyable que celle de Batman saccageant son logement.

— On peut dire que t'es pas tellement rancunier.

— Non, pas tellement. Mais t'as besoin de payer mon sofa, mon vandale.

— Tu croiras pas ça.

Mirabelle est revenue de l'hôpital. En entrant dans le bar, elle voit tout de suite Charles et Michel en conversation. Elle a le scoop. Marguerite a eu une petite fille qui s'appelle Rose, en l'honneur de ses deux tantes, Marie-Rose et Rose-Aimée. Ces deux dames, aujourd'hui âgées de soixante-dix-huit et soixante-seize ans, ont élevé Denise, la mère de Mirabelle et Marguerite, décédée prématurément du cancer du sein.

— Rose… ce n'est pas un peu vieux?

— Ben oui. Rose. Et non, c'est pas vieux…

— Qu'est-ce que t'en penses, Michel?

— C'est le genre d'affaire sur laquelle j'ai zéro opinion. Je vous reconnais, vous êtes l'avocate de Batman, c'est ça?

— J'espère que tu lui as dit que l'histoire de l'avocate, c'est de la bullshit.

– Oui, oui, y m'a tout dit ça…

– Veux-tu une autre bière, Michel? Je te l'offre.

– Non, non, ça va aller. Je vais plutôt prendre une eau minérale.

– Parfait, je t'apporte ça tout de suite.

Mirabelle fait signe à Charles de la suivre au bar et indique à Michel qu'ils doivent avoir une conversation privée. Celui-ci ne s'en offusque pas.

Voici l'affaire. Marguerite, à l'hôpital pour encore deux jours, a une course à faire pour ses tantes. Une course illicite. Elle doit acheter et prendre livraison de quelques grammes d'herbe. De la marijuana hydroponique. Sauf que son accouchement a contrecarré ses plans. Alors elle a demandé à sa sœur de s'en occuper.

Mirabelle en a par-dessus la tête avec le bar. En plus, c'est la fin du mois et l'été, la grosse saison, commence bientôt. Charles pourrait-il faire la course de Marguerite à sa place? Le revendeur est un ami de longue date.

– Ça va te prendre vingt minutes top. Billy pis Barbie seraient contents de te voir.

– On va pas souper chez eux vendredi? Y me verront vendredi.

– Faut que ça soit livré demain. Marguerite l'a promis à mes tantes. Tu peux pas y rendre ce service-là?

– C'est pour qui déjà?

– Marie-Rose et Rose-Aimée.

– Non, Mirabelle. Je peux pas. J'ai une journée de fou demain. Et je suis pas du tout dans ce coin-là. Regarde, qu'elle s'en passe demain, et j'irai dans deux jours.

– S'il te plaît!

– Je peux pas, Mirabelle. Demande à ton doorman.

– Tu fais chier.

Billy et Barbie

Billy a cinquante ans. C'est un ancien soldat américain qui vit au Canada depuis cinq ans. En 1990, il est allé en mission dans le golfe Persique. Il est resté en Irak pendant trois ans et en est revenu accro à l'héroïne. Mais ça n'a pas duré longtemps, parce qu'il s'est pris en mains dès son retour. Mécanicien de son métier, il a pris sa retraite de l'armée, s'est marié mais n'a jamais eu d'enfant. En visite au Canada avec sa femme en 1996, il a fait la rencontre de Barbie.

Barbie travaillait sur un plateau de tournage à Montréal et Billy avait été embauché comme expert-conseil pour le film, qui traitait justement des vétérans de la guerre du Golfe. Fasciné par Barbie, Billy a remis les clés de la voiture à sa femme et n'est plus jamais retourné aux États-Unis.

Il est encore en très grande forme pour un homme de son âge et n'a jamais pu parler un traître mot de français. Il s'est lancé il y a un an ou deux dans le commerce de la drogue douce. Il n'a pas du tout l'allure commune d'un revendeur, plutôt celle d'un avocat. Il est follement amoureux de Barbie qu'il traite comme une reine. Chaque jour, il lui apporte des fleurs ou des caramels.

Barbie est une drag queen de trente-six ans, toujours maquillée et bien mise, très sympathique et maternelle avec tout le monde. Ce type énergique a eu un parcours professionnel étonnant. Maquilleur et décorateur, il a développé une expertise en confection de prothèses et en maquillage spécialisé. Il n'avait que vingt ans quand il a travaillé sur la télé-série américaine *Star Trek, The Next Generation*.

Mirabelle revient avec l'eau minérale de Michel et une demi-tranche de citron. Elle sait bien que Charles va regimber, mais elle demande tout de même à son nouvel ami de la dépanner.

– C'est Michel, ton nom?

– Exact, Votre Honneur…

– J'aurais un petit service à te demander. C'est pour demain…

– Sûr. Je travaille le soir, donc je suis libre le jour.

Mirabelle dépasse les bornes en demandant un tel service à un type qu'elle ne connaît pas et Charles ne la trouve pas drôle.

– Mirabelle! Demandes-y pas ça à lui! Dis à Marguerite qu'elle se trouve quelqu'un d'autre.

Mirabelle ne fait aucun cas des objections de Charles.

– Faudrait juste aller chercher un peu de pot à Outremont. C'est pour quelqu'un d'important pour ma sœur et moi, qui en a besoin. Pas de transaction de cash, rien. C'est hyper sécuritaire. Juste une livraison. Ça lui rendrait service. T'aurais juste à passer chercher ça et à me l'apporter ici demain dans la journée. Y a pas de danger. C'est des amis. Aucun trouble. C'est un appartement chic dans Outremont. Marguerite va te donner l'adresse exacte. Tu auras un tip, c'est sûr.

– Je veux pas de tip. Marguerite, c'est ta sœur? Celle qui vient d'accoucher? Hmm. Donne-lui mon numéro de téléphone. Dis-lui qu'elle m'appelle. Je travaille le soir cette semaine, de toute façon.

– Bon. Merci beaucoup.

Il lui laisse son numéro de cellulaire sur une carte d'affaires.

– J'attends son appel demain matin.

– C'est parfait. Elle va t'appeler.

Île Verte, 23 h 15

Chloé, Laurent et moi avons à peine grignoté quelques chips de maïs avec une salsa forte et de la crème sure, et bu de la bière citronnée. Laurent est allé prendre une douche, il avait apporté des vêtements de rechange qui sentent encore les îles grecques. Et comme je suis à la fois un trouduc de calibre olympique et un gentleman qui aime ses amis, juste avant qu'il entre dans la salle de bain je suis allé y déposer, par pure gentillesse, mon petit recueil de photos « spéciales » mettant en vedette la belle Chloé dans son habit favori : l'air du temps.

L'air du temps va si bien à Chloé.

Quand Laurent est ressorti de la salle de bain, il m'a jeté un coup d'œil. J'ai tout de suite vu qu'il avait regardé chaque page et qu'il s'était certainement attardé sur l'une d'elles, le temps d'une chanson… Ça lui a fait du bien.

Il n'a aucune idée de la durée d'un petit voyage Laval-Sept-Îles. Chloé, qui se tape le trajet au moins trois fois par année, le lui dit.

– C'est entre dix et onze heures d'auto.

– C'est long.

– J'aime ça, conduire.

– Quand veux-tu partir?

– Mardi matin. On reviendra samedi après-midi.

– Parfait.

– J'espère que tu trouveras pas ça trop ennuyant, Laurent. Sept-Îles, c'est pas la Grèce...

– Non, non, ça va aller.

Laurent est reparti chez sa mère. Je crois qu'il est heureux. De mon côté, pour dire vrai, je ne suis pas très à l'aise. Je me sens hypocrite et sale, mais je me pardonne: tout ce que je veux, au fond, c'est éviter de blesser Chloé. Je devrai bientôt bousculer ses émotions et j'ose espérer que la présence et le charme de Laurent pourront adoucir les choses. C'est hypocrite, mais ça se justifie. Enfin, j'essaie de m'en convaincre. Je scrute le regard de Chloé pour y déceler un certain intérêt envers Laurent. C'est la première fois que je «matche» ma blonde avec un de mes amis. C'est quand même particulier.

– T'as pas peur de me laisser partir avec ton chum?

Je savais qu'elle allait me poser des questions.

– Peur de quoi?

– Fais pas l'innocent.

– Est-ce que je devrais avoir peur?

– Oui.

– Bon, ben j'ai peur, d'abord...

Chloé s'est approchée de moi en me fixant dans les yeux. Je jure que ce regard est dangereux. Il est dangereux parce qu'il voit tout. En plus d'être belle comme dans un rêve, Chloé est perspicace et intelligente. Elle a un instinct d'enfer.

Je suis convaincu qu'elle a saisi ce qui est en train de se passer.

– Je sais que t'as pas peur. Je le sais. Faut pas me prendre pour une folle. Ça me fait de la peine, Émile. Je m'en vais me coucher. Bonne nuit. Charles est supposé passer prendre un chien. Donne-lui la petite boucle jaune. Je suis curieuse de savoir pourquoi tu me lances dans les bras de ton chum. Soit c'est un fantasme un peu fucké, soit tu ne m'aimes plus. J'espère que c'est un fantasme. Parce que moi, je t'aime.

Je veux mourir.

Dans l'Alfa Romeo, entre le bar Sale Caractère et l'île Verte, 23 h 35

Charles et Michel ont quitté le bar en direction de chez moi. Michel et moi, on ne se connaît pas. Charles lui a brossé le portrait de cet Émile, chum d'enfance devenu collègue de travail. Pendant un certain temps, à l'adolescence (qui s'est quand même étirée hors des limites normales), fidèle compagnon de plaisirs illicites. Charles, Jack Daniel's et moi, on a souvent bien ri… et pas souvent parce que c'était drôle.

Ils ont aussi discuté du règlement final de leur célèbre rencontre. Charles enclenchera le processus demain. Le type des assurances ira rencontrer Michel.

– Pour tes meubles, pis tout ce que je te dois, je me mets sur le cas. Ça niaisera pas.

– Oui, ça presse quand même un peu…

– Tu vas me connaître. Tu vas voir.

Charles a aussi confié à son nouvel ami qu'un jour il fera du rock'n'roll. En fait, du blues. Et peut-être aussi de la course automobile. C'est son destin, dit-il.

– Tu fais de la course?

Charles lui a jeté un petit coup d'œil malicieux et a appuyé sur l'accélérateur.

– Un peu. J'ai suivi un cours de pilotage à Mosport, en Ontario.

– J'espère…

Atmosphère étrange ce soir chez moi. Chloé est couchée en haut, dans la chambre, mais ne dort pas. Les yeux ouverts, elle fixe le plafond. Elle ne trouve pas de réponses à ses questions. Moi je suis en bas, en robe de chambre, et je rêve à Ève. Je ne devrais pas. Mais il me semble que je la sens. Que je la frôle, que je la touche, que je la goûte. En même temps, je sais que Chloé a de la peine.

Je sors de mon rêve quand Charles frappe à la porte délicatement, un peu avant minuit. J'ouvre.

– Salut, Émile. Je te présente Michel. J'ai décâlicé son logement hier soir, sans faire exprès.

– Salut, Émile.

– Salut, Michel. Ça me fait plaisir. Oui, je sais, Laurent m'a donné quelques détails. Donc, c'était pas une joke?

– Non, non, c'est vrai. J'ai tout vandalisé. D'aplomb.

Michel m'a l'air tout à fait sympathique. Je vais sur la véranda, où les petites chiennes dorment, et je prends celle qui a un ruban jaune pour la lui remettre, dans une boîte.

– Qu'est-ce que tu vas faire avec ça, un danois?

– C'est pour mes kids.

J'aurais bien voulu, en temps normal, leur offrir une bière ou quelque chose, mais ce soir j'ai un rêve à continuer et il faut dormir un peu. Je dois être au bureau demain.

– C'est une femelle.

– Est-tu belle un peu?! Regarde la grosseur des pattes. Mon plus jeune veut qu'on l'appelle Suzanne.

Je remets une enveloppe à Michel, avec le toutou.

– Ça, c'est des notes que Chloé t'a écrites. Si y a quelque chose que tu veux savoir, appelle, elle t'a laissé ses numéros.

– Merci, Émile. T'embrasseras Chloé.

– Parfait, salut.

Ils retournent aussitôt à la voiture et je me remets à rêver à Ève dans le salon, en prenant bien soin de retarder mon sommeil. Je ne veux pas que mon inconscient m'amène sur d'autres territoires. Je veux Ève, dans ma tête.

– Je vais te laisser chez vous, à Cartierville. Je connais l'adresse.

– Ah oui? fait Michel avec un sourire en coin.

Il est minuit. Chloé ne dort pas. Marguerite tient Rose dans ses bras. Mirabelle est au bar, noyée dans sa comptabilité.

Charles file dans son Alfa Romeo, avec Michel qui caresse de son index le cou de Suzanne. Laurent ne dort pas plus que Chloé. Jeanne regarde Maurice et Henri qui ronflent. Ils n'iront pas à l'école demain. Judith, à Sept-Îles, a ressorti la niche, remisée depuis dix-huit mois. Ninon est bien réveillée et elle a mal au ventre. Sa mère passera la nuit à refaire des tourtières.

Je rêve et je pleure un peu.

Chapitre troisième
Lundi 28 mai 2001

Ahuntsic, chez Jeanne

Maurice et Henri ont congé d'école aujourd'hui. Comme il fait beau, c'est fantastique. Henri ne sait pas trop s'il a rêvé. Il lui semble que son père l'a appelé tard dans la nuit pour lui dire qu'il avait acheté un petit chien. Jeanne lui confirme qu'il n'a pas rêvé.

— Tu lui as même trouvé un nom…

— Moi?

— Oui, toi. Tu veux qu'elle s'appelle Suzanne.

— C'est une fille?

— Oui.

Bien sûr, Maurice n'est pas d'accord avec ce nom. Il veut plaider. Quand un enfant de dix ans veut plaider, il veut plaider tout de suite, pas demain. Il appelle donc son père.

Michel dort encore. Son cellulaire sonne. Il reconnaît le numéro de sa sœur et il répond, encore bien endormi.

— Allo?…

– Papa, Henri m'a dit que le chien y s'appelle Suzanne. J'aime pas ça Suzanne. Je veux qu'il s'appelle Joe Sakic.

– Maurice. Le chien peut pas s'appeler Joe Sakic, c'est une fille. Suzanne, c'est un excellent nom, juré.

– Ok d'abord… Bye.

Maurice a cette excellente habitude de ne pas s'obstiner longtemps quand son point ne passe pas. Il ne garde aucune rancune et accepte le verdict final. Ainsi, il raccroche tout de suite. Sans dire merci, sans dire bonjour. Michel a quand même dit « je t'aime ». Il l'a dit dans le vide, mais il l'a dit pareil, parce que c'est vrai.

Carré Saint-Louis, 7 h 45

Charles se lève toujours à sept heures. Tout de suite il prend sa guitare électrique et, sans la brancher, se joue un peu de blues avant le café, avant la brosse à dents, avant l'évacuation. Le blues d'abord, le reste ensuite.

Ce matin, le téléphone a sonné à sept heures quarante-deux. C'était sa mère. Sa mère avec sa mauvaise humeur proverbiale, exacerbée par l'affaire des tourtières.

– Charles ?

– Maman ?

– Je le sais qu'y est de bonne heure, mais je veux juste que tu passes une bonne semaine. Tu veux pas t'en occuper, de ta sœur ? Je vais m'en occuper, moi. Maudite face d'égoïste.

Elle a raccroché sans attendre de réplique.

Charles attendait cette explosion de sa mère depuis un certain temps. Il s'est promis maintes fois de prendre un jour en mains sa petite sœur troublée, mais a toujours remis ça à plus tard. Sous toutes sortes de prétextes. Bien sûr, il a eu quelques conversations avec elle, mais il sait bien que ces discussions ont été vaines. Il le voit dans ses yeux, dans son regard apeuré des fois, inconscient d'autres fois, ou complètement embrumé.

Ninon avait douze ans la première fois qu'elle a fumé un joint. C'est leur cousin Gabriel, un paumé de première, qui l'a incitée à y goûter. Par la suite, elle en a pris l'habitude. Elle a pris toutes sortes d'habitudes. Fumer. Voler. Mentir. Avec le temps, elle a perdu le contrôle. Comme on le perd quand on a cet âge-là et qu'on se noie dans l'interdit.

La pouponnière de l'hôpital Saint-Luc, 8 h

Un bébé naissant, c'est laid. Pas seulement un bébé naissant, mais tous les animaux naissants. À sa première apparition dans la grande nature, ou à l'hôpital, le petit nouveau est tout ratatiné et gluant, il a la tête difforme, les yeux fermés, les petites jambes toutes croches et il pousse des cris, des sons qui ne ressemblent à rien. Avec le temps, l'humain finit par embellir et au bout de six mois il est irrésistible. Pour les animaux, le passage de la laideur à la beauté se fait encore plus vite.

Mais certains bébés n'obéissent pas à cette loi de la nature, car certains bébés naissent presque beaux. La petite Rose, par exemple. Elle n'a pas encore douze heures et ne montre pas les difformités habituelles. Sa tête est un bel ovale régulier, sa peau est juste assez cuivrée, la ligne de ses cheveux est parfaitement dessinée et elle ne pleure pas.

Rose est une exception.

Une infirmière la prend dans ses bras et la sort de la pouponnière.

– T'as faim, hein, Rose? Oui, oui, c'est ça, t'as faim. On va aller voir si maman dort.

Elle amène la belle petite à la chambre 201. Elle tient aussi un biberon de lait maternisé.

Marguerite semble endormie. Doucement, la jeune infirmière dépose le bébé dans une petite couchette et se penche sur la nouvelle maman. Elle ne dort pas, mais a les yeux fermés.

– C'est déjà le temps du boire. Ça va vite…

– C'est pas possible. Allo, ma chouette. Allo, Rose. T'as encore faim? Tiens, ma chouette.

Elle lui donne le biberon et la regarde téter, les yeux dans l'eau. L'infirmière lui confirme ce qu'elle savait déjà: sa petite Rose est le plus beau bébé de la pouponnière.

Le repas dure dix minutes et la petite s'endort. L'infirmière revient chercher Rose pour la ramener à la pouponnière.

Marguerite décroche ensuite le téléphone et appelle chez Michel, tel que prévu. Celui-ci vient juste de terminer sa conversation avec Maurice. Il a à peine le temps de rabattre ses paupières quelques secondes…

Ça sonne de nouveau.

– Allo?…

– Oui, je voudrais parler à Michel Gravel, s'il vous plaît.

– C'est moi.

– Je suis Marguerite, la sœur de Mirabelle.

– Aaah. Ok. Marguerite, oui. Justement.

– Ça va?

– Oui, oui, ça va. Mais vous, le bébé? C'est une petite fille, hein? Rose?

Michel et Marguerite parlent de bébés. Michel adore parler de ses deux gars, de leur présent mais aussi de leurs premières heures.

– Rose est assez belle! Je suis tellement heureuse…

– Je vous comprends. J'ai vécu ça deux fois. Y a rien pour battre ça.

– On va se tutoyer, c'est moins mélangeant, ok?

– Ok.

– Je te remercie d'avoir accepté de faire ma petite course.

– Je travaille pas le jour cette semaine.

– Mirabelle m'a raconté comment t'as connu Charles. Il est allé te faire une petite visite impromptue…

– Ç'a cliqué tout de suite entre nous.

– Ah, Charles! Une vraie boîte à surprises.

Marguerite a eu son bébé toute seule, c'est-à-dire sans père officiel. Elle ne veut pas s'encombrer d'un mari qu'elle n'aime pas. Elle a senti l'urgence d'avoir un enfant, a attendu l'amour impatiemment, l'a cherché un peu partout, mais en vain. Elle a alors pris sa décision: le bébé d'abord et l'amour ensuite. Le papa, pour l'instant, c'est une éprouvette. Un jour, il se pointera, le vrai papa.

– C'est un service que j'ai promis de rendre à une tante qui a besoin d'un peu de gazon. Je veux pas qu'elle achète ça n'importe où. Elle donne une soirée spéciale vendredi soir. C'est même pas une once. Tu vas le chercher et tu le rapportes à Mirabelle, c'est tout.

– Parfait. Donne-moi l'adresse. Le téléphone aussi, si c'est possible.

– Le gars s'appelle Billy, c'est un ami. On se connaît depuis des années. Il parle pas français, mais il comprend parfaitement. Tu comprends l'anglais ?

– Oui, oui, pas de problème.

– Tu vas voir, y est cool. T'as rien à payer, tu le sais ?

– Oui, oui.

– As-tu un crayon ?

– Oui, vas-y.

– C'est 4334, rue Pagnuello, à Outremont...

Marguerite a décrit Billy comme un soldat, sans entrer dans les détails. Elle n'a pas prévenu Michel que le
couple Billy et Barbie est quelque peu marginal. Un
vétéran de la guerre du Golfe et une drag queen... Probablement qu'elle ne voulait pas lui faire peur. Mais il
n'aurait pas eu peur. Michel est un homme à l'esprit
complètement libre. Il l'a façonné à partir de tout son
vécu. Un vécu dont on pourrait tirer un roman. Il ne l'a
jamais eue facile, mais a appris très jeune à accepter sa
destinée et à suivre le cours de sa rivière, sans tenter de
la faire tourner de bord. Tout ce qui se présente à lui est
bienvenu.

Pendant qu'il converse avec Marguerite, un signal sonore
lui indique qu'il a un autre appel.

– Excuse-moi. Patiente dix secondes, c'est un de mes
gars sur l'autre ligne.

– Je t'attends.

– Oui ?

– À quelle heure tu viens nous chercher ?

– Ça sera pas long, Henri. Peux-tu attendre ? Je termine
un autre appel.

– Fais ça vite, j'ai envie.

– Ben va à la toilette, je vais te rappeler dans cinq minutes.

– Ça va me prendre plus longtemps que ça.

– Mon amour, faut que je te rappelle, y a une madame avec un bébé naissant sur l'autre ligne.

– Hein? Qui ça?

– Henri, j'ai pu le temps, je te rappelle tout de suite, ok?

Il reprend l'appel de Marguerite.

– Je m'excuse, j'haïs faire ça.

– Pas de problème. T'as bien l'adresse?

– Oui, oui, je l'ai. Je déjeune, je vais chercher mes gars chez ma sœur pis j'y vais. Y est pas trop de bonne heure?

– Non, c'est sûr que non.

Mirabelle est déjà au bar, c'est certain, débordée évidemment. Michel pourra passer lui faire sa livraison.

Habituellement, Marguerite travaille au Sale Caractère avec sa sœur. Elle l'aide avec la comptabilité et peut aussi «faire du plancher», comme serveuse. Elle préfère y aller les soirs de spectacle, quand c'est plus payant.

Michel lui dit qu'il a adoré sa soirée d'hier. Une de ses rares sorties du genre, depuis qu'il est papa veuf.

– J'ai beaucoup aimé le band, les trois filles qui chantaient? Wow.

– Sont bonnes, hein? Écoute, Michel, faut que je te laisse. Merci beaucoup encore une fois, je vais m'arranger pour te dédommager.

– Ça me fait plaisir.

– Je sors de l'hôpital demain. J'ai ton numéro. On se reparle.

– Parfait, bye.

– Salut.

Maison Notre-Dame-de-Saint-Martin pour jeunes filles en difficulté, 9 h 15

Après l'en avoir menacée plutôt deux fois qu'une, ce matin ça y est: la mère de Ninon, bien que tiraillée, a traîné sa fille à la maison Notre-Dame-de-Saint-Martin. Elle n'avait jamais osé mettre ses menaces à exécution. D'abord, elle ne voulait pas lui faire de la peine. C'est son bébé. Ensuite, elle se disait chaque fois : « Qui suis-je pour traîner ma fille dans un tel centre? Je suis moi-même une alcoolique finie… »

Elle craint la réaction de Ninon une fois qu'elle sera sortie de son sommeil artificiel. Ninon a pris une sérieuse cuite il y a quelques jours, jeudi soir. Ce qu'elle a consommé reste un mystère, mais elle n'a pas quitté son lit depuis. Elle sent mauvais et n'a pas avalé une bouchée. Ce matin en se levant, la mère a bu ce qui restait dans sa bouteille de gin et a téléphoné à Charles pour l'insulter.

Puis, elle a appelé un taxi.

Quand le taxi est arrivé, elle a soulevé son adolescente dans ses bras et s'est rendue à Notre-Dame-de-Saint-Martin sans avoir pris rendez-vous. C'est moi qui lui avais parlé de cet établissement. Chloé travaille là comme préposée aux bénéficiaires. Elle y a fait un stage et a été embauchée.

La mère et sa fille sont à la réception.

– Ton frère fait de l'argent comme de l'eau, mais trouve plus important de cirer son beau char que de s'occuper de sa petite sœur, l'ingrat.

Ninon, toujours comateuse, n'a conscience de rien. Sa mère parle et elle n'entend rien. En fait, elle entend, mais ne comprend rien. Comme si les phrases étaient des cris et des grognements d'animaux. Pauvre mère. Elle marmonne un monologue ininterrompu depuis le matin.

– Tu vas t'apercevoir, ma fille, que je suis pas une plante, moi. Tu vas t'apercevoir que je suis tannée que tu me prennes pour une plante. Tu m'aimes pas. Je dis pas que tu m'haïs non plus, tu m'haïs pas, mais tu me parles pas. Tu me prends pour un estie de dieffenbachia. Je le sais que tu vas m'haïr, mais je m'en fous. MOI, je veux pas m'haïr davantage. J'ai déjà assez d'misère avec moi-même, j'empirerai pas mon cas. Pis si je te laisse faire tes maudites folies sales, je vais m'haïr. Je les ai faites moi-même, tes folies, ma petite fille. Je les fais encore. Attelle-toi, Ninon, je t'entreprends.

– Aaaah… maman, parle moins fort. J'ai mal à tête.

– Y veut pas s'occuper de toi? Ben moi, j'vas m'en charger.

On ne sait jamais trop si cette grosse femme troublée a du chagrin ou si elle est furieuse. C'est comme si elle ne savait pas elle-même faire la différence entre la tristesse et la rage. Elle regarde sa fille. Lui saisit le menton et la force à la regarder droit dans les yeux.

– Ninon. T'as toujours eu les plus beaux yeux du monde. J'ai jamais vu des yeux comme les tiens. Tu sais quoi? Je vais les rallumer, ces yeux-là.

– Maman, je suis fatiguée, là…

Ninon referme les yeux et sa mère cesse de parler. Elle tourne la tête et, dans le plus grand silence, elle pleure.

Dans l'Alfa Romeo de Charles, 10 h

Charles a essayé de rappeler chez sa mère pour élaborer un peu sur ses plans de reconstruction de Ninon. Elle n'a jamais répondu. Il n'est pas surpris. Le chien est toujours couché derrière, les yeux creux; il n'a rien bouffé depuis les tourtières de samedi.

Charles a toujours considéré qu'il est important de cultiver des liens étroits avec l'adjointe de son patron, au département des ventes de la station M-Rock. Elle s'appelle Lucy et, au cours des dernières années, lui a été très utile à plusieurs occasions. Quand on parle de cultiver des liens, il sait, par exemple, que Lucy est une mordue de course automobile. Elle est d'ailleurs très impressionnée de savoir qu'il est pilote dans ses temps libres. Souvent, pendant la saison estivale, Lucy et son amoureux Alex partent en véhicule récréatif, se garent aux abords des pistes et regardent des courses tout le week-end. Charles lui offre des billets pour chaque événement majeur dans la région métropolitaine ou même plus loin, et Lucy est aux oiseaux. « The power of the ticket. » Voilà une maxime qui a toujours bien servi Charles, surtout auprès de Lucy.

Il est dans son auto. Il porte un micro relié à son téléphone, avec de petits écouteurs. Il appelle Lucy.

– J'ai une course en Ontario, dans deux fins de semaine. Si ça te tente, tu me le dis. J'ai des passes VIP.

– Laisse-moi en parler à Alex. Je te reviens.

– C'est pas la F-1, mais je te le dis, c'est bon.

– Les go-karts, je connais pas ça.

– C'est de la formule Porsche, c'est pas du go-kart, beauté. Ça flye, je peux te le dire. Peux-tu avertir Longpré que je serai pas au meeting aujourd'hui? Dis-y que je vais l'appeler.

– Ça tombe mal, il voulait absolument te voir.

– J'ai un client avant-midi, je peux pas remettre. C'est majeur.

– Bon, je vais lui faire le message. Mais il sera pas heureux, Charles. Je sais qu'il veut te voir. Où tu vas?

– Meubles Lazzeri, faut que je parle à Mario Lazzeri.

– Parfait. Je vais lui dire.

Juste avant de raccrocher, Charles a un doute. Il a eu un problème vendredi dernier avec le chanteur rock Jimmy Scandale. C'était lors de la fameuse partie de pêche qui n'a jamais eu lieu. Il était alors avec un important client de M-Rock. En fait, la partie de pêche, c'était un petit extra pour faire plaisir à ce client, M. Constantino Kirtatas, et à son fils de quinze ans dont c'était l'anniversaire. Kirtatas, propriétaire et exploitant de toutes les concessions de « slotches » Magic Stuff, est millionnaire. Il injecte plusieurs centaines de milliers de dollars dans la station. L'affaire a mal viré. Charles s'attend à ce que ça brasse. Il devra certainement faire un peu de « damage control ».

– Monsieur Kirtatas, le gars de Magic Stuff, est-ce qu'il a appelé au bureau? As-tu eu des nouvelles de lui?

– Oui, Charles. Justement. C'est pour ça que monsieur Longpré veut te parler. Ç'a brassé pas mal à matin…

– Bon, je le savais. Qu'est-ce qui s'est passé? Qu'est-ce qu'y a dit?

– J'aime mieux que tu parles à monsieur Longpré. Je peux te dire que monsieur Kirtatas a envoyé des bottes de cowboy avec une lettre, par messager. Le patron a fait une crise. Le monsieur a annulé sa campagne.

– Ses estie de bottes de cowboy…

– T'es mieux de l'appeler. Y est fâché noir.

– Dis-y que je suis sur un gros pitch, en attendant. J'ai pas le temps, là… Ok?

– Ok.

– Salut.

Montréal, station M-Rock, 10 h 22

Je sais que M. Kirtatas a manifesté son mécontentement. Ç'a fait le tour de la station assez vite ce matin. Mais je n'ai pas la tête à ça. Je n'ai même pas pensé une seconde à appeler Charles pour lui relater la crise.

Ce matin, je me suis levé à cinq heures trente, une heure plus tôt que d'habitude. Je suis allé fouiller dans une vieille boîte de patins que je traîne avec moi depuis la prime adolescence. Dans cette boîte, il y a des lettres, des textes, des photos surtout, des souvenirs du temps où j'étais plus jeune. Je savais que j'avais gardé une photo sur laquelle on peut voir Ève.

C'est précisément pour cette raison que je l'ai gardée.

Il y a quatre personnes sur la photo. Je n'ai aucune idée de qui sont les trois autres. J'ai pris la photo et l'ai glissée dans mon portefeuille.

J'ai quelques textes à écrire aujourd'hui, des corrections à apporter sur une campagne de promotion. Mais j'en suis incapable. Je suis totalement absorbé. J'ai même de la difficulté à jouer à un jeu de patience sur l'ordinateur. Tout ce que je réussis à faire, c'est regarder par la fenêtre et consulter ma montre. Je voudrais pousser sur le temps, le bousculer. Avance, avance!

Je tourne en rond. Je sors la photo de mon portefeuille pour la contempler.

« Pas tout à fait cinq jours encore. J'ai pas le droit de manquer mon coup. J'ai pas le droit. La vie me donne une seconde chance. Hein, mon amour? T'es revenue me chercher, hein? »

Mon téléphone sonne. Merde. Je ne réponds pas.

Maison Notre-Dame-de-Saint-Martin pour jeunes filles en difficulté, 9 h 30

Ce matin, quand je suis parti pour la station, Chloé n'était pas dans son état normal. Elle sent que quelque chose ne tourne pas rond. Il y a un malaise. Je l'ai embrassée comme je le fais tous les jours de la semaine, mais c'était un baiser plus fraternel qu'amoureux. Elle m'en a même passé la remarque.

Jean-Marc, son patron, est arrivé avec quelques minutes de retard ce matin, et dès qu'il met les pieds dans le bureau elle va le voir avec sa demande de congé. Pour ce faire, elle doit passer par la réception. Ninon et la mère de Charles sont là, mais Chloé ne les connaît pas, elle ne les a jamais rencontrées.

Jean-Marc est un chic type. Il a la quarantaine et dirige la maison pour jeunes filles depuis une dizaine d'années. Il considère les employés comme ses enfants et il les traite bien. Quand Chloé lui demande la permission de s'absenter cette semaine, il ne s'objecte pas.

— Laisse-moi juste une heure, je vais voir si je peux m'arranger avec Julie. Si elle peut te remplacer, y a pas de problème. Tu me demandes ça à la dernière minute, tu comprends?

– Je le sais, Jean-Marc, je le sais. J'avais pas prévu ça non plus. Je vais à Sept-Îles.

– Qu'est-ce que tu vas faire à Sept-Îles?

– Je vais voir ma mère. J'ai un cadeau pour elle. Un petit chien.

– Y devrait pas y avoir de problème.

– Je vais piger dans ma banque de congés accumulés.

– C'est comme tu veux. Je te reviens là-dessus.

– Merci. Je m'excuse encore.

– Pas de quoi, Chloé…

Elle repasse par la réception où la mère de Charles monologue. Elle parle pour elle-même, à voix basse, et personne n'entend ce qu'elle raconte.

– Y va payer des prix de fou pour s'acheter une guitare, ou un char de frais chié, mais pour s'occuper de toi, sa propre sœur, y dépensera pas une cenne et lèvera pas le gros orteil, maudit pas de couilles.

Ninon se réveille tranquillement. Elle ne sait pas où elle est. Une chance, dans le fond. Si elle savait, elle se sauverait en courant.

– On est où, m'man? Qu'est-ce qu'on fait icitte?

– On s'aime. On s'aime, câlice. On s'aime.

Rive-Sud de Montréal, 10 h 30

Après avoir fait le plein d'essence, Charles a payé la jeune caissière vietnamienne. Il s'est ensuite dirigé au supermarché, quelques centaines de mètres plus loin. En entrant, il est tout de suite allé vers l'étalage des aliments congelés pour acheter une tourtière. De retour dans la voiture, il l'a montrée au chien.

– Regarde ça, mon homme. Regarde ce que j'ai pour toi, ma grosse face de goinfre.

Le chien s'est montré intéressé. Très intéressé. Les oreilles lui ont raidi, ses yeux se sont allumés, il en a même salivé. À peine commence-t-il à se sortir de sa torpeur digestive qu'il est prêt à s'empiffrer de nouveau. Quel con, ce chien.

– C'est pas pour tout de suite, le gros. Tu vas attendre.

Charles arrive dans le parking d'un magasin à grande surface, Meubles Lazzeri. Il sort de l'auto avec sa tourtière et le chien le suit de près. Charles entre dans le magasin et se dirige tout droit vers les toilettes des employés, à l'arrière.

En tant que représentant des ventes à M-Rock, Charles a une longue liste de clients. Même s'il n'a pas la vie la plus rangée, ses patrons sont forcés de lui faire confiance, parce qu'il leur fait gagner beaucoup de sous. Il a souvent frôlé le congédiement, mais s'en est toujours sorti, vu qu'il rapporte. Il ne travaille pas toujours de façon conventionnelle, mais personne à la station ne peut le battre en ce qui concerne les chiffres de ventes. Il en est parfaitement conscient. Il sait que son patron, Longpré, ne peut pas le blairer, il sait qu'il mêle le système, qu'il a des demandes souvent incongrues et que plusieurs souhaitent qu'il se casse la gueule, mais il sait aussi que le grand patron, le propriétaire de la station, M. Berkman, le tient en haute estime.

Il a donc toutes sortes de clients. Certains (comme Constantino Kirtatas des slotches Magic Stuff) lui tapent royalement sur les nerfs, mais sont très payants, alors il ravale et se la ferme. D'autres, à l'autre bout du spectre, sont des amis, comme Mario Lazerri, le patron de Meubles Lazerri, entreprise qu'il a héritée de son père retraité. Charles et Mario ont souvent fait la bringue ensemble, ils jouent de la musique ensemble, voyagent ensemble, jouent au golf ensemble et boivent du scotch importé ensemble. Lazerri est un connaisseur et un amateur de scotch de qualité. Laphroaig, Lagavulin, Ardbeg, Glenmorangie, Glenfarclas, et on en passe… Quand Mario en reçoit une cargaison d'Écosse, son premier réflexe est d'appeler Charles. Ils s'assoient sur l'énorme mezzanine extérieure de la maison de Lazerri, au bord de la rivière des Prairies à Cartierville, et jamment en se coulant l'or écossais dans la gorge. Mario Lazerri, pour Charles, est un chum avant d'être un client. Tous les employés au magasin en sont conscients.

Ce matin, Charles entre dans le magasin avec son chien. Ti-Guy Fradette, le gérant des ventes, l'accueille.

– Ah ben! De la visite de la radio…

– Salut, Ti-Guy.

– Ça te dérange pas de laisser ton bâtard dans l'auto?

– Y dérangera personne. Je vais le mettre dans les toilettes. J'en ai pour dix minutes, max…

Charles entre dans la salle de bain avec son chien qui le suit, aimanté par la tourtière congelée dans le sac de plastique blanc. Il regarde dans la cuvette et constate que l'eau est bleutée à cause du désinfectant que le concierge met dans le réservoir. Pas très approprié d'y abreuver les animaux. Plan B : Charles bouche le lavabo avec du papier hygiénique et le remplit d'eau, puis il prend son chien et lui met la face dedans.

— Regarde, garçon, si t'as soif, tu bois cette eau-là, ok?

Il pose la tourtière par terre.

— Tiens, Le Chien, elle est congelée, celle-là. Va falloir que tu croques. Je reviens. Fais pas le cave...

En sortant de la salle de bain, il s'adresse à deux vendeurs qui prennent un café pas loin.

— Si jamais y a quelqu'un qui a envie, y a pas de danger, vous pouvez y aller, il mord juste les hétérosexuels. Mario est là?

— Non. Je pense qu'on ne le verra pas beaucoup cette semaine.

— En vacances? Il me l'avait pas dit...

— Non, il y a eu de la mortalité dans sa famille samedi.

— Shit. Qui est mort?

— Son père.

— Le bonhomme??! T'es pas sérieux. Le bonhomme Lazzeri est mort?! Madame Tanguay est là?

— Oui.

— J'ai mon estie de voyage. Fuck.

Charles monte tout de suite à l'étage, où se trouvent les bureaux de l'administration. Il faut savoir que Charles a une excellente relation avec presque tous ceux et celles qui travaillent chez Lazzeri. Tous le trouvent original, coloré, un peu fou, et ils ont bien raison. Parmi le personnel du magasin, une seule personne ne l'aime pas: Mme Tanguay, l'adjointe de Mario. Elle a plus de soixante-dix ans et a été l'adjointe de Lazzeri père avant d'être celle de son fils. Description sommaire du personnage: cinq pieds dix pouces, cent quatre livres ; l'air d'une maîtresse d'école grincheuse des années cinquante. Mais ce matin-là, elle est inconsolable.

– Je viens d'apprendre pour monsieur Lazzeri, je sais que vous étiez très proche de lui. Je vous offre mes sympathies, madame Tanguay…

– C'est surtout pour madame Lazzeri que je m'en fais. La mère. Je vous le dis, ce sera pas facile. C'est pas drôle.

– Mais Mario, comment il est ?

– Y est correct. Y a de la peine, c'est sûr, mais il se contrôle. Vous le connaissez.

– Il me semblait aussi qu'y était malade, son père, non ?

– Non, pas du tout. C'est arrivé comme une surprise, y a deux jours. Tous les samedis, depuis toujours, monsieur Lazzeri allait manger avec madame. Madame commence à avoir des pertes de mémoire assez troublantes et des problèmes de concentration. Est là, est pu là, est là, est pu là.

– Alzheimer ?

– Vous pensez Alzheimer, vous aussi ?

– Ça ressemble à ça, me semble. Mario m'en a déjà parlé.

– Après la messe du samedi, ils allaient dîner au restaurant. C'était une tradition. Chacun un cheese, avec une frite à deux…

Au petit restaurant Hot Dogs, Frites et toute la Poutine, deux jours plus tôt, vers midi
La vie n'est pas parfaite. Il manque toujours un petit quelque chose pour donner un dix sur dix à notre existence. Même quand on frappe le gros lot, la vie ne reste pas

parfaite longtemps. Ce n'est qu'une question de temps pour que les choses reviennent à la normale.

Par contre, quand la mort est parfaite, elle l'est pour toujours. Un jour, si la tendance se maintient, je vais mourir. Je demande au destin de me donner la même mort qu'à Giuseppe Lazzeri, soixante-dix-neuf ans. S'il vous plaît. Je veux sa mort. Copie conforme, ne changez rien. Je veux mourir comme lui.

Ainsi, M. Giuseppe Lazzeri et sa femme Bianca, soixante-dix-neuf ans elle aussi, ont fait comme tous les samedis depuis plus de trente-cinq ans : ils sont allés dire à Dieu qu'ils l'aimaient bien, à la messe de onze heures, et ensuite ils sont allés prendre le lunch ensemble.

Depuis plus d'un an, Giuseppe voit sa Bianca dégénérer. Est-ce la maladie d'Alzheimer ou un autre type de démence ? Peu importe... Sa mémoire à court terme est défaillante et ses réactions, souvent, même toujours, inattendues. Il en est malheureux, mais comme il est croyant il accepte la situation. Il a décidé de lui servir de guide et de lui tenir la main le plus longtemps possible.

Après la messe, donc, ils sont allés chez Hot Dogs, Frites et toute la Poutine, sur le bord de la route 132. Ce n'est pas le plus chic des restaurants, mais c'est leur favori, propriété de deux jeunes décrocheurs : Samuel, musicien punk de vingt et un ans, et sa blonde Jennifer, vingt-trois ans, artiste peintre. Le petit resto appartenait aux parents de Jennifer depuis trois décennies. Ils le lui ont cédé quand ils ont déménagé sur la côte ouest de la Floride il y a deux ans. Elle prend les commandes et Samuel est à la plaque. Ils ont retapé un peu la salle à manger, à leur goût personnel, mais n'ont rien changé à la bouffe. La réputation du resto est demeurée intacte. Certainement le meilleur du genre sur la Rive-Sud de Montréal. Les deux jeunes aiment tellement la musique qu'ils ont les écouteurs aux oreilles du matin au soir. Comme les commandes ne sont jamais trop compliquées et sont souvent les mêmes, Jennifer a appris à lire sur les lèvres. C'est encore plus facile dans le cas de M. Lazzeri : il commande toujours la même chose.

C'est chaque fois la même chorégraphie. Les Lazzeri entrent au resto et vont s'asseoir à la table du coin, dans le fond à droite. Si elle n'est pas libre (ce qui est rare), ils prennent la table voisine. Madame s'assoit face à la fenêtre et son mari va passer la commande au comptoir : deux cheeseburgers, pas de moutarde, une frite à séparer, un Pepsi diète, aussi à séparer. Deux verres avec de la glace. Il arrive aussi que M. Lazzeri demande des rondelles d'oignon. Comme avant-hier. Jennifer s'est tournée vers Samuel et lui a mimé la commande, selon leur code gestuel. Il a payé, huit dollars quarante-cinq, elle lui a rendu sa monnaie et est allée préparer de nouvelles frites en écoutant Motörhead. À peine avait-elle tourné les talons qu'il s'est écroulé devant le comptoir. Mort. Elle n'a rien vu venir. Mme Lazzeri non plus, puisqu'elle faisait toujours face à la fenêtre. C'est un jeune motocycliste, s'arrêtant pour bouffer, qui a crié pour avertir les deux jeunes cuistots.

M. Lazzeri est mort comme ça. En attendant son cheeseburger. Mort en humant le délectable parfum des frites qui chantent.

Chanceux, va.

Mme Tanguay est si stricte que Charles est convaincu qu'elle ne l'aime pas. C'est évident qu'elle n'approuve pas le genre de vie qu'il mène, pas plus qu'elle n'approuve ce que son nouveau patron a à son agenda. Le père Lazzeri était si religieux, si ordonné. Elle a eu de la difficulté à faire la transition du père au fils quand le commerce a changé de patron. Ça arrive souvent dans de telles circonstances.

Mme Tanguay, peinée, n'a pas la tête au travail. Que va-t-il se passer avec Mme Bianca?

– J'ai parlé à Mario ce matin et il m'a dit que madame Lazzeri est très affectée. Mais que, par bouts, c'est comme si elle ne le réalisait pas. Ça fait pitié.

– Avez-vous une idée de quand il va revenir au bureau?

– Il sera pas ici de la semaine.

– Shit. Fallait que je lui parle…

– Je peux vous aider?

– Savez-vous où il sera exposé, le monsieur?

– Regardez, c'est dans le journal. Il est exposé jusqu'à mercredi et les funérailles sont jeudi. Tenez, je vous le laisse.

– Bon, bon, bon…

– Je peux peut-être vous aider?

– Un de mes amis s'est fait vandaliser son logement en fin de semaine. Le pauvre gars reste dans un petit trois et demi avec ses quatre enfants, deux garçons et deux filles. Pis Mario et moi, on a comme un genre d'entente. Tacite. Comprenez?

– Ah, là, je suis pas au courant.

– J'ai absolument besoin d'un poêle, d'un frigidaire, pis d'un sofa.

– Écoutez, monsieur Lamy, si vous le dites, je suis certaine que c'est vrai. Parlez au gérant de plancher. Je vois pas de problème.

– Merci, madame.

Charles est retourné dans le magasin, où sont exposés tous les meubles. Il n'entre même pas dans le bureau du gérant qui lit son journal. Il s'appuie au cadre de la porte pour passer sa commande.

– JayPee, peux-tu me sortir un poêle et un frigidaire en stainless? Des bons, là. Avec le sofa de cuir dans le showroom, le noir, à mille quatre cent quatre-vingt-dix-neuf. Faut que tu me fasses livrer ça demain après-midi. Ok?

JayPee ne lève même pas la tête et sort un crayon de sa poche.

– C'est quoi, l'adresse?

Il la note sur son *Journal de Montréal.*

Dans la fourgonnette de Michel, entre Ahuntsic et Outremont, 11 h 30

Dans les jours qui ont suivi la mort de sa femme Élisabeth, Michel a acheté un minivan Dodge et vendu sa voiture, empreinte d'un pénible souvenir. Il trouvait trop difficile de la conduire. Il a même laissé les deux garçons choisir le nouveau véhicule, qu'il a payé comptant avec les indemnités des assurances.

Le minivan est rouge, bien sûr, et il est presque devenu une seconde maison. Chaque année depuis que Michel est veuf, les garçons et lui partent en voyage, sans destination précise. Une fois ils sont allés vers le nord, l'année suivante vers le sud, une fois à l'est. Ils louent des chambres dans des motels où il y a une piscine et des activités autour – mini-golf, parc d'attractions, zoo, go-kart. Ils apportent une tente aussi et font du camping avec un feu de camp pour les guimauves. Les gars ont toujours hâte à ces deux semaines magiques avec leur papa.

Aussi, chaque fois que Michel a une course à faire ou un contrat en extra la fin de semaine, Maurice et Henri sont toujours partants pour l'accompagner.

Ce véhicule est sacré. C'est leur cocon. S'y déroule le grand festival des jeux, des questions et des discussions. Pourquoi ceci et pourquoi cela. Michel adore ces heures. Il n'a peut-être pas toutes les réponses, mais il fait des efforts pour ne rien laisser en plan.

Ce lundi avant-midi, journée de congé spéciale, les deux garçons et le nouveau chien Suzanne accompagnent Michel dans sa petite course à Outremont. Ils ne se sont pas vus depuis les événements de samedi soir, alors les trois se livrent à une de leurs activités favorites : les Questions et les Réponses.

Henri : Pourquoi les jambes de Suzanne sont trop grosses ?

Michel : D'abord, Henri, on dit pas « les jambes » quand on parle d'un chien, on dit « les pattes ». Suzanne a des grosses pattes pour l'instant, mais quand elle va devenir grande, ça paraîtra pas, parce que le reste de son corps va aussi être gros.

Maurice : Gros comment ?

Michel : En fait, c'est pas tant gros que grand, tu regarderas sur Internet. Un grand danois, c'est un des plus grands chiens. C'est pas pour rien qu'on les appelle « grands ».

Henri : Elle va faire des gros cacas ?

Michel : Pas pire.

Maurice : Dégueu. Est-ce que la police a arrêté le bandit déguisé en Batman qui a tout démantibulé notre maison ?

Michel : Non. J'ai appelé moi-même la police hier pour leur dire que tout était correct, que c'est pas nécessaire de courir après lui.

Maurice : Comment ça ?

Michel : Le gars, c'est pas un vrai bandit, c'est juste quelqu'un qui a fait une erreur. C'est comme s'il l'avait pas fait exprès.

Henri : Comment y a fait pour pas faire exprès ?

Michel : Il pensait que c'était un autre monsieur qui restait chez nous. Il est fâché après ce monsieur-là et il voulait se venger. Se venger, c'est faire un mauvais coup à quelqu'un qui nous a fait un mauvais coup.

Henri : Je le sais, je suis pas con.

Michel : Excuse.

Henri : Comment ça se fait que tu sais que c'est ça qui s'est passé ?

Michel : Le gars déguisé en Batman est venu s'excuser et il m'a tout expliqué. Il m'a même aidé à replacer les choses et à repeindre les murs. Il a tout payé et il est supposé nous donner des meubles neufs, gratis. Des beaux meubles.

Henri : Qu'est-ce que le monsieur qui restait pas chez nous mais que Batman pensait qu'il restait chez nous lui a fait ?

Michel : C'est personnel.

Maurice : Comment ça, « c'est personnel » ?

Michel: C'est personnel à lui, c'est pas à moi de dire ces choses-là. Si lui veut te le dire, il te le dira.

Maurice: Comment tu veux qu'il me le dise? Je le connais même pas. C'est con.

Michel: Tu vas sûrement le rencontrer quand les meubles vont arriver. Je suis allé prendre une bière avec lui hier soir. C'est un bon garçon.

Henri: Es-tu allé voir danser les filles?

Michel: Chanter. Les filles chantaient. C'étaient des chanteuses, pas des danseuses.

Maurice: Moi, je veux savoir. Qu'est-ce qu'il a fait, le monsieur?

Michel: Maurice! Qu'est-ce que je t'ai dit? C'est personnel.

Henri: Moi aussi, je veux le savoir. Ça m'intéresse.

Michel: Non.

Maurice: S'il vous plaît?

Michel: Ok. Ok. Ok. Je vais vous le dire: le monsieur avait abusé de lui quand il était petit.

Henri: Qu'est-ce que c'est, abuser?

Maurice: Ça veut dire qu'il a touché son pénis.

Henri: Papa, c'est-tu vrai qu'est-ce que Maurice dit?

Michel: Quelque chose comme ça, oui. Bon. On peut changer de sujet maintenant?

Henri: Pourquoi y a touché son pénis?

Michel: C'est difficile à dire. C'est quelqu'un qui a des problèmes dans sa tête. On n'est pas supposé faire des choses comme ça. On touche pas le pénis des autres.

Henri: C'est bizarre. Est-ce qu'il a tiré fort sur son pénis pour lui faire mal ou s'il a juste touché?

Michel: Je sais pas, Henri. On change de sujet, maintenant?

Maurice: Où on va?

Michel: J'ai juste un petit service à rendre à une jeune maman qui est à l'hôpital avec un nouveau bébé. Ça sera pas long.

Henri: Quelle jeune maman?

Michel: Des fois, les gars, je suis tanné…

Maurice: Quelle jeune maman?

Michel: Bon. Le gars déguisé en Batman, y a une blonde qui s'appelle Mirabelle. Mirabelle a une sœur qui s'appelle Marguerite. C'est elle, la jeune maman: Marguerite. Ça va?

Maurice: Quel petit service?

Michel: God… Faut aller chez son ami chercher des épices spéciales, des épices rares, et après faut aller les porter chez Mirabelle. Bon. Ça suffit. Maintenant, c'est moi qui pose les questions. Pis vous autres, chez Jeanne, ç'a bien été? Qu'est-ce que vous avez mangé?

Henri: Maurice a fumé un gros cigare hier soir sur le balcon de Jeanne.

Michel: Hein?? C'est quoi cette histoire-là?

Maurice: C'est Jeanne qui me l'a donné pour chasser les moustiques. J'ai pas avalé la boucane, inquiète-toi pas.

Michel: Un cigare?

Maurice: C'était pour les maringouins. Henri aussi y en a fumé.

Michel: C'est Jeanne qui te l'a donné?

Maurice: Ben oui.

Henri: C'est vrai.

Michel reste silencieux, puis prend son téléphone et compose le numéro de sa sœur. Un cigare?…

Maurice : Je l'ai pas toute fumé.

Juste comme Michel achève le numéro de Jeanne, Henri trouve une autre question digne d'intérêt.

Henri : Toi, papa, est-ce que tu sais c'est quoi une lesbienne ?

Michel raccroche.

Michel : C'est tout simplement une fille qui aime mieux les filles que les garçons.

Henri : Toutes les filles aiment mieux les filles que les garçons. C'est normal.

Maurice : Papa veut dire pour faire le sexe. Pas pour jouer. Quand tu vas être mature, tu vas comprendre.

Michel : Comment ça se fait que tu sais ça, toi, Maurice ?

Maurice : Parce que je suis mature.

Quand Michel repasse ces conversations dans sa tête, le soir, avant de s'endormir, il sait qu'il est choyé par la vie.

Outremont, rue Pagnuello, midi
Il n'est pas difficile de convaincre les garçons de rester dans le Dodge rouge, puisqu'ils ont de la compagnie : Suzanne. Il n'y a pas meilleure gardienne qu'une petite chienne d'à peine quelques semaines.

– Je reviens tout de suite, les gars. Je rentrerai même pas dans la maison.

– Qui reste là ? demande Maurice.

– Un monsieur. Un ancien soldat qui parle juste anglais. Est-ce que tu parles anglais ?

Maurice et Henri sont très impressionnés. Un vrai soldat qui a fait la guerre dans des pays lointains. La guerre du

Golfe. Il y a des questions, genre : «Grand-papa est-tu allé à la guerre du golf ?» (Le père de Michel a joué au golf toute sa vie et n'a d'intérêt que pour ce sport.) Les deux garçons espèrent que le soldat sera habillé en soldat, mais Michel leur dit qu'il n'est plus un soldat maintenant, mais un citoyen ordinaire.

– Qu'est-ce que ça fait, un soldat, quand c'est pu un soldat ?

– Écoute, Maurice, je le sais pas. Un soldat, ça reste un soldat, c'est juste qu'il est pu dans l'armée. Y est à la retraite.

– Est-ce qu'y s'habille encore en soldat des fois ?

– Je le sais pas. Attendez-moi ici.

L'instant d'après, Michel est à la porte de la maison avec un sourire. Bien sûr, il aura une discussion avec sa sœur Jeanne au sujet des cigares, mais il sait qu'elle ne ferait jamais rien pour mettre les enfants en danger. Il lui manque certainement une pièce du puzzle. L'histoire du chasse-moustique ne tient pas. Mais bon.

Il sonne en se tournant vers l'auto, indiquant d'un geste aux garçons que ce ne sera pas long.

C'est Barbie qui répond. Michel est saisi, et il lui faut tout de même quelques secondes pour réaliser qu'il a devant lui une drag queen. Quand les drag queens sont bien maquillées, des fois on a besoin de ces quelques secondes. Barbie est une professionnelle du maquillage.

Michel jette un coup d'œil sur l'adresse, puis sur le petit papier qu'il tire de sa poche. Ça correspond.

Barbie n'attendait personne.

– Oui ?

– Je viens voir Billy. C'est ici?

– De la part de…

– Michel Gravel. En fait, je viens faire une course pour Marguerite.

Dans la fourgonnette, Maurice et Henri voient bien que ce n'est pas un soldat qui parle avec papa, mais une madame habillée chic.

Quand Michel mentionne le nom de Marguerite, Barbie s'illumine. Elle adore Marguerite et sa grande sœur Mirabelle. Ce sont des amies depuis des années. Elle lui demande tout de suite des nouvelles de sa santé, elle sait qu'elle a accouché.

– C'est une petite fille ou un petit garçon?

– Une petite fille, elle s'appelle Rose.

– Rose?

– Comme la fleur.

– Rentre, rentre…

– Mes enfants sont dans la voiture, je peux pas rester. J'ai pas beaucoup de temps.

– Billy est encore couché, mais je vais aller le réveiller. Va chercher tes enfants, y va se lever tout de suite. T'as dix minutes? Jamais je croirai.

– J'avais pas prévu ça.

– Vas-y, va chercher tes enfants. Y ont-tu dîné?

– Je veux les emmener au McDo.

– Non. Non. Je vais leur faire autre chose, moi. On donne pas de McDo à des enfants. Va les chercher, je vais aller réveiller Billy. Je laisse la porte ouverte. Je m'appelle Barbie, soit dit en passant.

Barbie?…

La tête de Michel se met à tourner. Non pas qu'il soit étourdi, mais il appréhende la scène et les commentaires. Jeanne a vraisemblablement entretenu ses fils de lesbianisme, c'est assez clair. Il vient lui-même de discuter avec eux d'abus sexuel, et là, il sera pris pour avoir une autre séance de questions-réponses sur le merveilleux monde de la marginalité sexuelle. Papa trouve qu'en très peu de temps, les fistons ont beaucoup appris. Trop, peut-être.

Mais là, il doit réagir vite : il leur dit tout maintenant ou il attend les questions ? Par prudence, et par expérience, il décrète qu'il vaut mieux en parler tout de suite. D'ailleurs, Henri l'interroge immédiatement. Il veut savoir pourquoi c'est une madame et non un soldat qui est là.

— Les gars, ça va prendre plus de temps, peut-être dix minutes, ça se peut même qu'on mange ici, je le sais pas...

Évidemment, la question arrive, chargée de naïveté.

— C'est qui, elle ?

Michel n'a pas le choix. Aussi bien tout dire et prévenir les accidents.

— C'est pas « elle ». C'est un monsieur. Il s'appelle Barbie.

Maurice et Henri éclatent de rire, pensant que leur papa leur fait une de ses farces coutumières. C'est vrai que Michel joue souvent les innocents comme ça, pour le plaisir, pour les stimuler. Mais pas cette fois.

— Non, les gars, riez pas, s'il vous plaît. C'est un monsieur qui se déguise en femme.

— Hahahahaha ! Barbie !!

— Les gars, riez pas, s'il vous plaît.

— T'es drôle, papa.

– Non, je suis pas drôle. Des fois je suis drôle, mais là je suis pas drôle. Pas pantoute.

– Hahahahaha ! Barbie !!

Là-dessus, ils quittent la fourgonnette et se présentent devant la porte entrouverte. De loin, Barbie les invite à entrer. Évidemment, les deux garçons ont les yeux ronds comme des assiettes à dessert et fixent l'hôtesse sans cligner. Ils se demandent encore si leur papa leur joue un tour ou si c'est vrai. Barbie accueille chaleureusement ses visiteurs.

– Y est réveillé, mon beau soldat, y s'en vient. Ça vous dérange pas d'enlever vos souliers ? Je viens de faire faire une nouvelle teinture sur mes planchers. C'est encore un peu délicat.

Ils entrent, mystifiés, et s'assoient au salon, dans des fauteuils de cuir sortis d'une autre époque. Toute la maison est décorée comme on peut imaginer que l'est une chic demeure outremontoise entre les mains d'un personnage coloré comme Barbie. Un vrai décor de cinéma des années trente. Art déco. Barbie elle-même, vêtue de noir et de blanc, se fond parfaitement bien dans l'ensemble. Elle ressemble à Carole Lombard.

Elle a proposé un jus canneberges-carottes-kiwis aux enfants, mais ceux-ci n'ont pas répondu, trop fascinés par le personnage. Ils répriment du mieux qu'ils peuvent un sourire qui veut exploser.

– Bon. Vous me trouvez comique. C'est ça ?

– Mon père y dit que t'es un homme, pis que tu t'appelles Barbie.

– Henri, s'il te plaît…

– Un homme?! Votre papa a besoin de lunettes! Je suis la plus belle fille du monde. Non?

– Hahahahaha!

– Je suis pas la plus belle fille du monde?

– Je leur ai expliqué que t'étais déguisé.

– Déguisé??! Tu parles d'un drôle de petit farceur, hein?

Barbie va chercher quatre verres de jus canneberges-carottes-kiwis, qu'elle apporte sur un plateau de service en argenterie. Les verres sont en baccarat et chacun est agrémenté d'une brochette: une feuille de menthe, un bleuet, une mûre, une cerise de France dénoyautée et une fraise.

– Tenez, c'est pas mieux que du McDo, ça? Inquiétez-vous pas, y a pas de danger, regardez ma tante. Vous trouvez pas qu'elle l'a, la shape?

– Quelle ma tante?

– Fais pas l'innocent, toi, le petit. C'est moi, la ma tante. Qu'est-ce que c'est, ton nom, toi?

– Henri. Lui, c'est Maurice.

– Bonjour, Maurice.

– Bonjour, Barbie.

Bien sûr, en prononçant le nom de Barbie, Maurice éclate de rire, suivi immédiatement du petit Henri. Michel est tout rouge. Barbie rit avec les garçons. Elle lève son verre de jus.

– Santé!

Les trois invités lèvent leur verre et boivent une gorgée.

Au même moment, un nouveau personnage entre dans le salon. Et ce n'est pas Billy. Une chance que Michel et Barbie sont là, sinon l'effet aurait pu être dévastateur. Le personnage en question est hideux. Il a le crâne défoncé, le cerveau bien exposé, un œil sorti de son orbite et qui pend au bout d'un tendon. Il est vêtu d'un grand sarrau blanc taché de sang.

– Qu'est-ce que tu fais là, Georges? lance Barbie. Peux-tu aller m'attendre en bas? Faut que ça sèche encore au moins dix minutes, beauté... Mon Dieu, non, non, inquiétez-vous pas! reprend-elle en voyant que le petit Henri est tout blanc. C'est Georges, y est maquillé. Je teste un nouveau produit beaucoup plus sûr que le latex. Je fais des maquillages pour le cinéma, c'est ça mon travail. Veux-tu aller te faire sécher, là, tu fais peur au monde. Aimez-vous ça, les enfants?

– C'est hot.

– C'est hot.

Au moment où le zombie repart se faire sécher au sous-sol, Billy le soldat entre dans le salon où les visiteurs boivent leur jus dans leur beau verre. Barbie fait les présentations.

– Billy, je te présente Michel et ses deux gardes du corps: Maurice et Henri.

Billy leur serre la main à tous les trois et Barbie lance alors la nouvelle: Marguerite a accouché hier. Billy ferme les yeux, demande cinq secondes de silence pour se concentrer et devine que le nouveau-né est... un garçon. Son vœu ne sera pas exaucé. Je crois qu'il souhaitait une augmentation mammaire pour Barbie.

Barbie ajoute des détails pertinents et quelques commentaires. À part réaliser des maquillages et des prothèses spectaculaires, la grande spécialité de Barbie, c'est parler.

– C'est une fille. Elle s'appelle Rose. C'était sûr qu'elle aurait une petite fille. J'ai assez hâte de la voir. Je sais déjà ce que je vais lui faire comme cadeau. J'adore la couture fine. Et la couture fine pour les petits enfants, c'est extraordinaire. Vendredi, c'est la fête de Marguerite et on lui prépare un beau petit souper. Elle sera pas belle rien qu'un peu, cette petite fille-là. T'as vu la mère? C'est une beauté rare.

Michel est un peu mal à l'aise. Il faut comprendre qu'après tout, il n'a jamais vu Marguerite. Et il ne tient pas à raconter les circonstances qui l'ont mené à se retrouver là, aujourd'hui, pour faire cette course. Il croise les doigts pour que ses deux gardes du corps tiennent leur langue.

– J'ai jamais vu Marguerite. Mais je connais sa sœur Mirabelle.

– *How is Mirabelle? I love her, she's so unique.*

– *I think she good. I don't see a lot of Mirabelle, I just...*

– Tu peux parler en français, l'interrompt Barbie. Billy comprend parfaitement, il est juste trop gêné pour parler, ou trop orgueilleux.

– Malheureusement, je peux pas dire que je les connais. J'ai rencontré Mirabelle hier, mais j'ai jamais vu Marguerite. Je lui ai parlé au téléphone ce matin, c'est tout.

Barbie ajoute que Mirabelle suivait des cours de maquillage avec elle.

– Quelle bonne personne! Une fille dynamique, brillante, sexy. Billy la trouve de son goût.

– *Come on Barbie, you're the only one for me, you know that...*

– *Yes I know, you brute.*

Il l'embrasse et lui saisit une fesse. Maurice et Henri se regardent en rougissant. Barbie gronde aussitôt Billy.

– Franchement, G.I. Joe, y a des enfants, ici ! Excusez-le, les garçons, c'est une grosse brute américaine pas de classe, et je vais le punir. Gros cochon !

– *I love you, babe.*

Billy va ensuite chercher une demi-once d'épices jamaïcaines pour Marguerite et la donne à Michel, bien emballée. Celui-ci la glisse dans une poche arrière de ses jeans.

Barbie offre le lunch à ses invités surprises. Dans son frigo, les restants du souper de la veille : une mousse de crevettes maison, quelques huîtres poêlées au cognac qu'il ne faut réchauffer que quelques secondes, des filets de saumon en croûte avec béchamel au vin blanc, et un velouté de brocoli et mangue, qui se mange froid. Au dessert : une tarte renversée aux pêches et au chocolat. Maurice et Henri regardent leur père sans dire un mot, mais en étant pourtant très éloquents. Michel connaît bien leur langage non verbal. Ils réclament du McDo. Pas trop fier de lui devant le festin de Barbie, il décline l'invitation.

– Je suis désolé, Barbie, mais je crois que nous irons manger au resto. Je leur ai promis. Tu sais ce que c'est, des enfants…

– Pas de problème. Je comprends. Mais vous savez pas ce que vous manquez, hein Billy ?

– *Of course, my love. But a Happy Meal is a Happy Meal…*

Michel remercie, puis il quitte les lieux avec ses fils. Peu après, dans l'auto, il n'y a pas de questions, seulement des rires. Michel tente de garder son sérieux, mais…

Arrivé au bar Sale Caractère, Michel remet le sac d'épices à Mirabelle pendant que les garçons patientent avec Suzanne dans le minivan.

Ensuite ils se dirigent joyeusement vers les croquettes de poulet, les frites et les orangeades.

Maison Notre-Dame-de-Saint-Martin, 18 h

Les problèmes de Ninon dépassent la consommation de drogues. Sa mère a patienté toute la journée dans le vestibule de la maison Notre-Dame-de-Saint-Martin ou sur le trottoir en face, marchant et s'imaginant tous les scénarios. Pauvre femme, elle aurait bien mérité un peu de paix, mais ce sera pour un autre jour. Ninon a rencontré quelques intervenants, éducatrices et autres, pour tracer le portrait le plus fidèle possible de sa situation. La mère aussi a répondu à quelques questions, au mieux de sa connaissance. De l'avis général, Ninon est chanceuse dans sa malchance. Oui, elle consomme de la merde et elle est même déjà allée jusqu'à échanger des «faveurs» contre un peu d'argent – son client était le père d'une de ses amies. Oui, elle est dépressive et agressive, mais elle a une mère. Une mère qui l'aime. Pas toujours de la bonne façon, mais l'intention est bonne. On a souligné la chose à la mère et à la fille, puisque c'est un élément essentiel au retour à l'équilibre et à la vie normale. On a dit à Ninon que ce n'est pas le cas de toutes les pensionnaires de la maison.

Autre point positif: Ninon n'a pas de contact avec les gangs de rue. Malgré ses blessures et sa condition, cette jeune fille est férocement indépendante. Des voyous l'ont certes approchée, mais elle n'a jamais mordu à l'appât. Son cas, contrairement à d'autres, n'est pas désespéré, mais il faudra être aux aguets.

Un peu avant l'heure du souper, après une journée longue et difficile, un des agents a rencontré Ninon en particulier, après avoir discuté avec sa mère. Ninon n'a pas bougé de toute la rencontre. Elle est, de toute évidence, enragée. Elle a le ventre noué et est en manque de drogue. L'agent a parlé tout seul...

— Tu vois, ça fait onze ans que je travaille ici. Je sais exactement ce que tu as en tête. Sans t'avoir jamais vue, je te connais par cœur. Tu vas aller passer la nuit chez toi, et on se reverra ici demain pour une évaluation plus complète. Essaie de dormir, question de donner un peu de repos à ta mère. Tu es une fille intelligente, Ninon. Essaie de profiter de ta nuit pour te calmer, juste te calmer. Essaie d'accrocher ton esprit à quelque chose de doux. Tu dois connaître ça, la douceur, tout le monde connaît ça. Tu vas juste essayer d'éteindre le feu qu'il y a en toi, Ninon. On va commencer comme ça. Je sais que c'est pas facile, mais force-toi, au moins pour une nuit, ok?

Ninon n'a rien répondu. Que quelques signes de la tête qui n'avaient rien de sincère. Elle est tendue, nerveuse, habitée et hantée. Elle sait bien qu'elle doit garder sa colère en elle, pour pouvoir foutre le camp demain.

Elle et sa mère sont reparties en taxi.

Cartierville, chez la mère de Charles, 19 h
En arrivant chez elle, la vieille femme bouffe un repas de dinde surgelée. Ensuite, pendant qu'elle se fait couler un bain chaud, elle téléphone à son fils.

– Allo ?

– Ça m'a coûté la journée au complet pis quarante-huit piasses de taxi. Mais ta sœur va être placée demain, pour un soir au moins. J'ai pensé que t'aimerais avoir de ses nouvelles. Ça serait-tu trop te demander, quarante-huit piasses ?

– Tu m'as laissé brûler un cent piasses hier.

– As-tu quarante-huit piasses, oui ou non ?

– Maman, je t'ai laissé six cents piasses dans ton pot de café, sur le comptoir.

Elle raccroche sans rien ajouter. Aucune salutation, rien. Charles continue de parler tout seul.

– Je vais m'en occuper de Ninon, maman. Peux-tu comprendre que j'avais des urgences aujourd'hui ? J'ai eu du trouble samedi soir. Des pots cassés. Laisse-moi régler une couple d'affaires, pis je vais m'en occuper. Promis. M'man ?… Es-tu là ?…

Île Verte, 19 h 15

Laurent est arrivé avec son sac à dos, fin prêt pour le départ de demain matin vers Sept-Îles. Il a apporté sa raquette de tennis, évidemment, pour me foutre une raclée sur le court, le salaud. Nous avons grignoté quelques céleris, quelques biscuits soda et du jus de légumes avant d'aller se faire courir l'un l'autre. Plutôt lui que moi, j'insiste.

À peine quelques minutes après notre départ, Chloé est arrivée à la maison, a garé sa petite Volkswagen et est entrée.

Comme je suis prévoyant, en revenant du travail je m'étais arrêté à la pharmacie pour acheter ce qui m'apparaissait nécessaire aux deux chiots. Je lui ai laissé un message sur la table de la cuisine.

« Nous sommes au tennis. J'ai donné de l'Enfalac aux chiens. »

Elle est allée voir les petits qui avaient tout régurgité. Huit tourtières, ça va, je comprends que ça passe mal, mais du lait maternisé ? Je saisis mal comment fonctionne le système digestif des chiens. Je crois qu'elle m'a trouvé con. Je sais qu'elle m'a trouvé con.

Sur le court de tennis, Laurent et moi on s'est échauffés un peu, une dizaine de minutes comme le veut la tradition, et on a commencé à jouer. J'ai gagné le premier jeu. Comme j'étais au service, c'est dans la norme. Puis j'ai gagné le second, en lui prenant son service. Étonnant. J'ai gagné aussi le troisième jeu. Quand je lui ai encore une fois pris son service au quatrième jeu, j'ai compris que quelque chose n'allait pas. Pauvre Laurent, il avait les pieds dans le ciment et la tête ailleurs. On a interrompu la partie et on s'est assis.

– Je sais pas quoi te dire, Laurent.

– Moi, je sais pas quoi faire.

– Eille, le gros, qu'est-ce que tu veux que je fasse de plus ? Tu tombes en amour avec ma blonde et je te dis parfait, je te la laisse, elle est à toi. Tu veux quoi ? De la crème glacée ? Un petit bonus ? Mon char, avec ça ?

– Si c'était aussi simple…

Je ne le lui ai pas dit, mais moi non plus je ne sais pas où j'en suis. Mes idées ne sont pas claires. J'essaie de raisonner, de rationaliser tout ça, sans me culpabiliser, mais je n'y arrive pas, merde.

Ce n'est pas la première fois de ma vie qu'une fille provoque une accélération de mon flux sanguin. Pas la première fois que ma pression augmente et que mon rythme cardiaque s'accélère à cause d'une fille. Mais, toujours, ç'a été en sa présence. C'était son corps, son allure, sa voix, sa façon de me regarder, tout ça en même temps ou séparément, mais toujours quand elle était là, devant moi ou autour de moi.

Cette fois, juste en pensant à Ève, tout mon organisme s'emballe.

Juste la pensée qu'elle existe et que je la verrai dans quatre jours bouleverse chaque cellule de chaque organe de mon corps, vire mon cerveau sens dessus dessous, envoie mon âme et ma conscience dans des zones vierges. Je dois la chasser de mes pensées, sinon plus rien ne fonctionne. Je n'ai plus faim, plus soif, je n'ai plus d'idées, plus de motivation, plus rien. J'ai juste le goût de me mettre en boule et d'attendre. Quand je pense à elle et à ces quatre jours qui m'en séparent, je partirais à pied avec ma montre et je compterais mes pas, je marcherais durant quarante-huit heures sans m'arrêter, puis je ferais demi-tour. Je voudrais faire disparaître le temps. Je vendrais mon âme au diable – et même ma maison louée – pour que cette éternité soit effacée au profit d'une nouvelle, qui ne commencerait que vendredi soir.

Je suis fou. Je pousse de toutes mes forces vers la prochaine minute, je vois mourir ces minutes les unes derrière les autres en regardant vers la prochaine, avec juste l'envie de la voir s'étouffer. Allez-vous-en, minutes! Fuyez! Partez vite!

Et il y a Chloé. Je sais que je vais la blesser. J'essaie de lui éviter le pire. Ce n'est pas moi qui ai lancé Laurent aux trousses de son cœur. Je ne lui ai rien suggéré, je ne l'ai pas encouragé. Chloé doit bien le savoir, ou elle le saura un jour. L'opération doit se faire en douceur et avec le minimum d'accrocs. Nous en avons parlé, Laurent et moi, assis contre la clôture du court de tennis.

— Faut faire attention à Chloé, Laurent. Je sais qu'elle se doute que ça sent la fin avec moi. Elle sait que quelque chose ne marche plus de mon côté. Le doute est arrivé il y a deux semaines et s'est amplifié chaque jour. Toi, tu l'aimes?

— Totalement. Totalement. J'ai le goût de partir à brailler chaque fois que j'y pense.

— Laisse-toi aller.

— Ben oui, mais elle… Si elle me prend pour le plus parfait des hypocrites? Pour le pourri qui veut la femme de son meilleur chum?

— Veux-tu que je lui parle ce soir? Avant que vous partiez demain matin, veux-tu, on va s'asseoir pis on va tout se dire? Veux-tu?

— Jamais. Es-tu fou?

— Regarde, relaxe. Elle sait que t'as une boule dans la gorge. Elle le sait. Fais ce que t'as à faire. Et parle-lui pas de moi du tout, tiens. Jamais un mot sur moi. Comme si j'étais pas là. Fais comme si tu faisais quelque chose d'interdit. C'est toujours excitant, ça, l'interdit, non? Elle adore l'interdit, crois-moi. Au moment où on a commencé notre liaison, elle était en couple. Elle sait ce que c'est, l'interdit. J'étais moi-même l'interdit, ça fait que…

— Je veux pas passer pour un salaud.

— Chloé est jeune, mais elle a du vécu. Tu l'aimes? Laisse faire le reste.

– T'as raison. T'as raison.

– La meilleure façon de ne rien casser, c'est de m'oublier.

– Hmmm.

– Sept-Îles, c'est beau, tu vas voir. Et attends de rencontrer Judith.

– Sa mère ? Qu'est-ce qu'elle a ?

– Elle a pas mal tout. Regarde, Laurent, profites-en. Joue l'indépendant un peu avec Chloé. Elle aime ça. Je sais ce que tu vis présentement. Je suis encore plus en amour que toi. Vendredi soir, c'est le début de ma nouvelle vie.

Montréal, dans une imprimerie coin Saint-Alexandre et De La Gauchetière, 20 h 30

Michel est au travail et ausculte une presse géante. Dans un coin de l'imprimerie, Maurice, Henri et Suzanne jouent avec un vieux linge. Suzanne fait ses dents.

Marguerite est encore à l'hôpital jusqu'à demain. Rose dort tranquillement à ses côtés. La nouvelle maman, heureuse, appelle Michel.

– Allo ?

– Michel ?

– C'est moi.

– C'est Marguerite. Je rentre à la maison demain. Je voulais juste te dire un gros merci pour le service. Je te rappelle plus tard cette semaine, je t'invite à souper. Tu peux pas dire non.

– Parfait. Je vais y aller avec plaisir. Eille, dis donc, Marguerite, tu m'avais pas parlé de Barbie…

– Est cute, hein ? L'as-tu trouvée cute ?

– C'est une belle femme, c'est sûr… J'ai un autre appel, tu patientes ?

– Non, ça va, je te rappellerai. Mais garde ton vendredi soir libre. Merci encore.

– As-tu quelqu'un pour te reconduire demain ?

– Mirabelle va venir.

– Parfait.

– Bye.

Michel prend l'autre appel.

– Allo ?

– Michel, c'est Charles. Es-tu chez vous demain ?

– Oui, jusqu'à cinq heures. Pourquoi ?

– Peux-tu trouver quelqu'un pour sortir ton vieux stock en avant-midi ? Poêle, frigidaire, sofa... Parce que dans l'après-midi y vont t'en livrer des neufs. Si t'es pas là, peux-tu avertir ton concierge ?

– Comment ça, des nouveaux électroménagers ? Je voulais juste un sofa, le reste est bien correct...

– C'est ça qui est ça. Du beau stainless. Attends de voir.

Minuit

Michel est rentré chez lui avec ses fils et son petit chien fille. Charles a fini la soirée avec Mirabelle au Sale Caractère et ils sont allés souper très tard dans un resto indien de Parc-Extension. Ninon est à la maison, incapable de fermer l'œil. Sa rage monte. Sa mère enveloppe de papier d'aluminium une dizaine de pâtés chinois concoctés durant l'après-midi.

Laurent est couché chez moi, sur le sofa du salon, devant un film qu'il ne regarde pas. Je me suis étendu et j'ai eu la décence de ne pas toucher Chloé. J'ai fait semblant de dormir, elle aussi.

À Sept-Îles, Judith s'est endormie tard, après avoir apporté quelques retouches à un tableau qu'elle a baptisé *Fleurs et orgasmes*.

Mario Lazzeri se demande ce qu'il adviendra de sa mère.

Barbie s'est déguisée en Marie-Antoinette.

Chapitre quatrième
Mardi 29 mai 2001

Île Verte, 7 h 25

J'ai quitté la maison à l'heure normale, sept heures cinq, et il fait presque trop beau. Laurent, qui a couché à la maison, n'a pas dormi de la nuit. Je peux comprendre. Les chiots ont chanté leur complainte et les consciences sont en bataille. J'ai moi-même l'esprit troublé et le cœur chamboulé. Je n'ai pas le goût de travailler ; je ne fais que regarder ma montre.

Chloé s'est levée juste à temps pour me dire au revoir et m'embrasser. Je lui ai recommandé la prudence et lui ai souhaité bon voyage. J'ai laissé une lettre sur le siège de sa Volks.

— Fais attention à Laurent, il est fragile. Et dis bonjour à ta mère.

Là, elle m'a un peu désarmé.

— Je ferai tout ça. Et toi, je sais que tu vas t'ennuyer de moi. Je sais que je te manquerai comme jamais, non ? Tu n'as que moi en tête, je le sais. Mon sixième sens ne me trompe jamais…

Et elle m'a fait un clin d'œil. Je suis peut-être un peu paranoïaque, mais j'ai l'impression qu'elle a tout lu dans mes regards ces deux dernières semaines. Tout lu, sans manquer une seule virgule. Elle a probablement tout lu dans les regards de Laurent aussi. Quoique, dans son cas, c'est plus facile : c'est écrit en majuscules.

Après mon départ, les deux se sont affairés à bien bourrer la petite Volks. Laurent n'a apporté qu'un sac à dos avec le minimum de vêtements de rechange. Il est habitué à voyager léger. Chloé n'a pas beaucoup plus d'effets dans sa petite valise rose. C'est surtout la boîte avec les deux chiots qui encombre la banquette arrière. Laurent l'a immobilisée avec la ceinture de sécurité.

Chloé s'est installée derrière le volant et a remis le compteur à zéro – neuf cent vingt-six kilomètres à faire.

– Veux-tu que je conduise ? a demandé Laurent.

– Non, c'est correct, j'aime ça conduire. On se relaiera, si tu veux.

– Parfait.

– On n'est pas en limousine, je te préviens. J'espère que t'as les fesses solides. Sept-Îles, c'est loin.

Laurent a hésité avant de réagir, troublé par le mot « fesses » sorti de la bouche de la belle. Chloé a démarré et ils se sont mis en route. Puis elle lui a demandé s'il avait bien dormi sur le divan. Pour dire vrai, le divan est un peu mou.

– Confortable, mon divan, dans le salon, non ? On fait des beaux rêves là-dessus, hein ?

– Je me souviens jamais de mes rêves. Je suis pas capable. Mais j'ai certainement dû rêver.

– C'est un divan qui a vu beaucoup d'action, en tout cas.

Du Chloé pur sucre. Ils n'ont pas encore parcouru cinq cents mètres et déjà elle a stimulé deux fois l'imagination de Laurent. Pauvre gars. Il ne sait pas dans quoi il s'est embarqué. Sept-Îles risque de lui sembler très, très loin… C'est là qu'elle lui a montré ma lettre cachetée.

– Ça, c'est mon Émile. Un romantique. Il m'a laissé une lettre avant que je parte. Émile, Émile. Mon bel amour… Lis-moi la lettre, Laurent. Lis-la-moi. Je suis certaine que ça dérangerait pas Émile. Je veux l'entendre, je ne veux pas la lire.

– Ben là, je suis un peu mal à l'aise. Je veux pas, euh…

– Je connais mon Émile. Je te jure. Et tu le connais encore mieux que moi. Y a rien à cacher, surtout pas en amour. Tu le sais, non ?

Laurent a jeté un œil à Chloé, a pris l'enveloppe qu'elle lui tendait et l'a décachetée.

– Je vais la lire parce que tu me le demandes, mais je t'avoue que j'ai comme un petit malaise…

– Je ne déteste pas créer des petits malaises…

À ces mots, elle s'est retournée vers lui, lui a soufflé un baiser et lui a fait un clin d'œil. D'une voix mal assurée, Laurent a lu : « *Bon voyage. Émile.* » Chloé a souri.

– Ah. Émile. Il va s'ennuyer de moi, même dans son sommeil. Je sais lire entre les lignes.

Laurent aurait voulu lui dire que, pour pouvoir lire entre les lignes, il en faut au moins deux. Or, sur cette lettre, il n'y avait que trois mots. Il s'est fermé. N'a rien dit.

– Je te jure. Il me le dira jamais, mais je le sais. Émile me défie constamment. C'est pour ça que ça marche, nous deux. Il sait qui je suis. Il sait toujours quoi ne pas me dire, c'est comme ça qu'il nourrit mon feu.

Laurent l'a écoutée, songeur. Et Chloé a rajouté, en le regardant dans les yeux :

– Je t'aime…

Laurent est resté bouche bée.

– Il me dira jamais ça : « Je t'aime. » On dirait que c'est au-dessus de ses forces. Mais je travaille là-dessus. Ça s'en vient.

Laurent a regardé l'odomètre. Encore neuf cent vingt-trois kilomètres.

Dans un bungalow de la couronne nord de Montréal, 9 h 30

En ce mardi matin, je suis claquemuré dans mon bureau au cœur d'une station de radio du centre-ville, avec une pile de commerciaux à rédiger, tous plus urgents les uns que les autres. Et je n'ai aucune inspiration, je ne sais même plus ce que sont des ventes, des rabais et des occasions à ne pas manquer. Je n'ai qu'une seule pensée, ma vie n'a qu'une dimension, mon esprit, mon cœur et mon corps ne pensent qu'à vendredi.

Ma muse, Ève Adam, se trouve dans la cuisine du bungalow de sa mère à Blainville. Celle-ci repasse du linge en regardant la télévision. Ève et Charlotte Stevens prennent le petit déjeuner en discutant du party retrouvailles de vendredi. Bien sûr, Ève n'a aucune idée de l'emprise qu'elle exerce sur ma vie.

En grignotant des biscottes et en buvant du café, elles dressent la liste des trente-neuf personnes qui seront là vendredi. Peut-être quarante et une, si les jumelles Sergerie viennent. Elles n'ont pas confirmé leur présence, mais il se pourrait qu'elles y soient. Chaque invité déboursera vingt-cinq dollars. Charlotte paiera les services d'un traiteur, en plus de cuisiner quelques entrées, dont sa fameuse trempette de crevettes à l'ail et au fromage.

Puis Ève et Charlotte, pour se distraire, dénombrent les célibataires officiels. C'est Ève, surtout, que la chose intéresse : Charlotte est mariée et n'en a rien à foutre. Masson, Beaubien, Maisonneuve, Saint-Laurent, célibataires. Gouin, divorcé. Puis Ève pose la question :

– Émile ?

– Il vit avec une fille, mais j'ai l'impression qu'il est assez, comment dire, disponible. Il est toujours aussi drôle qu'à l'école. Il travaille dans une station de radio. Il écrit des annonces, si j'ai bien saisi. Il va me rappeler pour l'adresse, sûrement.

– Il était beau bonhomme à seize ans, mais je sortais avec le grand Moore.

Le grand Moore a été l'instrument de mon malheur, lui qui avait conquis le cœur d'Ève. Moore et moi, on ne se battait pas à armes égales. Il avait déjà une voiture, une vieille Mustang, et je me promenais en vélo jaune à trois vitesses. Il avait dix-neuf ans, moi seize. Il avait de l'argent, pas moi. Mais la relation d'Ève avec le grand Moore a fait son temps. Et son métier, revendeur de crystal meth, l'a mené directement en prison pour quelques années.

La mère d'Ève ne l'aimait pas beaucoup. En repassant son linge, elle épie la conversation.

– Pis ton Brésilien ? lance-t-elle à sa fille. Tu vas faire quoi avec ton Brésilien ?

Ève n'a pas tellement envie de discuter de ses histoires de cœur avec sa mère.

– Maman. S'il te plaît...

« Son Brésilien » s'appelle Louis. Il vit à Rio, où il est gérant du resto de son oncle. En plus, il loue des condos qu'il détient en copropriété avec le même oncle. La vérité, c'est que cet oncle n'en est pas un. C'est un homme d'une cinquantaine d'années qu'Ève a toujours soupçonné d'être attiré par la jeune chair mâle, particulièrement celle qui recouvre les os de Louis, sa cible de prédilection.

Par ailleurs, Louis n'est pas « son » Brésilien. C'est un amant d'occasion dont elle n'aurait jamais parlé si sa mère ne l'avait taraudée pour connaître sa situation sentimentale.

La mère d'Ève lui écorche un peu la patience. En plus de se mêler à sa conversation avec Charlotte, elle enrage après son fer à repasser qui fonctionne mal.

– Maudit fer de marde ! Je te dis que si j'avais de l'argent, je te mettrais ça aux poubelles. Je suis tannée. Regardez-le !

Elle brandit le fer défectueux. Ève et Charlotte, en même temps, lèvent les yeux au ciel, nullement intéressées par les défaillances de l'appareil.

– Il coule, il arrête, il repart, il arrête, il recommence, il arrête encore. Je vais faire quoi ?

Sans se préoccuper d'elle, Charlotte revient au traiteur qui coûtera trois cent cinquante dollars, plus deux cents dollars pour la vodka, le gin, le vin, la bière et le scotch, et cent soixante-quinze dollars pour le reste : croustilles, jus, boissons gazeuses, eau, serviettes de table, etc. Elle suggère de faire un tirage pour distribuer le reste des sous, s'il en reste… Ève est d'accord. Sa mère continue de critiquer son fer dysfonctionnel.

– Si je vais le porter au réparateur, ça va me coûter plus cher que d'en acheter un neuf.

Charlotte intervient poliment :

– Je peux vous prêter le mien, si vous voulez.

– J'ai toujours du repassage. Je peux pas prendre ton fer. Va falloir que j'aille emprunter à banque.

– Maman, tu peux pas aller à la banque pour emprunter cent piasses, s'impatiente Ève.

– Qu'est-ce que tu veux que je fasse ? J'ai besoin d'un fer !

La coupe d'Ève est sur le point de déborder.

– Regarde, je vais m'en occuper de ton fer, mais tantôt, ça va ? Laisse-moi finir avec Charlotte avant.

– T'es ben à pic ! Laisse faire. Je vais emprunter de l'argent à ma sœur. Elle est sur le Bien-être, mais elle va me prêter des sous.

– Bon. Fais donc ça.

– C'est ma journée de repassage aujourd'hui. Ça va ruiner toute ma semaine.

Et la mère d'Ève se met à pleurer.

– Ben voyons, madame Adam…, tente Charlotte, mal à l'aise.

Ève, exaspérée, se lève d'un bond. Elle avale le reste de son café, repose sa tasse sur la table, empoigne l'appareil et le débranche.

– Bon, là, ça suffit! lance-t-elle d'une voix forte. Maman, jette-moi ça aux poubelles. Viens, Charlotte, on va aller chercher un fer!

Devant l'emportement de sa fille, Mme Adam est décontenancée.

– Non, non, c'est correct, je vais m'en occuper.

– Relaxe, maman, relaxe. Tu vas l'avoir, ton beau fer neuf. Ok?

– Je peux m'en occuper. Je sais que ça te tente pas.

– Charlotte, on va prendre ton auto.

Et les deux filles partent en coup de vent.

Cartierville, à l'appartement de Michel

Après avoir préparé les boîtes à lunch de Maurice et Henri, qui sont ensuite partis pour l'école, Michel a vidé son réfrigérateur en attendant les appareils neufs que Charles lui a promis. Hier, il a appelé les Petits frères des Pauvres qui enverront des déménageurs chercher le frigo et la cuisinière, qui sont en parfait état, et le divan qui, malgré quelques taches de moutarde et ses coussins lacérés, est encore potable.

En attendant les déménageurs, Michel fait les mots croisés du *Journal de Montréal*. «Mot de sept lettres: Institution.» Les troisième et quatrième lettres sont des *l*. «Collège», sans doute.

On sonne. Michel appuie sur le bouton. Moins d'une minute plus tard, on frappe vigoureusement à la porte.

Dans l'embrasure, un seul homme.

En fait, un être relativement humain, gigantesque, comme ceux qu'on voit dans les compétitions d'hercules à la télévision. Michel, qui n'a pourtant rien d'un nabot, est deux fois plus petit que lui. Monstrueux, le type a le visage renfrogné et d'énormes sourcils. Il porte une camisole blanche, des jeans et des bottes à bouts d'acier. Il a les deux bras tatoués : un dragon ailé sur le biceps gauche ; Betty Boop nue sur l'autre.

Le mastodonte traîne un diable de déménageur. Il faut au moins dix secondes à Michel, estomaqué, avant de pouvoir prononcer un mot. Samedi, c'était Batman. Aujourd'hui, c'est Hulk. Michel a l'impression de vivre dans une bande dessinée.

C'est le monstre qui engage la conversation.

– Michel Gravel ?

– C'est exactement moi…

– Je suis venu pour le vieux poêle, le frigidaire pis le sofa.

– Si vous m'aviez dit que vous vendiez des barres de chocolat pour les scouts, j'aurais eu un doute.

– Quoi ?

– Rien. J'essaie de faire de l'humour. Entrez, entrez, je vous attendais. Tout est prêt. C'est juste ici.

Il le conduit à la cuisine. Par mesure de précaution, Michel a sécurisé les portes des appareils avec du ruban adhésif. Ses victuailles sont rangées dans trois glacières.

– Savez-vous à qui les meubles vont être donnés ?

– Moi, je viens chercher des vieux appareils pis un divan pour les Petits frères des Pauvres, c'est tout ce que je sais.

Michel, mal à l'aise, réfléchit tout haut pour tenter de se donner une contenance.

– Je vais avoir besoin d'un frigidaire pis vite. Ça serait de valeur de toute perdre ça.

Le déménageur ne jette même pas un œil aux glacières et se fout carrément de ce que raconte Michel. De toute évidence, il n'est pas là pour discuter. On connaît l'expression « avoir l'air bête », mais jamais n'a-t-elle été mieux illustrée.

Comme Hulk est seul, Michel a craint un instant de devoir lui donner un coup de main. Après tout, un homme seul ne peut déménager un frigo ou une cuisinière.

– Avez-vous un partenaire?

Le charmant homme le regarde dans les yeux et lui répond en se pompant les biceps :

– J'ai deux partenaires : Firefly (Son dragon, à gauche) et ma blonde (Betty Boop, à droite). Ensemble, on n'a pas de trouble. On est assez de trois.

Comme l'ascenseur de l'immeuble est trop petit pour ces gros appareils, le mastodonte devra se débrouiller tout seul dans les escaliers. Jamais Michel n'aurait cru être un jour témoin d'une telle démonstration de force physique.

Le déménageur commence par le grand sofa. Il l'empoigne et le descend jusque dans le cube de son camion, dans le parking. En moins de trois minutes.

Michel a voulu lui prêter main-forte en transportant les coussins, mais l'homme lui a clairement fait savoir qu'il était dans ses jambes, alors Michel a laissé tomber.

Le déménageur remonte au troisième étage sans une goutte de sueur. Il place la cuisinière sur le diable, l'attache avec des courroies de cuir et la descend par les escaliers. Rendu en bas, il détache le tout et, avec l'aide de Betty Boop et de Firefly, hisse la cuisinière et la pose juste où il faut dans le camion. Pas la moindre égratignure sur l'appareil. Michel l'a suivi, se tenant loin de l'action pour être bien certain de ne pas nuire. Mais il ne veut rien manquer du spectacle.

Le type remonte et s'attaque de la même façon au dernier morceau, l'imposant réfrigérateur. Même truc. Il l'attache sur diable, le descend par l'escalier, sans même effleurer ni les murs ni les portes. Une fois près de son camion, sous le regard ébaubi de Michel, il prend l'appareil à bras-le-corps, le soulève et le pousse juste à côté de la cuisinière. Sans gants, à mains nues. Il referme ensuite la porte roll-up du camion-cube et s'avance vers Michel, le regarde droit dans les yeux.

– C'est sûr qu'y faut que je vous donne un tip, hein?
– Pas mal sûr, oui.
– J'ai aucune idée combien.
– Regarde ma face et lis comme il faut. Y paraît que c'est écrit.
– Dix dollars. Vingt dollars… Cinquante dollars?…
Le déménageur sourit.
– Cinquante? Bon.
– Merci.
– C'est moi qui te remercie…

Michel lui donne son dû et remonte à son logement. Dans son for intérieur, il se dit: «S'il me demandait juste une piasse de plus, j'y disais: Fuck you, gros sale, redonne-moi mes appareils.» Michel, comme tout le monde, est beaucoup plus brave dans son for intérieur. Juste comme il achève sa petite discussion personnelle avec lui-même, on frappe à la porte. C'est le gros.

– J'ai repensé à mon affaire: c'est soixante piasses.
Michel n'hésite pas un instant et lui dit:

– Fuck you, gros sale, redonne-moi mes appareils.

Le déménageur sourit pour la première fois. Il tend la main à Michel, non pas pour lui prendre son argent, mais pour le féliciter. Puis il repart en riant.

Pointe-au-Pic, sur le chemin Laval-Sept-Îles, dans une petite Volks avec deux chiots, une belle fille et un amoureux en peine, 11 h 30

Je me transpose dans le cœur et la tête de mon ami Laurent. Jusqu'à un certain point, c'est facile pour moi, puisque je vis les mêmes émotions.

Mais il y a tout de même une différence appréciable. L'objet de mon amour n'existe, pour l'instant, que dans mon imagination. Ève, l'amour de ma vie, est loin de mes yeux et de mes mains. Je ne peux qu'imaginer. J'invente ses gestes, ses battements de cils, ses odeurs, ses courbes, ses rires et ses soupirs.

Laurent, follement épris de Chloé, n'a rien à imaginer. Elle est là, à ses côtés, à quelques centimètres de lui. Il la regarde, la sent, l'entend, la désire. Pour être honnête, je me demande bien comment je pourrais survivre à sa place. Pauvre gars.

En plus, je connais bien Chloé, je me suis laissé prendre à son piège aussi, il y a un peu plus d'un an. Je sais à quel point la bête est suave. Je sais à quel point elle sait se faire désirer, je sais comme elle vit pour être l'objet des fantasmes. Je connais son flair pour repérer les hormones mâles (et même femelles) qui s'affolent pour elle. Dans cette petite voiture, entre l'île Verte et Sept-Îles, Laurent ravale plus souvent qu'il ne respire. Chloé entend avec plaisir chacune de ses déglutitions. Elles sont comme une balle de laine pour un chaton.

Laurent n'est pas idiot, il sent bien que la belle entend parfaitement ce qu'il ne dit pas. Il sait que son cœur est piégé.

Ils arrivent à La Malbaie. Laurent regarde l'odomètre et calcule. Il reste encore cinq cent trente-deux kilomètres avant la pancarte BIENVENUE À SEPT-ÎLES. À chaque kilomètre, ses pulsions amoureuses s'exacerbent.

Chloé est impitoyable. Elle lui a parlé de ses seins. Il y a deux ans, elle s'est offert une chirurgie esthétique.

– J'ai attendu d'avoir des références. Les cliniques de chirurgie esthétique, il y en a des dizaines en ville. Et les soi-disant « spécialistes » se comptent presque par centaines. Mais moi je voulais un artiste. Un vrai. Je voulais être certaine que la personne qui me toucherait serait amoureuse des seins.

– Et puis ?

– Je l'ai trouvée. Une chirurgienne juive anglophone qui pratique dans l'ouest de la ville.

– Une femme ?

– Le docteur Golda Rubin. Une femme qui ressemble étrangement à ma mère. Dès que je suis entrée dans son cabinet, j'ai su. À l'examen, elle a touché mes seins avec une telle douceur que j'ai tout de suite compris que j'avais trouvé. Pour elle, mes seins étaient des trésors. Je sais qu'elle en a touché des centaines et qu'elle est habituée, mais sa délicatesse, la fébrilité de ses mains et de ses doigts, juste la façon dont elle frôlait mes mamelons…

– Excuse la question, mais est-ce qu'elle était gaie ?

– Parfaitement. Jusqu'au bout des cheveux.

– Ça ne te dérangeait pas?

– Sûr que non. Au contraire.

– Mais pourquoi la chirurgie? Tes seins étaient trop petits?

– C'était pas une question de volume, mais surtout d'esthétique.

Et là, Chloé lui a joué le numéro de l'innocence. Une de ses spécialités. Elle sait que le cœur de Laurent veut lui exploser dans la poitrine, mais elle fait comme si…

– Franchement, Laurent, dis-moi de me taire! Je suis là et je te parle de mes seins…

– Non, non, ça va, ça va, ça m'intéresse, juré.

Il reste encore cinq cent vingt-huit kilomètres.

Cap-à-l'Aigle, sur le chemin Laval-Sept-Îles, dans une petite Volks avec deux chiots, une belle fille et un amoureux frustré, 11 h 35

Je sais que j'ai déjà décrit le corps de Chloé. Mais j'insiste. Elle a réinventé la beauté. Sa perfection physique est troublante. Chaque pore de sa peau a été conçu, dirait-on, par un maître. On dit que même les mannequins les plus célèbres sont très critiques envers elles-mêmes. Elles se regardent dans le miroir et voient mille défauts. Pas Chloé. Quand elle se regarde, elle voit la réalité, elle voit la perfection.

Laurent est dans un état second et elle en rajoute.

– Les hommes, les hommes. Depuis que je suis à Montréal, j'ai dû en repousser trois mille. Mon Dieu, les hommes de Montréal sont affamés. Je sais pas ce qu'ils voient chez moi.

– J'ai ma petite idée là-dessus.

– Hon. T'es fin, Laurent.

Jusqu'ici, entre les deux voyageurs, il n'y a eu aucun contact physique. Que des discussions. Chloé sait que Laurent est bien accroché. Elle voit son regard, ses mains moites, sent son appétit. Elle porte un chandail à manches longues qu'elle tente d'enlever pendant qu'elle est au volant.

– Aide-moi, veux-tu? J'ai chaud.

Et Laurent aide Chloé à enlever son chandail. Elle porte une petite camisole dessous.

– C'est le seul défaut de ma chouette: pas d'air conditionné ni de chaufferette...

À son tour, Laurent a un coup de chaleur.

Mont-Murray, sur le chemin Laval-Sept-Îles, dans une petite Volks avec deux chiots, une belle fille et un amoureux en chaleur, 11 h 56

Chloé continue à pétrir Laurent, cette bonne vieille pâte.

– Je lis beaucoup. Au moins un livre par semaine. Actuellement, je suis dans *Les petits oiseaux* d'Anaïs Nin. La semaine dernière, j'ai lu *Justine ou Les Malheurs de la vertu* du Marquis de Sade. J'aime bien la littérature érotique. Je fais des recherches sur l'espace et le temps.

– Pardon?

– Je fais des recherches intérieures sur l'espace et le temps. Sur les coïncidences qui n'en sont pas. Sur tout ce qui concerne l'inconscient. Sur la lecture des événements à venir. Je suis très forte là-dedans. J'apprends aussi à lire dans les rides du visage. Toi? Tu lis?

– Moi? Euh, j'aime les biographies surtout. Jimi Hendrix. Björn Borg.

Encore quatre cent quatre-vingt-dix-neuf kilomètres. Laurent a chaud.

– Je reviens des îles grecques, tu sais. Mykonos, c'est un chef-d'œuvre de la géographie, mais c'est pas plus beau que Charlevoix. Ni Santorini, ni la Crète. Charlevoix, c'est le paradis.

– C'est beau, hein?

– Extraordinaire.

– J'ai faim. On mange?

– Ben oui, pourquoi pas?

Ils s'arrêtent sur le bord de la route 138, dans un restaurant qui propose de ces mystérieuses «spécialités canadiennes». Les chiots (qui grandissent à vue d'œil, on dirait) manifestent l'envie de se délier les grosses pattes.

Laurent s'impressionne lui-même. Être assis pendant des heures à quelques centimètres de la fille de ses rêves, et ne rien lui dire. Demeurer silencieux, retenir ses pulsions. Pourtant Laurent n'est pas né de la dernière pluie en matière de femmes. Il en a connu, séduit, baisé, dérangé, aimé, convaincu, désarmé des dizaines. Les femmes, même avant le tennis, c'est sa grande expertise. Il est bien conscient que Chloé, de cinq ans sa cadette, s'amuse avec lui comme une chatte siamoise avec un mulot des champs. Il doit aimer jouer le rôle du mulot.

Dans le stationnement du resto, Chloé, chaussée de sandales roses à 99 cents, tient les deux petits danois bien en laisse et leur fait faire une petite promenade.

Laurent remarque ses pieds. Il n'y avait jamais porté attention. Chaque ongle de chaque orteil a été peint d'un rouge qui rappelle la couleur du tangara écarlate. Les pieds de Chloé sont des chefs-d'œuvre. Délicats, petits, juste assez dodus, pas trop. Ce que Laurent ne sait pas, c'est que Judith, sa mère, en s'amusant avec sa fille quand elle était petite, a baptisé chacun de ses orteils. Elle disait que les doigts de la main avaient un nom, mais pas les orteils, alors elle a corrigé cette injustice. Chloé a toujours retenu ces noms. Elle adore ses pieds et les traite comme de petits animaux de compagnie. Les orteils du pied droit s'appellent (du gros au petit) Ulysse, Denis, Tim, Quasar et Câlin. Ceux du pied gauche, Urbain, Doudou, Tannant, Quack et Christian.

Laurent n'a pas faim, bien sûr. L'amour, ça noue l'estomac, ça serre la gorge, ça assèche la bouche et ça coupe la faim. Mais, comme il ne veut rien laisser paraître, il a quand même prétexté un petit creux. Il approche midi, après tout.

Les chiots ont gentiment allégé leur vessie. Chloé les remet dans leur boîte.

Le restaurant Chez Claudette et Gilles est presque vide. Il y a un couple de personnes âgées et une famille ontarienne de cinq personnes; Laurent a remarqué la plaque minéralogique de leur Winnebago.

Ils prennent place juste à côté de l'immense fenêtre qui donne sur le stationnement et la route. Laurent s'assoit sur une chaise et Chloé sur la banquette. La serveuse s'appelle Joanne. Elle porte une plaquette nominative épinglée sur son uniforme brun et beige. Elle leur sert un verre d'eau glacée et leur tend deux menus.

– Voulez-vous boire quelque chose ?

– Je prendrais bien une bière, dit Laurent.

– Désolée, on ne vend pas d'alcool…

– Ah. Alors, non merci… Chloé ? Tu veux quelque chose à boire ?

– Non, ça va aller…

– Je vous laisse regarder le menu, je reviens dans pas long.

Chloé parcourt distraitement le menu des yeux. Laurent fait semblant de faire la même chose. Son cerveau fonctionne à toute allure. Il a la tête pleine de tourbillons. Il tente en vain de se concentrer. Il regarde la liste des spéciaux du midi et n'y comprend rien. Il a juste le goût de pleurer. Chloé le sait, elle le voit, et aime bien. C'est son jeu favori, faire saliver l'homme. Et l'homme salive.

– As-tu choisi ? lui demande-t-elle.

– Je pense que je vais juste prendre une salade de fruits frais. J'ai comme une boule dans l'estomac. Sûrement un effet de la route…

– J'ai remarqué que tu regardais mes pieds, tantôt. Je me trompe ?

– Tes pieds ? Euh. Non. C'est-à-dire, oui, un peu. Pourquoi tu me demandes ça ?

– Pour rien. Juste comme ça. Émile adore mes pieds. Il me fait des massages qui me rendent folle.

Joanne est de retour à leur table.

– Avez-vous choisi ?

– Je vais prendre une salade. Laquelle vous me suggérez ?

– Une salade-repas ? Ou juste une entrée ?

— Repas.

— Aimez-vous l'ail?

— J'adore.

— Prenez la salade César. C'est la spécialité du chef. Je vous garantis que c'est la meilleure salade César de l'univers connu et inconnu. Juré.

— Une salade César, alors.

— Elle est grosse, je vous le dis.

— Parfait.

— Les croûtons sont maison.

— Hmmm.

— Et vous, monsieur?

— Je vais prendre une salade de fruits frais.

— Juste ça?

— Oui, pour l'instant.

— Je vais vous la faire double. Parce que toute seule, elle est trop petite. Il y a plein de fraises de serre dedans.

— Merci. C'est gentil.

— Je reviens.

C'est quand même tout un défi pour Laurent. Seul pendant plus de dix heures avec la femme de ses rêves, sans pouvoir lui dire qu'elle l'est. Et le fait que Chloé s'amuse à exacerber son émotion décuple les difficultés.

Et là, un petit détail vient épaissir davantage une situation déjà tordue: Laurent est allergique à l'ail. L'odeur seule provoque chez lui une irrépressible envie de vomir. Évidemment, il ne l'a pas dit à Chloé. Mais il sait qu'il devra se contenir.

Joanne revient avec les deux salades, en spécifiant de nouveau que la salade César de Chez Claudette et Gilles est la meilleure de tout le comté de Charlevoix.

– Le secret est dans la sauce!

Elle dépose les deux plats sur la table.

– Si vous avez besoin de quoi que ce soit, faites-moi signe.

Laurent ne veut pas laisser paraître son dégoût. Mais, tout comme son désir, son dégoût se lit dans les traits de son visage. Dégoût plus désir égale malaise.

Chloé adore l'ail. Délicatement, elle manie sa fourchette en piquant un bout de laitue, un croûton maison, un petit bout d'anchois, deux câpres et beaucoup de vinaigrette secrète. Elle porte le tout à sa bouche et roule les yeux de bonheur.

– Humm. Wow. C'est vrai. Elle est géniale.

Le visage de Laurent se déforme.

– Tu veux y goûter?

Elle prend une belle fourchetée de salade et la tend à Laurent. Il la fixe, bouche bée, et a un haut-le-cœur.

– T'as dédain de ma fourchette?

– Non, non, pas du tout. Je suis allergique à l'ail. Ça me donne des nausées.

– Pourquoi tu me l'as pas dit?

– Je veux pas t'empêcher de bouffer ce que tu veux. C'est pas grave…

– Ça veut dire que je pourrai pas t'embrasser?

La tête de Laurent fait mille tours. Il y a tellement d'ail dans la salade de Chloé, pense-t-il, que ça doit sentir jusqu'aux îles de la Madeleine.

Chloé l'a quand même toute mangée. Laurent a bouffé ses fruits et ils sont repartis, direction Sept-Îles. Plus que quatre cent quatre-vingt-dix-huit kilomètres.

Dans l'auto, Chloé s'est inquiétée.

– Est-ce que je sens trop ?

– Y faisaient des Volks avec des toits ouvrants, avant, non ?

Laurent a ouvert la fenêtre.

Montréal, Résidence des Flots, 12 h 30

La Résidence des Flots est un grand complexe moderne qui accueille les retraités autonomes. Il y a près de deux cents logements, tous occupés. C'est un lieu très prisé vu sa situation géographique, sur le boulevard Gouin, au bord de la rivière des Prairies, et ses nombreux services. Pharmacie, soins infirmiers, médecin sur place. Il y a mille activités, quelques salles de loisirs, une salle de cinéma où se tiennent aussi des conférences et des spectacles, deux restaurants, une grande cafétéria, une bibliothèque bien garnie, un vaste terrain fleuri et un endroit pour jouer au « bocce ». Le personnel, nombreux, est attachant et compétent.

La plupart des résidents reconnaissent Mirabelle quand elle se pointe à la maison de retraite, elle s'y rend régulièrement. Cet après-midi, le gardien de sécurité l'a saluée, comme d'habitude, et elle s'est rendue à l'appartement de ses « tantes » au premier étage. Elle n'a pas à prendre l'ascenseur. Comme toujours, il y a du bourdonnement dans la place. On joue une partie de cartes, une dame tricote, quelques autres, assises dans de confortables fauteuils, jasent. Dans une petite salle, on présente le film *Elvis Gratton*. Il y a à peine trois spectateurs. Aucun ne rit.

Mirabelle frappe à la porte du logement 101. Rose-Aimée vient ouvrir.

– Ah! Mirabelle, comment ça va, ma chouette? Rentre, rentre. On t'attendait.

– Vous, Rose-Aimée?

– Ça va bien. Ça va bien. Je viens de battre Marie-Rose à *Super Mario Kart.* Viens que je t'embrasse.

– Bonjour, Marie-Rose!

– Oui, mais elle te dit pas qu'hier je l'ai battue trois fois. Ça, elle te le dit pas…

– Chicanez-vous pas, là.

– C'est de sa faute! Elle est mauvaise perdante.

– C'est vrai que je suis mauvaise perdante. Je suis tellement pas habituée de perdre, je sais pas comment faire.

– Vous savez que Marguerite a accouché avant-hier, dimanche soir.

– C'est sûr qu'on le sait, elle a appelé. Une belle petite Rose. C'est tellement fin de l'avoir appelée comme ça. Marie-Rose est justement en train de lui tricoter un petit ensemble pour l'automne. Devine de quelle couleur?

– Facile.

– Viens t'asseoir, ma grande. On va faire un bon thé.

Marie-Rose et Rose-Aimée

Pour Mirabelle et sa petite sœur Marguerite, Marie-Rose et Rose-Aimée sont des tantes. Elles ont toujours fait partie de la famille. Les deux dames retraitées sont âgées de soixante-dix-huit et soixante-seize ans. Elles adorent la vie.

Dans leur jeunesse, elles étaient «garde-malades». C'est ainsi qu'on appelait les infirmières à cette époque. Elles se sont rencontrées au début de leur carrière, en 1950, alors qu'elles travaillaient à l'hôpital Notre-Dame, et sont tout de suite devenues des amies inséparables.

Marie-Rose Desjardins est l'aînée et la seule fille d'une famille de douze enfants. Sa mère étant décédée accidentellement, Marie-Rose a dû élever ses onze petits frères, le père se chargeant de ramener le pain et le beurre grâce à ses quatre emplois. Il travaillait près d'une centaine d'heures par semaine.

Rose-Aimée, fille unique, était l'enfant chérie d'un avocat-notaire et d'une institutrice. Elle n'a jamais connu la misère. Dès leur rencontre, ce fut la naissance d'une grande et merveilleuse amitié qui ne s'est jamais démentie, qui n'a fait qu'embellir et grandir depuis, même encore aujourd'hui. Quand le plus jeune des onze frères de Marie-Rose a eu seize ans – elle en avait elle-même vingt-huit –, elle a quitté le logement familial pour aller vivre en colocation avec Rose-Aimée, à deux pas de l'hôpital où elles travaillaient. Quelques mois plus tard, elles ont accueilli dans leur grand logement de l'est de Montréal une petite orpheline.

L'enfant s'appelait Denise. Elles n'ont jamais dévoilé les circonstances de la mort de ses parents. Tout ce qu'elles en ont jamais dit, c'est qu'elles étaient là, en salle d'urgence, quand des policiers, qui accompagnaient les deux ambulances transportant le couple, s'étaient présentés à l'hôpital avec cette petite fille en jaquette qui pleurait. La fillette n'ayant qu'un seul de ses grands-parents encore vivant (un monsieur qui demeurait en Suisse), Marie-Rose et Rose-Aimée ont pris Denise en charge.

Ce qui devait être une situation temporaire est devenu permanent. À vingt ans, Denise s'est mariée avec un triste individu, avec qui elle a eu deux petites filles qu'elle a baptisées du nom de son fruit et de sa fleur favoris : Mirabelle et Marguerite. Le triste individu a pris la clé des champs quelques semaines après la naissance de la cadette. Denise est décédée du cancer du sein quand Mirabelle avait seize ans et Marguerite, quatorze. Les filles ont toujours gardé très serrés les liens avec Marie-Rose et Rose-Aimée.

Les deux vieilles dames vivent à la Résidence des Flots depuis quatre ans. Elles en ont les moyens. Elles ont un excellent régime de retraite et Rose-Aimée a touché un héritage appréciable. Elles voyagent et lisent beaucoup, n'ont jamais perdu leur appétit pour la vie et pour les nouvelles expériences.

Résidence des Flots, 12 h 50

Après avoir pris le thé, Mirabelle sort de son gros sac à main l'objet de sa visite. Une belle petite boîte de métal argentée avec dessus un dessin de roses blanches et de pinsons. Dans la petite boîte, une demi-once de marijuana. Avant d'accepter de faire cette course pour ses deux tantes, Mirabelle avait voulu savoir de quoi il retournait exactement. Elle n'avait pas été si surprise que ça.

Un des nombreux neveux de Marie-Rose, Simon, est finissant en cinéma à l'Université du Québec. Simon est le fils du plus jeune de ses frères. Pour son travail de fin de session, il a proposé à son professeur de filmer une expérience sur les effets de la marijuana. Il était important que ses protagonistes soient « vierges », qu'ils n'aient jamais fait l'expérience de la drogue douce. Il a d'abord pensé à employer de jeunes cobayes, mais a vite écarté cette option.

Puis, il en a parlé à sa tante Marie-Rose qui en a discuté avec Rose-Aimée. Toutes deux, fébriles à cette idée, ont accepté.

Simon a insisté pour leur procurer lui-même le pot nécessaire, mais elles ont catégoriquement refusé. D'abord, parce qu'il était hors de question que le jeune homme dépense un sou ; ensuite, parce qu'elles n'étaient pas tout à fait convaincues de la qualité de ses contacts. Mirabelle, aux yeux des dames, était plus à même de « connaître ça, ces affaires-là » et de leur trouver du bon gazon sûr. Mirabelle en a donc parlé à Barbie. Et Billy le soldat leur a trouvé ce qu'il leur fallait.

– Vous avez pas peur, Marie-Rose ? s'enquiert Mirabelle.

– Peur de quoi ?

– Je sais pas, peur de ce que ça va faire, de l'effet.

– Pas du tout.

– Y a aucun danger, de toute façon. C'est quand même pas du crystal meth…

– Du quoi ?

– La marijuana, c'est doux. Mais faut que vous vous attendiez à un petit buzz.

– Marie-Rose et moi, on sait ce que c'est, un petit buzz, inquiète-toi pas. As-tu vu notre petit bar, juste là, sous la télévision ?

– Je sais, je sais, Rose-Aimée. Vous, c'est le rhum and coke. Marie-Rose, c'est le gin tonic.

– Marie-Rose, c'est pas mal n'importe quoi. Pis si tu veux savoir, on a déjà essayé la mari. Simon nous a fait une petite cigarette y a une couple de semaines, pour qu'on essaye.

– Ah bon ?

– On a pris quelques touffes sur le balcon.

– On dit pas des touffes, on dit des poffes.

– Ça m'a fait rire. En plus, j'animais le bingo ce soir-là.

– Moi, ça m'a donné faim.

– On le sait ce que c'est, avoir la tête légère. L'année passée, en revenant du Mexique, j'ai vidé une bouteille de mezcal en deux semaines. Je sais que je devrais pas m'en vanter, mais c'est la vérité. Ça me faisait rire, le mezcal. C'est la boisson avec le petit ver dans le fond de la bouteille.

– Moi, j'en ai pas pris une goutte. Un ver dans la bouteille, c'est pas propre propre !

– Un beau petit ver tout délicat, tout innocent…

– Laisse faire. Un ver, c'est un ver.

Résidence des Flots, un mois plus tôt, 1er mai 2001

Simon est bourré de talent. Depuis qu'il est enfant, il a toujours aimé manipuler une caméra vidéo. Quand il a décidé, à la fin de l'adolescence, d'étudier dans le domaine de l'audiovisuel, personne n'a été surpris.

Simon et son ami Félix, lui aussi étudiant en communications-cinéma, avaient rendez-vous chez Marie-Rose et Rose-Aimée. Dès qu'ils sont entrés, l'odeur a transporté Simon dans son enfance.

– Je t'ai fait une croustade aux pommes.

– Hmmm. Je te reconnais bien là, ma tante.

– Prends-en un morceau, pis t'apporteras le reste à la maison.

Simon a invité Félix à plonger aussi une fourchette dans la divine croustade, agrémentée d'un peu de crème glacée à la vanille et d'un filet de sirop d'érable…

– Tu vois ce que tu manques, Simon ? Tu viens pas me voir assez souvent. Je suis tellement contente quand je te vois. Tu voulais me parler ?

– J'ai un service à te demander. Un gros service. Mais si tu veux pas, c'est pas grave. Tu sais que je dois faire mon film pour mon examen final au bac en communications à l'université, hein ?

– Ben oui, ta mère m'a dit ça. Ça me surprend pas. T'as toujours joué avec la caméra de ton père. T'étais haut comme ça…

– C'est pour ça que j'ai besoin de toi, ma tante. J'aimerais faire un film avec toi.

– Avec moi ?

– Avec toi, avec Rose-Aimée, avec tes amis. Ici.

D'abord étonnée, Marie-Rose a senti monter en elle une excitation grisante. Deviendrait-elle à soixante-dix-huit ans une star de cinéma ? Elle qui a toujours voulu être une artiste, qui a chanté toute sa vie dans sa cuisine, qui a vu des milliers de films depuis qu'elle est toute petite, qui a soupiré, ri et pleuré en voyant les Jean Gabin, les Jean Marais et autres Marcel Pagnol…

– Un film ?

– Un tout petit film. Pour mon examen. Félix et moi, on a eu une idée…

– Ben oui, mais je suis pas une actrice !

– Moi je pense que je serais bonne, a dit Rose-Aimée, davantage confiante en ses moyens.

– Qu'est-ce que ça raconte, ton film ? C'est pas une affaire de sexe, toujours ?…

Simon s'est esclaffé.

– Non, non, c'est un documentaire. Une trentaine de minutes, peut-être moins.

– Faudrait que je réponde à des questions ? Ou que je fasse comme un personnage ?

– Ni un ni l'autre, je vais t'expliquer… Tu sais que le gouvernement s'apprête à légaliser la marijuana, hein ?

– Pourquoi tu me demandes ça ?

– T'es pas obligée de dire oui, ma tante…

– Tu veux quand même pas que je fume de la mari ?!

Simon lui a exposé son idée en détail. Marie-Rose et Rose-Aimée organiseraient une petite soirée « tisanes et desserts » (c'est d'ailleurs le titre provisoire du projet, *Tisanes et desserts*). Simon et Félix observeraient les deux femmes cuisiner, préparer la soirée ; ils filmeraient tout. Et voilà.

– Tiens, ma tante, je t'ai roulé un petit joint. Essaye, je te dis, y a pas de danger.

– Mon Dieu, mais j'ai jamais fumé, encore ben moins de la mari.

– C'est simple, ma tante Marie-Rose, tu l'allumes et tu prends des petites bouffées. Faut que tu respires la fumée, pis là, bien, t'attends.

– Tu fumes ça, toi ?

– Non, plus maintenant, mais je l'ai fait souvent. Les Amérindiens en mettaient dans leurs calumets de paix.

– Qu'est-ce que t'en penses, Rose-Aimée ?

– Marguerite a déjà voulu me faire essayer. Elle en fume aussi, des fois. Elle m'a dit que ce n'était pas dangereux.

– On peut-tu être malade ?

– Non, y a pas de danger. T'en prends un petit peu, t'attends. Encore un petit peu, t'attends. Pis là, t'arrêtes.

Malgré leurs réticences, les deux dames semblaient intéressées à participer au projet.

— Penses-y, ma tante, et je vais te rappeler. Surtout, sens-toi pas obligée, ok? Et merci pour la croustade.

Simon et Félix partis, Marie-Rose et Rose-Aimée se sont attablées à la cuisine, incapables de réprimer un certain amusement. On aurait juré deux petites filles qui planifient un mauvais coup.

Marie-Rose réfléchissait à voix haute:

— Qu'est-ce qu'on fait?

— Je le sais pas. Mais j'aimerais ça jouer dans un film, par exemple.

— S'il dit qu'y a pas de danger...

— Moi, ça me dérange pas trop, j'ai fumé pendant dix ans quand j'étais jeune. Des Sweet Caporal.

Le soir même, Marie-Rose et Rose-Aimée ont finalement décidé de prendre le risque. Sur le balcon de leur appartement, après quelques essais, elles ont réussi à allumer le joint et ont fumé comme des adolescentes, en cachette. L'effet n'a pas tardé et les vieilles dames se sont mises à rire comme des folles, d'autant plus que Marie-Rose s'étouffait à chaque poffe. La tête légère, celle-ci a alors appelé chez Simon. La mère, Jocelyne, a répondu.

— Allo?

— Est-ce que je pourrais parler à Simon, s'il vous plaît? a murmuré Marie-Rose d'une voix tremblante, incapable de garder son sérieux.

— Ma tante?

— Oui?

— Tu veux parler à Simon? Comment ça va?

Marie-Rose n'a pu s'empêcher de pouffer.

– Ben voyons, ma tante, qu'est-ce que t'as ? T'es ben de bonne humeur !

– Rien, rien. Je le sais pas qu'est-ce que j'ai. J'ai le fou rire.

– Bon, ben tant mieux. C'est mieux que de brailler. Attends, je te le passe. Simon ! Ma tante Marie-Rose veut te parler...

Simon a pris l'appareil.

– Ma tante ? Est-ce qu'il y a un problème ?

Marie-Rose riait toujours.

– On va le faire. On va le faire. Y pas de problème, on va le faire, ton film. C'est juste que je m'étouffe toujours. Tantôt, je toussais comme une damnée.

Simon a baissé le ton.

– J'y ai pensé, mais t'es pas obligée de le fumer, le pot. Tu peux l'incorporer dans des recettes. Tes amies devraient aimer mieux ça. Écoute de la musique, tu vas voir, la musique est ben meilleure. Écoutez vos vieilles tounes de jazz, vous allez capoter. Je te rappelle dans quelques jours pour fixer la date du tournage.

– Simon ?

– Oui ?

– C'est-tu normal, j'ai faim. Pourtant, je viens de manger.

– C'est normal.

– Penses-tu que je vais pouvoir animer le bingo ce soir ?

– Hein ?! Tu animes le bingo ce soir ?!

– Oui, ça commence dans pas long. Je vais être capable, hein ?

– Oui, tu vas être capable, juré... Ma tante, je m'en viens te voir avec Félix...

Simon a tout de suite appelé son ami vidéaste et ils sont repartis en trombe avec leurs caméras. Vingt minutes plus tard, ils étaient à la résidence.

– Il faut pas que vous vous occupiez de nous, a insisté Simon auprès de sa vieille tante. Ne regardez pas la caméra. Jamais. Faites comme si on n'était pas là. Si vous me parlez, je répondrai rien. Même chose pour Félix. Entendu?

Juste avant de partir pour le bingo, Marie-Rose a fait part de ses inquiétudes à son amie.

– J'espère que je vais être capable. Je me sens bien, en tout cas.

Rose-Aimée, elle, est restée dans l'appartement et a sorti un cahier de mots mystères, mais elle était mal à l'aise d'être épiée par une caméra et l'a dit à Félix.

– J'ai le droit de parler toute seule?

Suivant les recommandations de Simon, Félix n'a pas répondu. Pas même un signe de tête, rien. Alors Rose-Aimée est allée mettre un CD des plus grands succès de Michel Louvain et Félix a levé les yeux au ciel. Rose-Aimée a esquissé quelques pas de danse et est retournée à sa table en chantant. Elle a repéré quelques mots dans la grille, puis s'est levée pour aller prendre un sac de crottes de fromage dans le garde-manger et une canette de Coke Diète dans le frigo. En passant devant la chaîne stéréo, elle a monté le volume et a exécuté encore quelques pas de danse.

Pendant ce temps, Simon observait Marie-Rose dans la salle de bingo, et il était assez clair que l'effet se faisait sentir.

– B-2. B-2.

Un des joueurs l'a interpellée.

– Marie-Rose! Ouvre ton micro, j'entends pas. Ouvre le micro.

– Excusez-moi, j'étais dans la lune. B-2! B-2!

Marie-Rose, devant les joueurs regroupés sur des tables à quatre places, était un peu mêlée et maladroite, mais semblait néanmoins beaucoup s'amuser.

– Préparez-vous, soyez aux aguets, car je pige un autre numéro. Attention… G-56! G-56! Bon, c'est pas vrai, j'ai pas cinquante-six, j'ai soixante-seize, mais je les parais pas… N'est-ce pas, monsieur Fortin? Je les parais pas? Non? Ok. Suffit les blagues. G-56. Hahahaha!!...

– Vous êtes de bonne humeur ce soir, Marie-Rose!

– Je comprends! De très bonne humeur. I-22! I-22!!

À l'appartement, Rose-Aimée a délaissé les mots mystères pour l'époussetage, en dansant toujours, cette fois sur la musique de Glenn Miller. Félix, caméra brandie, a mangé des crottes de fromage.

Résidence des Flots, aujourd'hui

Mirabelle ouvre la petite boîte et leur montre de quoi ç'a l'air, du pot en farine. Sachant que c'est pour cuisiner et non pour fumer, Mirabelle l'a passé à la moulinette Magic Bullet.

– Regardez. Sentez.

– Ç'a comme une petite odeur indienne.

Mirabelle a aussi apporté une chemise contenant une quinzaine de recettes trouvées sur Internet.

– Ah! s'exclame Marie-Rose. Regarde donc ça, si c'est fin!

– Faites juste attention de pas trop faire cuire.

– Parfait, ma belle fille. Regarde, Rose-Aimée, des brownies.

– Ben oui. Moi qui ai la dent sucrée. Ça va être dangereux.

– Abusez pas, là, Rose-Aimée. C'est pas des brownies ordinaires. Mangez-en pas deux.

– Combien je te dois? Simon m'avait dit cent cinquante dollars. C'est ça?

– C'est moins que ça, c'est cent dollars.

Marie-Rose ouvre son petit porte-monnaie de grand-mère et en sort des billets de vingt bien pliés.

– Tiens, pas besoin de compter, y a cent dollars là-dedans.

– Je vous fais confiance. Bon, je me sauve, faut que je retourne au travail. Marguerite revient chez elle aujourd'hui avec sa petite Rose, je suis sûre qu'elle serait contente si vous alliez la voir.

– On va y aller, c'est sûr. Pis on n'arrivera pas les mains vides. C'est l'fun de te voir, ma chouette. Au plaisir!

– Bye Marie-Rose, bye Rose-Aimée.

Elle les embrasse et s'en va. Rendue dans sa voiture, elle sort les billets de sa poche et les compte. Mirabelle est habituée à compter des billets de banque, mais elle n'a pas voulu le faire devant ses tantes, par délicatesse. Quelque chose cloche, elle en est certaine. Il n'y a pas cent, mais deux cents dollars. Elle sort de la voiture et retourne cogner à la porte de ses tantes.

– Marie-Rose!

Marie-Rose et Rose-Aimée ne répondent pas. Mirabelle insiste et frappe encore.

– Marie-Rose, vous avez fait une erreur! Vous m'avez donné deux cents dollars!

Toujours pas de réponse.

– Marie-Rose, faites pas exprès, je sais que vous m'entendez. S'il vous plaît...

– Marie-Rose fait dire qu'elle est partie.

– Rose-Aimée, ouvrez... Ç'a pas de bon sens.

– Je dors.

– Bon.

Mirabelle hoche la tête et disparaît.

Montréal, station M-Rock, 13 h 15

Ce matin, j'ai volé mon employeur. Il me verse un salaire, un très bon salaire, pour que je conçoive, imagine et écrive des commerciaux pour ses clients. Il s'attend donc à ce que, en échange de son argent, je mette à son service une partie de mon talent. Or, ce matin, je ne lui ai rien donné. Je me suis assis à mon clavier et je n'ai rien fait. Rien. Je suis incapable de commencer. Mon cerveau est un désert d'idées. Rien n'y pousse. Je n'entends que du vent.

Je ne vois que son visage.

Je reprends la conversation dans ma tête, cette conversation que j'aurai avec Ève vendredi soir. Je la répète, l'ajuste, la change.

Le gars avec qui je travaille à la station est le producteur. Il enregistre les commerciaux que j'écris et il les monte en y ajoutant des effets sonores, de la musique, etc. Il met en son ce que je lui donne en noir sur blanc. Il s'appelle Reggie. Je m'entends bien avec lui.

Alors que je suis sur pause pour cause de cœur bouleversé, il est aussi sur pause par la force des choses. Je suis son fournisseur de matière première. Quand je ne lui donne pas de farine, il ne peut pas faire de tartes.

– Qu'est-ce qui se passe, Émile? T'as rien à faire?

– Je la vois vendredi et elle s'en retourne au Brésil mercredi. Cinq jours…

– De qui tu parles?

– Je parle de la femme de ma vie. Je parle de ma raison d'exister. Je parle de la plus belle femme de l'histoire de l'humanité. Elle repart mercredi, ça me donne pas beaucoup de temps pour opérer. Faut que je lui dise la vérité, tu penses pas? Il faut pas que j'essaie de camoufler mes feelings. Si je lui dis que son image, que son visage, que sa douceur, que son romantisme m'ont assommé il y a dix ans et que je m'en suis jamais remis, ça serait-tu trop? Qu'est-ce que t'en penses?

– Ça dépend du ton. C'est sûr qu'elle va penser que tu fais une joke.

– Si je fais cette face-là? Ma super face sentimentale? Elle va penser que c'est une joke?

– Fais pas cette face-là, Émile. Elle va se sauver.

Il repart dans son studio pour continuer à ne rien faire en attendant mes textes. Patiemment, en jouant à *Tetris* sur son ordinateur. Reggie est bon à *Tetris*.

Quelques minutes plus tard, Tété, le livreur du resto grec où j'achète mes deux souvlakis quotidiens, arrive avec ma bouffe. Je ne me confie pas à lui d'habitude.

– Est-ce que je devrais lui dire que je vis avec une fille? Y m'semble que je devrais tout lui dire. Si je lui dis pas, je vais me sentir menteur. Faut qu'elle soit au courant. Pas de cachettes stupides. Qu'est-ce t'en penses, Tété?

Tété parle un français hybride.

– *I think you owe me* trente-cinq piasses *since last week.* C'est ça je pense. Pis aussi, *I don't like a man cheating on his wife.* C'est pas bon, ça.

Merci, Tété. Je me mets la tête sur le bureau. Les yeux fermés. Je suis dans un univers situé entre l'ouragan qui dévaste et le doux vent de la fin de l'été. Je pense à voix basse. Mais pas si basse...

– Je me souviens de ce que tu sens, même si je ne t'ai jamais sentie. Je me souviens du son de ta voix, même si je ne t'ai jamais entendue. Je me souviens de tes dents. De ta chemise blanche. Je me souviens de la douceur de tes cheveux, même si je ne les ai jamais touchés. Je me souviens de ta démarche. Je me souviens de mes mains moites qui n'osaient pas.

Le gros Lacroix, un conseiller publicitaire (donc, un vendeur de pub), s'appuie au cadre de la porte de mon bureau et m'écoute divaguer.

– Je me souviens de tout. Je me souviens de tes petits souliers noir et blanc, je me souviens surtout de tes yeux, tes yeux...

– Te souviens-tu qu'y faut que tu me fasses deux textes sur la vente quarante-huit heures de Duquette VTT?

– Quoi?...

– Le client les attend pour approbation. Ça rentre en ondes demain matin.

– Oui, oui, je suis là-dessus, je suis là-dessus.

Le gros Lacroix s'en va et je me décide à commencer à mériter mon salaire. Vas-y, mon Émile, crée. Crée, crisse.

Commercial, 30 secondes.

Vente 48 heures, Duquette VTT.

C'est la vente 48 heures chez VTT Duquette. Profitez-en!

Douze mois sans intérêts. Venez rencontrer nos ostie d'experts et dites-leur tout simplement qu'il y a des souvenirs qui ne meurent pas. Des souvenirs qui n'arrêtent pas de grandir et de s'embellir avec chaque saison des amours. Que sa douceur, son miel et son parfum sont sans doute plus doux encore qu'il y a dix ans. Faites vite, 48 heures seulement. Chez VTT Duquette. Sans aucun intérêt.

Hmm. Faudra retoucher certains passages.

Cette fois, c'est Corinne, la fille de la discothèque, qui m'apporte ce que je lui ai demandé en entrant à la station ce matin. Une compilation des grands succès de mars 1991. J'avais seize ans en mars 1991… Elle m'a remis le CD et a tenu à me préparer au pire. J'aime bien Corinne.

– Tu sais, Émile, tu devrais pas t'emballer de même. En dix ans, les gens changent.

– Pas elle, pas elle.

– C'est fini avec Chloé ?

– Yes.

Sinéad O'Connor, Kylie Minogue, Clapton, Phil Collins, Cher, Lisa Stansfield, Depeche Mode. Souvenirs, souvenirs.

C'est la vente 48 heures chez VTT Duquette. Profitez-en.

Douze mois sans intérêts. Venez voir notre enfant de chienne d'inventaire de colon ! Voyez aussi le trou dans votre cœur, celui qu'il faut combler, celui dans lequel je me noierai peut-être. Voyez à quel point les années ont rajouté de la subtilité et de la

maturité à la beauté de son visage d'adolescente et renseignez-
vous sur nos formidables garanties prolongées!
Faites vite, 48 heures seulement. Chez VTT Duquette. Sans
aucun intérêt.

Pas encore tout à fait au point.

J'ai enlevé le réservoir d'encre de mon bic et je m'en sers comme d'un tire-pois. Je tire des petites boules de papier mâché accumulées sur le bureau, visant un verre en styromousse placé sur un socle. Le but du jeu, c'est de le faire tomber. Quand je réussis, c'est qu'Ève succombera à mes appels d'amour. Quand je rate, c'est qu'elle me fera mal.

Je rapproche ma cible. Tout près, tout près. Je triche.

Laval, dans un magasin à grande surface, 13 h 22

Charlotte et Ève ont pique-niqué au Centre de la nature, dans l'est de Laval. Au menu : une bouteille de mousseux, une baguette, un peu de fromage, du pâté de sanglier à l'ail, deux pommes et quelques mûres de Californie. Elles y ont poursuivi leur petit meeting préparatoire au sujet de la fête de vendredi.

Par la suite, après avoir parlé de tout et de rien – surtout de tout –, Charlotte et Ève sont allées dans un magasin à grande surface pour régler le problème du fer à repasser de Mme Adam.

Ève a du chien et une audace déstabilisante. L'épisode qui suit en est une preuve éloquente. D'abord, il faut savoir qu'elle dispose de zéro dollar pour acheter un nouveau fer. Mais tout a été soigneusement planifié…

Charlotte et Ève sont entrées dans le magasin séparément. Chacune a d'abord acheté, pour une somme modique, un grand sac à l'effigie dudit magasin. Deux dollars pièce. Puis, Ève est allée au département des appareils électriques et a soigneusement choisi un fer à repasser, le meilleur, bien sûr, et l'a mis dans son sac. Peu après, discrètement, elle a donné à Charlotte le nom de la marque et le numéro du modèle. À son tour, Charlotte est allée chercher un fer, le même, et l'a mis dans son sac. Charlotte a aussi pris, pour la stratégie, un sac d'épingles à linge et deux rouleaux d'essuie-tout.

Elles ont ensuite échangé un signe à distance et se sont rendues aux caisses. Charlotte d'abord; Ève immédiatement derrière. Au moment de payer ses achats, Charlotte a déposé son sac par terre et a mis les épingles et les rouleaux de papier sur le comptoir, laissant le fer dans le fond du sac. La caissière n'a rien vu. Elle a payé: 9,95 $. La caissière a glissé les achats dans un sac de plastique et Charlotte est partie. Ève a ensuite déposé son fer à repasser sur le comptoir. Pendant ce temps, à quelques pas de la caisse, Charlotte a fait mine de perdre un verre de contact. Elle a posé son sac et s'est mise à chercher sa lentille. Pendant ce temps, Ève payait le fer à repasser avec sa carte de débit (179,60 $).

– C'est un cadeau pour ma mère, a-t-elle dit à la caissière. Avez-vous un service d'emballage?

– Non, mais il y a une boutique qui fait ça, à droite en sortant.

– Merci.

Ève est ensuite passée devant Charlotte, penchée, à la recherche de son verre de contact.

– Vous avez perdu quelque chose? lui a demandé hypocritement Ève.

– Un verre de contact.

– Merde.

Ève s'est mise à chercher la lentille de Charlotte.

– Ok, je l'ai! s'est exclamée Charlotte en feignant de récupérer son verre de contact. Ouf! Merci de m'avoir aidée, madame.

Elle s'est relevée et a pris le sac d'Ève, qui contenait le fer à repasser payé. Elle a donc pu franchir les portes sans déclencher l'alarme. Ève, elle, a pris le sac de Charlotte avec le fer non payé, et quand elle a passé les portes l'alarme a retenti. La caissière lui a jeté un coup d'œil suspicieux. Ève, jouant la surprise, est revenue sur ses pas et un agent de sécurité l'a accostée.

– J'ai juste un fer à repasser. J'ai ma facture. Je suis passée à la caisse numéro six. Demandez à la caissière.

Le gardien a regardé dans le sac et vérifié la facture. De loin, la caissière lui a fait signe que tout était sous contrôle. Ève est retournée à la caisse et la caissière a de nouveau démagnétisé l'étiquette du fer. Et c'est ainsi qu'Ève a pu quitter les lieux avec un beau fer neuf!

Les deux filles ont ensuite fait le tour du centre commercial en riant, puis Ève est revenue au magasin trente minutes plus tard.

– Je viens d'acheter ce fer-là, mais ma mère en a déjà un. Il est encore dans son emballage, voici ma facture.

On lui a remis son argent: 179,60 $.

Dans un bungalow de la couronne nord de Montréal, 15 h
La mère d'Ève repasse avec son beau fer neuf.

– Mon Dieu, y va bien, regarde donc ça. Un vrai charme. Merci, ma grande.

– Ça me fait plaisir, maman.

– Y a dû te coûter cher.

– Non, je l'ai eu gratis. C'est mes beaux yeux. Charlotte ? Vrai ou faux ?

– Vrai. Elle l'a pas payé. Changement de sujet, madame Adam, voulez-vous venir à notre party vendredi ?

– Si je suis invitée, je vais y aller certain.

– Bien sûr.

– J'en reviens pas comment il repasse bien.

Cartierville, à l'appartement de Michel, 16 h 05

L'incroyable Hulk est donc venu chercher le frigo, la cuisinière et le sofa, laissant Michel seul avec ses trois glacières. Dans le plan initial, les nouveaux appareils devaient arriver à peu près en même temps que partaient les anciens. C'est du moins ce que Charles avait laissé entendre à Michel.

Or, aucun signe des nouveaux appareils. Michel est soudainement inquiet. Est-ce que Charles lui a dit la vérité ? Michel a-t-il agi trop vite en acceptant de se défaire de ses choses ? Charles n'est-il qu'une grande gueule ? Combien de temps Michel restera-t-il sans électroménagers et sans sofa ? Il a laissé trois messages à Charles.

14 h.

« Charles, c'est Michel, veux-tu me rappeler ? T'as mon numéro. »

15 h.

« Charles, Michel. Sais-tu à quelle heure je vais recevoir mes meubles ? »

16 h.

«Je suis supposé faire quoi avec mon stock, sans congélateur?»

Maurice et Henri reviennent de l'école et ne s'attendent pas à ce que leur père soit là. Maurice glisse dans la serrure la clef qui lui pend au cou. Michel l'entend et ouvre, à la surprise des garçons.

– Papa? T'es pas parti travailler?

– On a un petit problème, les gars. J'ai donné le poêle, le frigidaire pis le sofa. Des livreurs étaient supposés en apporter des neufs, mais ç'a l'air qu'il faudra attendre. J'ai pas de nouvelles. Je sais pas ce qui se passe.

Maurice et Henri ne savent jamais quand leur père fait des blagues et quand il est sérieux. Question de s'assurer que Michel ne leur tire pas la pipe, ils vont dans la cuisine. Ils constatent que c'est bien vrai. Henri s'inquiète.

– T'es sûr que tu t'es pas fait fourrer encore?

– Henri, s'il te plaît, ton langage.

– Tu t'es encore fait fourrer, papa. Henri a raison.

– Votre langage, s'il vous plaît!

– Pauvre papa.

– Bon, il faut que j'aille travailler, là. Maurice, j'ai laissé vingt-cinq dollars sur le comptoir pour votre souper. T'appelleras une pizza, ok? Le dépliant est ici. Si un monsieur appelle pour les meubles, donne-lui mon numéro de cell. Ok?

– Qu'est-ce qu'y a dans les glacières?

– Ce qui était dans le congélateur pis dans le frigidaire.

Henri, toujours curieux, s'apprête à ouvrir la plus grosse des trois.

– Henri, s'il te plaît, fais pas ça, faut que ça reste le plus froid possible, sinon on va tout perdre. Laisse-les fermées, ok, buddy?

– Toute va pourrir?

– Si tu passes ton temps à ouvrir les glacières, oui, tout va pourrir.

– Comment ça se fait que t'as donné les meubles?

– Pour faire de la place pour les nouveaux.

– T'avais dit qu'on n'avait pas d'argent.

– Ah, les gars, c'est long à expliquer, pis là, ben j'ai pas le temps. En gros, disons que le gars qui les a gâchés m'en a acheté des neufs, pour s'excuser, mais y sont pas arrivés.

– Le Pic va-tu venir nous garder?

Le Pic, c'est un voisin de Michel. Un ancien détenu qui a passé quelques années à l'Institut Leclerc pour meurtre sans préméditation dans une histoire de trafic de drogue. Complètement réhabilité, il est devenu croyant et travaille comme débosseleur. C'est le gardien attitré des fils de Michel. Le Pic est un gardien très fiable et très drôle.

– Pas ce soir, Henri. Vous êtes tout seuls, mais je finis pas tard. J'ai juste deux clients.

– On va-tu avoir une nouvelle télévision?

– Non. Pas de nouvelle télé. Ok, les gars, je m'en vais, là.

Henri et Maurice viennent l'embrasser, puis Michel leur fait réciter la liste des règles pour enfants parfaits. Il ne parle pas. Il leur fait seulement des signes avec ses doigts.

Un doigt.

– Barrer les portes.

Deux doigts.

– Jamais ouvrir la porte à quelqu'un qu'on sait pas c'est qui. Faut qu'on lui fasse crier son nom.

Trois doigts.

– Les devoirs avant le souper.

Quatre doigts.

– Vrak.tv, les bains, les dents.

Cinq doigts.

– On éteint la télé avant le dodo.

Six doigts.

– On fait un sourire pour s'endormir. C'est bon pour faire des rêves funny-funny.

– Parfait. Oubliez pas : si quelqu'un m'appelle, donnez mon numéro de cell.

Saint-Léonard, complexe funéraire Magnus Poirier, 17 h

Charles a stationné sa voiture. Juste avant d'entrer au salon, il a écouté ses messages. Bien évidemment, il a pris connaissance de ceux de Michel. Il comprend son impatience. Le chien est dans l'auto, encore.

Charles pénètre dans le complexe et voit l'écriteau à l'entrée : LAZZERI, SALON F. Il n'aime pas les salons funéraires. Il voit au loin son ami Mario, propriétaire de Meubles Lazerri, le fils du défunt. M. Lazzeri est mort samedi midi. Il y a des proches autour de Mario, dont sa mère, la veuve éplorée, qui semble étonnamment souriante.

Mario aperçoit Charles et s'excuse auprès des gens qui l'entourent. Il leur demande, discrètement, de s'occuper de la mamma.

– S'il y a un problème, je suis au fumoir.

Il va rejoindre Charles, ils se font l'accolade.

– Mes sympathies, Mario.

– Merci, Charlie. Viens, on va aller en bas.

Juste comme ils se dirigent vers les escaliers menant au sous-sol, il entend la mamma qui crie et pleure comme seule une mamma italienne peut le faire.

– Bon, merde, encore une crise!

– *Che cosa sta accadendo? Perché siete là, il mio amore? Il mio amore è guasto!! Il mio marito è morto!! Il mio caro marito è guasto!! Desidero morire!! Uccidere qualcuno!! Uccidetemi!! Il mio amore è guasto!! Il mio marito è guasto. Uccidetemi!! Non ho più voglia di vivere!! Il mio amore è guasto! Aaaaaaah!!! Mi amoooooooore!!*

Quatre personnes, des oncles, l'entourent et s'efforcent de la calmer, mais elle est hystérique. Quelques secondes auparavant, pourtant, elle semblait tout à fait sereine… Charles s'inquiète.

– Qu'est-ce qui se passe?

– C'est ma mère. C'est toffe. Je sais pas ce que je vais faire. Elle fait des crises à tout bout de champ. Chaque fois qu'elle le voit dans le cercueil, elle pète les plombs. Deux secondes plus tard, elle oublie. Et elle recommence. Elle est complètement désaxée. Je sais pas quoi faire avec elle.

C'est comme quand on tombe sur le derrière et qu'on se pince un nerf. La sensation est un mélange de douleur et de chatouillement. Alors, confus, on ne sait si on va rire ou pleurer. Mario est au cœur de la mêlée: il adorait son père, qui lui a tout montré et qui l'a aimé inconditionnellement jusqu'à la fin; il adore sa mère qui l'a toujours protégé. Sa vie présente est là: son père repose dans un cercueil de chêne et lui serre la gorge; sa mère divague. S'il n'était pas leur fils, mais un simple témoin, il se croirait au beau milieu d'un film d'Ettore Scola. C'est quand même particulier, voir une vieille dame sortir de la réalité et y rentrer sans cesse. Passer, d'une seconde à l'autre, de la torpeur totale à la bienveillance chaleureuse, puis aux cris épouvantés. Mario voudrait bien rire, mais il ne peut pas. Il voudrait pleurer, mais ne peut pas non plus. Et là, son ami Charles arrive pour lui parler d'un petit problème de logistique à propos de meubles. Et la mamma continue ses lamentations.

– *Che cosa sta accadendo? Perché siete là, il mio amore? Il mio amore è guasto. Il mio marito è guasto!!!*

Charles est mal à l'aise, dans cette tourmente, d'évoquer la raison première de sa présence au salon funéraire. Mario lui raconte les circonstances du drame. Le petit resto, les cheeseburgers.

– J'ai vu madame Tanguay hier matin, elle m'a conté ça.

– Ça faisait un gros deux semaines qu'il filait pas. Qu'est-ce que tu veux qu'on fasse? Dans le fond, je me dis qu'il a eu une bonne vie, papa. Qu'il n'a pas connu le calvaire d'une longue maladie. C'est maman qui m'inquiète maintenant.

Et on entend sa voix résonner jusqu'au fumoir du sous-sol.

Il mio amore è guasto!!! Il mio marito è guasto!!!

Charles ne sait plus quoi dire.

– Ma sœur va la prendre une couple de semaines.

Les deux amis vont se chercher un café qui goûte l'eau et sortent dans le parking pour prendre l'air et fumer un cigare, loin des sanglots de la veuve. Charles aborde son problème.

— Je veux pas t'emmerder avec ça, mais y aurait fallu que je fasse livrer un poêle, un frigidaire et un sofa aujourd'hui. Je sais pas ce qui s'est passé. Je viens d'avoir un message; c'est pas arrivé. Madame Tanguay m'a dit que tu rentres pas cette semaine?

— Ah, c'est toi? Deux stainless pis un cuir noir?

— Oui. Tu le savais?

— Madame Tanguay m'a appelé, mais j'ai pas compris que c'était toi, je pensais c'était le gars du FM 99, un fatigant. Je lui ai dit de mettre un hold là-dessus. C'est quoi, ces meubles-là?

— Je te conterai ça.

— Y va les avoir demain matin. Je vais appeler tout de suite.

Juste comme la conversation se conclut, voici qu'arrive la veuve, toujours en crise, avec une des sœurs de Mario, Isabella.

— *Il mio amore è guasto!!! Il mio marito è guasto!! Uccidetemi! Non ho più voglia di vivere…*

Elle aperçoit alors Mario et va vers lui. Soudainement, fini les pleurs. Elle change complètement d'attitude, devenant brusquement souriante et chaleureuse, de très bonne humeur.

— Mario, qui est lé beau garçon?

— C'est Charles, un ami.

— Bonsoir, Charles.

— Bonsoir, madame Lazzeri. Mes sympathies…

La dame ne relève pas la formule. Ou ne la comprend pas.

— Tou né m'avais pas dit que tou connaissais des garçons si beaux.

Charles est de plus en plus mal à l'aise.

– Merci.

– Qu'est-cé qué vous faites?

– Je travaille à la radio.

– Oh. C'est béné. Et pourquoi vous êtes venou ici? Vous voulez rencontrer la sœur dé Mario, Isabella? Tou lui as parlé d'Isabella, Mario?

– Oui, oui, maman. Je lui ai parlé d'Isabella.

Elle se retourne alors vers sa fille.

– Isabella! Tou as vou lé beau garçon qué ton frère veut té présenter? Tou as vou lé beau garçon? Regarde. Il ressemble à Mastroianni, tou ne trouves pas? En plous jeune, évidemmente. Tou as vou lé beau garçon?

Charles voudrait disparaître sous l'asphalte du parking. Isabella serait si jolie sans sa petite moustache.

Cartierville, chez la mère de Charles

La journée n'a pas été de tout repos. Ninon n'a pas si mal dormi, mais sa colère a monté. Comme elle doit partir pour Notre-Dame-de-Saint-Martin aujourd'hui, elle est en crise et a bloqué la porte de sa chambre avec la commode.

Charles est encore au salon funéraire et pense à la moustache d'Isabella. Son téléphone vibre. C'est sa mère. Elle ne le salue pas.

– Tu t'en viens tout de suite, ok! Elle est en pleine crise!…

– J'arrive.

Il raccroche et s'excuse auprès de son ami Mario.

– Faut que j'aille chez ma mère, ma petite sœur est mal.

– Ok. Pas de problème. Les meubles vont être là à la première heure demain matin. T'as donné l'adresse?

– Oui. Merci, Mario. Je t'appelle. C'est quand, les funérailles ?

– Jeudi matin.

– Je vais essayer de venir.

Charles quitte le salon au pas de course. De loin, il entend la mère Lazzeri qui fait une nouvelle crise.

– *Il mio amore è guasto ! Il mio marito è morto !!*

Sept-Îles, 21 h 30

Laurent et Chloé sont arrivés à la maison de Judith. Une jolie petite maison blanche et rouge, toute coquette, isolée, un peu à l'extérieur de la ville. Elle donne sur la mer. Judith a beaucoup jardiné depuis quelques jours. La fin mai, c'est le temps propice pour préparer les fleurs de l'été.

Tout le long du voyage, Chloé a beaucoup parlé de sa mère à Laurent. Elle lui a expliqué à quel point elle est belle, brillante, talentueuse et lumineuse. Laurent a eu tout le temps voulu pour parler à Chloé et lui a tout dit sans rien lui dire. Il espère qu'elle a su l'entendre.

Ils sont à la porte avec leurs maigres bagages et les deux petits chiens dans une boîte. Chloé sonne.

– J'ai trop hâte que tu rencontres ma mère.

Judith ouvre, un bouquet de fleurs dans les mains. Des pissenlits.

Après tout ce qu'on lui a dit de Judith, Laurent s'attendait à voir une jolie femme, mais quand il l'aperçoit il réalise immédiatement qu'elle dépasse ses attentes par des millions d'années-lumière. Elle est plus que belle : elle transcende la beauté. Il en reste bouche bée.

Elle enlace tout de suite sa fille.

– Aaaah. Mon amour, mon bel amour, mon seul amour! Je t'aime.

– Maman, je t'aime. Je t'aime. Je t'aime.

Elles s'embrassent pendant un gros 50 à 55 secondes, chrono. Laurent contemple ces singulières retrouvailles et se sent un peu embarrassé, pour dire vrai.

Au cours de son long séjour en Grèce et dans les autres Clubs Med, durant sa «carrière» de G.O., Laurent a connu tout ce qu'il y a à connaître dans le domaine des contacts épidermiques. Même s'il m'a dit avoir été sage. Sage? Oui, oui, bien sûr. Je n'y ai jamais cru. Je connais mon moineau. D'ailleurs, c'était de la frime.

Vulgairement, on dira qu'il a tout baisé. Des belles, des splendides, des affreuses, des filles caucasiennes, asiatiques, noires, rousses. Il en a baisé des grandes et des petites, des grosses et des minces. Une naine. Il a baisé des avocates, des ingénieures, des connes, des vieilles et des très vieilles. Il a baisé dans toutes les langues. Il a même baisé un homme une fois. Ou deux. Il a baisé deux femmes à la fois. Trois même. A participé à des séances de groupe. Il a baisé des agressives, des soumises, des bizarres, des fétichistes, des athlètes, des douces, des criardes, des aphones, des schizo-phrènes, des dominatrices et des esclaves. Rien ne lui a échappé.

Presque rien.

Mais il n'a jamais baisé une mère et sa fille en même temps.

À la porte d'une chaleureuse chaumière de Sept-Îles, les images s'imposent à lui et agressent son imagination. Même s'il se bat de toutes ses forces pour chasser ces horribles pensées, il en est incapable. Il est prisonnier de ses fantasmes.

S'il a décidé de revenir de Grèce, c'était justement pour passer à autre chose. Pour construire autre chose qu'un château de sable. Pour bâtir sa vie. Avoir des enfants. Fonder une famille. Ne pas réduire sa vie à ses ostie de couilles. Chloé lui semblait une porte d'entrée vers cette nouvelle vie. Et là, peu à peu, il comprend que ce n'est pas le cas. Il ne sait plus. Complètement mêlé, Laurent.

Judith est trop belle.

– Tu as fait bon voyage, ça n'a pas été trop long?

– Y a fait très beau toute la journée.

– Tant mieux!

– Maman, je te présente Laurent, un ami d'Émile. Il a eu la gentillesse de faire le voyage avec moi.

– Ça me fait plaisir, Laurent.

Bien sûr, elle a adressé à Chloé un petit sourire très éloquent. Le visage de Judith, son regard surtout, parle beaucoup.

– Maman, c'est un AMI. Juste un ami.

– J'ai rien dit. Vous êtes majeurs, non?

– Fais attention, Laurent. Ma mère mord.

– Écoute-la pas.

C'est alors que Judith a vu les deux petits chiens.

– Oh, qu'elles sont mignonnes!! Laquelle est à moi? Le ruban rouge ou le vert?

– Tu choisis, maman.

Laurent n'a qu'une idée en tête: trouver un mur de brique et s'y fracasser la tête. Il regarde ces deux femmes, une a vingt ans et l'autre quarante, et il repense à une vidéo qu'il a vue, plus jeune, produite par Playboy Videos. La touchante histoire d'une mère et de sa fille qui sont si heureuses de se revoir…

Laurent pense à ses couilles et les déteste. Il est fâché après ses couilles.

Vous n'êtes pas tannées de me faire chier, salopes??!

Cartierville, à l'appartement de Michel, 21 h 40

Dans l'esprit de Michel, surtout depuis le tragique décès d'Élisabeth, sa chère femme, rien n'est plus magique que la vue de ses enfants qui dorment paisiblement. La plupart du temps, quand il rentre tard, Le Pic est là à écouter sa musique métal d'une oreille et à surveiller les garçons de l'autre, à l'affût d'un bruit suspect, d'un pleur ou d'une plainte. Ce soir, Le Pic n'y est pas, alors Michel, sur la pointe des pieds, est entré dans la chambre.

Maurice et Henri dorment avec le sourire. Il les embrasse doucement, replace les draps sur leur petit corps et va à la cuisine.

Il constate aussitôt que les trois glacières sont vides. Toute la nourriture a disparu. Pourtant, il n'y a rien dans la poubelle. Il y avait du lait, du beurre, des œufs, quelques fromages, des sauces, des fruits et des légumes, de la confiture et plein d'autres choses.

Explication.

Immédiatement après avoir bouffé leur pizza ce soir-là, les deux garçons ont pris une initiative louable. Ils se sont présentés chez trois de leurs voisins de palier et ont demandé de l'aide. À chacun, ils ont raconté leur mésaventure du weekend et ont expliqué qu'ils n'avaient plus de réfrigérateur.

– Pouvez-vous mettre nos affaires dans votre frigidaire? Mon père n'est pas très riche et il ne veut pas gaspiller. Surtout les légumes.

Bien entendu, impressionnés et attendris, les voisins ont accepté. Pendant qu'Henri remettait les victuailles aux trois bons Samaritains, Maurice notait dans son cahier Canada à quelle adresse était entreposé chacun des aliments.

Michel aperçoit ensuite sur la table la boîte de pizza. Il reste une pointe refroidie. Puis il voit clignoter le voyant de son répondeur. Il a un message de Charles.

– Je m'excuse de te rappeler si tard, j'avais pas ton cellulaire. Tes meubles vont rentrer demain matin, c'est sûr. J'ai parlé au patron. Demain matin.

Michel retourne dans la chambre de ses fils et les regarde dormir.

Cartierville, chez la mère de Charles, 22 h

La mère de Charles est assise sur une vieille chaise pliante, sur le balcon avant. Quand elle voit les phares de l'auto apparaître au coin de la rue, entre deux bouffées de rouleuse, elle a vite fait de s'essuyer les yeux. Il n'est pas question que son fils la voie en larmes. Les yeux cernés, elle pleure depuis le matin.

Charles gare son Alfa Romeo et le chien saute sur le trottoir. Rien pour réjouir la mère.

– Ah, non. Y rentre pas chez nous, lui. Garde-le dans ton char!!

– Le Chien, dans le char! Envoye, dans le char!

– Avant que j'oublie... Tiens, tes six cents dollars. J'en veux pas.

– Aaaaaah, t'es tête de cochon, maman, des fois. Ninon est où ?

– Elle était supposée rentrer à Notre-Dame-de-Saint-Martin aujourd'hui, ils veulent la garder pendant une couple de semaines. Mais elle s'est enfermée dans sa chambre. Elle veut rien savoir. C'est ça qui se passe.

– Une couple de semaines ?

– Pour évaluation. Après, on va aviser.

– Comment elle va ?

– Mal. Est enragée. J'ai fait ses valises. Elle a fermé sa porte. Elle veut pas que je l'approche. Elle dit qu'a va se tirer avant d'aller là.

– Je vais aller la conduire demain. Je vais m'occuper d'elle.

– J'suis à bout de nerfs. J'en peux pu.

– Je vais aller lui parler…

Charles descend au sous-sol et frappe à la porte, délicatement. Il murmure :

– Ninon ? Ninon, je peux rentrer ?

Ninon lui répond, tout aussi calmement :

– Décrisse.

– Ninon, laisse-moi rentrer, s'il te plaît.

Il tourne la poignée, convaincu qu'elle est verrouillée ; elle ne l'est pas. Il pousse doucement la commode. Juste au moment où il met un pied dans la chambre, Ninon lui envoie un violent coup de poing en pleine figure.

Si fort que Charles s'effondre, le visage en sang.

Chapitre cinquième
Mercredi 30 mai 2001

Sept-Îles, dans la maison de Judith, 8 h 05
La fin du mois de mai est toujours fraîche à Sept-Îles, surtout au bord du fleuve. Un fleuve qui est comme la mer à cet endroit.

Judith est levée depuis six heures et demie. Comme d'habitude, elle est allée faire une longue promenade dans la fraîcheur du matin et a fait quelques exercices de tai chi. Puis elle est revenue à la maison et a entendu sa chère Chloé s'étirer dans la chambre d'amis, où elle a dormi. Chloé a sauté dans la douche, puis a enfilé une chaude robe de chambre de ratine rose que sa mère avait déposée sur le lit.

Laurent a passé la nuit sur le grand sofa devant la fenêtre du salon. Il n'a pas bien dormi et s'est réveillé toutes les heures, souvent en sursaut, en se posant mille questions sur son propre équilibre mental, sur ses intentions, sur son plan de match, sur le pourquoi et le comment. Chaque fois, il n'avait qu'à tourner la tête pour lire l'heure. La nuit s'est égrenée ainsi, jusqu'aux premières lueurs de l'aube.

Judith a sorti ses plus belles tasses.

Pendant que le café goutte dans la cafetière de céramique, elle est allée dans l'ancien garage transformé en atelier, où elle a nourri les deux petits chiens qui pleuraient leur faim matinale.

En entendant sa fille se lever, elle a mis un vieux disque de jazz : le trio Jacques Loussier qui joue du Bach. Pour ne pas réveiller le dormeur au salon, le volume est au plus bas, une petite coche au-dessus du silence.

Pendant que s'agitent les fantasmes de Laurent, il y a entre la mère et la fille un amour sans limites. Un amour qui va dans les deux sens. Un aller-retour empreint d'une rare douceur. Quand Judith et Chloé sont ensemble, ce qui se produit de moins en moins souvent, une chaleur au-delà de la chaleur émane de chaque regard. Pour Judith, Chloé représente la fin de la fin, le début de tout, l'inspiration, la joie et le bonheur total. Et vice versa. C'est ce que les deux femmes ont toujours dit.

Quand Chloé arrive dans la petite salle à manger attenante au salon, Judith lui fait signe que Laurent dort. Elles s'étreignent, échangent des sourires et des je t'aime, puis s'assoient devant leur café. Judith parle tout bas.

– Ce moment-là est le plus beau depuis des mois. Un beau mercredi du mois de mai. Je prends un café chaud avec toi, ma fille, ma Chloé, l'amour de ma vie. Laisse-moi encore te serrer dans mes bras.

Elles se lèvent. Chaude accolade.

– J'suis contente que tu sois ici, Chloé. Je t'aime.

– J'suis contente d'être ici, maman. Je m'ennuie de toi.

Et naturellement la conversation porte sur moi.

— Et puis, raconte. Avec Émile, comment ça va?

— Émile? Je pense que ça va bien. Il est difficile à décoder. Avec lui, c'est pas facile comme avec les autres, disons.

— L'aimes-tu?

— Je pense que oui. Juste que, des fois, on dirait que tout ce que je veux, c'est que lui m'aime. Il me le dit jamais.

— T'en fais pas, Chloé, ça veut rien dire. Un homme qui dit je t'aime trop vite, c'est mauvais signe. Quand un homme me dit je t'aime trop vite, je l'écarte. Il insulte mon intelligence.

— Ça fait treize mois qu'on est ensemble, maman.

— C'est pas long, treize mois, mon amour.

— Par contre, je sais qu'il veut des enfants. Il m'a toujours dit qu'il veut des enfants, mais ç'a toujours été un vœu un peu vague. Il n'a encore jamais dit qu'il les veut avec moi.

— S'il te plaît, Chloé, pense à autre chose qu'aux enfants. Tu as vingt et un ans.

— Mais toi, maman, t'avais vingt ans quand tu m'as eue... Et lui il a vingt-six ans. J'aimerais ça entendre qu'il m'aime. J'aimerais ça... Toi, y a quelqu'un dans ta vie?

— Quelque chose, pas quelqu'un.

— Toujours le même bel avocat de Toronto? C'est lui, ton «quelque chose»?

— Oui, c'est lui. Il est gentil, mais il est marié. Il vient me voir trois ou quatre semaines par année. Il a des clients à la prison de Port-Cartier. C'est parfait comme ça. Ça garde mon moteur chaud.

— Ça me surprend que tu te contentes de ça...

– Lui, c'est qui?

– Tu veux dire Laurent? C'est un ami d'Émile. Je le connais depuis trois jours seulement. Il a passé dix-huit mois en Europe, surtout dans un Club Med en Grèce.

– C'est un très bel homme.

– Tu trouves?

– Pas toi?

– Oui, c'est un beau gars, certain. Il est très en forme aussi.

Étendu sur son sofa devant la fenêtre, Laurent semble toujours profondément endormi…

– À moins que mon fabuleux sixième sens ne se soit totalement gouré… Juste le temps de la tisane d'hier soir, je suis certaine que j'ai constaté une évidence…

– Je sais ce que tu vas dire.

– Tu as remarqué quelque chose, toi aussi?

– Ton sixième sens, il est aussi dans mes gènes à moi, maman…

– C'est évident, non?

– Mais j'espère que tu as aussi remarqué que je ne l'encourage pas. Je sais que depuis que Laurent a posé les yeux sur moi samedi, il veut juste me bouffer comme une fraise.

– Ah?

– Mais, quelque part, je suis tellement habituée à ça, j'ai développé quelque chose qui ressemble de plus en plus à un besoin. J'aime savoir que quelqu'un me veut. J'ai de qui tenir, non?

Judith sourit.

– À La Malbaie, j'ai même mangé une salade César exprès pour le calmer, pauvre Laurent. Le pire, c'est qu'il est allergique à l'ail! Je le savais même pas. Je voulais juste le dégoûter un peu avec mon haleine…

Chloé s'interrompt. Il y a un léger malaise. Rien de majeur, mais un malaise quand même.

– Je veux juste être bien certaine que tu n'es pas amoureuse de Laurent.

– Pas du tout, maman. Il est beau, il est attirant, mais je ne suis pas amoureuse. C'est lui qui m'aime.

– Peut-être que tu te trompes. C'est possible.

– Si tu l'as remarqué toi aussi, les chances que ce soit vrai sont quand même bonnes. On ne peut pas se tromper toutes les deux…

– C'est que… Comment dire? C'est pas ce que j'avais perçu, moi. Chloé, ton ami Laurent m'a lancé des regards sans équivoque, très bavards.

– Quoi?

Et voilà: Chloé et Judith, toutes deux convaincues d'être l'objet du désir de ce cher Laurent. Excellente lecture. Ce qu'elles ne savent pas, c'est que Laurent entend tout. Il est parfaitement réveillé. Les yeux fermés, mais l'oreille alerte. Allons donc dans sa tête…

«Maudit sixième sens. "Ton ami Laurent m'a lancé des regards sans équivoque…" Je l'ai juste regardée comme n'importe quel gars sur la terre l'aurait regardée, merde! Je suis supposé faire quoi? La regarder comme on regarde une boîte de carton ou un poisson rouge? Je l'ai juste regardée normalement… Et puis je fais quoi, là? Je me lève pis je fais comme si de rien n'était? Je reste couché? Je fais semblant d'être malade? Émile! Mon maudit, tu le savais, dans quoi je m'embarquais. Salaud.»

Chloé et Judith continuent.

– Si c'est l'ami d'Émile, penses-tu qu'il oserait se laisser aller… avec toi?

– Jamais il oserait. Jamais. Mais je sais qu'il en meurt d'envie.

«Jamais? Comment ça, jamais? Pauvre Chloé, tu verras bien. J'ai juré à Émile que je ne te dirais rien. Mais là, je sais plus. Il faut juste que je me remette les idées en place. Je pense que je vais être pris pour me taper une autre aventure de peau. Je suis tanné, Émile, tanné. Et en plus, elle a bouffé une salade pleine d'ail pour me repousser, comme si j'étais un vampire. Merde. Je veux me rendormir. Dors, Laurent, dors…»

– Tu es si jolie, je suis certaine que tu as raison. Mais je te jure, son regard sur moi, hier…

– Toi aussi, maman, t'es tellement belle. Peut-être qu'il nous veut toutes les deux.

– Un homme de bon goût.

Laurent a beau fermer les yeux, il est incapable de se rendormir. Il reste couché là, en bobettes et t-shirt, et essaie de ne pas bouger. Puis, surprise, un sourire s'impose sur son visage.

Il a les yeux fermés et il sourit.

Montréal, au bar Sale Caractère, 8 h 25

Juste devant la porte du bar, une longue limousine blanche attend. La radio est à M-Rock. On entend un message publicitaire.

«C'est la vente quarante-huit heures chez VTT Duquette. Profitez-en! Douze mois sans intérêts. Venez voir les derniers modèles, plus économiques que jamais en matière de consommation. Demandez à nos experts de vous parler de nos plans de location à court, moyen et long termes. VTT Duquette doit se débarrasser de ses modèles 2000, une invitation à réaliser des économies sans précédent. Amateurs d'aventures, de plein air, de vacances, faites vite, quarante-huit heures seulement. Chez VTT Duquette. Douze mois sans aucun intérêt.»

Dans la limousine, l'éclairage rappelle les années 1980. Une limousine disco. Le chauffeur attend en fumant une cigarette, nonchalamment appuyé sur le capot.

Trois musiciens noirs sortent du bar en riant, vêtus d'habits rose fluo, avec chemise noire et cravate argentée. Chacun porte un instrument de musique argenté. Un saxophone, une guitare sèche aux cordes de métal et un djembé. Ils sont chaussés de souliers blancs ornés de grosses boucles de la même couleur que leurs instruments. Et portent des chapeaux de fausse fourrure. Le saxophoniste a une incisive de platine. Les trois hommes prennent place dans la limousine.

À leur tour, trois jeunes femmes sortent du bar. Ce sont les deux Haïtiennes et la Sénégalaise des Funkettes. Elles sont superbes dans leurs magnifiques longues robes blanches, juchées sur des talons aiguilles de plexiglas. Minutieusement coiffées et maquillées, elles rient en montant à leur tour dans l'interminable voiture. Leurs lèvres sont écarlates et brillantes.

La limousine démarre.

Cartierville, à l'appartement de Michel, 8 h 30

C'est l'école ce matin pour Maurice et son petit frère Henri. Exceptionnellement, Michel ne leur a pas préparé de lunchs ; ils mangeront à la cafétéria de l'école. C'est toujours une petite fête quand ils reçoivent leur allocation repas. Un repas coûte quatre dollars à l'école et Michel leur remet toujours deux billets de cinq dollars. Comme il est parfaitement conscient que son plus vieux, Maurice, est un peu tête en l'air, et qu'au contraire Henri est le roi des responsables, il voudrait toujours que celui-ci porte les deux billets.

– Maurice, t'aimes pas mieux laisser ton cinq piasses à Henri ? Faudrait pas que tu le perdes, comme l'an passé…

– J'suis capable de pas le perdre tout seul, inquiète-toi pas, papa. J'suis plus mature un peu.

Les deux garçons savent aussi que les nouveaux meubles arrivent aujourd'hui. Henri y a rêvé la nuit dernière et s'est même écrit une note à ne pas oublier.

– Il faut que tu gardes les grosses boîtes des meubles, dit-il à son père. Je vais en avoir besoin. S'il te plaît, c'est important…

– Ben là, Maurice, c'est des grosses boîtes, ça. On n'a pas de place. Où tu veux mettre ça ?

– S'il te plaît, plaît, plaît !

– Y a pas de place pour ça ici.

– On va les plier avant de se coucher. Ça se plie, des boîtes. J'en ai besoin, besoin, besoin !

Henri a toujours pensé que répéter trois fois un mot clef avait son effet persuasif. Il n'a pas tort.

– Je le sais pas. On va voir.

– Merci papa!

– J'ai pas dit que j'allais les garder.

– Tu l'as pas dit en mots, mais tu l'as dit dans ta face de papa fantastique qui aime ses enfants…

– Chantage! Mets pas des mots dans la bouche des autres. Comment tu peux savoir ce que je pense?

Maurice se mêle de la conversation.

– On le sait toujours qu'est-ce que tu penses, papa. C'est full facile.

– Dépêchez-vous, là, l'autobus s'en vient. Je travaille pas ce soir, je vais être à la maison.

– On va-tu jouer à «Tu le sais ou je te gèle, mon colon»?

– Promis.

«Tu le sais ou je te gèle, mon colon» est un petit quiz maison que Michel a inventé pour rendre le bain du soir intéressant. Voici les règlements. D'abord, les garçons doivent être bien lavés de la tête aux pieds, y compris les oreilles et entre les orteils, les fesses et tout le reste. Ça doit être propre partout. Une fois que c'est fait et vérifié, l'animateur du jeu (Michel) entre dans la salle de bain avec deux grands verres de plastique. Le rouge pour Maurice et le vert pour Henri.

Il remplit chaque verre avec de l'eau super froide. Quand les verres sont pleins jusqu'au bord, le jeu commence. L'animateur pose des questions aux deux concurrents, chacun son tour. Des questions dont ils devraient connaître la réponse. Si le joueur donne la bonne réponse, il a un point, sinon le châtiment est immédiat et non négociable: il reçoit le verre d'eau froide! Des fois, c'est tout d'un coup dans le visage. D'autres fois, on le lui fait couler sur la tête, ou délicatement dans le dos. C'est au choix de l'animateur. Le premier qui répond correctement à cinq questions gagne la partie, et l'animateur dépose un million de dollars à son nom dans une banque suisse.

L'autobus est sur le point d'arriver. Maurice et Henri embrassent Michel et vont câliner le petit chien dans sa boîte.

– Salut, les gars, bonne journée.

– Bye, Suzanne. Salut, p'pa. Merci pour les boîtes.

– Toi, là, tu me fais suer avec tes boîtes.

– Henri! Fais-le pas suer.

Henri et Maurice arrivent au rez-de-chaussée de l'immeuble et passent la porte. Dehors, ils ne voient pas l'autobus, mais un gros camion sur lequel il est écrit MEUBLES LAZZERI. Quelques pas plus loin, un des deux livreurs. Les garçons s'en approchent, Henri devant. Dans le camion, l'autre livreur semble préparer le matériel à livrer. Les enfants comprennent que ce sont leurs nouveaux meubles.

Henri s'adresse au premier livreur, un homme d'une quarantaine d'années qui n'a pas l'air très sympathique.

– Ça, monsieur, est-ce que c'est nos boîtes?

– T'es qui, toé?

– C'est nous autres qu'on a besoin de un poêle neuf, de un frigidaire neuf, avec un sofa neuf, et des boîtes. On a besoin des boîtes aussi.

– C'est ceux-là. Ta mère es-tu à maison?

– Ma mère s'est faite écraser par une auto, est morte. Mais mon père est là.

Il y a un silence. Et un malaise.

— Si mon père veut que vous rameniez les boîtes, dites-lui que vous pouvez pas, ok?

— Arrive en ville, mon ti-caille, on ramène jamais les boîtes.

— C'est pas Ti-Caille son nom, c'est Henri.

— L'autobus arrive, là. Faites ça vite.

Ils courent vers l'arrêt d'autobus, contents de savoir que les boîtes seront à la maison quand ils reviendront. Le livreur est resté un peu assommé quand Henri a mentionné sa mère décédée. Voulant se racheter, il lui crie:

— Tu regarderas dans le fond d'une des boîtes, je vais te laisser une belle roulette de tape. C'est commode, si tu veux bâtir quelque chose avec, ok?

— Parfait, merci monsieur. Bye.

Les deux garçons sautent dans l'autobus jaune, rêvant à leurs formidables boîtes vides.

Mais rien n'est jamais facile dans la vie. Le pépin est toujours là, prêt à sauter dans l'action pour le simple plaisir de taper sur les nerfs des gens et de ruiner leurs espoirs de tranquillité. Les deux livreurs, de peine et de misère, trimbalent donc les appareils et le sofa au troisième étage.

C'est alors que le pépin sort de sa pomme. Le maudit pépin.

Le sofa est parfait. Beau, confortable et chic. Mais les deux électroménagers sont trop gros. Ils prennent trop de place. Ça ne va pas. La cuisinière, passe encore, de justesse, mais le frigo, impossible.

Par contre, les deux boîtes sont magnifiques. Comme quoi tout n'est pas toujours noir.

— Vous allez les rapporter?

– Non. Oubliez ça, monsieur. On les rapporte pas. Appelez au magasin, y vont vous dire quoi faire. Le truck est plein, on a trois autres livraisons. Au mieux, on repassera en fin de journée, mais tout de suite, oubliez ça. D'abord, c'est qui le crisse de moron qui a mal mesuré l'espace? Osti d'innocent.

– Aucune idée.

Michel n'a pas osé admettre que c'est lui, le crisse de moron. Les choses se sont si vite passées, il n'a pas pensé à ce détail: prendre les mesures. Il s'est probablement rappelé ce vieux dicton: «À électroménagers donnés, on ne regarde pas la mesure.» Et là, il est pris avec deux mastodontes au milieu de la cuisine.

– Je ne peux pas laisser ça de même.

– Juste signer icitte, s'il vous plaît.

Michel reste planté devant ses appareils, découragé.

Les deux livreurs s'engagent dans l'escalier.

– C'est un estie d'menteur, c'te gars-là. Y avait pas mesuré.

– Estie de trois de trèfle. Ses enfants sont pas du monde non plus. «Ma mère est morte!» Je suis sûr que c'est pas vrai. Petit crisse.

– Pas d'allure.

– Sans-dessein.

Dans l'Alfa Romeo de Charles, avec Ninon, 8 h 50

La nuit dernière a été infernale pour Charles. Dès qu'il s'est relevé du magistral coup de poing sur le nez dont l'a gratifié sa jeune sœur, il s'est précipité aux urgences de la Cité de la Santé. Son pauvre nez n'était plus planté au milieu du visage, mais tendait nettement vers la gauche. Sa mère l'a bourré d'ouate pour que cessent les saignements. Une infirmière l'a vite dirigé dans une petite salle, où on a retiré l'ouate de ses narines et fixé une attelle à son nez pour le maintenir bien droit. En prime, il a maintenant deux yeux au beurre noir. Des beaux, bien foncés. Il porte en ce moment des verres fumés Ray Ban, style aviateur, qui lui donnent un certain charme… quoique l'attelle dilue un peu le sex-appeal.

Autant le coup de poing a été dévastateur pour le nez de Charles, autant il a eu un effet imprévu chez la jeune fille. Quand elle a vu le sang gicler et qu'elle a entendu son frère gémir de douleur, elle a eu une soudaine prise de conscience : elle s'est mise à pleurer, assaillie par les remords et les regrets. Elle a même insisté pour accompagner le blessé à l'hôpital, mais il a refusé.

Charles est resté trois heures à l'urgence et est revenu dormir chez sa mère, dans le salon. Ce matin, il est en route vers la maison Notre-Dame-de-Saint-Martin avec Ninon.

– En tout cas, je peux te le confirmer, Ninon : t'as du punch. Tu fesses. Je me suis battu au hockey trois cents fois, dans les bars au moins dix fois, et ton crochet du droit est le plus fort. Je l'ai jamais vu venir !

Ninon n'a pas le cœur à rire. La rage est disparue de son regard, laissant place à l'affliction, à la tristesse. Elle se sent soudain très fatiguée. Si Charles a souvent mangé des coups de poing, Ninon, elle, n'avait jamais poussé sa colère jusque dans la violence physique. C'était une grande première. Elle a les yeux dans l'eau.

– Arrête, Charles. Arrête. J'm'excuse encore. Tu sais que je t'aime. Je voudrais tellement que tu comprennes où je suis, Charles. Je suis dans le noir.

– Je me suis jamais fait knocker comme ça. Je l'ai eu dans le dash.

– Veux-tu dire à maman qu'elle dorme sur ses deux oreilles? Je vais m'en sortir. Dis-lui que je vais m'en sortir.

– Ça fait un an que tu dis ça, ma Ninon. Au moins un an.

– Je te comprends de pas me croire. Mais moi, je sais que j'ai atteint ma limite. Je sais que j'ai touché le fond.

– J'espère pour toi, Ninon. Y faut. Y faut.

– Je voulais pas te faire mal. Je veux pas faire mal à maman. Je sais que vous m'aimez. Je le sais…

– Faut que tu te rebâtisses, Ninon. T'es trop belle, trop brillante pour te gaspiller. Tu le sais à quel point t'es belle, intelligente, avec plein de talent? Je vais t'aider, Ninon, je vais t'aider.

– Après ma rage hier, j'ai vu quelque chose. De la lumière… Quand tu reviendras me chercher dans un mois, je vais l'avoir dans mes yeux, c'te lumière-là.

– Je suis déjà fier de toi, Ninon. Je suis déjà fier de toi.

Le téléphone de Charles sonne. Il regarde sa montre. Il a reconnu le numéro de la station.

– Attends une petite minute, Ninon…

C'est Lucy, l'adjointe de son patron à M-Rock.

– Allo? Oui, oui, Lucy, je m'excuse. Dis-lui que j'arrive dans vingt minutes, une demi-heure. Qu'y prenne son gaz égal. Ok, baby? Je te vois tout de suite. J'ai passé la nuit à l'hôpital. Je t'expliquerai.

Il raccroche. Ninon reprend.

– T'as un meeting?…

– Mon boss. Qu'y attende.

Ils arrivent à la maison Notre-Dame-de-Saint-Martin. Ninon a toujours les yeux rougis et Charles laisse de côté ses Ray Ban : il a décidé d'assumer son allure, son nez chaussé de l'attelle et ses yeux aux sept couleurs. Il prend la petite valise de Ninon et ils marchent vers le bâtiment.

– Laisse-moi ici, Charles.

– Non, non, je vais aller te reconduire en dedans, quand même. J'ai le temps. Mon boss attendra. Pas plus grave que ça…

– Non, j'aime mieux pas, Charles. Je veux faire ce chemin-là toute seule. J'en ai besoin, avant de rentrer.

– T'es sûre?

– Je te jure. Je veux juste avoir deux minutes pour respirer, pour me dérougir les yeux, pour chasser mes sanglots.

– Bon.

Il s'approche de sa petite sœur, la serre dans ses bras deux fois. Elle reste dans son étreinte au moins une bonne minute. Les quinze minutes qu'aura duré le trajet entre la maison familiale et le centre Notre-Dame-de-Saint-Martin auront permis à ces deux-là de se parler davantage qu'au cours des trois dernière années. Charles aussi est touché. Mille souvenirs lui sont revenus en tête. Quand Ninon est née, il était jeune adolescent et la trimbalait partout. Quand il a eu sa première voiture, encore plus. Sa petite sœur était son trophée. Mais quand il a quitté la maison familiale pour aller vivre dans son propre appartement, quand il a commencé à travailler, Ninon a vieilli et ils ne se sont plus vus. Ou si peu.

– Ninon, tu vas faire attention à toi. Je vais prendre de tes nouvelles tous les jours. Je sauterai pas une seule journée, juré.

– J'ai pas le droit de recevoir d'appels, Charles.

– Je le sais, je le sais, mais je vais prendre des nouvelles de toi pareil. Je veux te suivre, Ninon. Comme quand t'étais petite. Te souviens-tu quand je t'emmenais dans des gros buildings du bas de la ville, pis que je te disais : «Va où tu veux, Ninon, t'as le droit d'aller partout, je te suis.» T'en souviens-tu ? Tu te promenais partout, dans les magasins, les bureaux, les corridors, les ascenseurs.

Ninon s'en souvient. Très bien, même. Elle conserve à la maison un album photo entièrement consacré à ces sorties amusantes avec son frère, quand elle était enfant et lui un jeune homme flamboyant. Des photos en noir et blanc magnifiques, souvenirs d'un temps où elle riait toujours. Assise sur une table dans un café. Dans un ascenseur vitré de la Place Montréal Trust. Dans une calèche et dans un bateau du Vieux-Montréal. Dans les manèges de La Ronde. Au parc Molson, où sa grand-mère avait rencontré son grand-père dans les années 1930. Avec le «vrai» père Noël du Complexe Desjardins. Juste à côté d'un immense mur de graffitis spectaculaires.

Les images de son enfance conservées dans cet album refont surface et lui chatouillent le cœur. Elle fond en larmes et se jette de nouveau dans les bras de Charles, accrochant l'attelle.

– Ouch !!! Mon nez !

– Aaah, fuck ! Excuse-moi, Charles… Je suis désolée.

– Pas grave. Pas grave. Ouch…

– Charles, je veux que tu reviennes me chercher ici, toi-même, toi tout seul, avec maman, le vingt-sept juin prochain à cinq heures.

– Mon Dieu, tu connais la date?

Ninon continue à sangloter, elle a les yeux tout rouges.

– Mets-en, que je la connais. Je l'ai entourée sur le calendrier dans ma tête. Le vingt-sept juin, la porte va s'ouvrir. Je veux que ça soit toi qui me l'ouvres. Pis je te jure que tu vas être content de qui tu vas voir. Pis je veux que notre mère soit là aussi. Chus tannée, là. Tannée, entends-tu?

– Je t'aime, Ninon.

– Je t'aime aussi, Charles. J'm'excuse pour ton nez.

– Y a rien là, ça rajoute un petit je-ne-sais-quoi à mon image. Le vingt-sept juin, je vais être ici à cinq heures moins quart.

– Dis à maman de pas s'inquiéter.

– Je lui dirai.

– Dis-lui que je l'aime aussi.

– Elle le sait, Ninon, elle le sait.

– Dis-lui pareil.

– As-tu besoin de quelque chose d'autre? As-tu un peu d'argent?

– Non, c'est correct, j'en ai pas besoin.

– Tiens.

Il prend de l'argent au hasard dans ses poches et le lui donne. Certainement plus de deux cents dollars.

– J'en ai pas be…

– Tshhh. Tu le dépenseras quand tu sortiras. Ok?

Charles aussi a les larmes aux yeux. Il s'approche de sa petite sœur et l'étreint encore pendant de longues secondes.

Il lui prend la tête et la tient dans le creux de son épaule, lui murmurant un touchant je t'aime.

– Bye, ma belle fille.

Ninon essuie ses yeux et marche doucement vers l'entrée principale. Charles s'assoit dans la voiture, fait un dernier signe de la main à Ninon, lui souffle un baiser. Avec le pouce droit en l'air en signe de victoire.

Puis il s'en va, son Alfa Romeo décapotée. Tout de suite, il appelle sa mère.

– Maman ? C'est fait.

– Comment elle était ?

– Très décidée, maman. Je suis certain que ça va bien aller.

– Pis toi, ton nez ?

– Top shape. Qu'est-ce que tu fais aujourd'hui ?

– D'la sauce à viande. Garde ton chien loin de chez nous.

Au logement de Michel avec de beaux appareils (trop gros) neufs et un grand sofa en cuir, 9 h 15

Le camion de livraison de Meubles Lazzeri est parti il y a quelques minutes. Michel hoche la tête devant ses beaux appareils neufs, en acier inoxydable, dans le milieu de la place. Il se parle tout seul.

– Qu'est-ce que tu veux que je fasse avec ça, moi ?! Maudite marde, j'ai juste ça à faire, moi, dans la vie, échanger des poêles pis des frigidaires !

Il s'assoit sur le grand divan et une odeur investit subtilement ses narines. Il penche la tête pour se sentir. C'est peut-être sa chemise à carreaux. Pourtant non. Il renifle ses mains, ses aisselles, regarde autour. Il se lève et ouvre le frigo. Tout est correct. Il sent le divan. C'est le divan. C'est lui, le coupable.

– Tu pues, mon maudit. Tu pues!!

Il prend le téléphone et compose le numéro de Charles. C'est le répondeur. Il lui laisse un message.

– Les meubles sont arrivés. Y a un petit problème, rien de majeur: j'ai pu de place pour marcher dans ma cuisine. Mais sont beaux, très beaux. Sauf que le divan sent bizarre. C'est du cuir de morue? Rappelle-moi.

Juste comme il termine son appel, on sonne. Ce sont peut-être les livreurs qui reviennent chercher les gros meubles.

Michel se rend à l'interphone.

– Oui?

Une voix de femme, avec un accent, répond:

– Un télégramme pour monsieur Michel Gravel.

– Un télégramme?

– Pour Michel Gravel.

– Montez. Appartement trois cent sept.

On frappe à la porte. Il ouvre.

Il n'en croit pas ses yeux. C'est une des chanteuses des Funkettes qu'il a vues et beaucoup aimées au bar Sale Caractère, dimanche soir. Elle est maquillée et costumée, comme si elle s'apprêtait à monter sur scène.

– J'ai un message important, juste ici.

Elle cueille une petite enveloppe cachetée dans son décolleté.

– Mais avant, c'est le petit spécial du mercredi matin des Funkettes.

Les deux autres chanteuses et les trois musiciens, qui étaient restés dans le corridor, entrent dans le logement.

– C'est étrange, ces gros appareils qui prennent toute la place, vous ne trouvez pas? remarque la première jeune femme.

– Je trouve aussi, mais c'est une longue histoire.

– On peut aller au salon?

– Allez-y, pas de gêne.

Tous les six s'installent tant bien que mal au salon. La jeune femme enjoint Michel de s'asseoir et de relaxer.

– Un, deux, trois, quatre…

Elles entonnent *Be My Baby*, un méga-hit motown de 1963 d'un trio de jeunes chanteuses, les Ronettes.

The night we met I knew I needed you so
And if I had the chance I'd never let you go
So won't you say you love me?
I'll make you so proud of me
We'll make 'em turn their heads
Every place we go
So won't you, please?

(Be my, be my baby) Be my little baby
(I want it only say) Say you'll be my darlin'
(Be my, be my baby) Be my baby now
(My one and only baby) Whoa, oh, oh, oh…

Après leur prestation qui laisse Michel abasourdi, les trois filles l'embrassent en imprimant, sur son visage déjà rougi, des traces de rouge à lèvres. Puis, avant de sortir, la première des filles lui tend l'enveloppe contenant le télégramme. Il la prend sans quitter des yeux ses surprenants visiteurs.

Les Funkettes et leurs trois musiciens le saluent, referment la porte et descendent par l'escalier en riant. La mimique qu'arborait Michel porte en effet à rire. Son étonnement a duré tout au long de la visite-surprise.

Entre les deuxième et troisième étages, le groupe croise M. et Mme Gignac, les voisins de Michel, qui habitent là depuis plus de trente ans. Ils sont dans la soixantaine avancée. M. Gignac, un contenant de plastique dans les mains, leur jette un œil stupéfait.

Toujours assis sur le sofa puant du salon, Michel décachette l'enveloppe.

J'aime régler mes dettes d'honneur le plus rapidement possible. Cette chanson était pour te remercier du petit service que tu m'as rendu. Mes tantes te remercient, et Mirabelle aussi. Billy et Barbie, que tu connais maintenant, nous ont invités à souper vendredi soir, question de souhaiter la bienvenue à Rose. C'est aussi ma fête. Je commencerai mon deuxième quart de siècle. Mirabelle et Charles seront là. Avec toi, on sera six. Appelle-moi pour confirmer, et merci encore pour tout.
Marguerite
P.-S. : Ce serait le fun de savoir à quoi tu ressembles…

Au bas de la page, le numéro de téléphone de Marguerite.

– C'est donc ben capoté, ça…

Juste comme il termine la lecture de la courte lettre, on frappe de nouveau à la porte. Michel regarde par le judas et reconnaît M. et Mme Gignac. Il ouvre.

Il ne s'est pas regardé dans la glace et ignore donc qu'il est tout barbouillé de rouge. Bien sûr, il remarque l'étonnement des deux vieux. Les yeux bien fixes, Mme Gignac lui explique la raison de leur visite.

– Excusez-nous de vous déranger, mais on a vu que vous avez reçu vos nouveaux appareils, et comme on s'en va pour la journée chez ma sœur à Magog on a pensé vous remettre ce que vos garçons nous ont confié hier. Du bacon, une livre de beurre et deux contenants de jus de citron congelé.

– Mon Dieu, merci… Je m'excuse, madame Savignac. C'est une initiative qu'ils ont prise tout seuls, je savais pas.

– Gignac. C'est pas grave, c'est pas grave. J'ai même trouvé ça mignon. Hein, Georges, que c'était mignon, les deux petits gars avec leur cahier de notes?

– Oui, oui. Mignon à mort.

– Sont partis à l'école, là, hein?

– Oui… justement.

– Bon, ben c'est ça, bonne journée.

– Merci madame, merci monsieur. Je m'excuse encore.

– Y a pas d'offense. Juste pour savoir, les gens qu'on a croisés habillés en gala, c'étaient des amis?

– Oui, c'est ça, des amis.

– Bien habillés, hein, pour un mercredi matin?

– Très bien.

Michel referme la porte.

– Y a pas l'air normal, c't'homme-là, marmonne Mme Gignac dans le corridor.

– Arrête donc, Gertrude. Un gars se fait peinturer la face par trois négresses en habit de gala un mercredi matin, pis faut que tu sautes aux conclusions. Arrête un peu de scèner pis calme-toi, ma vieille.

Montréal, station M-Rock, 9 h 55

Depuis que je suis arrivé à la station ce matin, il y a quelque chose d'anormal dans l'air. Dès que la rumeur s'est confirmée, j'ai tout de suite fermé la porte de mon bureau pour appeler le principal intéressé, Charles, mon vieux chum.

Il voit bien sur l'afficheur que l'appel provient de la station.

– J'arrive, sacrement, j'arrive! Calmez-vous le bambou...

– Charles, c'est Émile.

– Ah. Excuse-moi. Je pensais que c'était Lucy. Je viens d'aller reconduire Ninon dans une maison pour jeunes filles en difficulté. Attends de me voir la face, mon homme. Elle m'a donné le coup de poing de ma vie hier. J'ai le nez cassé.

– Y va te congédier, Charles. Prépare-toi. Je viens juste de l'apprendre. Longpré va te mettre à la porte.

– De quoi tu parles?

– C'est le Russe qui me l'a confirmé. Magic Stuff a annulé son contrat.

« Le Russe » est un collègue, le représentant des ventes d'origine roumaine que Charles a lui-même affublé de ce surnom. Depuis, tout le monde à la station l'appelle ainsi. Son vrai nom est Marius Constantinescu.

– Le bonhomme Kirtatas a résilié son contrat? Je le savais. Je le savais. Je le savais. Vieux croûton. Tout ça, c'est de la faute à Jimmy Scandale.

– Je voulais te le dire. Juste pour que tu te prépares. Qu'est-ce que tu vas faire?

– Ce que je vais faire? Regarde-moi bien aller.

Charles, qui a une confiance totale en ses moyens, en l'avenir et en la vie, voit son congédiement comme un simple petit contretemps sans importance. C'est dans sa nature. Un petit accroc dans le tricot de sa vie. Rien pour le bouleverser. En raccrochant, tout à fait décontracté, il appelle Lucy au bureau des ventes.

– Je vais être là dans une heure, dear Lucy. Une urgence.

– Attends minute…

Lucy s'adresse au patron, qui est hors de lui.

– C'est Charles. Il dit qu'y va être en retard.

– Je veux lui parler tout de suite!!

– Un instant. Charles? Monsieur Longpré veut te parler. Reste là. Charles?… Allo, Charles?…

Sur la réserve de Kahnawake, 10 h 40

Après avoir appris la nouvelle de son congédiement imminent alors qu'il n'était qu'à quelques minutes de la station, Charles a fait demi-tour et s'est engagé sur l'autoroute 20 Ouest en direction du pont Mercier. De l'autre côté du pont, c'est la réserve mohawk de Kahnawake. Comme partout ailleurs dans la grande région de Montréal, Charles y a quelques étranges contacts. Il gare sa voiture derrière une boutique typique : « Firecrackers and cigarettes, lowest price. »

Le propriétaire des lieux s'appelle George Armstrong, un Mohawk. Celui-ci connaît bien Charles. On ne peut pas dire que Charles est un client régulier, mais disons que ces deux-là, à l'occasion, se rendent mutuellement des services. Et que ce n'est pas toujours dans la plus parfaite légalité.

Charles est entré dans la boutique et y est resté à peine deux minutes. Il a expliqué à George ce qu'il voulait.

L'Indien est allé dans l'arrière-boutique, puis lui a remis un objet qui ressemble à un revolver, avec ce qui pourrait être une boîte de munitions. Charles a payé et est sorti de la boutique. Dans sa voiture, il a chargé le revolver, puis il s'est penché et l'a glissé sous la ceinture de son pantalon, derrière, comme un vrai bandit dans un vrai film.

Station M-Rock, dans le bureau de M. Longpré, le patron de Charles, 11 h 30

Charles sait que dans quelques secondes il va se faire foutre à la porte. Il connaît le punch. Il s'en fout un peu. Ce qui l'intéresse, le machiavélique, c'est par quel chemin Longpré passera pour le lui dire. Quelle sera la mise en scène ? Charles salive en se disant que son patron sera pris pour bullshitter. Il est convaincu que Longpré, ce faux cul, ce menteur, ce faible, ce trou du cul, est beaucoup plus mal pris que lui. Charles a toujours voulu lui dire son mépris. Et il a toujours su que dans deux ans, cinq ans, dix ans, Longpré sera un moustique minable et lui, un champion.

Longpré attend Charles avec une brique, un fanal, une paire de bottes de cowboy et une pile de papiers.

– Ça fait deux jours que je suis supposé te voir. C'est quoi ton problème ? Qu'est-ce qui t'est arrivé ?!

– Ma petite sœur m'a sacré une volée.

– Bon, une bataille dans un bar. C'est ça ? Tu t'es battu dans un bar ? Imbécile.

– Ma sœur de seize ans m'a mis son poing sur la gueule, je te dis. Es-tu sourd ?

– Je te crois pas, menteur.

– Anyway, j'avais des urgences à régler. On va pas commencer à s'obstiner sur les raisons pourquoi j'étais pas là hier, pis avant-hier, pis à Pâques, pis la veille de Noël... J'suis là, là. Profites-en, mon cowboy.

– Ça va pas bien, ton affaire, Charles. Faut que je te le dise. Ça va pas bien.

– De quoi tu parles? Où ça, «ça va pas bien»? J'suis trente pour cent au-dessus de mon budget, pis c'est moi qui ai le plus gros budget de la station. Tu veux quoi, avec ça? De la crème glacée trois couleurs?

– Je ne parle pas de ta performance. J'ai rien à dire sur ta performance. Tu fais tes chiffres et pas mal plus.

– J'espère.

– Mais ça s'arrête là. Tout le reste, ça va pas. Ta tenue vestimentaire, ton attitude, ton chien, ta réputation, tes sorties, tes amis, tes fréquentations, tes habitudes, tes passe-temps...

– Mes quoi?

– Tes passe-temps. La station est pas là pour te dicter comment vivre, mais y a des limites. Sur tes cartes d'affaires, y a le nom de la station aussi, si t'as remarqué...

– Mes cartes d'affaires? Je m'en sers pas, de mes cartes d'affaires.

– Des gros bémols sur tes habitudes. Des gros bémols sur ton chien aussi. On a reçu des plaintes. Tu le traînes partout. C'est pas tout le monde qui aime les chiens. Pis y a toutes sortes de rumeurs, aussi.

– Quelles rumeurs?

– Des rumeurs. Mais ce qui a fait déborder le vase, Charles, c'est ça.

Il lui tend une lettre.

– C'est quoi, ça?

– C'est une lettre de monsieur Kirtatas, des slotches Magic Stuff. Notre ancien client.

– Bon. Y a cancellé son contrat. So fuckin' what? Je vais aller le rechercher. Laisse-moi faire avec ça...

– Avec sa slotche, monsieur Kirtatas était un de nos plus gros clients. Il était dans notre grosse promotion de l'été. Là, on l'a perdu. Y a des répercussions sur toute la programmation. Et le tout nous est parvenu là-dedans.

Il lui montre une paire de bottes de cowboy.

– La lettre, avec le contrat déchiré...

Il le lui montre.

– ... et une facture pour les bottes. Six cent cinquante dollars.

Il la lui montre.

– Veux-tu bien me dire qu'est-ce qui s'est passé vendredi?

Vendredi dernier, 25 mai 2001, 4 h 45 du matin

M. Constantino Kirtatas est un immigrant grec qui a obtenu un succès sans précédent avec la «slotche» au Québec. La slotche, c'est de la glace réduite en miettes qu'on colore et aromatise avec un liquide chimique qui goûte la pseudo-fraise, la pseudo-lime, la pseudo-cerise ou la vraie gomme balloune.

Le jour où il a signé avec la station M-Rock un énorme contrat de publicité (on parle de plus de 260 000 $), M. Kirtatas a demandé à Charles s'il pouvait lui trouver des billets pour le show de Skunk Brains, un groupe québécois heavy metal particulièrement fucké, populaire partout sur la planète dans le milieu de la musique du genre. C'est l'anniversaire de son fils Peter, quinze ans, un fanatique du band...

Charles lui a promis de faire mieux que ça : il connaît le gérant des Skunks, et même le chanteur Jimmy Scandale, avec qui il a aspiré quelques bonnes lignes de cocaïne et même fait un peu de musique, jadis, avant le succès planétaire des Skunks.

Question de solidifier sa relation avec le roi de la slotche, Charles a communiqué avec un autre de ses clients, propriétaire d'une pourvoirie, et lui a proposé un échange avec la station.

Il a invité Kirtatas à deux jours de pêche à la pourvoirie Raymond Piché. Ils seraient quatre : Kirtatas et son fils, Charles et Jimmy Scandale. Celui-ci, en plus d'être chanteur et auteur-compositeur de heavy metal, est aussi un amateur de pêche. En prime, la station a offert à Jimmy un cachet de mille dollars pour qu'il accepte.

Tout le monde y serait gagnant. Semblait-il. Les événements montreraient que non.

Ç'a mal commencé. D'abord, M. Kirtatas ne voulait pas se rendre à la pourvoirie dans un véhicule tout-terrain, mais dans sa chic et vintage Lincoln Continental marine 1979. Il a fallu aller chercher Jimmy chez lui très tôt le matin dans Notre-Dame-de-Grâces. À cette heure-là, Jimmy était encore saoul. Ou gelé. Ou, plus probablement, un heureux mélange des deux. Peter, le jeune fils Kirtatas, comme tout adolescent, est timide et silencieux. «Plus renfermé qu'un pétoncle», dit Charles. Il ne parle jamais.

Alors qu'ils roulaient sur l'autoroute des Laurentides en direction de Sainte-Agathe, Jimmy a commencé à ressentir des nausées, conséquence normale de ses exagérations de la veille. Il faut savoir que, dans l'esprit du bonhomme Kirtatas, Jimmy Scandale n'est rien ni personne. Son statut de star mondiale de la musique metal ne l'impressionne pas du tout. Tout ce qui l'intéressait, c'était que Jimmy se retienne de vomir dans son château sur roues.

– *Don't you puke in my car. Never. You hear me?*

Mais Jimmy avait le teint gris. Il était clair que ça s'en venait. Alors, Kirtatas a tenté d'éviter le pire. Il a dit à Jimmy que s'il lui était impossible de se retenir, qu'il vomisse dans une de ses bottes de cowboy, et non dans sa Lincoln. M. Kirtatas traîne ses bottes de cowboy partout. Elles étaient juste derrière lui, entre le siège du conducteur et la banquette arrière. Suivant la recommandation du maître des lieux, Jimmy a tout de suite saisi une des bottes. Voyant qu'il allait bientôt renvoyer, Kirtatas a eu le temps de s'arrêter sur le bord de l'autoroute, de sortir de la voiture, d'ouvrir la portière arrière et de tirer Jimmy dehors par sa veste de jeans. Le pire semblait avoir été évité. Mais Jimmy, en se faisant sortir de la voiture, avait gardé en mains la botte de Kirtatas. Et il a vomi dedans. C'est ce qui arrive quand l'esprit ne peut plus réfléchir.

M. Kirtatas a pété les plombs. Il a ramassé ses bottes, a ordonné à Charles de sortir de l'auto et l'a laissé là, sur le bord de la 15, avec Jimmy Scandale, gris et vide. Bleu marine de colère, l'homme d'affaires est retourné chez lui avec son fils silencieux.

Charles et Jimmy sont revenus en ville en faisant de l'auto-stop.

Station M-Rock, de retour au bureau de Longpré
– Tu ne me laisses pas le choix. Tu es congédié.

Il lui remet une enveloppe.

– Ça, c'est la moitié de ce qu'on te doit, commission et tout. Le reste te sera envoyé dans trente jours. Débarrasse. Now!

Charles regarde Longpré dans les yeux, un sourire un peu narquois aux lèvres. Il prend l'enveloppe, ne l'ouvre pas, la plie et la met dans la poche arrière droite de ses jeans.

– Penses-tu que je vais rester de même sans réagir? Penses-tu que tu vas me dire une stupidité ignoble comme ça et que je vais rester de même, sans rien faire, sans rien dire? Tu me connais mal, mon Jack.

Charles porte la main à sa ceinture, dans le dos, et en sort le revolver qu'il a acheté à Kahnawake. Longpré fige et recule sur sa chaise à billes. C'est tout ce qu'il a le temps de faire. Charles tire un coup dans les airs. C'est un fusil à confettis. Des millions de confettis en trois mille couleurs se répandent partout dans le bureau du patron, mais alors là, partout. Y compris sur sa tête ahurie. Charles recharge le fusil et tire un second coup. Rajoutant une autre couche de confettis. C'est le chaos. Il rit comme un beau fou.

– Félicitations! lance-t-il. Bravo, mon cowboy! Excellente décision. Tu salueras madame et les charmants rejetons.

Les larmes aux yeux, étouffé de rire, Charles quitte le bureau de Longpré et vient me voir dans le mien. Il me raconte tout. Malgré ses deux yeux au beurre noir et son attelle au nez, malgré qu'il vienne juste de se faire foutre à la porte, il est tout sourire.

– C'était ça, Émile. T'avais raison. I'm out.

– Qu'est-ce que tu vas faire?

– Je vais tripper un peu. Des jobs, y en a de même. Ça fait des mois que j'arrête pas de recevoir des offres, anyway.

J'adore Charles, même s'il me met parfois dans l'embarras. Pendant qu'il a peine à arrêter de rire en me racontant l'anecdote du fusil à confettis, son patron (qui est aussi le mien, en quelque sorte) se présente enragé dans mon bureau. J'essaie de garder mon calme, même si la situation est, comment dire, un peu fuckée. Le pauvre gars est rouge d'un mélange de frustration, de gêne et de colère, et il a trois cent quarante-six confettis multicolores sur les épaules et sur la tête. Dans les bureaux derrière lui, les témoins étouffent leurs rires.

– Charles, tu pars immédiatement. Tu n'es plus le bienvenu ici. Va-t'en. Tout de suite!!

– J'ai des petits détails à régler avant, chéri.

Il fait alors mine de flinguer la porte et Longpré déguerpit.

– T'es fou, Charles?! Mets-moi pas dans la shnoutte. J'en ai pas, d'offre, moi. Je peux pas perdre ma job.

– Qu'est-ce que tu fais vendredi soir?

– Vendredi soir? Je vais dans un party retrouvailles. Vendredi soir, je commence une nouvelle vie, si tu veux savoir. Pourquoi?

– Y a un petit souper chez Billy et Barbie pour la fête à Marguerite.

– C'est qui, Marguerite?

– La sœur de Mirabelle, celle qui vient d'accoucher. Billy pis Barbie, c'est l'ancien de la guerre du Golfe et sa femme, tsé, le travesti?

– Oublie-moi. Je peux pas. Vendredi, ma vie change de cap, Charles.

– Chloé est à Sept-Îles, c'est ça?

– Regarde, Charles, un scoop: Chloé, c'est fini. Je te le dis, vendredi, je recommence tout.

– C'est qui, cette fille-là?

– Ève. Une fille que j'ai connue à l'adolescence. C'est aussi la mère de mes futurs enfants. Le destin ne remet pas Ève sur mon chemin juste pour me chatouiller.

– Hein?

– Je vis juste pour vendredi soir. J'ai juste ça en tête depuis une couple de semaines.

De l'autre côté de la porte de mon bureau, Longpré se met à hurler comme un diable.

– Charles!! Tu sors d'ici, sinon j'appelle la police, entends-tu?!! Si tu veux pas te retrouver avec des poursuites sur le dos, tu sors! Émile! Si tu veux pas te retrouver dans la même situation, tu ferais mieux de dire à ton chum de quitter immédiatement les lieux!!

La menace de Longpré n'a aucun effet sur Charles. Je le vois dans son visage. Il se fout de lui.

– Si tu changes d'idée, appelle-moi.

– Je changerai pas d'idée.

– C'est moi qui fais la bouffe. Je vais chercher deux oies sauvages demain chez un de mes amis mohawks. Des belles grosses oies grasses, tu vas manquer quelque chose.

Cette fois, c'est Lucy, la secrétaire du patron, qui vient frapper à ma porte.

– Charles, faudrait que tu partes, il est en train d'appeler la sécurité.

La menace policière inquiète Charles comme un hamster inquiète un chat de gouttière. Il en devient encore plus sarcastique et moqueur, et il me plonge encore plus profondément dans le malaise.

– La police?! Ô malheur. Ô désespoir. Mais que vais-je faire? Que vais-je faire? Faut que j'm'en aille…

– J'ai pas dit la police, j'ai dit la sécurité.

– Encore pire!! Émile, je m'en vais, sinon monsieur Groleau va m'courir après…

M. Groleau est l'agent de sécurité du building. C'est un ancien policier de soixante-dix ans qui mesure presque cinq pieds et pèse un peu plus de trois cents livres. Même en se forçant, il ne ferait pas peur à un écureuil. Devant cette terrible menace, Charles se lève et dit à Lucy :

– Laisse-toi jamais dire qu'y a une fille plus belle que toi dans l'univers, jamais. Salut.

Juste comme Charles sort de mon bureau, M. Groleau arrive. Charles l'accueille en lui donnant un gros bec sonore dans le front et il poursuit son chemin.

Dans le logement de Marguerite, 16 h 30

Rose est le plus beau bébé de l'histoire de l'humanité. Je sais que c'est une prétention commune chez tous les parents de nouveau-nés, mais dans le cas de ce poupon ça ressemble à la vérité. Dans son petit pyjama rose à pattes, elle est comme une petite icône. Sa tête est parfaitement formée, un ovale dessiné par Léonard de Vinci. Sa peau cuivrée est telle qu'on se demande si elle n'est pas subtilement métissée. Elle a des lèvres parfaitement tracées et un nez minuscule et tout rond. Ses oreilles sont bien appuyées contre ses tempes et ses deux belles joues un peu foncées évoquent de petits abricots. Ses mains dodues et ses pieds potelés sont des classiques en miniature. La ligne de ses cheveux est finement dessinée, avec précision, et son duvet est d'une couleur qui n'existe pas ailleurs que sur sa petite tête. Un brun très léger, entre le blond et le roux.

Rose ne pleure pas, elle dort. Elle a à peine deux jours et quand elle se réveille elle sourit. Marguerite pleure en la regardant, endormie. Profondément touchée par cette invraisemblable beauté.

Elle a juste le goût d'en parler. Parler de sa Rose. Comme Marguerite est toute seule, elle fait alors ce qu'elle fait depuis toujours quand elle a envie d'entrer en contact avec quelqu'un. Elle va se pencher sur son clavier d'ordinateur et se confie à l'univers.

Cet après-midi, elle chante en écrivant.

Mais cette fois c'est plus fort qu'elle, il faut qu'elle parle à une vraie personne. Un trop-plein de joie qui déborde et déborde. Elle rit, elle pleure, elle chante à voix basse en faisant les cent pas dans l'appartement. Elle prend le téléphone et, comme elle s'apprête à composer le dernier numéro en mémoire, il sonne.

– Marguerite? C'est Michel…

– Michel? J'allais justement appeler quelqu'un au hasard, il faut que je parle.

– Tu pleures?

– Oui.

– Qu'est-ce qui se passe?

– Si tu voyais comme elle est belle, Michel… Tellement belle, j'ai peine à y croire. J'ai toujours su que j'avais le talent du bonheur, mais jamais comme ça. Je peux pas croire que cette enfant vient de moi… C'est comme impossible.

– Ok. Tu pleures parce que t'es heureuse. C'est des belles larmes, ça… C'est excellent pour la santé.

– As-tu aimé le petit numéro des Funkettes?

– C'était capoté.

– Mirabelle m'avait dit que t'avais beaucoup aimé les Funkettes au bar dimanche soir.

– J'espère que les filles se sont pas grimées juste pour ça?

– Non, elles avaient une séance de photos ce matin. As-tu pensé à mon invitation pour vendredi soir?

– Je pense pas que je vais pouvoir, Marguerite. Tu vois, le vendredi soir, c'est la soirée des gars. On sort toujours. Impossible de sauter un vendredi. On va au cinéma. On va voir *Shrek*.

– *Shrek*?

– Ça vient de sortir, c'est un film d'animation.

– Viens avec tes garçons, Michel, ça finira pas tard.

– Ils arrivent justement, là. Je vais leur en parler, mais je pense que ça va être difficile. Laisse-moi leur demander, je te rappelle tout de suite, ok?

– J'attends ton appel. Charles va être là aussi…

– À tout de suite.

La clé tourne dans la serrure. De l'autre côté, les deux petits frères sont anxieux. Une seule question leur trotte en tête. Une question majeure. Capitale. Est-ce que papa a jeté les boîtes? Ils ont de la difficulté à déverrouiller la porte. Avec raison. Michel leur crie :

– Est débarrée, la porte, les gars !!

– As-tu gardé les boîtes ? !

– Wo. Wo. On se calme. Petit changement de programme : vendredi soir, on est invités à souper. Alors on ira au cinéma samedi, ça marche ?

C'est toujours la stratégie de Michel quand il veut être certain d'avoir la réponse qu'il cherche. Il annonce et ne demande pas. Bien sûr, si la réaction est trop négative, il passe à l'étape suivante et propose des compromis, mais son taux de réussite dès la demande initiale est quand même assez bon. Il sait qu'il jouit de la confiance de ses troupes, et il sait aussi quand user de la stratégie de l'annonce, sans compromis.

Par exemple, là. Maurice et Henri n'ont qu'une idée en tête : les grosses boîtes. Il pourrait leur passer n'importe quoi. Il pourrait même leur annoncer que ce soir, au souper, c'est du boudin et des brocolis, et les gars ne s'en formaliseraient pas. Les boîtes, les boîtes, les boîtes.

– Je vous parle, les gars. *Shrek*, c'est samedi. Vendredi, on va souper chez…

– As-tu gardé les boîtes ?

– Oui, oui, j'ai gardé les boîtes.

– Yeah ! Yes !!

– Pour le souper, vendredi, vous venez ou non ?

– Oui, oui…

Ils courent dans la chambre où se trouve leur fabuleux trésor de carton.

Michel rappelle immédiatement Marguerite avec la bonne nouvelle : il sera là avec ses deux fils. Bien sûr, il ne leur a pas encore spécifié que le souper est offert par l'étrange personnage de Barbie, celui (ou celle) qui habite avec un ancien soldat.

– Tu te souviens de l'adresse ?

– Oui, pas de problème, rue Pagnuello, à Outremont.

– À vendredi, d'abord.

– Fais attention à toi.

– Bye.

Le jour où sa belle Élisabeth est décédée, Michel a fermé la porte de l'amour. Il aimait cette femme plus que lui-même. Elle le faisait rire, jouir, pleurer, avancer, bouger, créer. Il l'aimait de toutes les façons. Il l'aimait pour ses seins, son cul, sa tête, son cœur, sa volonté, sa verve, son humour, ses reins, ses dents et ses mains. Il l'aimait pour ses cheveux, son odeur, ses réflexes, ses croyances, ses habitudes, ses gestes et ses mollets. Il l'aimait pour son caractère, son intelligence, sa générosité, ses colères occasionnelles, et surtout pour les deux fils qu'elle lui a donnés. Au plus profond de son être, il n'a jamais été question pour lui de trouver une autre femme. Ni pour la vie, ni pour une nuit. Il aime mieux vivre avec le souvenir d'Élisabeth qu'avec le présent d'une autre. Cela n'a même jamais soulevé un doute.

Mais, des fois, il se passe des choses. Des choses qui sont aussi étonnantes qu'inexplicables et imprévisibles. Par exemple : Marguerite, la petite sœur de Mirabelle, toute fraîche maman, n'a jamais vu Michel. Ils ne se sont jamais rencontrés ; ils se sont parlé au téléphone pendant à peu près quatre minutes.

Et pourtant. Et pourtant…

Cupidon a plus d'un tour dans son sac, le vilain.

Henri est un petit garçon très perspicace et très heureux. Il adore ses belles boîtes. Des boîtes qui se métamorphoseront bientôt en vaisseaux de l'espace, en cabanes dans la forêt, en cavernes secrètes et mystérieuses. Toutefois, il remarque que son père a d'autres préoccupations.

– Papa, le frigidaire pis le poêle sont trop gros.

– Je le sais, Henri. Je vais m'occuper de ça.

– À ta place, j'aurais mesuré.

– Henri. Je m'en occupe.

Maurice sort la tête du vaisseau spatial.

– Papa, le poêle pis le frigidaire sont trop gros. Qu'est-ce qu'on va faire ? Est-ce que ça veut dire qu'il va falloir rapporter les boîtes au magasin ?

– Je m'en occupe.

– Oui, mais les boîtes ?

– Tu vas les garder, les boîtes, Mo, tu vas les garder.

– Cool.

Cartierville, chez la mère de Charles, 18 h

Mme Lamy a passé une belle journée. Elle est en paix, enfin. Elle ne le lui dira jamais, mais elle est heureuse, soulagée, de voir que Charles a enfin décidé de s'occuper de sa petite sœur. Pauvre femme. Rien n'a jamais été facile pour elle. La violence a toujours été dans son décor. Elle a souvent voulu en refaire le dessin en priorisant ses enfants. Mais ça ne s'est pas passé comme ça. Sa chère petite, élevée sans père par une mère en continuelle bataille avec l'alcool et les médicaments, aura jusqu'ici vécu malheureuse et envahie par les démons.

Mais aujourd'hui, mercredi 30 mai 2001, la mère a le cœur un peu plus léger. Tout l'après-midi, elle y a réfléchi en faisant ses courses. Elle aperçoit un peu de lumière là-bas, sur sa route. Son fils Charles a décidé, enfin, de l'appuyer.

Elle revient à la maison à pied, avec deux gros sacs d'épicerie. Tout ce qu'il faut pour faire encore plus de ses fabuleuses tourtières. De la viande de porc, de bœuf et de veau. Des herbes, des oignons et de l'ail, avec des épices sud-américaines secrètes. Ce sont ces épices qui font toute la différence. Qui élèvent d'un cran la qualité de ses tourtières.

Une fois chez elle, elle pose ses deux lourds sacs sur la table. La petite lumière rouge clignote sur le répondeur. Avant de commencer à déballer ses achats, elle appuie sur le bouton.

– Bonjour, madame Lamy. Pierre Sénécal, de la maison Notre-Dame-de-Saint-Martin. Est-ce qu'il y a un problème avec Ninon? On se demande pourquoi elle n'est pas ici comme prévu. Veuillez nous rappeler le plus tôt possible, s'il vous plaît. Merci.

Le cœur lui saute dans la poitrine. Elle réécoute le message. Puis le réécoute encore. De retour en enfer. Maudit Charles de merde.

Elle saisit le téléphone.

– Comment, où je l'ai laissée? Je l'ai laissée à la porte!! Pour qui tu me prends?

– Elle a jamais mis les pieds au centre !

– Quoi ?!

– Crisse de niaiseux de cave !! Veux-tu me dire de quelle sorte d'enfants chus la mère, moi, câlice ?! Deux beaux fuckés…

– Une fugue ?!! La police est-tu sur le dossier ? Je vais l'appeler, la police…

– Laisse faire la police. Y en ont au moins mille, des cas de même, qu'est-ce que tu penses qu'a va faire, la police ?! Maudit innocent ! Si y arrive quelque chose à ma fille, tu vas payer pour, mon garçon, je te le dis. Je vais te tenir responsable. Criminellement responsable.

– Eille, ça va faire, là !

Il raccroche. La tête lui tourne, il est hors de lui. Il sort tous les jurons qu'on peut sortir d'une église. Deux fois. Il freine, se stationne le long du boulevard de la Rive-Sud sur lequel il roulait, descend de la voiture. Et il continue à blasphémer. Il frappe son Alfa Romeo à coups de poing et à coups de pied, pris d'une rage incontrôlable.

Mais où est-elle allée ? Et comment a-t-il pu être si naïf ? Quelle petite salope d'hypocrite !

– Attends que je te mette la main au collet, toi…

Sept-Îles, à la maison de Judith, 18 h 45

Une journée mémorable s'achève sur la Côte-Nord. L'été était au rendez-vous. Il a fait beau comme dans un livre. À ce temps-ci de l'année, normalement, c'est l'hiver qui traîne de la patte, et non l'été qui se pointe le nez. Mais pas aujourd'hui. Il n'y a pas eu un seul nuage. Le ciel a été magnifique du petit matin aux premières ombres du soir. Un temps de rêve.

Laurent, Chloé et Judith ont rempli chaque minute de cette journée. Aucun temps mort. Ils ont d'abord déjeuné dans la cour, qui donne sur le fleuve. Des croissants faits maison, agrémentés de confitures de mûres et de cerises de terre, ainsi que quelques cappuccinos. Judith a même épicé les cafés avec un vieux cognac qu'elle garde dans sa cave pour les occasions spéciales.

Ensuite ils sont allés chez l'horticulteur du coin, acheter quelques fleurs annuelles jaunes qu'ils ont savamment plantées dans le jardin de Judith. Elle change la couleur de son jardin chaque année. Pour l'été 2001, ce sera le jaune et, comme toujours, un peu de blanc.

Puis ils ont planifié le souper. Ce soir, brochettes d'agneau, précédées d'une tartinade maison aux crevettes de Matane, ail des bois, avec parmesan et cheddar fort fondu. La tartinade est parsemée d'amandes émincées et de ciboulette fraîche. Ils ont aussi acheté deux baguettes chez le vétéran boulanger français, établi en banlieue de la petite ville depuis la fin des années 1960. Il a quatre-vingts ans au moins, sa femme autant, et fait le meilleur pain sur la planète. Ils n'ont pas eu à acheter de vin, puisque Judith maintient son petit caveau bien à jour. Son amant ontarien lui apporte toujours de nombreuses bouteilles exclusives, importées de France, d'Italie, du Chili ou d'Espagne. Laurent a aussi grimpé dans l'échelle pour nettoyer la vigne qui court le long du mur avant de la petite maison. La vigne a passé un hiver difficile. Il faut lui redonner un peu de vigueur.

Une journée digne d'un roman.

Judith, Chloé et Laurent savent qu'ils sont au cœur d'une joute de séduction. Les trois sont parfaitement conscients que cette joute se dénouera dans les prochaines heures. Personne ne sait de quelle façon.

Laurent est toujours sous l'emprise de Chloé, mais il a réalisé que cet engouement ressemble de plus en plus à une flamme passagère. Chloé est belle et brillante, évidemment, mais elle est légère comme une plume et surtout, à son grand malheur, follement amoureuse de moi… Il a repensé à l'épisode de la salade César et a forcément révisé ses intentions. Ça lui est apparu encore plus clairement quand il a rencontré Judith, qui n'a peut-être pas provoqué chez lui le même coup de foudre, mais pas loin…

Laurent n'est pas con. Il a entendu la conversation des deux femmes, ce matin, quand il feignait de dormir. Il sait que son rôle a changé. Il est parti de la ville habillé en chasseur, et une fois à destination il est devenu le gibier. Elles se servent de lui pour mesurer leur coefficient de séduction. Petite guerre amicale. Il aime bien ce rôle. Il ne peut pas perdre.

Il se sent léger, tout aussi léger que Chloé. Tout aussi léger que Judith, tant qu'à faire…

Trois âmes légères se sont attablées pour un mémorable souper. En apéritif, Judith a préparé des mojitos, accompagnés de la fameuse tartinade aux crevettes.

Elle a ouvert la conversation.

– Alors, Laurent, quel âge tu me donnes ?

Chloé s'est portée à la défense de Laurent :

– Maman, c'est embarrassant de se faire demander ça.

– Alors ?

– Maman…

Laurent a tout de suite trouvé la réponse parfaite.

— Je te donne seize ans.

— J'ai trente-neuf ans. J'avais dix-huit ans quand Chloé est arrivée. Tu trouves pas qu'on pourrait facilement passer pour des sœurs ?

— Je suis certain que ça vous est déjà arrivé.

— Elle aimerait ça que tu lui dises que tu la trouves belle.

— Ça, c'est embarrassant. Non ? De toute façon, je sais qu'il me trouve belle.

— C'est sûr, c'est sûr, tu es une très belle femme...

La mère et la fille regardent Laurent sans dire un mot, avec de beaux sourires. Le silence, très bavard, dure une dizaine de secondes. Une charmante éternité, quoi.

La journée de rêve que ces trois-là ont passée a changé la donne. Du moins, elle a changé l'attitude et surtout les plans de Laurent. Lui qui a entrepris ce court voyage sur la Côte-Nord plongé dans un tourment amoureux et réduit au silence, il est beaucoup plus à l'aise maintenant. Maintenant qu'il sait que tout ça n'est qu'un jeu, plutôt que de se ronger l'âme, il s'est jeté dans l'arène et s'amuse aussi.

— J'ai quelque chose à dire. Je peux ?

— Vas-y, Laurent... Parle...

— J'ai passé une journée extrêmement agréable. J'ai beaucoup apprécié le jardinage, les courses, la bouffe. C'est plus que très bien. Mais je suis un peu mal à l'aise avec quelque chose.

— Mal à l'aise ?

— Avec quoi ?

— Ce matin, quand vous parliez de moi, j'ai tout entendu.

— Tout entendu ?

– Je sais que toi, Judith, tu es d'avis que mon regard est, disons, intéressé. Ce qui n'est pas tout à fait faux, soit dit en passant. Je sais aussi que toi, Chloé, tu sais que tu me fais capoter, ce qui est assez près de la réalité. Remarque, j'ai sûrement pas été très habile à le dissimuler. Pas trop subtil, mon affaire. Mais on est des adultes, pis je pense qu'il est important qu'on assume la réalité. Vous me suivez?

– Mais où veux-tu en venir, Laurent?

– Je veux juste qu'on soit sur la même longueur d'ondes, c'est tout. C'est bizarre comme situation, mais c'est ça. Je veux pas que tu te sentes obligée de manger une salade César extra ail juste pour me calmer le nerf principal, Chloé. Pis je sais que t'aimes bien être un objet de désir, non?

– Mon Dieu, mais t'es assez direct, hein, Laurent?

– On s'en retourne après-demain, vendredi matin, c'est ça?

– Oui.

– Y reste deux dodos. On fait quoi?

– Dans quel sens?

– Je me demande juste si y aurait pas moyen de négocier une solution commune à nos fantasmes… Comprenez?

– J'espère que tu ne penses pas à…

– Je pense rien, je pense rien. Je fais juste mettre la situation au clair, pour qu'on arrête tous les trois de jouer une game. Ou alors, tant qu'à jouer, qu'on s'entende sur la game qu'on veut jouer, non?

Judith a beau avoir trente-neuf ans et un bagage d'expériences amoureuses, elle a beau être difficile à ébranler quand il est question de relations homme-femme, quelles qu'elles soient, reste que l'aplomb de Laurent l'a quand même étonnée. Quant à Chloé, elle ne s'attendait pas à ça. Elle trouve que Laurent est devenu très confiant. Elle a toujours été la meneuse au jeu de la séduction, belle comme elle est. Mais, cette fois, elle est déstabilisée.

Laurent, depuis le début de la journée, a été forcé de mater ses émotions. Lui qui, depuis son retour de Grèce, depuis la première seconde où il a posé son regard sur Chloé, avait perdu ses moyens et ses repères, il a maintenant retrouvé les deux. On ne passe pas tout ce temps dans un Club Med à accumuler les aventures sans en récolter une certaine expertise et une certaine confiance. Laurent avait la garde basse quand il a vu Chloé, chez moi, samedi dernier. Il n'a jamais vu venir ce direct au cœur. Il a croulé au tapis.

Mais aujourd'hui, quatre jours plus tard, il s'est relevé et a repris le contrôle.

Attention, mesdames, Don Juan is back.

Cartierville, à l'appartement de Michel, 20 h 30

Maurice et Henri sont dans la baignoire, bien lavés, heureux et surexcités. Ils ont passé la soirée à construire un vaisseau spatial. Maintenant, le bain est terminé et le moment est venu de passer aux choses sérieuses. Le plus jeune crie :

— Papa, on est prêts !!

Michel entre dans la salle de bain, tenant à la main ses deux verres vides. Le rouge et le vert.

— Vous êtes lavés ?

— Yes !!

Michel tourne le robinet d'eau froide du lavabo et déjà les concurrents, dans le bain, montrent des signes de nervosité. Ils savent que le match de «Tu le sais ou je te gèle, mon colon» est sur le point de commencer. Ils rigolent, trépignent et frétillent. On attend, on attend, faut que ce soit GLACIAL.

Enfin, l'animateur s'agenouille près de la baignoire et s'adresse au concurrent Henri.

– Monsieur Henri, de Cartierville. Nommez-moi trois villes du Canada. «Tu le sais ou je te gèle, mon colon?»

Le concurrent Henri ricane tout en réfléchissant, puis y va de sa réponse.

– Montréal, Québec et Cartierville!

– Réponse acceptée.

L'animateur s'adresse maintenant à l'autre joueur.

– Monsieur Maurice, aussi de Cartierville, voici votre question : nommez-moi quatre races de chiens.

– Tu lui en as demandé trois, pis moi tu m'en demandes quatre, c'est pas juste…

– Je tiens à spécifier que vous êtes plus vieux que le concurrent Henri, alors… «Tu le sais ou je te gèle, mon colon?» Je veux quatre races de chiens.

– Un berger allemand. Euh, un grand danois. Euh, un chihuahua. Et, euh, un chien Bernard…

– Un quoi?

– Un chien Bernard?…

– Je te gèle, mon colon!!

Et l'animateur-tortionnaire lui lance le verre d'eau en pleine face, déclenchant une cascade de rires spectaculaire.

– On dit un SAINT-Bernard, pas un CHIEN Bernard. Le concurrent Henri prend les devants, un à zéro.

Michel se lève et va remplir le verre rouge d'eau froide. Puis il revient avec une autre question pour le concurrent Henri.

— Monsieur Henri, deuxième question. Quel est l'actuel taux préférentiel pour un prêt hypothécaire de vingt ans à la banque Toronto-Dominion?

— Hein? Eille papa, t'as pas le droit!

— Je te gèle, mon colon!!

Michel lui lance le verre d'eau en plein visage et c'est encore la cohue totale.

Quinze minutes passent ainsi, puis Michel essuie ses deux fils et les conduit dans leur lit. Ils prennent chacun leur livre de Tintin et, en moins de trois minutes, s'endorment, heureux d'être aimés comme ils le sont.

Après avoir bien nettoyé la salle de bain, Michel revient dans la chambre, éteint les lumières, range les livres. Au salon, il s'assoupit devant la télévision en remerciant sa belle Élisabeth pour ce grand bonheur.

Chapitre sixième
Jeudi 31 mai 2001

Île Verte, 4 h

Normalement, je déteste me battre avec le sommeil. Je déteste retourner mon oreiller toutes les cinq minutes, changer de position et essayer le sofa à l'endroit, l'essayer à l'envers, revenir dans la chambre, me mettre la tête au pied du lit, changer d'oreiller, prendre une bière et la boire d'un trait. Lire un extrait de *Damned Yankees*, refermer le livre.

Normalement, je déteste me battre avec le sommeil. Mais, cette nuit, il n'y a pas de bagarre. Je ne dors pas, volontairement. Je lui ai écrit.

Je lui ai écrit en sachant très bien que je ne lui donnerai pas cette lettre. Je vais la garder. Un jour, quand nous aurons des enfants, que nous serons heureux et que nous vivrons un rêve, je la lui remettrai. Elle saura alors que je voyais le bonheur depuis le début. Que j'ai toujours su que nous allions être ensemble un jour, et pour toujours.

Ève, mon amour.

Il est 4 heures du matin et je ne dors pas. En fait, je me suis couché à 23 heures et me suis réveillé il y a une heure, à 3 heures. J'avais mis mon cadran.

J'aime mieux rester éveillé et penser à toi que de m'endormir sans savoir si tu seras dans mes rêves.

Dans précisément trente-neuf heures, je vais te revoir. Je vais te revoir pour la première fois en dix ans, deux mois et trois jours. Et si tout va comme je le souhaite, tu ne verras rien dans mon regard. Je suis un hypocrite de grand talent, surtout quand il y va de ma survie. Si tu voyais ce qui se terre dans mon cœur et au plus profond de moi, toute cette vérité, tu partirais à courir ou tu appellerais la police, les pompiers et peut-être même Urgences Santé.

Ce soir de mars 1991 ne s'est jamais effacé. C'est la dernière fois que je t'ai vue. Ce fameux soir de mon adolescence. Rien, pas même toi, n'aurait pu effacer le souvenir de cette vision.

Tu ne t'es jamais effacée de mon imagination, de mes rêves. Je me suis longtemps fait croire que j'étais un soir allé te chercher chez toi. Que je t'avais vue en ouvrant la porte du bungalow de ton père sur la rue Gadbois. Je m'en suis toujours souvenu comme d'une réalité, et encore aujourd'hui, ce faux souvenir est intact.

Tu ne pouvais pas effacer non plus chaque pas qui nous a conduits de ta porte d'entrée au sous-sol de chez mes parents. Je les ai refaits, ces faux pas. Tous ces faux pas. Chacun des mille cent dix-sept faux pas entre nos deux maisons. Aucun n'a été effacé.

Tu pouvais encore moins effacer l'odeur de ton cou et la courbe de tes reins. Toutes les odeurs de tous les cous et toutes les courbes de tous les reins de toutes les filles et femmes que je croiserais allaient devoir souffrir de la comparaison, jusqu'à la fin des temps.

Tu ne pouvais effacer aucune des notes de chaque pièce musicale que nous n'avons pas entendue ensemble. Toute cette musique est devenue la bande sonore de mon film favori, celui qui me raconte toi.

Tu ne pouvais effacer ni tes regards imaginaires et les yeux qui vont avec, ni tes longs cheveux de cette impossible couleur, ni ton nez, ni tes jambes.

Tu as éteint l'espoir, mais jamais les souvenirs.

Et voilà que trois mille sept cent douze jours et autant de nuits plus tard, tu reviendras dans ma vie. Demain soir, tout va renaître. Toutes les couleurs vont se redéfinir. Et cette fois ce sera pour de bon. Je ne sais pas comment je déploierai mon offensive, mais je ne pourrai pas me pardonner si je te laisse t'échapper. La vie ne peut pas te faire réapparaître comme ça sur mon chemin, en toute innocence. La vie a une histoire à écrire, elle a une œuvre à compléter. Cette fois, pour le vrai.

Et pourtant.

Et pourtant j'ai peur. Et si tout ça n'était qu'une autre illusion ? Et si tout ça n'était qu'un autre chapitre qui finira mal ? Et si tu réussissais encore une fois à noyer mes espoirs ? Si. Je déteste le mot « si ». Ce mot qui vient toujours avec les pires scénarios. Ce mot qui démolit les châteaux, fussent-ils de sable, je le déteste. Il me hante, me tourne autour, refuse de me laisser en paix.

J'achève la lettre et je me demande si je ne devrais pas te la remettre dès demain. Ou juste la déposer dans ta voiture, que tu puisses tout connaître de ma blessure d'amour, des souvenirs et de mes espoirs toujours frais et qui renaissent de leurs cendres.

Je sais que ces mots sont des mots sacrés.

Je sais que ces mots ne doivent jamais être vains.

Je sais que ces mots témoignent de plus grand que grand et de plus beau que beau.

Je sais que ces mots ne doivent jamais tomber dans la légèreté, la caricature ou pire, le mensonge.

Je sais que ces mots sont à manipuler avec des gants de soie.
Je sais que ces mots sont délicats et en même temps dangereux.
Mais ce sont les seuls mots qui veulent sortir de ma plume cette nuit.

Je t'aime.

Émile

Il est cinq heures du matin. Je m'étends sur le sofa du salon en regardant le cadran et en calculant combien de temps encore.

C'est tout ce que je sais faire, calculer le temps.

Je me suis endormi et j'ai rêvé que je transportais une auto sur mes épaules pour passer par-dessus une haie. Je n'ai pas cherché à savoir ce que ça voulait dire.

Je me suis relevé à sept heures et je me suis senti coupable, malgré tout, en ouvrant le placard de la chambre et en voyant tout le linge de Chloé, ses chers souliers et ses robes qui lui vont si bien. Faudra bien que j'affronte la réalité bientôt. Ça fait chier d'être pris pour jouer ce triste rôle. Je me croise tellement les doigts pour qu'elle s'amourache de Laurent.

Cupidon! Fais ta job, le gros!

Saint-Léonard, sur le parvis d'une église, 10 h 30

Charles, arborant son attelle sur le nez, ses yeux bien noircis et ses verres fumés, s'est rendu aux funérailles du père Lazzeri.

Comme c'était un homme d'affaires bien en vue dans son coin de la ville, l'église est remplie à craquer. Le service est maintenant terminé et la foule se masse devant le temple. Mme Lazzeri, la veuve, mène le défilé des attristés, au bras de Mario et de sa fille Isabella. Elle n'est toujours pas en contact avec la réalité et se promène entre la tristesse et l'inconscience. Charles est juste derrière et assiste à la scène. La mamma, souriante, s'inquiète soudainement de l'humeur maussade de sa fille.

— Tou n'es pas comme d'habitoude, Isabella. Je regrette, mais tou n'es pas comme d'habitoude. Ton frère Mario té présente des beaux garçons, mais si tou gardes cet air-là, ça n'ira pas loin, Isabella. Souris, bella!

Il y a en effet plein d'associés, de clients et de connaissances de Mario qui viennent tour à tour lui adresser les vœux d'usage. Ils offrent aussi leurs condoléances à Isabella. Mario a averti ses amis que la mamma n'est pas dans son état normal.

— Fais oune effort. Les hommes, ils n'aiment pas les visages sévères. Souris, Isabella. Regarde les beaux garçons. Tou les vois, les beaux garçons?

— Maman…

— Non, mais regarde-la, Mario! Tou as vou l'air qu'elle a?

— Maman, Isabella est triste, veux-tu?

— Jé connais les hommes, Mario. Jé connais les hommes. Demande à ton père si jé connais les hommes.

281

– Maman.

– Qu'est-ce que tou as, toi aussi? Mais qu'est-ce que vous avez, tous?

Mario aperçoit Charles. Il s'écarte discrètement du défilé et s'approche de lui.

– Salut, Charles.

– Salut.

– T'es-tu battu?

– Une longue histoire, mais je vais faire ça court: ma petite sœur m'a donné un coup de poing.

– Sans faire exprès?

– Non, volontairement.

– Shit. Elle cogne.

– Assez, oui. Ta mère? Encore mélangée?

– C'est pas replacé. Elle est inconsciente. On sait pas ce qu'on va faire avec elle. Chus tanné. Merci d'être venu. T'étais pas obligé.

– Y a rien là. J'suis off une couple de semaines, la station m'a donné mon congé hier.

– Quoi?

– Out. Je la voyais venir. Pas grave. Ça va juste me donner le coup de pied dans le cul pour partir mon agence.

– J'ai mon voyage.

– J'étais tanné anyway.

– Qu'est-ce que tu vas faire?

– Je vais m'arranger. Inquiète-toi pas.

– Veux-tu que j'annule mon contrat avec la station? Veux-tu que je mette de la pression? Y me tape sur les nerfs, moi aussi, ton boss. Maudit parvenu.

– Ben non, ben non, fais pas ça.

Du coin de l'œil, Mario s'aperçoit qu'il y a une commotion. Sa mère est encore une fois retombée en crise.

– Bon, ça y est. Excuse-moi, je dois m'occuper d'elle…

– Vas-y, vas-y… Faut que j'y aille, anyway. Je te rappelle.

– Salut, buddy.

– Salut.

Cartierville, dans l'immeuble de Michel, 10 h 45

Le hasard a tous les visages. Des fois, il est étonnant, d'autres fois, renversant. Il sera aussi déstabilisant, épeurant ou encore amusant.

Quand M. et Mme Gignac, les voisins, ont vu les Funkettes et leurs trois musiciens sortir de chez Michel, ils en ont été quittes pour une certaine stupéfaction, en particulier la dame. On comprendra que ce n'est pas tous les mercredis matin qu'on voit un ensemble de musiciens noirs, tout de rose et de paillettes vêtus, sortir d'un humble logement après une prestation éclair, ou que sais-je encore. Or, voici que le hasard, ce vlimeux de hasard, fait encore des siennes.

M. et Mme Gignac marchent leurs trois kilomètres tous les jours. Leur médecin de famille a bien fait comprendre à M. Gignac, qui a déjà été victime d'une crise d'angine, et à Mme Gignac, qui a des problèmes d'arthrose au dos, qu'il serait salutaire pour eux de faire de l'exercice. Alors, ils ont pris la résolution de marcher. Pour l'instant, c'est trois kilomètres, mais leur plan de match est d'augmenter la cadence régulièrement.

Il est des matins où marcher est une joie, comme ce matin. Il fait beau comme on le souhaite toujours au cœur du printemps. M. Gignac étrenne des espadrilles achetées hier.

Il en voulait des blanches, mais sa femme a préféré qu'il en prenne des rouges.

Mme Gignac part toujours la première, au pas accéléré, pendant que son mari prend bien soin de verrouiller la porte à double tour. Elle se dirige vers les escaliers, elle aime bien prendre les devants. Elle le fait chaque fois et toujours son mari s'impatiente.

– Wo! Wo! Minute, papillon! On peut-tu commencer à marcher juste une fois rendus dehors, sainte viarge?!

– Arrête de parler, pis marche.

Dans le vestibule arrivent trois femmes qui ne manquent pas, à leur tour, de méduser les marcheurs. Si l'une semble normale, les deux autres sont pour le moins étonnantes. Deux culturistes avec des bras et des cuisses comme des troncs d'arbre. Curieuse, Mme Gignac reste dans l'entrée juste pour voir où vont ces trois femmes. Ce n'est pas tous les jours qu'on voit de tels spécimens.

Jeanne sonne chez son frère. À l'interphone, la voix de Michel.

Mme Gignac n'est pas surprise d'entendre la voix de son voisin, ce père de famille bizarre qui reçoit toujours des gens « particuliers ». Quand ce n'est pas Batman, c'est six Noirs en habits de gala ou deux mastodontes féminins bâtis comme des armoires à glace. Des lutteuses, peut-être?

– Jeanne?

– C'est moi.

– Es-tu avec tes chums?

– Oui, oui, avec Jules et Jim.

– Monte.

M. Gignac arrive au moment où les trois filles entrent. Il leur cède le passage et les regarde, étonné. Mme Gignac est encore sous le choc.

– Là, tu viendras pas me dire que tu trouves ça normal. Hier, c'était trois négresses avec leurs pimps, aujourd'hui c'est des guenons maquillées qui ont des noms d'hommes. Pis samedi passé, c'était Batman. Quelle sorte de père de famille que c'est, cet homme-là? C'est pas tellement rassurant, je vais le rapporter au concierge.

– Marche, marche. Laisse faire le reste. On est dans un pays libre.

– Y a toutes sortes de gens qui gardent ces enfants-là, en plus. Y a deux semaines, j'ai vu un gars plus gros qu'une montagne avec des tatous partout où on voyait de la peau. Y faisait peur à voir.

– Marche.

À l'appartement de Michel, 9 h 50

Michel veut en finir avec ses électroménagers. Il a proposé un marché à Jeanne: elle partira avec ses beaux appareils tout neufs et lui prendra ceux de sa sœur.

– Laisse-moi au moins te payer une compensation, Michel. Des beaux appareils en stainless tout neufs…

– Laisse faire la compensation, je les ai pas payés. Les tiens, c'est quand même pas de la scrap?

– Non, y ont même pas deux ans…

– Sont de la bonne grosseur? Vont fitter ici?

– Jules?

– Vont fitter, c'est sûr.

– Tu les as apportés?

– Oui, je les ai, dans une remorque, juste dans le stationnement.

– Je les veux. J'suis tanné. Ceux-là, t'es certaine qu'ils sont pas trop gros pour ta cuisine ?

– Jules ?

– Vont fitter, c'est sûr.

– Apporte-les, Jeanne, va-t'en avec.

Jeanne a toujours aimé les animaux. Michel a souvent raconté qu'autrefois, Jeanne revenait régulièrement à la maison avec une grenouille, un crapaud, une couleuvre, un petit merle tombé du nid, un chat de ruelle ou un chien errant, au grand désespoir de leur mère. Michel suivait derrière en riant, impressionné par la bravoure de sa sœur.

Quand elle aperçoit le petit danois dans sa boîte, elle tombe sous le charme.

– Regarde si est belle ! Eille, les gars, regardez si est belle ! Ça se peut-tu, Michel, que ça sente le pipi ?

Elle prend la petite chienne et la sent.

– Pourtant non.

– Lui as-tu vu les pattes ? fait Jules, impressionnée par leur taille. Elle va être grosse. C'est un labrador ?

– Un danois.

– Est belle.

– C'est mon sofa qui sent mauvais.

Jeanne s'approche du meuble et le hume.

– C'est vrai. Eille, les gars, on va prendre le sofa sur le même voyage, on va le laisser chez Ben, y va le nettoyer. Je m'occupe de ça, Michel. Y va être comme neuf.

– Mais Jeanne, il EST neuf !!

– Ok, les gars, on fait le switch.

Comme si de rien n'était, Jules et Jim descendent d'abord le frigo et la cuisinière, puis le sofa, et en moins de temps qu'il n'en faut pour crier «enfin», elles montent les appareils de Jeanne et les glissent au bon endroit.

Michel les contemple, soulagé. Jeanne s'apprête à quitter l'appartement pour rejoindre Jules et Jim en bas.

– Dis donc, lui lance Michel quand elle touche la poignée de la porte, c'est quoi l'histoire des cigares avec les gars? Ils m'ont conté ça lundi... Pas pire gardienne! T'as fait fumer mes gars?!

Jeanne a un petit rire.

– Tu te souviens du cigare que grand-papa gardait? Celui qui lui venait supposément de Winston Churchill...

– ... et qu'il t'a donné pour que tu le gardes en souvenir, convaincu que ça valait une fortune. Oui, je me rappelle.

– Les gars ont fouillé, ils l'ont trouvé et ont joué à fumer. Juste une p'tite poffe, pas grand-chose. Pour les punir, je les ai forcés à prendre une couple de poffes de plus...

– Ils m'ont dit que c'était pour chasser les moustiques...

– C'est ça qu'on dit quand on est gêné de s'être fait prendre la main dans le sac.

Elle embrasse son frère sur la joue et s'engage dans l'escalier en souriant. Michel, après un soupir, se met à rire tout seul au milieu de sa cuisine.

Sept-Îles, 10 h 05

Ce matin, Laurent a enfourché le vélo de Judith, question de se changer un peu les idées. Il va faire un tour sur le boulevard Laure. Après avoir roulé quelques minutes, il s'arrête au parc du Vieux Quai. Il s'assoit sur un banc et sort son cellulaire.

Le téléphone sonne à mon bureau.

Montréal, station M-Rock, 10 h 07

– Allo?

– Salut Émile, je suis au parc du Vieux Quai à Sept-Îles.

– Pis, comment c'est, Sept-Îles?

– C'est hot, c'est hot.

– Comment ça va avec Chloé?

– Je t'appelle à ce sujet-là, justement.

– Y a un problème?

– D'abord, tu m'avais parlé de Judith, mais tu m'avais pas tout dit. Méchant numéro…

– Un beau modèle, hein, la maman de Chloé?

– Ouf. Disons que… la situation a évolué dans un sens que j'attendais pas.

– Je comprends, je comprends.

– Là, ça se peut que je sois obligé de casser à ta place, de tout lui dire. J'aime mieux t'avertir.

– À Judith?

– À Chloé. Parce que là…

– J'aimerais mieux faire ça moi-même, Laurent.

– Je le sais, mais ça se peut que j'aie pas le choix. Je te mettrai pas dans la merde, inquiète-toi pas.

– C'est pas moi le problème, Laurent. C'est pour elle qu'y faut être délicat. Elle a vingt et un ans, c'est encore une adolescente. Faut pas la blesser.

– Je vais voir. Je vais te tenir au courant, anyway. C'est juste que ça se passe pas comme je pensais. Toi? Es-tu nerveux pour ta rencontre de demain?

– Je suis en train de virer sur le top. Mon move est tout répété. Je sais ce que je vais faire.

– Fais-toi-z'en pas, je ferai pas de gaffes.

– Je te fais confiance.

– Salut.

– Bye.

Est-ce que je suis un salaud, un lâche, une mauviette? Pire encore, est-ce que je suis un hypocrite fini? Un menteur? Ma conscience en prend pour son rhume, en tout cas... Tout au long de cette courte conversation avec Laurent, je confesse qu'une partie de moi (pas la plus belle...) est contente. Que Laurent, à mille kilomètres de chez moi, m'offre de régler mon problème, ça fait mon affaire. Je n'aurai pas à me taper la crise de larmes, je n'aurai pas à consoler Chloé, à trouver les mots, à me justifier. Dans le fin fond de moi-même, j'espère que ça se passera comme ça.

Est-ce que je suis un salaud, un lâche, une mauviette? Pire encore, est-ce que je suis un hypocrite fini? Un menteur? Je me suis convaincu moi-même que Chloé ne m'aime pas comme elle le pense. Je me suis convaincu moi-même que Chloé aime l'amour, peu importe le visage qu'il prend. Toujours plongée dans ses livres à l'eau de rose, elle vit dans un roman. Je n'en suis qu'un personnage. Elle aura vite fait de se trouver un autre acteur pour jouer le rôle de l'amoureux. C'est ce que je me dis, mais j'ai peut-être tout faux. Peut-être que Chloé m'aime autant que j'aime Ève. Je ne suis pas fier de moi.

Suis-je un salaud, un lâche, une mauviette? Pire, un hypocrite fini? Un menteur? Je me cache derrière toutes sortes de raisons et de justifications. Mais quand je me dévoile, je sais que je fais du mal à une fille-femme qui ne le mérite pas. Je devrais au moins avoir le courage de rompre moi-même. Par respect, par souci d'honnêteté, par amour. Mais, comme je suis un maudit égoïste, je ne pense qu'à moi. Je ne pense qu'à mon cœur à moi, qu'à mon amour à moi. Je ne pense qu'à mon rendez-vous de demain. Au diable le reste. Et dans le reste, il y a cette jeune femme, Chloé.

Je suis un salaud, un lâche, une mauviette. Pire encore, je suis un hypocrite fini et un menteur. Mais je suis en amour.

Sept-Îles, 10 h 25

Après sa conversation téléphonique avec moi, Laurent continue à rouler dans Sept-Îles et s'arrête pour acheter les journaux.

À la porte du dépanneur, il ne peut s'empêcher de remarquer cette tondeuse à gazon, une Lawn Boy verte, assez âgée. Une tondeuse, ce n'est jamais particulièrement remarquable, mais celle-ci, oui. Pas la tondeuse elle-même, mais tout l'attirail qui y est savamment attaché. En plus de la poche à gazon, il y a une boîte de sacs, un râteau télescopique, un bidon d'essence, deux ciseaux (un petit et un gros), une cloche à vache, un bidule pour arracher les mauvaises herbes, une petite pelle à jardinage et ce qui ressemble à un coffre à outils, en plus d'un sac à moitié rempli de quelque chose d'indéfinissable, des vêtements on dirait.

Laurent entre et se dirige vers le stand à journaux. Avant de prendre les deux quotidiens de Montréal, il jette un coup d'œil à l'étalage des revues et des magazines. Cherche si l'un d'entre eux jase de tennis. Non. Il voit, tout près de la caisse, ce qui lui semble être un journal régional, *Le Nord-Côtier*, sans doute un hebdo.

Un client à la voix sonore discute avec l'employé derrière la caisse. L'employé est sans doute le patron, un monsieur d'une quarantaine d'années. Laurent prend ses deux journaux et s'approche de la caisse. Le client qui parle fort est vêtu comme un sans-abri. Il ne fait plus de doute qu'il est le propriétaire de la tondeuse à gazon tout équipée. Il doit bien avoir soixante-dix ans, peut-être plus. Un peu rachitique, cheveux longs et minces, barbe grisâtre et éparse, casquette usée à l'effigie de Castrol. Il sent l'huile. De toute évidence, il n'est pas dans la norme. Bizarroïde.

Le type parle de tondeuses. Plus spécifiquement de moteurs de tondeuses. Il est partisan des moteurs à deux temps.

– Y a encore du monde qui s'achète du quatre-temps. Du quatre-temps pour une tondeuse, ça vaut rien, rien pantoute. Je le sais, moi. Un moteur quatre-temps, quand tu pognes une côte, ça meurt. Ça meurt peut-être pas tu suite tu suite, mais ça finit par péter. M'as te faire ça, moi, toute ton terrain. M'as te le faire pour vingt-cinq piasses.

Le type du dépanneur est un peu désarçonné. On le comprend. Bien sûr, il décline l'offre du tondeur. Il dit que tondre sa pelouse lui fait faire un peu d'exercice.

– T'as quoi, une deux-temps ou une quatre-temps?

– Je ne connais pas tellement la musique des tondeuses... Est-ce que je peux faire quelque chose d'autre pour vous?

– Tu le sais pas? Comment ça, tu le sais pas?

Laurent, qui attend patiemment avec ses journaux, ne pensait jamais qu'on l'inclurait à cette conversation. Mais, comme le dépanneur refuse l'offre du travailleur itinérant, tout naturellement celui-ci se tourne vers Laurent…

– Toé?

– Pardon?

– Je vais te faire ton gazon. Je le sais où que tu restes. Tu restes su' la belle célibataire. C'est plein de talus c'te place-là, ça te prend une deux-temps. Mets-moi une quatre-temps là-dessus, enfant de chienne, un an, un an et demi avec ta quatre-temps, pis la gangrène est pognée. Je le sais, moi. Sais-tu ça fait combien de temps que je fais des gazons?

– C'est pas chez moi, je suis seulement en visite.

– Si c'est sur du plat, je dis pas, mais quand y a des montées pis des descentes, là, je regrette, ta tondeuse toffera pas la run.

Laurent sourit au monsieur et donne ses journaux à payer, troublé quand même de constater que ce type étrange sait où il demeure.

Le tondeur se montre insistant.

– Je vais y aller chez la belle célibataire, je vais te montrer, moi…

Le type du dépanneur lui demande un dollar soixante-dix-neuf. Laurent lui donne deux dollars et reçoit sa monnaie. C'est alors que le tondeur le saisit brusquement par le collet, menaçant.

– Dis-moé une chose, toé, le jeune. Tu sais-tu que si tu mets pas du mélangé dans ta tinque, ça mange ton moteur, tu le sais-tu? TU LE SAIS-TU?

Laurent connaît les moteurs comme il connaît la haute couture, c'est-à-dire pas du tout, mais il n'a pas particulièrement envie de contrarier le personnage.

– Oui, oui, maintenant que vous m'en parlez, il me semble j'ai déjà lu ça quelque part.

– Obstine-moé jamais là-dessus, jamais! Obstine-moé sur n'importe quoi, mais pas là-dessus!!

– Je me le tiens pour dit…

– Je vais aller le faire, ton gazon. Vingt-cin' piasses.

Laurent n'a pas vraiment peur, mais presque. Il marmonne une excuse et quitte vite la place. Le type le suit en criant à tue-tête:

– Obstine-moé jamais là-dessus!! Jamais!!!

Laurent s'est trouvé une autre raison d'aimer la vie: les tondeurs de gazon itinérants.

Résidence des Flots, à l'appartement de Marie-Rose et Rose-Aimée, 10 h 30

Je ne dirais pas qu'elles ont triché, le mot serait un peu fort. Disons plutôt que le rendez-vous chez la coiffeuse de la résidence, tôt ce matin, tombait à point. Les dames prennent leur rôle de vedettes de cinéma bien au sérieux. Marie-Rose et Rose-Aimée sont bien coiffées quand Simon et son ami Félix se présentent pour commencer le tournage de leur film. Bien sûr, elles ont revêtu leurs plus beaux atours, fait un grand ménage, dépoussiéré, passé l'aspirateur, lavé la vaisselle, mis de beaux draps frais et colorés dans chacun des lits, et même disposé un bouquet de fleurs fraîches au centre de la table de cuisine.

Marie-Rose accueille les deux jeunes en leur offrant une tisane menthe et origan et des biscottes. Simon et Félix actionnent tout de suite les deux caméras et filment tout. Simon rappelle aux dames la règle numéro un : ignorer leur présence (et celle des caméras).

– Faites comme si on n'existait pas. Ok ?

– Promis...

Rose-Aimée prend des notes. Marie-Rose relit les recettes « spéciales » que Mirabelle leur a laissées. Elles suivent les directives de Simon et ne se préoccupent pas des deux caméras. Du moins, elles essaient.

On offrira une belle brochette de desserts aux invités de cette soirée spéciale : du « space yogourt », du « space cake », du « pain d'épices and love », le « brownie surnaturel », le muffin « banane-happy, » le « pot-o-pommes ». Beaucoup de cuisine en perspective.

– Y va falloir aller au marché.

– On va voir qu'est-ce qu'on a dans le garde-manger. On va aller au marché ce soir pis faire le reste demain. Ok ?

– Oui. Oui. J'aime aller au marché le soir. Surtout au printemps. On pourrait aller au marché Jean-Talon, il est ouvert jusqu'à huit heures le soir...

– Y a moins de monde. Pis c'est moins cher.

– Faut pas se tromper dans les quantités. C'est les quantités qui sont importantes, surtout.

– Va falloir surveiller ça, hein, demain. Y m'semble que c'est mieux de pas mélanger avec la boisson, hein ?

– Je suis sûre que ça va bien aller. J'ai ben hâte de voir madame Pagé, ça va y faire du bien de rire un peu.

– Pauvre madame Pagé. Elle fait juste prier. Elle prie, elle prie, toute la journée.

Hochelaga-Maisonneuve, 10 h 45

Charles se sent coupable. Apprendre que Ninon s'est évadée alors qu'elle était sous sa garde lui a donné un choc. Il a décidé de partir à sa recherche, de lui mettre la main au collet et de lui flanquer un bon coup de pied au cul. Charles a bien des défauts, mais il n'est pas naïf. Son détecteur de bullshit est généralement assez efficace, et il faut être bien armé pour lui en passer une. Pourtant, sa petite sœur l'a entubé solide. Alors il a le feu au derrière. Et il n'a qu'une idée en tête : la retracer et lui donner l'heure de sa montre.

Accompagné de son fidèle chien sans nom, il a entrepris ses recherches là où il flaire une réponse ou, au moins, un début de réponse. Charles s'est toujours méfié de son jeune cousin Gabriel. Il a sombré très jeune dans les substances illicites et c'est lui qui a initié sa sœur aux paradis artificiels. Charles est convaincu que Ninon est entrée en contact avec lui, ne serait-ce que pour se trouver un toit pour la nuit…

Il se pointe dans un coin malfamé du quartier Hochelaga-Maisonneuve, dans l'Est. Charles connaît Montréal comme le fond de sa poche. Après quelques coups de téléphone, il note une adresse sur un bout de papier. Cet endroit, c'est un squat connu, miteux. Il s'y rend tout de suite.

Il grimpe un escalier intérieur jonché de sacs de McDo éventrés, de verres de café vides, de bouteilles d'alcool et de canettes de bière cabossées. Couchées avec un chien maigre entre deux étages, deux filles percées et tatouées, aux cheveux noirs et gras, le regardent. Dans leurs yeux, rien. Même pas une interrogation.

– Je cherche Gab Cartier. Y est-tu icitte ?

– T'es qui, toé ?

– Y est-tu icitte ?

– Es-tu dans police ?

– Non, j'suis pas dans l'estie de police.

– Y est en haut.

Charles est en furie. Il éprouve une folle envie de saisir son petit cousin à la gorge. Gabriel est là, avec deux amis. Deux autres beaux spécimens. Il contemple Charles avec un certain étonnement.

– Qu'est-ce tu fais icitte ?

– Je cherche Ninon. L'as-tu vue ?

– Pourquoi que j'aurais vu Ninon ?

– Fais pas l'innocent. Tu le sais qu'elle a fugué. C'est sûr qu'elle a cherché à te retrouver.

– Je l'ai pas vue.

– Menteur. Estie de menteur. C'est sûr que tu lui as parlé. Ça fait quasiment vingt-quatre heures qu'elle a disparu.

– Je l'ai pas vue, j'y ai pas parlé.

– GAB, estie, dis-moi la vérité, c'est sûr qu'a t'a appelé.

Gabriel le regarde dans les yeux et ne dit plus rien. En ne lui disant rien, il lui dit tout.

Charles connaît très bien le langage de son cousin. Il connaît aussi l'argument qui lui fera cracher le morceau. Il n'a pas de doute, il saura être persuasif.

– Regarde, Gab, tu vas m'appeler la minute où t'apprends où elle est, ok ?

Il note son numéro de cellulaire sur un carton d'allu-mettes et le lui tend.

– Appelle-moi. N'importe quelle heure du jour ou de la nuit. Tu m'entends ?

– Si jamais je la vois ou j'y parle, je peux-tu y deman-der à elle qu'est-ce qu'elle a envie de faire, ostie ? Je peux-tu ?

Charles décide d'abattre immédiatement son argument massue sur la table et attire Gabriel dans un coin.

– Viens icitte.

Le jeune se lève et, avec Charles, s'éloigne des regards des deux types. Charles met la main dans la poche arrière gauche de ses jeans et en sort quatre billets de cent dollars. Il les agite sous le nez de Gabriel, certain de son effet. Puis, sans rien rajouter, il déchire la liasse en deux et en remet la moitié à son cousin.

– Gab, fais pas chier, tu le sais que j'y veux pas de mal. Je l'aime, ma sœur. Je veux l'aider à se sortir de la merde. Appelle-moi, pis je te donne l'autre moitié. Salut, fais at-tention à toi, mais surtout à elle.

Gabriel n'a pas salué Charles. Il a regardé les moitiés de billets et les a mises dans sa poche.

Sept-Îles, 10 h 40

Laurent est revenu à la maison, les mollets bien exercés, avec ses journaux et le souvenir d'un individu singulier, de sa tondeuse et de ses moteurs à deux temps.

Même ces quelques kilomètres pédalés à pleine force n'ont pas chassé ses idées érotiques. Il a bien pensé se ré-fugier dans un endroit discret pour se secouer l'énergie sensuelle, mais n'a pas donné suite à l'idée. Ce qui adviendra adviendra. Et au diable la morale chrétienne.

Il mentionne le barbier des pelouses. Judith le connaît.

– Il s'appelle Thibault. Il vient ici tous les étés et se promène avec sa tondeuse, coupe du gazon un peu partout, et s'en retourne chez lui. Il demeure à Québec tout l'hiver.

– Un beau cas, non?

Chloé, qui voit toujours le côté romantique des choses et des gens, ajoute son couplet.

– C'est un gitan qui exprime sa douleur et sa vie à travers une tondeuse plutôt qu'une guitare.

Judith approuve l'interprétation de sa fille.

– T'as acheté des journaux?

– J'ai pas lu un seul article de journal depuis que je suis revenu. Je vais me rebrancher sur la réalité tantôt. Et vous autres? Avez-vous passé une bonne nuit?

– Il y avait matière à penser beaucoup avant le dodo.

Laurent sent bien qu'il doit revenir sur la conversation d'hier soir, quand il a exposé assez clairement ses préoccupations charnelles.

– Je sais que j'ai jeté comme un froid et je veux m'excuser pour ma maladresse, c'était pas le but.

Judith sourit.

– Tout est parfait, Laurent.

– Tu vois, Judith, on ne se connaît pas. On ne sait pas si nos chemins vont se recroiser un jour. Ça serait juste plate que notre séjour se termine sans qu'y se soit rien passé, non?

Chloé saisit l'occasion.

– Peut-être pas maman et toi, mais nous deux, nos chemins risquent de se recroiser assez souvent. On a Émile en commun. Je peux pas concevoir que tu réussirais à regarder Émile dans les yeux après ça...

Laurent reste silencieux quelques secondes. Le moment ne semble pas idéal pour tout déballer.

Judith, quant à elle, est parfaitement d'accord avec Laurent. Il faudrait bien corser le jeu. On arrive à la fin du match.

– Laurent a raison, Chloé.

Il est clair que Chloé est de plus en plus mal à l'aise.

– Pourquoi on est obligé de tout dire? Y a beaucoup de plaisir à retirer de la vie dans le non-dit, dans le doute, dans le mystère. La vérité, c'est moralement obligatoire, mais y a des circonstances où le silence est beaucoup plus attrayant.

– Mais ce qui reste dans le non-dit aboutit souvent dans le non-fait, objecte Laurent qui, au contraire, est de plus en plus à l'aise. Et ça, c'est plate.

Judith s'amuse beaucoup.

– Vous partez demain?

– Demain matin.

– Ça ne nous donne pas beaucoup de temps pour non-dire et pour non-agir, en effet.

– C'est bon, fait Chloé sur un ton tranchant. Je sais pas ce que t'as en tête, Laurent, mais si tu penses à un trip avec maman et sa fille, oublie ça. J'en serais incapable.

Laurent n'est pas tout à fait convaincu de la sincérité de la belle Chloé. Son fantasme l'aveugle-t-il au point qu'il déforme la vérité? Une chose est sûre, il a perçu une petite hésitation dans les yeux de la jeune femme.

– Moi non plus, je ne pourrais jamais, Laurent, renchérit Judith.

Il a aussi entendu une fausse note chez Judith et, question d'alléger l'atmosphère, il ajoute :

– Moi, je m'arrangerais pour passer par-dessus mes inhibitions, je pense.

Il met alors son plan sur la table. Encore une fois, son expérience au Club Med a stimulé son sens de la créativité et son imagination. À force d'organiser des jeux pour distraire les vacanciers, il a dû faire preuve d'inventivité plus d'une fois.

– J'ai pensé à ce qu'on va faire. J'ai une idée. On en parle ? Je pense que ça va faire l'affaire de tout le monde.

Les deux femmes l'écoutent silencieusement.

– Y reste dix-huit heures avant qu'on parte, Chloé. À peu près. Dix-huit divisé par trois, ça fait six. Vous me suivez ?

– Continue.

– On va passer six heures deux par deux. Six heures avec toi, six heures avec Judith, six heures seul. Vous pourrez vous raconter ce que vous voulez, sans personne couché sur le divan qui entend tout ce que vous dites… J'ai quand même pas été G.O. en Grèce tout ce temps-là pour rien.

– T'es brillant, Laurent.

– Mais il y a des règles. D'abord, les trips à deux, c'est privé. Ce que Chloé dit à Judith, et vice-versa, je ne veux pas le savoir. Sinon, ça ne marche pas. Aussi, un petit point technique : j'aimerais avoir ma période « solitaire » entre les deux. Je ne veux pas être présomptueux, mais je vais avoir besoin d'une mi-temps. Peut-être.

Vous ne savez pas ce que c'est, une rumba, une grosse rumba mémorable? Vous voulez savoir? Mieux: vous voulez voir? Encore mieux: vous voulez y être? C'est ce qui vous attend la fin de semaine du 24 juin au Daddy's Cave, 1340, Saint-Laurent, coin Notre-Dame... Le beach party qui redéfinira le genre.

Lucy, l'adjointe du directeur des ventes, entre dans mon cubicule avec une grosse boîte. Je suis penché sur mon clavier, la tête dans mon beach party. Elle dépose la boîte sur mon bureau en me disant que c'est pour Charles. Un de ses (anciens) clients lui a fait parvenir ça par courrier. Une cinquantaine de jeux vidéo PlayStation.

Elle me demande de la lui apporter.

– Oui, oui, je m'en occupe. Laisse-les ici.

– Comment va Charles?

– Pas de problème avec lui, y est de bonne humeur.

– Tu le salueras.

– Yes sir, madame.

Chaque fois que deux idées s'entrechoquent dans ma tête, je fige. Je suis incapable de continuer ce que je fais. Il faut que je règle le conflit. Il faut qu'une des deux idées gagne le combat dans l'arène de mon esprit. Par exemple, à ce moment-ci, il y a ce foutu commercial pour le beach party du Daddy's Cave, et il y a l'envie folle de me rapprocher d'Ève en appelant Charlotte, l'hôtesse de la soirée de demain soir à Varennes. J'ai son numéro de téléphone sur un bout de papier, juste ici dans mon portefeuille.

Le beach party attendra.

Charlotte travaille pour une grosse agence de transactions immobilières. J'appelle.

Ça sonne.

– Charlotte Stevens.

– En fait, Charlotte, c'est ben simple, je veux juste que tu me donnes le chemin, pis après ça va falloir que je te laisse, j'ai de quoi dans le four.

– Allo? Qui parle, s'il vous plaît?

– C'est Émile. Émile Bélec.

– Je me demandais aussi. Comment tu vas? Donc, on se voit toujours demain soir? Tu vas aimer ça, on va être une quarantaine...

– C'est sûr, je vais être là. Et vêtu de mes plus beaux atours.

– T'as quelque chose au four? Un gâteau? Un carré d'agneau?

– Un commercial de beach party. Y achève, là. Y devrait être *al dente* dans une couple de minutes.

– As-tu un papier?

– J'ai juste ça.

– Tu pars d'où?

– Donne-moi les indications à partir de l'autoroute 13 à Laval...

– Facile.

Une randonnée d'une heure, peut-être un peu plus. Charlotte habite sur le bord du fleuve, dans une petite maison canadienne.

– À quelle heure tu veux que j'arrive?

– Je fais un cinq à sept pour ceux qui sont capables d'arriver tôt. J'ai pris ma journée off pour ça demain.

– Pour le cinq à sept, ça m'étonnerait. Je vais sûrement arriver plus tard…

– Est-ce que je t'ai dit que pour le traiteur et la boisson, c'est vingt-cinq dollars ? Je te l'ai dit, non ?

– Parfait.

– Autre chose ?

– Non, non.

Je n'ajoute rien et m'apprête même à raccrocher. Pas le courage d'aborder le vrai objet de ce coup de téléphone. Pauvre moi. Petit incapable, peureux. Mais Charlotte, se plaisant à lire entre mes mots, relance la conversation.

– Ève va être là, c'est sûr. Et elle a hâte de te voir. On va faire des courses pour ça ce soir, elle et moi.

– Pourquoi tu me dis ça ?

– Ben, quand on s'est parlé la dernière fois, ça semblait important, non ?

– Important ? Ben non, voyons donc. Pourquoi important ? C'est pas si important. Qu'est-ce t'insinues quand tu dis « important » ?

– J'insinue rien. Une remarque, c'est tout…

– Important ?! Est bonne celle-là ! J'ai juste donné ma blonde à un de mes chums, contacté le propriétaire pour sous-louer ma maison, averti ma mère de se préparer parce que je retourne vivre chez elle le temps de trouver un beau logement pour Ève et moi, en attendant qu'on emprunte pour acheter une petite maison dans Lanaudière où on va élever une famille, idéalement de trois enfants, avec au moins deux chiens et un jardin d'eau. Important ? C'est relatif.

Charlotte reste silencieuse.

– Allo?...

– T'es fou, Émile, t'es fou. Je ne voudrais pas jeter de l'huile sur le feu dans ton cœur, mais je peux te dire une chose : elle était belle y a dix ans, mais tu devrais la voir aujourd'hui. C'est effrayant comme elle est laide.

– Oui, oui. C'est aussi ce que je pensais...

– Bye, Émile, à demain.

– Salut. Eille, Charlotte : pas de farce, répète pas ce que je viens de te dire, hein ? Je perds les pédales des fois, c'est tout. Pas très grave, mais j'aime mieux que tu sois discrète. On s'entend ?

– Ben là, Émile, pour qui tu me prends ? Motus et bouche cousue.

– Je retourne à mon beach party, on se voit demain. Merci.

– Bye, à demain.

Dès qu'elle a raccroché, la vilaine Charlotte découd sa bouche et appelle immédiatement son amie Ève, la plus belle fille au monde.

– J'ai tellement ri, Ève. Il m'a dit : « J'ai donné ma blonde à un de mes amis, mis ma maison à louer, déménagé chez ma mère, là je planifie de trouver un logement et éventuellement une maison pour élever nos trois enfants. Avec trois quatre chiens et un jardin de roses... » En gros, c'est son plan.

Heureusement pour moi, Ève l'a trouvée drôle. Et elle a ri de bon cœur.

– Y est comique, Ève, on dirait qu'il a quinze ans.

– Es-tu sérieuse ?

– Je te dis.

– J'ai hâte de voir de quoi il a l'air.

Kahnawake, 13 h

Pour Charles, la ville « gros lot », c'est Kahnawake. Il y a des dizaines de contacts depuis longtemps. La sœur de sa grand-mère a jadis épousé un des leaders de la communauté mohawk. Alors, quand il était enfant, il y a passé quelques étés et a réalisé, à l'adolescence, que c'était le paradis des bons deals. Toutes sortes de deals. Meubles, cigarettes, voitures, armes de toutes sortes, boisson… Chaque fois que Charles a une course particulière à faire, il y va. Il est d'ailleurs connu dans la réserve et on lui fout la paix. Il a d'excellentes relations avec tous les agents des Peacekeepers. Il lui arrive souvent, à son tour, d'accommoder des gens de la place. Ceux et celles qui cherchent des billets, surtout. Des billets de spectacles, d'événements sportifs, des billets de toutes sortes. Il a aussi des contacts politiques et a même déjà servi d'intermédiaire diplomatique. Pour des cas spéciaux.

Sur la banquette arrière, toujours son chien gourmand, et une grosse glacière bien remplie de glaçons. Le chien est tout tassé dans un petit coin.

Devant une maison un peu délabrée, il y a une motoneige en morceaux. Une demi-douzaine de chats. Sur la galerie, des chaises pliantes, une caisse de bière et une grosse berçante. Sur la boîte aux lettres, plantée au bout de l'allée de terre battue : STANLEY.

Charles sort de la voiture, dont le toit est abaissé, et avertit son chien :

– À ta place, je resterais bien tranquille dans l'auto. Les chats de Stanley ne sont jamais de très bonne humeur et des gros poltrons comme toi, ils en bouffent deux par semaine. Je dis ça de même. Fais à ta tête.

Le chien n'est pas d'humeur à s'exciter, de toute façon. Il n'est pas encore tout à fait remis de sa grande orgie de tourtières. Charles sort de la voiture et prend la glacière.

Il va à la porte de la maison et frappe. Un vieil Indien écarte les rideaux de la porte et regarde Charles pendant un court moment. Il ouvre, Charles entre. Stanley ne parle jamais. Ne prononce jamais un mot.

– Mark vous a parlé, pour les oies ? *The geese ?*

Stanley dévisage Charles pendant quelques secondes, comme s'il voulait le jauger. Il tend la main, non pas pour lui serrer la pince, mais pour que Charles lui donne la glacière. Charles s'exécute.

Tranquillement, une cigarette roulée au bout des lèvres, Stanley descend au sous-sol. Il revient au bout de quelques secondes et remet la glacière à Charles. Charles l'ouvre et en vérifie le contenu. Deux grosses oies bien grasses et déplumées.

– C'est bien vingt piasses chaque moineau ? *Twenty bucks for each bird ?*

Bien entendu, Stanley ne répond pas et attend, immobile. Charles lui remet quarante dollars. Stanley regarde les deux billets de vingt et lui en redonne un.

– C'est deux pour vingt ?

Stanley fixe Charles, puis lui ouvre la porte, comme pressé de le voir repartir.

– C'est beau. Merci. *Thank you, Stanley.*

Charles tourne les talons et le vieil Indien le suit des yeux à travers les rideaux de la porte. Dès que Charles dépose la glacière sur la banquette arrière de son auto, les oreilles du chien se dressent et son museau frétille de joie et d'espoir.

– Essaie même pas, gros goinfre.

Sept-Îles, 13 h 05

C'est avec une grande douceur que je penserai tout le reste de ma vie à la belle Chloé. Une grande douceur, et un sentiment de regret mêlé d'une touche de honte devant ma propre lâcheté. J'essaie de me déculpabiliser en me répétant pour la centième fois qu'il n'existe pas de bonne façon de crever le cœur de quelqu'un.

Chloé est assise dans un parc avec un livre qu'elle ne lit pas. Une feuille de tremble est glissée, en guise de signet, à la page soixante-dix-sept. Elle ne tient pas le livre dans ses mains, elle l'a juste posé à ses côtés. Le livre a pour titre *Le temps parle*. Chloé, les yeux fermés, est en pleine méditation. Dans son sac à dos, elle a aussi apporté une jolie petite tablette de papier fleuri et une plume à l'ancienne. Elle prononce mon nom doucement, calmement.

– Émile. Émile.

Les bruits qui l'entourent deviennent de plus en plus présents. Il y a des cris d'oiseaux, des corneilles et des mésanges, des voix d'enfants, un vent d'ouest dans les peupliers et les érables rouges. Il y a aussi le moteur d'une auto, et bientôt les cloches de l'église. Un train qui siffle au loin et la mer, encore plus loin.

Il y a surtout les images dans sa tête. Un serpent qui rampe et qui grimpe dans un arbre. Sous cet arbre, un couple nu. L'arbre est un pommier. L'homme, c'est moi.

Elle ouvre les yeux, prend sa plume et écrit : « J'ai entendu le temps me dire qui tu es. Je l'ai toujours su. Tu es le premier homme… »

Mais merde, je ne veux pas de ce premier rôle. Elle me l'impose. Je n'en veux pas et pourtant je dois le jouer. Je suis au cœur de son drame, à mon grand regret.

Dans la maison, Laurent a oublié les images de Chloé. En fait, il ne les a pas oubliées, mais il les a remisées. Il regarde maintenant Judith, sa mère. Tout ce qu'il a vécu au cours de son long séjour au Club Med, toute cette réflexion, cette envie de se reprendre en main, tout ça c'est maintenant de l'histoire ancienne. Laurent est un addict du sexe. C'est sa réalité. Comme un alcoolique, il aurait bien voulu chasser ses démons et recommencer à neuf. Mais il manque de force. Il a tant espéré se guérir et retrouver l'équilibre, mais ses démons sont très forts. Les plus forts. La beauté des femmes, leur odeur, leurs courbes, leurs seins, leurs mouvements, leur voix, leur attitude. Il est incapable de les vaincre. Il entreprend le combat et chaque fois, dès les premières secondes il est vaincu.

Judith a une cafetière expresso Pavona. Aucune cafetière expresso n'a de secret pour Laurent. Il prépare deux cafés.

Judith n'est plus une adolescente. À trente-neuf ans, elle sait qui elle est, ce qu'elle veut, et n'a pas de complexes. Pourquoi en aurait-elle ? Elle est magnifique sous tous les angles.

Elle est assise à la table, belle et imprévisible comme une nuit de mai.

— Laurent, es-tu amoureux de Chloé ?

– Je suis sous le choc, disons. Je suis sous le choc Chloé. Mais ça se règle, ça se règle. Je n'ai jamais vu une fille d'une telle beauté. Je ne savais même pas que ça pouvait exister. Elle dépasse l'entendement. Est-ce que je suis en amour avec elle ? Je suis sous le choc, c'est certain.

– Tu sais que Chloé déteste les proies faciles.

– Je prends note.

– Et toi, Laurent, les proies faciles, tu en fais quoi ?

– Proie facile ? Est-ce qu'il y a une proie facile ici ?

– Pas moi, en tout cas. Je suis une proie, bien évidemment, mais je ne suis pas aussi facile qu'on peut le penser…

Laurent sourit et lui apporte son café. Noir.

Il a appris que les femmes, avec le temps, deviennent des énigmes. Elles sont comme les fruits. Les jeunes ont une chair ferme et sure. Les plus mûres ont une chair plus juteuse, plus sucrée, plus douce.

Laurent le sait, et Judith le sait encore mieux.

– Il y a juste une chose qu'on sait tous les deux, Laurent. On sait comment ça va finir. N'est-ce pas ?

– On va finir par avoir assez chaud, peut-être, non ? Je trouve qu'y commence déjà à faire chaud.

– Ça va finir comme ça : tu vas partir et tu ne reviendras plus. Avoue que c'est formidable. C'est la fin rêvée d'une histoire d'amour, ça, non ? Partir pour ne plus revenir.

– Et pourquoi je ne reviendrais plus ?

– Pourquoi tu ne reviendras plus ? Peut-être parce que je ne veux pas que tu reviennes.

– C'est gentil.

– Qu'est-ce que tu veux, Laurent, des fois, la gentillesse éteint la passion. Quand j'ai un coup de passion, il n'est pas question d'éteindre, j'aime mieux attiser, au contraire.

Judith prend une légère gorgée de son café, puis elle pose sa tasse et s'approche de Laurent pour le saisir doucement par la tête. Deux mains douces sur ses tempes.

– Ne mélange pas les choses, Laurent. Je veux que tu me dises que tu m'aimes. Je veux juste entendre ça. Dis-le-moi comme tu voudras, mais dis-moi que tu m'aimes et rien d'autre.

– Je t'aime.

– Quand tu m'as vue, mardi soir, la première fois, dis-moi, quelle pensée t'a traversé l'esprit?

– J'aurais fait l'amour avec toi, tout de suite, là, sans perdre une seconde.

– Non, pas toi. T'es plus que ça, toi. Plus qu'un étalon de passage comme les autres. Je sais ce que tu voulais. Tu voulais me crier que tu m'aimes.

– Hein?

Judith le regarde sans dire un mot pendant une dizaine de secondes.

– Dis-moi que tu m'aimes.

– Je t'aime. Je t'aime, Judith, je t'aime. Ce n'est pas six heures, c'est toute ma vie que je veux passer avec toi. Je ne peux pas être plus heureux que je le suis en ce moment. Qu'est-ce que tu veux que j'aie envie de regarder après t'avoir vue? À qui est-ce que tu veux que j'aie envie de parler? Quelle musique tu veux que j'écoute après t'avoir entendue rire?

Judith rit. Cette femme est si désirable. Même ses dents inspirent la chair. Sa langue est douce et sa gorge bouge bien. Laurent est emporté dans un tourbillon de désir.

— Tantôt, je te le promets, tu vas connaître la chaleur de mes cuisses.

— La chaleur de tes cuisses…

— Tantôt.

— Tantôt?

Dans l'esprit de Laurent, tantôt n'existe pas. Il n'y a plus de temps, plus de limites. Il est devant cette femme mûre, à la peau fébrile et vivante. Le temps et les amours factices ne l'auront pas usée. Cette peau douce et moite n'a pas d'âge. Elle rejoint un espace libre et vierge dans l'univers du désir et de la chair. Laurent est dans l'espace.

— Je ne peux pas concevoir comment tantôt peut être plus beau que tout de suite. Laisse-moi encore juste goûter la beauté de tes yeux.

— Embrasse-moi si tu veux.

— Je t'aime, Judith. Je ne veux plus rien d'autre que toi. Je t'aime, Judith. Après toi, plus rien.

Judith est complètement nue et plus belle qu'il n'est permis de l'imaginer. Il y a sur ce corps de jardin d'Éden des petites gouttes de sueur qui lui donnent un relief céleste.

— Tu m'aimes?

— Je t'aime.

— Laurent, regarde-moi dans les yeux, mon amour, regarde-moi dans les yeux.

— Je t'aime.

— Jure-moi que tu ne toucheras pas à Chloé. Jure-le tout de suite. Jure-le.

– Je le jure.
– Est-ce que tu m'aimes?
– Je t'aime.

L'amour est un jeu.

Sept-Îles, 17 h

Je ne relaterai pas le parcours érotique de Laurent, j'aurais besoin de plusieurs tomes. Il aura baisé de mille façons avec autant de partenaires assoiffées de caresses et de mots parfois doux, parfois vilains, parfois vulgaires. Il aura réécrit à quelques reprises le livre des positions et de l'imagination sexuelle. Il aura goûté à toutes sortes de peaux. Humé toutes les odeurs et touché toutes les textures.

Mais sa séance sensuelle avec Judith l'aura marqué plus que toutes les autres réunies. Il a emprunté des chemins qu'il n'avait jamais foulés. Quand, à bout de souffle, il a déclaré forfait, il a ri aux éclats, comme un enfant qui sort d'un manège envoûtant dans un parc d'attractions. Essoufflé, rassasié, fatigué d'une bonne fatigue, tremblant. Plus de force dans les jambes, mal partout, d'un mal mâle au-delà de toute imagination.

Judith aussi a été ébranlée. Sa peau est devenue fragile et froissable comme de la soie. Chaque millimètre de cette peau a été embrassé et goûté. Mélange sans précédent de douceur, de délicatesse, de brutalité, de virilité et d'appétit. Elle a eu l'impression de s'envoyer en l'air avec une armée de Don Juan. Comme si mille mains l'avaient toisée avec amour et expertise.

Souriant, exténué, aux anges, Laurent, fraîchement douché, s'apprête à enfourcher le vélo et à rouler jusqu'au bord de la mer pour repenser à ce qui vient de se passer et pour lire ses journaux sans les comprendre. Juste avant qu'il sorte de la maison, Judith l'embrasse sur le front et lui souhaite bonne lecture.

– Quand tu vas revenir, je serai partie déjà, je reviendrai demain. Et demain, quand je vais revenir, c'est toi qui auras disparu à jamais. Adieu.

Et elle lui ferme la porte au nez, doucement. Laurent reste bouche bée.

– Sacrament…

Il monte sur le vélo et roule. La tête au vent et les journaux attachés au petit porte-bagages, il voit la Volks rouge de Chloé qui vient vers lui. Il s'arrête et lui fait signe. Chloé l'a bien vu, mais l'ignore et continue son chemin jusqu'à la maison maternelle. Elle a tout deviné. Elle connaît bien sa mère, l'éternelle hédoniste.

– Sacrament.

Chloé n'est pas choquée ni déçue. Sa tête, son cœur, son corps sont ailleurs, dans une autre dimension. Elle entre doucement dans la maison. Judith a sorti des biscottes maison et du guacamole dont elle seule possède le secret. Elle a aussi préparé deux beaux verres de Bloody Caesar bien épicés et un plateau de céleris. Une fois qu'elles sont attablées, Chloé engage tout de suite la conversation.

– Depuis que j'ai quitté Sept-Îles, maman, je veux t'écrire. J'ai bien fait de ne pas l'avoir fait.

– Pourquoi ?

– Ce que je pensais il y a trois ans, je ne le pense plus aujourd'hui. Je t'aurais blessée inutilement si j'avais écrit mes propres blessures sur le coup. Et, de toute façon, ce que je pense aujourd'hui va sûrement changer.

– Blessée? Pourquoi blessée? T'étais fâchée contre moi?

– Au début, oui, maman. Je me sentais trahie. J'avais mal. La première fois que je suis venue ici avec un garçon, tout s'est terminé. Ce soir-là, tu m'as remisée comme on remise une poupée. Dans un coin précieux, privilégié et doux de ta mémoire, mais remisée quand même.

– C'est vrai, Chloé. Tu avais vu juste. Le jour où tu as quitté la maman pour l'amant, je me suis retrouvée seule. J'avais trente-six ans. J'ai eu mal.

– Quand je suis née, t'avais dix-huit ans. Tu es revenue à la case départ. Toi qui n'avais rien vu de tes vingt ans, que des couches et des robes de poupée. Sans homme.

– J'avais soudainement dix-huit ans encore une fois.

– Je le sais, maman. Mais c'était devenu invivable. Belle comme tu étais, je pouvais plus venir ici, avec qui que ce soit, sans voir dans ses yeux que j'étais deuxième.

– Je t'ai fait de la peine?

– Tu m'as mélangée, je dirais.

– Mais t'es si belle aujourd'hui, mon amour. Tu sais que je t'ai toujours aimée et que je t'aime encore plus que moi-même.

– Si belle aujourd'hui…

Laurent ne lit pas le journal. Il en est incapable. Les mots le fuient. Impossible de faire des connexions entre les phrases qui défilent dans sa tête comme dans une langue étrangère.

Il pense. En face de lui, des goélands se battent pour un poisson échoué. Il regarde la scène sans émotion. Son vélo est couché à ses côtés. Il est accoudé dans le sable, la tête sur sa main droite.

Sept-Îles, 22 h 15

Judith et sa chère fille auront eu une longue discussion, éclairante et vraie.

– Quand je vais revenir, tu seras en route vers Montréal, a dit Judith, une fois prête à partir. Promets-moi de m'appeler plus souvent, mon amour.

– Je te le jure.

Elles se sont enlacées, entre la mélancolie et l'amour. Judith a préparé une petite valise avec une robe fleurie, des sandales légères et une trousse de toilette. Elle a quitté la maison et est allée s'asseoir dans sa petite voiture. Puis elle est ressortie de la voiture. Chloé est restée sur la belle galerie qui court autour de la maison. La mère et la fille se sont enlacées longtemps. Elles n'ont pas prononcé un seul mot. Se sont contentées d'écouter leurs respirations.

Judith s'en est allée et Chloé est rentrée dans la maison.

Montréal, marché Jean-Talon, 19 h 40

Après avoir acheté ses deux oies pour le souper du lendemain soir chez Barbie, Charles s'est remis en mode «Ninon». Il ignore par où commencer, mais il doit absolument la retrouver.

Elle est au marché Jean-Talon, dans la Petite Italie. Depuis une cabine téléphonique, elle parle à son cousin Gabriel.

– Je le savais ben qu'y allait passer au squat. Je le connais, maudite mémère. Détective de mon cul.

– T'en viens-tu ?

– Je vais l'appeler et je vais lui donner un char de marde.

– Non, Ninon, appelle-le pas tout de suite. Viens-t'en, y a pas de danger. Tu l'appelleras dans une couple de jours. Où est-ce que t'es, là ?

– Dans un marché public.

– Quel marché ?

– Je le sais pas. Attends.

En tenant le téléphone loin de sa bouche, Ninon s'informe auprès de deux dames qui passent par là avec chacune un gros sac d'épicerie. Ces deux dames, ce sont Marie-Rose et Rose-Aimée. Elles lui répondent qu'il s'agit du marché Jean-Talon. Ninon refile l'information à son cousin au téléphone.

– Tu sais comment t'en venir ici ?

– En métro. Il y a une station coin Saint-Denis, c'est pas si loin.

– Tu te rends jusqu'à Viau, sur la ligne verte…

– Je vais t'appeler en sortant du métro.

– Parfait. Laisse faire Charles. On en discutera.

Juste comme Ninon s'apprête à emprunter la rue Jean-Talon, elle voit les deux dames avec les sacs d'épicerie et s'approche.

– Allez-vous loin avec vos sacs ?

– À ma voiture, juste là-bas…

– Donnez. Je vais les transporter.

316

L'espace d'une ou deux secondes, les dames hésitent. Rose-Aimée surtout, un peu craintive devant cette jeune étrangère. Puis elles acceptent et donnent leurs sacs à Ninon.

De loin, dans le marché, deux femmes plus jeunes ont observé la scène. Ève n'est pas certaine d'avoir bien vu. Cette jeune fille à l'air paumé n'a pas le profil d'une bonne Samaritaine. Elle a cru un instant qu'il s'agissait peut-être d'un vol. Charlotte l'a rassurée.

– Non, non, elle les aide, voyons…

– T'es sûre?

– Oui, regarde, elle les aide.

– Je veux regarder encore un bout de temps, juste pour être sûre. Si elle se sauve, je veux pouvoir réagir.

Une des deux vieilles dames ouvre le coffre de la voiture. La paumée y dépose les sacs.

– Bon. T'es rassurée?

– On sait jamais.

Une fois que la voiture est partie, Ève s'approche de la jeune fille. Elle n'a pas l'air en très bonne santé. Ses vêtements sont sales et rudimentaires, si on peut dire. Ses cheveux sont en broussailles et elle est pâle.

– Excuse-moi, mademoiselle, lui dit Ève gentiment. Juste par curiosité, est-ce que tu connais ces deux dames qui viennent de partir?

– Euh… non. Pourquoi?

– C'est gentil de leur avoir donné un coup de main.

Elle ouvre son portefeuille et lui tend deux billets de cinq dollars.

– Tiens. Va manger une bonne croûte, en hommage à la bonté gratuite.

Ninon accepte l'argent et remercie Ève, qui retourne vers Charlotte, impressionnée par le geste de son amie. Belle, et bonne en plus…

– Qu'est-ce qu'il faut encore acheter ?

– Des croissants pour samedi matin. Tu restes à coucher après la soirée, c'est sûr ?

Ninon s'est remise en route vers le métro, quand l'auto de Marie-Rose passe près d'elle et s'arrête. Rose-Aimée baisse la vitre et interpelle la jeune fille.

– Où tu vas ?

– Chez mon cousin, dans Hochelaga.

– Monte, on va aller te reconduire.

Après une courte hésitation, Ninon monte dans la voiture.

Centre-ville de Montréal, 20 h 10

La mère de Charles et Ninon a pris l'autobus à Cartierville jusqu'au métro Henri-Bourassa, puis elle s'est rendue coin Berri et Sainte-Catherine, dans le Quartier latin, avec la photo de sa fille. Elle demande à chaque jeune, place Émilie-Gamelin, s'il a déjà vu Ninon. Personne ne la reconnaît. La pauvre femme marche d'un pas nerveux, entre colère et tristesse.

Cartierville, à l'appartement de Michel, 22 h

Attablé dans la cuisine, un énorme gaillard au crâne rasé lit la Bible. Le Pic doit peser autour de deux cents kilos. Tous les jeudis, il vient garder Maurice et Henri. C'est leur gardien favori. Les deux frères avaient bien ri l'été dernier, quand Cyclone, leur cousin au drôle de nom, était venu passer quelques jours à Cartierville. Cyclone habite dans la région d'Ottawa. C'est le fils de la sœur d'Élisabeth, leur mère décédée. Cyclone avait été complètement abasourdi de voir «la gardienne», cette montagne humaine au crâne chauve et aux bras couverts de tatouages.

Maurice et Henri sont dans leur navette spatiale de carton et jouent au PlayStation, essayant de devenir maîtres de leur propre galaxie avant de partir à la conquête des autres. Beau projet. On entend le son agressant du jeu. Musique métal, pow pow et boum boum. Tout pour que les petits esprits soient bien calmes avant d'aller dormir. Le Pic regarde sa montre.

– Les gars, c'est l'heure du dodo.

Concentrés sur leur mission interplanétaire, les deux conquérants n'ont rien entendu. Le Pic hausse le ton et répète la consigne.

– C'est l'heure du dodo, les gars! C'est assez pour à soir, le PlayStation. C'est pas bon pour les yeux, de toute façon.

Ils sortent de leur vaisseau. Maurice porte un masque qu'il a lui-même confectionné. Henri risque une protestation.

– Quand c'est Noémie qui garde, on joue jusqu'à dix heures, des fois.

– Il est passé dix heures, ti-cass. Il est dix heures deux. Si tu continues à m'obstiner, je vais le dire à ton père.

– Mon père y dit que t'es un motard. Pis quand on est un motard, c'est impossible de stooler.

– Un motard? J'ai-tu la shape d'un motard?!

– Ha. Moi non plus je le croyais pas. T'es trop gros pour être un motard. Ça prendrait une bien trop grosse moto.

– Y en dit ben des affaires, ton père.

– Mon père dit que t'es un nouveau motard ancien catholique végétatif.

– Un ancien motard, nouveau chrétien, végétaRIEN, Maurice.

Sept-Îles, 23 h

Laurent et Chloé sont assis côte à côte sur le grand sofa du salon. Celui sur lequel Laurent a passé les deux dernières nuits. Il n'arrive pas à chasser les images de ses ébats amoureux avec Judith. Il n'y arrive pas, parce qu'il ne le veut pas. Après tout, si le souvenir de ces deux jours à Sept-Îles ne se résumait qu'à ça, ce serait bien. Très bien, même. C'est ce qu'il se dit.

– Ta mère est très spéciale…

– Pour dire franchement, Laurent, je n'aime pas le mot « spéciale ». C'est un mot insensé qui ne veut rien dire. Ça veut dire quoi, « spéciale » ?

– Unique, disons.

– « Unique » ne veut rien dire non plus.

– Elle est surprenante, d'abord. Imprévisible.

– Ma mère a toujours aimé troubler mes amoureux.

– Est-ce que je suis ton amoureux ?

– Laurent. Arrête. Elle est partie jusqu'à demain soir. Elle sera pas là quand on va s'en aller.

– Je sais.

Chloé se lève pour préparer une tisane au citron avec un peu de vinaigre de cidre de pommes. Il y a un poids sur son âme. De la brume dans ses pensées.

— Finalement, tu dois être content. Ma mère t'a guéri de moi, non ?

— Je peux pas dire que je suis guéri, Chloé. Pas tout à fait.

— Ah oui, t'es guéri. Je le sais. Je vais prendre un bain avant d'aller dormir.

C'est là que Chloé lui sert un petit aperçu d'elle-même. Elle met un CD de Miles Davis, *Sketches of Spain,* et en fixant Laurent dans les yeux elle se déshabille tranquillement.

— J'aimerais que tu me regardes, mais que tu ne parles pas. Je ne veux surtout pas entendre que tu me trouves belle. Surtout pas.

— Mais, Chloé…

— S'il te plaît…

Elle enlève sa blouse blanche, son soutien-gorge, puis sa jupe mi-mollet et sa petite culotte. Laurent obéit à la consigne, il la regarde sans parler ni bouger.

Elle entre dans la salle de bain. Miles Davis joue toujours à faible volume et Laurent, les yeux tournés vers la salle de bain, s'étend sur le divan. Chloé a refermé la porte derrière elle, se fait couler un bain, puis entre dans l'eau.

Peu après, au sortir du bain, elle enfile une robe de chambre plus ou moins attachée et revient au salon. Une serviette enserre ses cheveux.

— Je suis pas guéri, Chloé…, tente Laurent après avoir tourné la tête vers elle.

— Oui, Laurent, t'es guéri.

— Non, je te jure, je suis pas guéri.

Elle s'approche de lui et lui prend les mains. Il se lève.

— Fais-moi danser un peu.

Elle guide les mains de Laurent sur la peau de son dos. Ils dansent, très lentement.

– Sens-moi.

– C'est ce que je fais, t'inquiète pas.

Elle laisse tomber sa robe de chambre et se retrouve nue dans ses bras, debout. Dansant au rythme et au son de Miles Davis. Quand le *Concierto de Aranjuez* se termine, Chloé donne à Laurent un doux baiser sur la joue.

– Je vais me coucher.

Elle va vers la chambre doucement, complètement nue, puis elle jette à Laurent un sourire d'une grâce accablante en refermant la porte, qu'elle verrouille.

Il reste planté au milieu de la pièce.

– Sacrament…

Chapitre septième
Vendredi 1er juin 2001

Résidence des Flots
Le jeune Simon a trouvé un nouveau titre pour son court métrage : *Encore du dessert*. La bande sonore sera constituée de jazz des années 1940 et 1950.

Ce matin, il est arrivé avec son ami Félix à huit heures. Sa tante Marie-Rose lui a préparé des crêpes fromage, asperges et jambon blanc, avec du sirop d'érable, du bon sirop de sa cousine Prud'homme de Sainte-Monique de Mirabel. Du sirop artisanal. Simon et Félix ont mangé chacun trois crêpes, même s'ils avaient déjà bouffé un œuf McMuffin en chemin.

Simon a ensuite contemplé l'éclairage naturel qui vient de la fenêtre principale du salon, a figuré quel serait l'angle du soleil vers la fin de l'après-midi et a placé la table de victuailles en conséquence, pour avoir la meilleure qualité d'image possible. Félix et lui sont habillés de noir et ont bien averti les deux tantes : ils ne diront pas un mot de tout le tournage, ils se feront oublier.

– Ma tante, faut que tu t'habitues. Je t'aime et je sais que tu m'aimes, mais aujourd'hui tu fais comme si j'étais pas là. Tu t'occupes pas de moi et moi je te parle pas. Ok? Pis je te promets que la semaine prochaine, je t'emmène chez Schwartz manger un bon smoked meat.

– J'aimerais mieux aller au Roi du Smoked Meat sur la rue Saint-Hubert.

– Au Roi du Smoked Meat, alors. Mais aujourd'hui, faut absolument que tu m'ignores, ok?

– Ça va être difficile.

– Sur mon film je vais mettre ta musique favorite, du vieux jazz de nègres, mais pendant que je vais tourner, j'aimerais mieux si y en avait pas. Ce soir, quand tes amis viendront, ça me dérange pas, mais tout de suite, ça serait plus facile pour moi…

– Mon Dieu, t'es compliqué.

Une fois les directives bien comprises, Simon et Félix se sont mis en action et ont commencé à filmer.

Les deux vieilles dames enfilent leurs tabliers, des tabliers achetés en Alsace lors de leur seul voyage en Europe, deux ans auparavant. Leurs plus beaux. Elles regardent leurs notes de cuisine et sortent tout ce dont elles auront besoin. Des œufs, de la farine, plein de légumes et de fruits achetés la veille au marché Jean-Talon. Simon et Félix ne manquent pas un geste, pas une parole.

Elles sortent leur plus belle nappe, celle qui a servi au cinquantième de la cousine de Rose-Aimée. Brodée à la main. Des chandeliers, souvenirs de famille, et des serviettes de table en tissu rose et or. Rose-Aimée passe une petite balayeuse à main, même si ç'a été fait la veille.

Une fois que les recettes sont prêtes, elles rangent tour à tour les plats dans le frigo. Puis elles sortent leur bel ensemble de vaisselle, celui qu'elles gardent pour la visite.

– Ce soir, va falloir s'occuper de la vaisselle au fur et à mesure, sinon on n'en sortira pas.

– Laisse faire la vaisselle, ma tante. Vous ferez ça en gang à la fin de la veillée.

– On ne peut pas demander à la visite de faire la vaisselle.

– Paranoïe pas avec la vaisselle, ma tante.

– Pa… quoi?

– Fais-toi-z'en pas avec ça…

Dans la cuisine, et partout dans le logement, les odeurs se suivent et sont toutes plus envoûtantes les unes que les autres. Les deux femmes font la cuisine ensemble depuis le début des temps et s'entendent à merveille, sans se consulter, comme deux musiciens qui jouent un duo. Sans jamais se regarder, elles jouent des ustensiles, des instruments, des appareils, de la fourchette et de la tasse à mesurer dans un parfait synchronisme, dans une touchante harmonie. Tout en filmant, Simon entend dans sa tête la musique qui accompagnera cette véritable danse de la bouffe. Il brise lui-même le silence qu'il a imposé en début de journée.

– Tu peux pas savoir comment c'est beau de vous voir, ma tante. Un vrai bal.

Quand il ne reste qu'à mettre la touche finale à quelques plats, ce qui devra être fait à la dernière minute, c'est le temps du «pomponnage». Marie-Rose et Rose-Aimée fouillent dans leur garde-robe et placent sur les deux grands lits leurs plus belles robes.

– Je le sais que je suis pas supposée de te parler, mais j'aimerais bien savoir laquelle tu préfères…

– Sont toutes belles, ma tante.

– Ça sent les pommes.

– Je vais être belle pour ton film, mon Simon.

– Je le sais, je le sais. Tu peux pas être autre chose que belle, ma tante. T'es la plus belle.

– Pis moi?

– Vous aussi, Rose-Aimée. Deux super beautés du paradis.

– Je pense qu'y a personne de mes amis qui a déjà essayé la mari, faudrait pas que personne soit malade…

– Impossible, ma tante. Impossible.

Saint-Siméon, sur le chemin Sept-Îles-Laval, 15 h 20

Chloé et Laurent ont quitté Sept-Îles après un petit déjeuner croissants-confitures, un jus d'orange et la moitié de la bouteille de sauvignon blanc entamée la veille. Ils roulent depuis dix heures ce matin. Chloé est au volant de la Volks.

Ils ont laissé les deux chiots à la maison de Judith. Deux chiots, c'est mieux qu'un seul, s'est dit Chloé, c'est comme des jumeaux. Les gens pensent que c'est deux fois plus d'ouvrage, mais c'en est deux fois moins. Ils s'élèvent l'un l'autre, se distraient, s'amusent et laissent les maîtres se reposer. C'est Laurent qui a insisté. Il sait, lui, qu'au cours des prochains jours, Chloé n'aura pas besoin d'être encombrée d'un chien. Il ne le lui a pas dit, évidemment. Il a prétexté que les chiots étaient un peu jeunes pour être séparés, et a suggéré que Chloé revienne chercher son danois chez sa mère à la fin de l'été.

Dans la petite voiture, il y a un malaise. Ces deux derniers jours, le jeu de l'amour et du hasard a été lancé en l'air et les pièces sont retombées dans le désordre. Le cosmos a replacé tout ça à sa guise. En se rendant à Sept-Îles, Laurent était la victime de Cupidon, il avait la flèche en pleine chair. Il se sent maintenant un peu plus en contrôle de la suite des choses. Est-il tout à fait guéri? Certainement pas. Mais il n'est plus subjugué par la beauté de Chloé. Quoique… le striptease incroyable et délicieux qu'elle lui a offert hier soir aura quand même ranimé la flamme.

Tel que convenu, Laurent n'a rien dit à Chloé de sa mémorable séance charnelle avec sa mère. Depuis qu'ils ont quitté Sept-Îles, leurs conversations sont légères et superficielles. Tout est dans le non-dit. Ils n'ont pas arrêté de non-dire depuis plus de cinq heures. Même sur le traversier de la rivière Saguenay, le ton n'a pas changé. Un peu excédé par le vide des mots et des pensées, Laurent s'ouvre enfin.

– Ça va faire une semaine demain que tu m'as foudroyé.

– Le temps passe vite.

– Quand même, hein? Je suis revenu de Grèce parce que j'étais tanné des amours d'une semaine. Tanné d'avoir le cœur en vacances et les couilles à temps double. Et là, regarde où j'en suis. Est-ce que tu penses qu'on pourrait se voir dimanche? J'aimerais beaucoup te voir dimanche, juste pour pouvoir dire qu'avec toi ça aura duré plus qu'une semaine.

– Je sais pas. Penses-tu que c'est une bonne idée?

– Je pense que oui.

– Si t'es capable de gérer ta relation avec Émile, tu viendras me voir à la maison.

– Émile, tiens, parlons-en.

– Bonne idée. Qu'est-ce qu'il dirait s'il savait que tu m'aimes ? J'ai de la difficulté à croire que tu n'as pas de misère à vivre avec ça. Ton meilleur ami...

– Tu veux savoir avec quoi j'ai de la misère à vivre ? Arrête l'auto.

– Tout de suite ?

– À la prochaine sortie. De toute façon, je dois aller aux toilettes.

Ils s'arrêtent à Saint-Siméon, un petit village le long de la 138. C'est là, dans le stationnement d'un petit restaurant-station-service-dépanneur de bord de route, que Laurent lâche tout. Dans mon petit bureau à Montréal, j'ai dû avoir au même moment un solide mal de tête... Je ne m'en souviens plus.

– Tu veux savoir avec quoi j'ai de la misère ? J'ai de la misère à vivre avec le fait de te voir en amour avec Émile, alors que je sais que lui est ailleurs, complètement. Au moment où on se parle, il s'apprête...

Il consulte sa montre.

– ... à vivre sa plus intense émotion depuis son adolescence. Avec une autre fille.

Chloé regarde Laurent, impassible.

Merde...

– Une fille qui revient dans sa vie après dix ans. De qui il n'arrête pas de parler à tout le monde. J'ai de la misère à te regarder en sachant que toi, tu le sais pas.

– Qu'est-ce que tu racontes ?

Chloé, tranquillement mais sûrement, s'affaisse.

— Tu penses qu'Émile m'aurait laissé partir avec toi à Sept-Îles comme ça ? Sachant comment je suis ? Généralement, ici, précisons. Avec toi, c'est différent... Tu penses que ça l'aurait pas dérangé ?

— Émile n'est pas jaloux.

— Émile est ailleurs, Chloé. Et en prime, il sait que je suis obnubilé par toi. Fou de toi. K.-O. Il sait que je pense juste à te faire l'amour comme un dingue. Il sait que je t'aime. Il le sait parce que je le lui ai dit. Dimanche passé, au tennis.

— Je te crois pas. Tu me prends pour plus naïve que je suis.

— C'est là qu'il m'a tout raconté sur l'autre fille. Je sais que ç'a l'air d'une tentative malhabile de te manipuler, Chloé, mais c'est la vérité. J'essaie juste d'apprendre comment négocier avec cette vérité, ça fait une semaine que je me retiens, j'avais promis à Émile, mais de te voir de même...

— C'est qui, l'autre fille ?

— Je sais pas, je la connais pas. Une fille qu'il a vue à seize ans, il lui a même jamais parlé.

— Comment elle s'appelle ?

— Ève.

Chloé encaisse le choc. Il y a un long silence. Quand Laurent a prononcé le nom d'Ève, elle a cessé de respirer.

Laurent s'imagine bien comment elle se sent.

— Regarde, j'ai aucun intérêt à chercher à te déstabiliser. Je sais que c'est pas facile à entendre. Mais au point où on en est, je n'ai pas le choix... Je vais aller chercher quelque chose à bouffer. Essaie de te calmer. Chloé, ça m'arrache l'estomac de te dire tout ça. Surtout qu'Émile m'avait demandé de fermer ma gueule. Il ne voulait pas que tu sois blessée. Il voulait tout te dire à ton retour. En m'incitant à partir avec toi, il espérait que tu vives le même coup de foudre que moi. Si tu m'avais aimé tout de suite, ça aurait tout réglé.

– Elle s'appelle Ève?…

Chloé a soudain changé d'humeur. Elle ne semble ni fâchée ni triste. Elle est plutôt surprise, étonnée. Sous le choc, mais un choc intellectuel, pas un choc émotif. Cette « rupture » par personne interposée l'atteint au cerveau plus qu'au cœur…

– C'est pas possible, murmure-t-elle.

– Qu'est-ce que tu dis?

– Rien, rien, je dis rien.

– Veux-tu quelque chose? Un jus? Une bouteille d'eau?

– Non, non, rien. Je te demande seulement de me laisser seule cinq minutes, s'il te plaît…

Après l'avoir jaugée pour s'assurer qu'elle ne court aucun danger, Laurent descend de la voiture et referme la portière.

– Je peux te demander pourquoi tu veux rester seule? fait-il en se penchant à la fenêtre ouverte. Ça m'inquiète. Dis-moi comment tu te sens. Rassure-moi.

– Je te rassure, s'il te plaît, j'ai juste besoin d'un moment avec moi-même. Sois gentil.

Il n'y a rien de suspect dans le ton de sa voix. Laurent l'aurait su s'il avait mieux connu Chloé. Elle n'est pas du tout le genre à commettre l'irréparable. Dès qu'il s'éloigne, elle prononce de nouveau, à voix très basse, le nom d'Ève. Hoche la tête comme si elle ne croyait pas ce qui lui arrive.

Elle étire le bras droit et saisit son sac à dos sur l'étroite banquette arrière. Elle sort une enveloppe du sac. Sur l'enveloppe, c'est écrit «Émile». Elle a écrit cette lettre hier après-midi, quand elle était seule au parc, alors que Laurent et sa mère s'envoyaient en l'air.

Dans la voiture, elle reste immobile pendant une dizaine de secondes. Puis elle éteint le moteur de la Volks. Elle laisse l'enveloppe sur le siège du passager avec les clefs du véhicule bien à la vue. À la hâte, elle griffonne un mot à l'intention de Laurent.

Ne t'inquiète surtout pas, j'ai tous mes esprits. Je t'appellerai bientôt. Tu laisseras la voiture chez moi, s'il te plaît. Tu remettras aussi cette lettre à Émile. On se reverra, et ce sera bien, même très bien, si tu vois ce que je veux dire. Merci. Je t'embrasse sur la bouche et tendrement. Chloé.

Au pas accéléré, elle se rend sur le bord de la 138 et brandit son pouce tout en continuant d'avancer à grandes enjambées. Elle fera de l'auto-stop, direction Montréal. À peine quelques secondes plus tard, une énorme fourgonnette blanche qui tire une grosse remorque s'arrête et le conducteur lui fait signe de monter. Ce qu'elle fait.

Laurent, à la halte routière, est aux prises avec une machine distributrice qui bouffe la monnaie. Il attend pour commander une frite-sauce. Il n'a pas mangé de frite-sauce depuis au moins dix-huit mois.

Cartierville, à l'appartement de Michel, 16 h

Ce matin, chez Michel, Jules et Jim sont revenues porter le sofa qui puait. Il sent maintenant la vanille française, ce qui est un peu moins pire. Michel n'est pas particulièrement entiché de ce parfum, mais fera avec. Il a passé la journée au travail et a coupé court vers quinze heures pour aller chercher Maurice et Henri à l'école. Tous trois sont invités à un souper de bienvenue en l'honneur de la petite Rose, le bébé de Marguerite dont c'est aussi l'anniversaire. Le souper aura lieu à Outremont, chez Barbie et Billy.

Michel a un seul habit chic. Marine, le même depuis 1988, passé date un peu, mais comme il l'a porté seulement trois fois, il est encore bien frais. Il a aussi deux cravates. Une bleue et une rouge.

Dès leur arrivée à la maison, les deux garçons ont sauté dans le bain. Michel les entend qui semblent plus intéressés à jouer avec le petit sous-marin à piles, reçu à Noël, qu'à se laver les oreilles et les orteils. Chaque fois qu'ils barrent la porte de la salle de bain, papa se méfie. Le lavage des coins secrets passe après le jeu. Et puis, prendre un bain à seize heures, ce n'est pas fréquent. Normalement, c'est avant le dodo. Les gars aiment bien les occasions spéciales.

Michel frappe à la porte.

– Ça achève, ce bain-là, garçons?

– Oui, oui, inquiète-toi pas, dit le plus vieux.

– On s'en va chez ton ami déguisé en fille? lance le second.

– D'abord, c'est pas mon ami, et ensuite laisse les autres se déguiser si y veulent se déguiser. Toi-même, tu t'es déjà déguisé en fille. En sorcière, l'année passée. Une sorcière, c'est une fille.

Maurice veut rassurer Henri et le renseigner sur les choses de la vie.

– C'est un transverti. C'est comme ça qu'on appelle ça. On appelle ça un transverti, hein papa?

– Exactement. Mais là c'est le temps de se laver. Faut que je prenne ma douche, aussi…

Les deux garçons délaissent le sous-marin, s'emparent de leurs débarbouillettes, font rapidement le tour du plus important, sortent du bain et enfilent leurs robes de chambre.

– Videz votre bain et lavez-le. Ok?

– Y est pas sale, y est plein de savon.

– Lavez le bain. Je veux pas prendre ma douche avec les pieds dans votre grosse crasse…

– Moi j'étais même pas sale, insiste Henri.

– Bon, je vous explique, les gars. C'est un souper de grandes personnes pour une fille qui vient d'avoir un bébé. De qui c'est la fête. C'est sûr que ça va être un souper que vous allez peut-être trouver plate. Apportez votre PlayStation. Et faites comme d'habitude, soyez gentils.

Henri, toujours préoccupé par les questions de décorum, s'interroge sur la tenue vestimentaire appropriée.

– Comment on s'habille?

– Habillez-vous propre. Ou bien vous pouvez mettre votre pyjama, si vous voulez. Tu peux mettre ton pyjama, Maurice.

Maurice suit la consigne paternelle et décide de porter son pyjama de Robin (le second de Batman, son préféré),

et Henri choisit plutôt son petit habit de première commu-
nion. Veston-cravate, comme son père.

— Nous autres, on peut peut-être apporter un cadeau?

— Qu'est-ce que tu voudrais apporter? Il est un peu tard
pour y penser.

— On peut aller voir au dépanneur.

— As-tu de l'argent?

— Ben papa, t'as juste à m'en prêter.

— Tu me le remets jamais.

— Tant pis pour toi.

— Ok, je vais t'en prêter.

**Saint-Siméon, sur le chemin Sept-Îles-Laval, dans un petit
resto, 16 h 05**

Pour laisser à Chloé le temps de se remettre du choc,
Laurent a décidé de manger sa frite-sauce à l'intérieur du
petit resto. Une fois de temps en temps, il jette un regard
sur la Volkswagen dans le stationnement, au cas où Chloé
déciderait sur un coup de tête de partir sans lui. On ne sait
jamais, avec les filles au cœur brisé.

C'est en revenant à la voiture qu'il s'aperçoit qu'elle n'est
plus là.

— Chloé!!? Allo!? Estie, Chloé! crie-t-il en regardant à
gauche et à droite.

Il y a quelques autres voitures dans le stationnement de
la halte routière. Deux hommes jasent à côté de l'une
d'elles. Laurent s'approche.

— Avez-vous vu une fille sortir de cette auto-là dans les
dernières minutes?

— Non.

– Fuck. Merci.

Il se dirige vers les toilettes des dames, sur le côté du resto. Juste comme il s'en approche, la porte s'ouvre. Il a une seconde de soulagement, mais ce n'est pas Chloé.

– Câlice.

La dame, se croyant la cible du juron, sert à Laurent une petite grimace de circonstance.

– Excusez-moi, madame. Je cherche… ma femme.

– Ce n'est pas une raison pour sacrer, jeune homme.

Quelques kilomètres plus loin, dans une fourgonnette blanche qui tire une grosse remorque, 16 h 10

Ces deux Américains originaires de la banlieue de Savannah en Géorgie sont des amateurs de chevaux. Michael Lombard et Jerome Kwizick sont prêts à rouler des milliers de kilomètres pour confier leurs bêtes à des gens responsables qui aiment les chevaux autant qu'eux. Ils ont trouvé de ces bonnes gens à la Ferme des Érables, à Tadoussac. Ils y ont laissé une jument, Sarah, et un étalon, Georgio, et ils s'en retournent chez eux. Michael et Jerome sont deux pères de famille dans la jeune quarantaine, religieux et amateurs de musique country.

Sur le chemin du retour vers Québec, quand ils ont vu Chloé sur le bord de la route, le pouce en l'air, ils n'ont pas hésité.

Jerome, le plus religieux des hommes, a une fille de quinze ans. Il s'adresse à Chloé qui comprend bien l'anglais, mais le parle difficilement.

– *I know I wouldn't like my daughter to be hitch-hiking on the highway.*

– *And all alone.*
– *I'll tell you this, young lady, that's damned dangerous.*
– *I know, I know,* répond Chloé. *But I have no choice. My car is broken. I have to be in Montreal tomorrow. I work in a hospital.*
– *We ain't goin' to Montreal; we'll drop you off in Quebec City. You can hop on a bus. You got enough money?*
– *Yes. I have money. That's ok.*
Jerome réalise que Chloé a les yeux rougis.
– *You been cryin'?*
– *No.*
Michael se tourne pour attraper sa guitare sur la banquette arrière, juste à côté de la belle.
– *What's your name, young lady?*
– Chloé.
– *Cleo?*
– *No.* Chloé.
– *Well,* Chloé, *here's a song for you.*
Les deux Américains se mettent à chanter en harmonie, remarquablement bien, un air aux allures country.

Don't you be cryin', Chloé
Don't you be cryin'
I know it's rainin' in your heart
Tomorrow's sun will rise again.
Don' you be cryin', Chloé
Don't you be cryin'
I know you have a broken heart
But love will make it run again.

Pendant ce temps, Laurent, à la halte routière, est dans tous ses états. Il revient à la voiture, haletant, et aperçoit enfin les clefs, la note de Chloé et la lettre cachetée à l'attention d'Émile. Il ouvre la portière, saisit la note et la lit debout à côté du véhicule. Il se parle tout seul.

– Je suis au milieu d'un ostie de photo-roman italien. Pogné sur la 138, à Saint-Siméon, avec le char d'une beauté aussi spectaculaire que bizarre avec qui je suis en amour, dont j'ai baisé la mère à pleines couilles, et qui s'est sauvée en laissant une lettre mystérieuse à son amant, mon meilleur chum, parti trouver l'amour de sa vie dans ses souvenirs d'adolescence. Je n'ai le numéro de téléphone de personne. Mon cellulaire est mort. Je ne sais même pas le nom complet de la fille. Calvaire. Qu'est-ce que je fais icitte ?

Outremont, 17 h 25
Michel aime ses deux fils plus que tout au monde. Il les aime pour des millions de raisons. Une de ces raisons, c'est qu'il ne sait jamais à quoi s'attendre avec eux. Il sait qu'ils ne seront jamais déplacés, mais il sait aussi qu'ils seront toujours surprenants. Ce soir, par exemple, ils sont invités à un cinq à sept et à un souper. Les pauvres garçons ne savent pas ce que veut dire « cinq à sept ». Que ça implique exclusivement des drinks à la mode, de fins pâtés sur des biscottes marocaines et des bouchées aux crevettes compliquées. Par ailleurs, Barbie, l'hôtesse, est un personnage particulier et intrigant pour Maurice et Henri. Même si Michel sait qu'ils ne commettront pas d'impair irréparable

et connaît un peu le sens de l'humour de Barbie, il doit s'attendre à tout, surtout de la part d'Henri, ce petit cérébral qui n'a aucun filtre, qui dit tout tout haut et ne pense jamais rien tout bas.

Quand ils arrivent à la maison d'Outremont, Michel y va de ses dernières recommandations.

– On est sûrement les premiers arrivés. Faites ça comme des grands, ok ? Qui veut sonner à la porte ?

Les deux crient. Michel sonne à la porte et Billy ouvre, habillé comme un général de l'armée américaine qui se rend dans une soirée de gala, l'uniforme appesanti par quelques douzaines de médailles.

– *Hi, guys, come in.*

Dans la maison, il y a de la musique allemande des années folles. Une chanteuse qui sonne comme Marlene Dietrich. Au salon, le chien sans nom de Charles dresse les oreilles à l'arrivée des visiteurs.

– *Hi, Billy. You remember my boys, Henri and Maurice.*

– *You can speak french, I understand. Yes, of course, I remember,* je souviens. *Hi, guys.*

Maurice, voulant impressionner son hôte, lui envoie un enthousiaste « *Good morning !* ».

– *Good morning, Maurice, come in, come in.*

– On est les premiers arrivés ?

– *No, Charles and Mirabelle are here.*

– C'est qui, eux autres, papa ?

– C'est Batman. Tu te rappelles de Batman ? C'est grâce à lui que vous avez des vaisseaux de l'espace.

Maurice se tait afin de suivre la consigne de papa de ne pas créer de malaise. Mais ses yeux trahissent son empressement de voir le gars qui est une fille, ou la fille qui est un gars, il ne sait pas trop. Il pose la question le plus délicatement possible à Billy.

– Ton ami est où?

– Barbie?

Juste à entendre son nom, Maurice ne peut réprimer un petit rire. Henri a bien saisi ce ricanement fautif.

– Papa! Maurice a ri.

– Même pas vrai, j'ai ri en dedans, ça compte pas.

– Oui, ça compte. Papa, ça compte, hein?

– Les gars. S'il vous plaît…

Billy aussi s'amuse de la situation.

– *Barbie should be here in a few minutes, she's coming with Marguerite and the baby.*

– Barbie s'en vient, elle est avec Marguerite et son nouveau bébé, traduit Michel pour ses fils.

Charles, déjà affairé en cuisine à préparer le repas, délaisse un moment ses ustensiles et ses casseroles. Il se pointe à l'entrée du salon avec Mirabelle. Celle-ci a toujours trouvé ridicules les plans vengeurs que Charles a mis à exécution, commettant ainsi la gaffe la plus idiote de l'histoire moderne des gaffes. Elle a bien hâte de le voir forcé de justifier ses actions stupides auprès des deux garçons… C'est elle qui présente Charles, qui arbore toujours ses deux yeux au beurre noir et son attelle sur le nez.

– Bonsoir, les garçons, moi, c'est Mirabelle. Salut, Michel.

Elle embrasse Michel qui lui présente ses fils.

– Lui, c'est Maurice, et son petit frère, Henri.

Les garçons sont un peu déconcentrés par le visage tuméfié de Charles.

– Salut, les gars, je sais pas si vous me reconnaissez… Salut, Michel.

– Mon père nous l'a dit. T'es Batman. Pis tu t'es trompé d'appartement, parce que tu voulais punir un monsieur qui avait tiré sur ton pénis quand t'étais petit.

– Pas vrai. Papa y a pas dit que le monsieur avait tiré sur son pénis, il a dit qu'il le savait pas, mais que le monsieur avait peut-être juste touché.

– Les gars…

– Excusez.

Charles tente de désamorcer la situation.

– C'est pas une histoire très intéressante de toute façon. Moi, ce que je veux savoir surtout, c'est si vous aimez votre nouveau frigidaire. Y est big, hein ? En plus, bonne nouvelle, j'ai apporté autre chose pour vous autres…

Maurice rectifie :

– Notre frigidaire neuf est trop gros, mais on a gardé les boîtes.

– Ben oui, c'est vrai, j'ai su ça. Mais je vais m'occuper de les faire remplacer la semaine prochaine.

– C'est déjà fait, précise Michel. Je me suis occupé de ça, tout est correct. Je t'expliquerai.

Au tour de Mirabelle d'essayer d'envoyer la conversation ailleurs. Elle regarde Robin et le communiant et passe une remarque.

– Eh bien, je te dis qu'il y a du beau bonhomme au pouce carré ici ce soir !

Henri regarde tour à tour Mirabelle et son propre pouce. Dans sa tête, il n'a pas saisi l'allusion au pouce carré et en souffle un mot à Maurice.

– Pourquoi «pouce carré»?

Billy offre des consommations aux nouveaux venus. Michel, qui aime bien le scotch, n'a jamais bu de Lagavulin 16 ans. Le soldat lui en sert un verre, tout sec, sans glace ni eau.

Maurice et Henri aiment bien l'orangeade. Billy leur prépare un jus d'oranges fraîchement pressées, avec un peu de club soda pour les bubulles et une petite touche de grenadine pour la couleur et le goût sucré. Il y plonge même des glaçons en forme de chauve-souris.

Les trois invités sont comblés.

– Bonsoir, bonsoir tout le monde! lance Barbie avec bonne humeur en surgissant dans l'entrée. J'arrive avec les deux jubilaires. Attendez voir…

Elle est moins maquillée que la dernière fois. Son look est beaucoup plus sobre, mais quand même très chic et de bon goût.

Elle aperçoit Maurice et Henri.

– Bonsoir, les filles!

– On n'est pas des filles, madame. On est des garçons.

– Ben oui, je le sais, c'est une blague. Vous êtes pas juste des garçons, vous êtes des beaux garçons.

– Pis on a des pouces carrés.

Quand Marguerite entre à son tour dans la maison, tout le monde s'agglomère autour d'elle pour voir la petite Rose. Elle dort, emmitouflée dans un panier d'osier. Les commentaires vont tous dans le même sens: ce bébé est une pure merveille. Henri mentionne que la petite est «de la même couleur que son nom». Marguerite l'a trouvée bien bonne.

– C'est pour ça que je l'ai appelée comme ça… Qu'est-ce que c'est ton nom, toi ?

– Henri. Mon frère, c'est Maurice.

– Ben oui, c'est ben trop vrai, les deux fils de Michel.

Michel, qui est resté un peu à l'écart, étire juste un peu la tête et sourit doucement à Marguerite, en lui faisant un petit salut de la main.

– Bonsoir, Marguerite. Félicitations.

– Aaah, Michel ! Enfin…

Elle se dirige tout de suite vers lui et le serre dans ses bras en lui faisant une bise généreuse.

– Je suis tellement contente de te voir.

Elle se tourne vers les petits.

– Faites attention à votre père, les garçons. Beau comme ça, quelqu'un pourrait vous le voler.

Maurice et Henri rigolent et Michel rougit. Marguerite lui plaît, c'est clair. Elle est particulièrement en beauté ce soir. C'est pourquoi Barbie est allée la chercher chez elle, afin de prendre quelques heures pour la maquiller et la coiffer, ce qu'elle n'avait pas fait depuis la veille de son accouchement.

Charles, qui est à couper oignons, carottes et panais, crie à Marguerite, du fond du cœur et de la cuisine, ses souhaits de bon anniversaire.

– Hey ! Bonne fête, beauté fatale ! Tchèque Michel, tu trouves pas qu'il te ferait un beau cavalier ?

Toujours un grand maître de subtilité, ce Charles. Michel, gêné, hoche la tête, et les autres rient de bon cœur devant la boutade du chef improvisé.

Maurice s'approche de la belle jubilaire et lui donne une enveloppe.

– C'est pour ta fête. C'est de moi pis Henri. C'est mon père qui a payé, mais c'est nous autres qui y a pensé. Tu peux l'ouvrir tout de suite si tu veux.

– Merci. Merci beaucoup.

Elle ouvre l'enveloppe et trouve deux billets de loterie – des gratteux.

– Wow! Des gratteux! Merci, c'est gentil. Si je gagne, on partage.

– On peut les gratter, si tu veux. J'aime ça gratter des gratteux.

– Pas de problème, Henri, tu peux les gratter. Trouvez-vous que j'ai un beau bébé?

Maurice répond:

– Pas pire. Moi ma mère s'est fait écraser par une auto pis est morte.

– Moi aussi, renchérit son petit frère.

– Les gars, s'il vous plaît…, fait Michel embarrassé.

Tous les convives se sont tus.

– D'abord, Henri, quand on donne des gratteux à quelqu'un, on le laisse gratter. Pis ensuite, t'as pas besoin de parler de maman, ici, ce soir. Les gens sont mal à l'aise avec ça. Je te pensais assez vieux pour comprendre, franchement.

– Ben quoi? Elle s'est fait écraser par une auto, avec dedans une madame enceinte et son mari pressé parce que le bébé voulait sortir. C'est toi qui nous l'as raconté au moins mille fois.

Charles intervient pour briser le malaise:

– Les gars! Comme j'ai massacré votre maison, j'ai pensé que vous alliez me pardonner si je vous apportais un super de beau cadeau méga intéressant. Ce sera une surprise pour après le souper…

Résidence des Flots, 18 h 15

Ça sent le paradis chez Marie-Rose et Rose-Aimée. Les deux dames cuisinent depuis le matin. Autant de desserts que de petites bouchées fines.

Simon et Félix ont tout filmé des préparatifs. Ils se sont même dit qu'il y aurait de quoi faire une émission de télé culinaire à succès qui s'intitulerait *Les recettes de ma grand-mère*.

Les invités sont arrivés et on goûte le punch rouge à base de jus de canneberges frais que Rose-Aimée a concocté avec à peine une trace de rhum doux. À part les deux hôtesses, il y a Joséphine, la sœur de Rose-Aimée, et le père Dumais, un prêtre à la retraite, mais toujours confesseur de Marie-Rose. Alice et Avila, un couple d'amis de Baie-du-Febvre, qui ont fêté leurs noces d'or la semaine précédente. Il y a aussi Norbert Tourigny et Pierrette Pagé, deux locataires de la Résidence des Flots.

Les huit convives savaient qu'ils seraient filmés, mais ignoraient la nature particulière de la soirée. Rose-Aimée prend la parole.

– J'aimerais avoir l'attention de tout le monde, s'il vous plaît.

Tous arrêtent de parler. Marie-Rose interrompt Tony Bennett qui chantait des reprises de Billie Holiday.

– Ce soir, c'est une soirée spéciale. Comme vous le savez, et comme vous le voyez depuis que vous êtes arrivés, Simon, le neveu de Marie-Rose, et son ami Félix tournent un film.

Avouez que c'est plaisant de savoir qu'on va apparaître dans une vraie vue, non ? Je vous rappelle que c'est un travail d'université et que le film va être projeté dans une vraie salle de cinéma. Très important, faut pas s'occuper des deux jeunes, faut faire comme s'ils étaient pas là. Ok ? Bon. Maintenant. Y a quelque chose que Marie-Rose et moi, on ne vous a pas dit. On l'a pas dit sur recommandation de Simon, afin que vous restiez bien naturels, et pour pas vous faire peur. C'est au sujet du film.

– C'est pas un film de fesses, toujours ?! lance Avila, qui trouve que c'est un bon moment pour une joke.

Tous les invités éclatent de rire. Le père Dumais ajoute son grain de sel :

– Je n'aurais pas été invité !

À son tour, Joséphine passe sa petite remarque…

– C'est plate. J'aurais bien aimé connaître davantage le beau Norbert…

Tous rient encore, et Norbert en remet :

– Riez, riez, mais vous saurez que mon petit soldat est encore comme à l'adolescence !

– Bon, vous vous vantez ?!

– Je me vante pas : y a pas moyen de le faire lever ! Ha !!

Tout le monde s'esclaffe, sauf Mme Pagé, un peu gênée.

– Marie-Rose et moi, reprend Rose-Aimée, on vous a choisis parce qu'on sait que vous êtes des vrais amis et qu'on peut avoir confiance en votre discrétion. Vous avez sur la table des petites bouchées, une tarte aux tomates et aux trois fromages à croûte mince feuilletée. Des rouleaux de crabe, mayonnaise et cerfeuil. Des dumplings aux arachides. Du ketchup aux fruits et aux épices. Des egg rolls indiens. Puis aussi, et c'est le plus important, des desserts! Space yogourt, space cake, pain d'épices and love, brownies surnaturels, muffins banane-happy et pot-o-pommes.

Joséphine jette un regard admiratif à sa sœur.

– Mon Dieu, les filles, vous vous êtes donné du trouble! Vous en avez fait, des choses. Regarde donc la belle table!

– S'il vous plaît, je n'ai pas fini. Écoutez bien: Tous ces bons desserts ont été cuisinés avec de la marijuana.

Il y a un court silence, suivi de gloussements, de rires gênés, de murmures d'étonnement. Avila n'en revient pas.

– Hein?

Simon, derrière sa caméra, capte tout.

– Affolez-vous pas. Y a aucun danger, poursuit Marie-Rose qui se veut rassurante.

– De la drogue? s'exclame, incrédule, Alice.

– Marie-Rose et moi, on l'a essayé, renchérit Rose-Aimée. C'est vrai: y a pas de danger. C'est léger. Si ç'avait été dangereux, on n'aurait pas fait ça.

Marie-Rose ajoute:

– Si vous êtes mal à l'aise, si ça ne vous intéresse pas ou si vous n'avez pas le goût, vous n'êtes pas obligés d'en manger. En fait, on a cuisiné les desserts en double, avec et sans mari. Certains desserts, je vais vous dire lesquels, en ont juste un peu, et d'autres sont plus «généreux».

– On peut-tu faire de la prison? s'inquiète Joséphine.

– Ben non, même le gouvernement le permet dans certains cas. C'est thérapeutique.

– Y paraît que c'est bon pour les rhumatisses, ajoute Avila.

– Alors, sentez-vous bien à l'aise et si vous avez des questions, allez-y, posez-les. Simon et Félix sont des habitués.

Dans une certaine fébrilité ambiante, Marie-Rose remet la musique. M. Tourigny demande s'il peut regarder le quatrième match de la série New Jersey contre Colorado «avec pas de son». Mais le père Dumais lui règle son problème:

— Il n'y a pas de match aujourd'hui, le prochain c'est demain. Pis c'est certain que Colorado va gagner, les anciens Nordiques, avec Patrick Roy.

— Pas sûr de ça...

Sous l'œil vigilant des caméras de Simon et Félix, tout le monde s'avance lentement vers la table. Les convives sont très bavards. Ça jacasse dans le logement. Rires, éclats de voix. La plupart commencent par grignoter quelques bouchées, sauf Avila et le père Dumais qui vont tout de suite au dessert. Les voyant faire, Rose-Aimée leur sert un petit avertissement.

— L'important, c'est de ne pas faire d'excès.

Avila prend une bouchée de space cake, la mastique et déglutit, puis se tourne vers sa femme, Alice.

— Ça fait rien. Je sens rien. Rien pantoute.

Rose-Aimée lui explique qu'il ne ressentira l'effet que dans une soixantaine de minutes, peut-être un peu plus. Elle répète ensuite l'information pour les autres.

— Vous sentirez rien avant une bonne heure, alors faut pas exagérer: trois portions chaque, pas plus. Ok? Avez-vous entendu, père Dumais?

— Tout va bien, tout va bien.

Le prêtre a apporté un petit flasque de scotch qu'il laisse dans sa poche de veston. Il en prend une petite lampée en cachette, mais son geste n'échappe pas à la lentille de Félix, à laquelle il s'adresse, amusé:

– Joséphine. Elle sent bon, Joséphine. Elle a toujours senti bon. J'étais heureux quand elle se présentait dans mon confessionnal...

Dans une Nissan bleue, direction Varennes, avec au volant un homme sur les nerfs, 19 h

Dans les studios de M-Rock, j'ai rencontré des stars, des stars en devenir, des établies, des hyper sexy, des belles et des plus belles encore. J'ai rencontré des actrices d'ici et d'ailleurs, et dans les bureaux les filles sont dans une catégorie à part. Ma propre blonde (celle qui ne l'est déjà plus, devrais-je dire) a redéfini le mot « beauté », Laurent en sait maintenant quelque chose. La présence féminine ne devrait plus m'intimider. J'en ai vu, des femmes, et mes hormones sont habituées.

Pourtant, ce soir, un moton dans le fond de ma gorge refuse de passer. J'ai pris deux douches de suite avant de partir. Juste ici, sur le siège arrière de ma Nissan, je n'ai pas une, mais bien deux chemises de rechange. Au cas où mes glandes sudoripares s'excitent et laissent s'échapper des sueurs qui seront tout sauf froides. J'aime cette fille à en mourir. Elle est fondue en moi. Elle me sort par les pores de la peau. Elle est dans mon foie et dans mes reins autant que dans mon cœur et dans ma tête. Elle est dans mes tendons et ma moelle. Elle est dans mon air, dans mon eau, dans mes rêves. J'aime cette fille à en vivre mille vies.

Je me suis fait deux CD souvenirs de la musique de 1991. Tout le long du trajet entre l'île et Varennes, je les fais tourner en boucle. Des images d'elle me reviennent. À un moment donné, même, je pleure, maudite moumoune.

Charlotte vit dans une maison canadienne au toit pointu rouge avec ses deux enfants et son mari, un pompier prénommé André, celui qu'autrefois on appelait «le grand Croteau», un homme simple et bon. Ce soir, elle a fait garder ses deux petites de deux ans et demi, des jumelles magnifiques, Jade et Lili.

Devant la maison de Charlotte, une bonne douzaine de voitures sont garées. La fête est commencée. C'est le premier jour de juin et le soir commence à pencher. J'ai la bouche sèche, mais je ne veux pas mâcher de gomme. J'espère que je pourrai manger un fruit.

Il doit bien y avoir des fruits...

Je m'assure d'abord que je n'ai pas trop sué. Je hume mon aisselle droite, puis la gauche. Je sens bon. Mennen extra fort, arôme légèrement citronné. Je sors de l'auto et me dirige lentement vers la maison. J'ai comme l'impression que mes jambes ne suivraient pas si j'essayais de marcher d'un pas décidé... J'entends des voix et de la musique dans la cour arrière. Astrud Gilberto. La journée a été belle, le soir est juste assez chaud. On est bien quand on est en amour.

Trois gars rient et discutent, debout à l'entrée de la cour. L'un d'eux, c'est Bourgoin. Il était un des étudiants les plus talentueux, et un grand sportif. Nous avons joué pour les mêmes équipes, du temps de l'enfance et de la prime adolescence. Il a toujours été un joyeux pince-sans-rire. Ce soir, il porte un costume original : un smoking en velours rouge vif. En voilà un qui n'a pas peur de suer, en tout cas...

Il me reconnaît tout de suite.

– Eille, c'est Émile Bélec! Bon, enfin, lui y va pouvoir me le dire. Salut, Émile!

– Bourgoin... Salut.

Je lui serre la main et me laisse brasser dans sa virile accolade.

– Émile, dis-moi-lé: mon tuxedo, y est-tu correct? Ces deux cowboys-là disent que je fais dur avec. Mais eux autres c'est des pas de classe. Luc garde les perdrix pis les chevreuils dans le fond des bois, à Clova. Pis Brassard a sa run de jus de vache, tandis que...

Je salue les deux autres gars. Ils ont l'air contents de me voir. Moi, j'ai la tête ailleurs. Bourgoin cherche à faire approuver son smoking rouge.

– ... tandis que toi, tu travailles dans le monde. T'es à la radio, non? Mon tuxedo, y est correct ou y est pas correct?

– Y est plus que correct, ton tuxedo, Bourgoin, y est génial. Salut, Luc. T'es garde-chasse à Clova?

– Oui, oui. Je travaille dans le Nord. Toi? Tu fais quoi à la radio?

– J'écris des commerciaux.

Bourgoin a dû mettre ce smoking spectaculaire pour se donner une contenance. Il a toujours été gêné d'être un éternel premier de classe. Il voulait être comme ses chums à l'école: pourri. Pour compenser, il faisait des niaiseries. Comme placer des couleuvres dans les tiroirs de bureau des profs. Passer une journée avec une main emprisonnée dans un pot de mayonnaise plein. Faire des fausses crises d'épilepsie. Il est devenu chirurgien à Sainte-Justine. Il est marié, père de deux enfants, et son plus jeune fils est trisomique.

– Penses-tu que je devrais garder mon jacket de tuxedo?

Luc est né à Pont-Viau, il a grandi dans un bungalow. Il a fait un an de cégep à Ahuntsic. À la fin de sa première année, il a eu un contact pour travailler sur un chantier, dans le Nord québécois. Il n'avait jamais mis les pieds dans la forêt et ne l'a plus jamais quittée. C'était il y a sept ans. Il n'est pas marié, n'a pas de blonde et n'en veut pas.

Brassard est laitier. Mais, dit-il, c'est «juste en attendant».

– Je m'étais parti une boulangerie, ça n'a pas marché. Mon but, c'est de me construire une couple de chalets, peut-être aux îles de la Madeleine, pis de les louer.

Si Brassard n'avait pas gardé contact avec Luc, plus personne ne l'aurait revu. Brassard est le seul ami que Luc a eu dans sa vie. Le seul qui n'en avait rien à foutre de sa tendance à s'isoler et de son physique ingrat.

Ça me donne un break de jaser avec ces trois gars-là. Pendant que je suis à côté d'eux, ma respiration redevient un peu normale, ma pression baisse. Mes jambes ont un peu arrêté de shaker. Bientôt, je serai bon pour faire un autre bout vers la maison…

C'est alors que Charlotte sort de la cuisine et se pointe dans la cour. Elle m'aperçoit tout de suite avec Brassard, Luc et Bourgoin. Celui-ci l'apostrophe :

– Émile, lui, il l'aime, mon tuxedo. Je vais le garder, je pense.

Le visage de Charlotte s'est éclairé quand elle m'a vu.

– Émile ? !!

– Salut, Charlotte.

– Tu viens d'arriver ?

– C'est toi qui viens d'arriver !

– Il l'aime, mon tuxedo.

– Y est-tu fatigant, lui, avec son suit?! dit-elle en souriant. Comment ça va, Émile?

– Ça va.

Je quitte les trois gars et je saisis Charlotte par le bras pour l'entraîner vers la maison. Elle sait ce que j'ai en tête. Elle connaît ma divine fixation.

– Elle est arrivée depuis longtemps. Elle était ici à trois heures cet après-midi.

– Arrête.

Nous nous immobilisons sur le patio.

Je ne sais plus qui je suis exactement. Je ne pensais jamais être désemparé à ce point.

Je sais que je vais me vanter, mais voilà : j'ai eu quelques dizaines de maîtresses, ou de compagnes de lit, depuis ma tendre adolescence. Je peux en dresser la liste presque exhaustive, juste là. Johanne, Maria, Loulou, Monique, Clara, Pascale, Kim, Shayne, Nicole, Valery l'Écossaise, sa sœur Vanna, Celle-dont-je-ne-me-souviens-plus-du-nom-mais-qui-avait-des-seins-comme-des-globes-terrestres, et j'oublie quelques personnalités du show-business. Bon, bien sûr, je ne suis pas dans la même ligue que Laurent, qui est un recordman mondial, mais je ne donne pas ma place. Pour qu'une femme ou une fille me déstabilise, il en faut beaucoup. Il y a un mois, j'aurais parié ma chemise, et même mes bobettes et mes souliers de bal, que c'était impossible. Moi? Big Émile? Une fille va me perturber au point de me rendre malade? Ja-fucking-mais.

Mais ce soir je suis fragile comme une grand-mère endeuillée. Je n'ai plus de moyens. Je suis fait.

Quand Charlotte me dit qu'Ève est arrivée, je suis pris d'une crise d'anxiété qui perturbe mon estomac et probablement mes reins, mon pancréas, mon intestin grêle et tous leurs voisins.

– Charlotte, je pense que je vais être malade.

– C'est-tu une joke, ça?

– Non. Je vais être malade.

– Va dans la salle de bain, tout de suite en rentrant à droite.

J'y vais au pas de course. Et comme je suis un homme, un vrai, je ne vomis pas. Je m'empare d'une serviette avec des imprimés de roses jaunes, je la trempe dans l'eau froide et me noie la face un peu. Assis sur la bolle. Mais je ne vomis pas une maudite goutte. Je suis un homme, un vrai.

Dans un squat de Hochelaga-Maisonneuve, 20 h

Ninon a toujours pensé que le paradis, c'était la liberté. Que le paradis était partout, sauf dans un bungalow de Cartierville. Elle réalise peu à peu que le paradis est à l'intérieur d'elle-même, que le paradis n'est ni de bois, ni de béton, ni de préfini, ni de plume, ni de coton – il est dans l'âme et la pensée. Le paradis est un état, non un lieu. Ninon ne se sent pas bien.

À côté d'elle, son cousin Gabriel boit de la vodka-jus d'orange dans une bouteille d'eau. En fait, ce n'est pas de la vodka, mais de l'alcool pur.

– Tiens, prends-en une shot…

– Non. Pas à soir.

– Capote pas, Ninon. T'es pu toute seule. Moi je suis là. Évelyn est là.

– Je l'aime pas, Évelyn.

– Évelyn, c'est comme ma sœur.

– C'est une pute. Pis elle le sait même pas.

– Tu fais chier, Ninon. Tu penses qu'on va vivre comment? On a besoin d'argent. À part de ça, quand ton frère est venu me voir pour me dire qu'il te cherche, il m'a donné ça.

Il lui montre la moitié d'un billet de vingt dollars.

– Vingt piasses? C'est ça que je vaux? Vingt fucking piasses pour ma rançon? Y est donc ben cheap.

– Si je lui dis où t'es, y m'donne l'autre moitié. Ben tu sais ce que je fais avec son crisse de vingt? Regarde.

Il allume son briquet Bic rouge et brûle le demi-billet.

– Moi, l'argent, je m'en fous. C'est les âmes que j'aime. Pis toi, ma Ninon, ma cousine, ton âme vaut dix mille fois vingt piasses. On s'entend?

– Je veux rien savoir de mon frère. Y se fout de moi. Y pense juste à son maudit char italien de moumoune, à ses blondes en plastique pis à sa Stratocaster.

– Mais si tu l'envoies chier, faut se trouver un moyen de faire un peu de cash. J'aimerais ça que tu parles à Évelyn. Est correcte, Évelyn, je te dis.

– Ça me tente pas. Ok?

Elle se tourne et se couche, les yeux ouverts et le cœur brisé.

Gabriel sort du squat pour téléphoner en toute discrétion à Charles, toujours affairé dans la cuisine d'Outremont.

– Hello?

– Charles, c'est Gab.

– Ah. Attends une minute.

Outremont, 20 h 10

Charles quitte la cuisine pour s'enfermer dans la salle de bain.

– Pis, l'as-tu vue?

– Non, je l'ai pas vue, mais je sais est où.

– T'es sûr?

– Oui, je suis sûr.

– Est où?

– Je veux que tu me payes.

– Je veux la voir avant.

– Je te rappelle.

– C'est ça, rappelle-moi.

Il n'a pas confiance en Gabriel, mais il n'a pas le choix, il doit passer par lui s'il veut retrouver sa sœur et s'assurer qu'elle soit de nouveau en sécurité. Charles ne recule devant aucune folie pour se démarquer, mais il est parfaitement capable de consacrer son temps, son énergie, ses ressources et ses facultés à aider quelqu'un. En particulier si ce quelqu'un est sa petite sœur.

Dans le chic salon d'Outremont, Maurice et Henri jouent au PlayStation. Michel contemple Marguerite. Charles est retourné à ses oies qui seront bientôt prêtes, les légumes et la salade sont déjà dans les assiettes. Mirabelle, Billy et Barbie prennent un verre et parlent du film que Simon est actuellement en train de tourner chez ses vieilles tantes, Marie-Rose et Rose-Aimée.

Maurice et Henri, tout en rivalisant d'adresse avec leurs manettes, discutent à voix basse.

– Non, Maurice. C'est niaiseux. Pis je vais me faire chicaner par papa. Demande-lui, toi.

– Si tu lui demandes, c'est toi qui t'assois en avant dans l'auto en revenant.

– Juré promis?

– Promis juré.

Marguerite est presque trop belle ce soir. Après l'accouchement, elle n'a songé qu'à déblayer les premiers chemins pour la petite Rose. Ce soir, c'est sa première sortie. Il fallait qu'elle se donne toutes les chances de se sentir bien, et une de ses chances, c'est que Barbie, probablement le meilleur maquilleur au pays, est un ami fidèle. Autant quelques-unes de ses tenues sont criardes et spectaculaires, autant sa touche en maquillage est délicate et subtile. Marguerite, en ce moment, en est un bel exemple.

Cette semaine, pour la première fois depuis le décès de son Élisabeth, Michel a senti l'appel. Ne l'a pas forcé, l'a seulement reçu, comme on reçoit une brise. Doucement, sur l'épiderme…

Marguerite est presque trop belle ce soir.

La petite Rose, repue, est dans la chambre des maîtres et dort dans son grand panier d'osier. Barbie est revenue au salon après l'avoir couchée. Elle a demandé à Billy de sabrer une bouteille de champagne spéciale, rapportée de France il y a trois mois, gardée pour l'occasion. Un Moët & Chandon millésimé 1995. Rosé, bien sûr. Tous sont là, une coupe à la main, sauf les deux joueurs de PlayStation.

– Les gars, on porte un toast, venez ici…

– Je peux-tu finir mon tableau, avant?

– Laisse-les jouer, fait Marguerite. Jouez, les gars, jouez. Faites juste me dire santé-bonheur.

Henri et Maurice obtempèrent:

– Santé-bonheur!!

Puis, toujours à voix basse, ils poursuivent leur mystérieuse conversation.

– Tu vas lui demander, hein?

– Ok. Mais juste une fois.

– Tu y demanderas au souper.

– J'ai faim.

Résidence des Flots, 20 h 20

Le tournage est bien enclenché. Simon et Félix sont affairés; les acteurs et les actrices sont en pleine forme. Alice et Rose-Aimée discutent et Félix les filme. Comme son mari Avila un peu plus tôt, Alice ne ressent rien, aucun effet, à part une légèreté semblable à celle que provoque un verre de vin.

– Quand est-ce qu'on va s'apercevoir que… ben… qu'on a pris de la drogue? Parce que là, pour l'instant, je me sens bien ordinaire.

– On s'en aperçoit pas, Alice. Tranquillement, on se sent devenir plus relaxe, et on peut avoir le goût de rire.

Avila, qui écoute leur conversation, ajoute son petit commentaire:

– Moi, j'ai toujours le goût de rire. Ça changera pas grand-chose.

Puis il éclate d'un rire nettement exagéré.

Isolé dans un coin du salon, Norbert Tourigny est assis dans un fauteuil, endormi, la télévision tournée vers lui qui diffuse une émission sportive sans son. Son dentier est posé dans une petite assiette, sur la table à café. Il y a six assiettes à dessert sur la petite table. Norbert a mangé beaucoup de dessert. Plus que la limite suggérée.

Marie-Rose et le père Dumais accompagnent Félix Leclerc qui chante *Le p'tit bonheur* sur la chaîne audio.

Joséphine discute de son excès de poids avec Mme Pagé. Ce soir, elle en fait une fixation.

– Est-ce que je suis trop grosse, d'après vous? Si on regarde mon âge, là, pis ma grandeur, pensez-vous que je suis trop grosse?

– Je dirais un peu trop grosse.

– Qu'est-ce que vous voulez dire, « un peu »? Un petit peu ou un gros peu?

– Un gros peu.

– Je vais maigrir.

– Mon fils est en prison, soupire soudain Mme Pagé. Y s'est battu avec un autre homme pis ç'a mal tourné. Y a fait plein de bêtises. Je veux pas qu'y aille en enfer.

– Je fais de l'hypertension, j'ai de la misère avec mes joints, c'est sûr qu'y faut que je perde du poids. Vous avez ben raison.

– Mais je prie. Je prie trois fois par jour pour lui.

– Vingt livres en moins, je serais bien contente.

– J'y ai toujours dit de faire attention à ses amis.

– Je ressortirais toutes mes robes. J'en ai, des robes.

– Mais y m'a juré qu'y allait se replacer. Je vais le voir à toutes les semaines. Je lui apporte des citrons. Y mange beaucoup de citrons, y a toujours aimé ça.

– J'ai gardé toutes mes robes depuis l'âge de trente ans. C'est sûr que certaines sont un peu passées date, mais quand même. Quinze livres en moins, là, ce serait parfait.

À la table de la cuisine, Rose-Aimée et le couple Alice et Avila sont d'excellente humeur. Avila, qui est un mauvais conteur de blagues, n'a toutefois jamais su s'empêcher d'en raconter. Il se perçoit même comme un humoriste de première classe. Alice, sa spectatrice de toujours, a eu beau le lui répéter cent fois, rien n'y fait. Il se trouve drôle. Ce soir, particulièrement.

– Connaissez-vous l'histoire du gars qui cherche une bague sur une piste de danse!?

C'est la question qui tue. Alice connaît par cœur le show d'Avila et elle sait que c'est avec cette bonne vieille blague qu'il ouvre sa prestation. Cette blague est dangereuse. Si elle sort de sa bouche, l'assistance en aura pour au moins une demi-heure ininterrompue. Alice s'objecte.

– Oui, on la connaît, on l'a entendue mille fois. C'est pas nécessaire…

Avila ne se laisse pas abattre si facilement.

– Alice, fais pas semblant. Tu la trouves drôle, celle-là. Chaque fois que je te la raconte, tu ris…

Pauvre Alice. Sous l'effet du space cake et du muffin banane-happy, elle ne peut s'empêcher de rire. Alors elle rit.

– Non. C'est pas vrai. Je les trouve pas drôles, tes histoires.

– Rose-Aimée, la connaissez-vous?

– Je retiens pas ça, des blagues.

– Je vous la raconte.

– Avila, non!!

Il se tourne vers Simon.

– Eille, le jeune, filme ça, toi là. Ça va être tout un punch.

Et Avila entreprend sa blague.

– Georgette va au bal. Pour souper, avant le bal, elle a mangé une grosse soupe aux pois, ça fait qu'elle a des gaz. Mais elle s'en va quand même au bal. Là, dans la salle de bal, elle est incapable d'arrêter de péter. Alors, elle va voir une de ses amies et lui demande un conseil: «Rose-Aimée, qu'est-ce que je fais? Je suis pas capable d'arrêter de péter!» Rose-Aimée lui suggère de se mettre un bouchon dans le péteux. Mais comme elle trouve pas de bouchon, elle prend un cornichon.

– Écoutez pas ça! Franchement, Vila.

– Laisse-moi finir, laisse-moi finir. Comme de fait, sur la piste de danse, elle lâche un pet. Un gros. Et le cornichon part comme une balle. Georgette se met à quatre pattes pour chercher son cornichon.

– Avila, je t'avertis!…

Mais les protestations d'Alice n'ont aucun effet. Autant elle insiste pour qu'Avila se taise, autant elle rit comme une désaxée. À pleins poumons. Aux larmes.

– Georgette cherche et cherche. Tout d'un coup, Norbert s'approche d'elle et lui demande: «Pardon, mademoiselle, mais qu'est-ce que vous cherchez?» Georgette veut pas lui dire la vérité, alors elle lui dit: «Je cherche ma bague. J'ai perdu ma bague…» Norbert est soulagé et lui dit: «Ah. Ok. Parfait. Parce que j'ai trouvé un cornichon et je l'ai mangé…»

Alice est écroulée de rire, elle en pleure.

Rose-Aimée la regarde, stoïque. Elle n'est pas certaine d'avoir compris.

Varennes, 20 h 30

Je suis fou.

Ce soir, j'en ai la confirmation.

Je me suis imaginé au moins mille scénarios, et ce n'était pas assez. On ne peut et on ne doit rien prévoir dans un cas d'amour extrême. On doit plonger dans l'action. Advienne que pourra.

Je suis chez Charlotte depuis une bonne heure et mon cœur n'a jamais voulu, ou pu, se calmer. Il est en quatrième vitesse.

Après être sorti de la salle de bain, je suis retourné dehors pour jaser avec quelques gars, en sirotant un Clamato extra épicé, sans alcool. J'ai fait semblant de m'intéresser à la conversation. Bourgoin m'a demandé de lui présenter France D'Amour, que je connais bien. Il m'a aussi demandé si elle aimerait son smoking rouge. Normalement, j'aurais dû rire, mais je ne suis pas dans mon état normal.

Est-ce que je vais reculer, m'enfuir, si près du but ? Est-ce que je vais remonter dans ma voiture, rentrer chez nous et retrouver Chloé, ma vie d'avant, sans jamais revoir Ève ?

Non. J'en mourrais. C'est le moment, Émile. Prends sur toi.

Je m'approche de la porte-patio en saluant au passage quelques convives. Il y a effectivement une quarantaine d'invités. Plus je m'approche de la maison et plus je sens son aura, sa présence. Je ne veux surtout pas perdre le contrôle. Discrètement, je fais des exercices de respiration. Je suis dans une bulle. C'est le moment. C'est le moment.

La porte coulissante donne dans la cuisine. Charlotte m'y accueille. Près de l'évier, une dame dans la cinquantaine est occupée à laver des verres et des ustensiles. Elle porte un tablier avec un imprimé de panier de légumes et de bouquet de poireaux.

– C'est madame Adam, la mère d'Ève, dit Charlotte. Elle nous a donné un coup de main. Madame Adam, c'est Émile, un autre copain de classe.

– Bonsoir, monsieur.

– Bonsoir, madame Adam. Je sais pas si vous vous rappelez de moi. Je restais sur la terrasse Fignon y a dix ans. Pas très loin de chez vous. J'ai toujours eu un œil sur votre fille.

– Ça me dit quelque chose, me semble.

– Comment va-t-elle?

Charlotte me laisse avec la dame pour aller faire des sourires et des gentillesses et offrir des canapés crevette-fromage-mayonnaise à ses invités.

– Ève est avec nous pour quatre jours encore. Elle retourne au Brésil mercredi prochain. Je vais m'en ennuyer, elle est si généreuse. Encore cette semaine, elle m'a acheté un beau fer à repasser neuf. Tellement généreuse.

– Ça se peut que je la fasse changer d'idée.

Juste en terminant ma phrase, je la regrette. La dame doit me prendre pour un sacré prétentieux. Ou pour un petit comique. J'espère tellement n'être ni l'un ni l'autre. Je panique à l'idée d'être les deux à la fois : un petit comique prétentieux. Fuck.

– Comment ça, la faire changer d'idée?

– C'est une blague, juste une blague.

Mme Adam me regarde un moment, et quand elle parle de nouveau je perçois dans le ton de sa voix qu'elle souhaite fort que sa fille ne reparte pas. C'est sa fille aînée, et elle lui manque beaucoup. Le Brésil, c'est au bout du monde.

– Vous savez, monsieur Émile, le Brésil, ça durera pas toujours. D'après moi, si elle trouve un bon parti ici, ça me surprendrait pas qu'elle revienne au Québec. C'est une belle fille, Ève. L'avez-vous vue ce soir?

Je me prends aussi pour un excellent parti. Un des meilleurs. Je salue la dame sans lui répondre, tourne la tête, fais un pas vers le salon.

C'est là que je la vois. Assise sur un grand fauteuil. Elle est là. Ma bouche s'assèche, je dois aller me chercher un autre Clamato extra épicé. Ce n'est pas le temps d'être en pénurie de salive.

Je reviens en trombe vers la cuisine et demande un Clamato à Mme Adam, qui m'en sert un verre avec des glaçons et une branche de céleri.

– Avez-vous idée où je peux trouver de la sauce Tabasco? J'aime ça piquant…

– Juste ici. Tenez. Mettez-en à votre goût…

Je suis généreux.

Puis je plonge. Vas-y, mon vieux. Opère.

J'emprunte la ligne droite et tout se déroule au ralenti.

Ève discute avec une autre fille. Je n'entends plus Marvin Gaye qui pourtant pousse son *Mercy Mercy Me* à bon volume. Mais j'entends mon cœur.

La fille avec qui Ève parle s'appelle Josée. Josée Champagne, la première lesbienne que j'ai connue. Une athlète. À quinze ans, elle l'était ouvertement. Athlète ET lesbienne.

– J'ai une maison de campagne formidable que mon père m'a laissée en héritage, dans Lanaudière. À Saint-Gabriel-de-Brandon. C'est magnifique. Faut que tu viennes un de ces jours. Tu repars quand?

– Je retourne à Rio mercredi.

– Donne-moi ton numéro de cellulaire, je t'appelle. On se fait une journée d'équitation avant que tu partes. J'ai deux chevaux.

– Je sais pas si je vais avoir le temps, je pense pas que ce soit possible.

J'interromps la conversation.

– Excusez-moi… Ève ?

– Émile Bélec ! Enfin, te voilà.

Wow. Quelle réaction ! « Enfin, te voilà. » Enfin. Elle a dit « enfin ». Quel beau mot. Enfin. Je me tourne, poliment, vers Josée.

– Tiens, Josée, l'athlète. Ça va ?

– Ça va. Toi ?

– Super. Écoute, Josée, je suis un peu mal à l'aise, mais j'aurais juste besoin d'un petit deux minutes avec Ève. Peut-être trois minutes. Je te la ramène tout de suite…

Ève se lève avec un large sourire. Dès qu'elle est debout, elle me prend dans ses bras et me fait une chaleureuse accolade. Cette manifestation m'enlève mille tonnes de pression. Elle sent trop bon, elle sent la peau douce. Elle est si belle, je n'oserais même pas la décrire.

– Ça fait plaisir de te voir, Émile. T'es donc bien beau. Tu travailles à la radio ?

– Oui. J'écris des textes publicitaires. Écoute, je sais que j'ai l'air un peu pressé. C'est juste un petit point technique que je voudrais régler avec toi. Cinq minutes, pas plus. Question de business.

J'entraîne Ève dehors, par la porte avant, discrètement. Nous marchons jusqu'à ma voiture. Personne ne nous voit.

Nous sommes seuls.

– Charlotte m'a dit que tu vis au Brésil…

– Pour l'instant, oui, je vis au Brésil. Je suis agent d'immeubles, je loue et je vends des condos à des gens d'affaires des États-Unis, surtout, et aussi d'Europe. Toi, la radio, ça fait longtemps?

– Depuis la fin du cégep. Ça fera sept ans en septembre.

Je suis fou. Je suis totalement hors de contrôle. J'ai l'air tout à fait calme de l'extérieur, mais en dedans je suis sur un cheval sauvage. Ma tête ne fonctionne pas normalement. Pourtant je n'ai pas fumé, ni bu, ni rien.

J'ai mon verre de Clamato extra épicé à la main, avec mon céleri et mes glaçons. Je le tourne nerveusement et les glaçons s'entrechoquent.

J'ai eu beau élaborer dans ma tête deux douzaines d'entrées en matière cette semaine, dont quelques-unes brillantes, je ne me souviens de rien. Mon cerveau créatif est hors tension. Ma mémoire à court terme est en pause. Je ne suis qu'amoureux, amoureux, amoureux. Fou d'amour. Et, gros con que je suis, je le lui dis.

Comme ça, tout de suite.

Nous nous adossons à la Nissan et, comme un innocent, je déballe mon sac. Subtil comme une enclume. Au moins, j'ai le ton juste. Un ton détaché, pas du tout émotif, comme si je récitais l'horaire des trains.

– Ève, je sais que ça va te paraître un peu fort, mais je t'aime.

Elle rit.

– Je t'ai toujours aimée. Mieux que ça, je suis convaincu que je vais toujours t'aimer.

Elle rit encore.

– Je ne t'ai jamais parlé, mais j'ai passé un an, à l'adolescence, à rêver de toi. J'étais trop gêné pour t'adresser la parole. On s'est vus dans les mêmes soirées deux fois.

– Je me souviens. Mais je ne me doutais pas que…

– Je parlais de toi à tout le monde. Un jour, je m'étais décidé à m'ouvrir et j'ai appris que tu sortais avec un certain Moore, qui roulait en gros char pis qui avait pas mal d'argent… J'avais aucune chance.

– Mike, oui. Je suis sortie avec lui pendant huit ans.

– J'ai une proposition à te faire. C'est simple. Ce soir, on refait connaissance. On jase un peu. On se verra d'ici à ce que tu partes. Demain ou après-demain, on verra. Ta mère m'a dit que tu retournais au Brésil mercredi, c'est ça?

– Mercredi soir.

– Disons, une hypothèse ici, qu'on va au resto dimanche. Probablement que d'ici à ce qu'on se couche dimanche soir, chacun de son côté bien sûr, on se sera peut-être embrassés. C'est probable, en tout cas. À partir de ce moment-là, on avisera.

Ève rit de nouveau. Je devine qu'elle me trouve assez direct.

– Émile? Es-tu gelé?

Cette fois, je suis préparé. J'attendais cette question.

– Pas du tout. Pas du tout. Pourquoi tu penses que je t'en parle tout de suite et pas à deux heures du matin? Je veux surtout pas que tu penses que je suis mêlé. Je suis pas du tout mêlé. Depuis deux semaines que je sais que je vais te revoir ici ce soir, j'ai eu le temps de réfléchir.

– Mais, Émile, on se connaît pas!

– C'est un détail, ça, Ève. L'important, c'est que je t'aime comme je n'ai jamais imaginé pouvoir aimer. Je t'aime dans tous les sens du mot amour. Je t'aime physique, je t'aime intellectuel, je t'aime culturel, je t'aime émotif, je t'aime à distance, je t'aime tout proche. Je t'aime dans toutes les langues. Je t'aime universel.

– Et si on s'embrasse pas?

– Ça me surprendrait.

– J'aurai peut-être pas le goût de t'embrasser.

– J'avoue que j'ai pas pensé à cette éventualité-là. C'est peut-être le point faible de mon plan. Mais le reste est solide. Tu repars au Brésil, ok? Je t'écris une lettre d'amour. Mais toute une lettre. Dans laquelle je te demande en mariage, ou quelque chose du genre... Tu m'appelles de Rio et finalement tu dis oui. On a trois enfants. Trois filles. Et on vit heureux jusqu'à la fin de nos jours.

– Intéressant...

– Impossible d'avoir un meilleur plan. Mais si t'as pas le goût de m'embrasser, par contre, ça change tout.

Ève m'invite à marcher un peu dans la rue. Le temps est parfait, une petite brise vient du fleuve en face et on entend les goélands du soir. Elle élabore un peu sur son travail au Brésil et sur le fait qu'elle n'a pas d'amoureux depuis presque un an.

– Ce ne sont pas les occasions qui ont manqué. Disons que j'ai eu plusieurs possibilités là-bas, mais que le timing n'était pas bon pour moi. J'avais envie et surtout besoin de faire le point. Ç'a été une priorité dernièrement... Mais toi, Émile? Charlotte m'a dit que tu vivais avec quelqu'un, c'est vrai?

– Oui, mais c'est terminé.

– Ah?

– Quand j'ai su que j'allais te revoir, j'ai décidé qu'il fallait mettre un point final à cette relation.

– Excuse-moi, mais... tu ne penses pas que ton empressement vis-à-vis de moi est peut-être un peu fort?

– Je n'ai pas de papier, pas de crayon, pas de contrat et je ne me mettrai pas à pleurer à genoux au milieu de la rue, juré. Toi, tu as un billet d'avion et une vie à l'autre bout de l'Amérique. Je ne te force à rien. Mais il fallait absolument que le portrait soit clair avant que tu t'en ailles. Je n'avais pas le temps de faire dans la dentelle...

Elle arrête de marcher et me regarde dans les yeux.

– Vas-y. Embrasse-moi.

C'est à mon tour de m'esclaffer. Elle m'a déstabilisé. Après quelques secondes, je cesse de rire comme un gros dindon et je la regarde.

– Tu sais que le moment est solennel. Tu sais que je m'apprête à vivre le plus important instant de ma vie. Tu le sais? Tu sais que, dans les secondes qui viennent, je vais toucher au paradis? Tu sais que si tu pars pour le Brésil mercredi, comme prévu, et que tu ne reviens jamais, les secondes qui viennent seront les plus mémorables de mon existence? Tu sais que quand je serai vieux, à quatre-vingt-sept ans, dans le lit de mes derniers soupirs, ces secondes m'aideront à passer au prochain chapitre?

– Embrasse-moi. Arrête de parler.

Je l'embrasse. Je m'envole. Et je sens, tout au long de ce premier baiser, qu'elle aussi est ailleurs que sur la terre, ailleurs qu'à Varennes, dans la rue, à cent mètres du fleuve.

J'ai senti que ce baiser serait tout sauf le dernier. Je ne sais pas combien de temps il a duré. Il a duré toute une vie et même une autre. Autant, quand je l'ai aperçue discutant avec Josée sur le sofa du salon, mon cœur était en état de choc et mon sang courait dans mes veines, autant, quand mes lèvres se sont séparées des siennes, ce même cœur était calme et battait à peine. Tout mon être est au repos, comme quand la victoire apporte sa paix, le lendemain.

Je suis bien. Tellement bien.

Nous marchons vers la maison, main dans la main. Puis, après quelques pas, je me tourne vers elle et la serre dans mes bras. Je la sens se mouler à moi. Je lui répète l'évidence.

– Je t'aime.

Ève n'est pas la fleur délicate que j'imaginais. Elle est de fer, de béton, cramponnée dans la réalité. Et elle sent bon. Elle est solide, voire inébranlable. Mais elle est aussi sensuelle et à l'écoute. Quand nous rentrons dans la maison, mes anciens collègues de classe, dont Bourgoin et son smoking rouge, s'agglutinent autour d'elle comme des fourmis autour d'une goutte de miel. Je suis à quelques mètres de la scène, savourant le fantastique arrière-goût du baiser de ma vie. Je la regarde de dos. Puis elle se tourne vers moi, me fait signe. Elle quitte le cercle de ses prétendants et vient me voir. Elle approche la bouche de mon oreille droite. Et murmure :

– Est-ce que quelqu'un a réservé le siège du passager dans ta belle Nissan, après le party ?

– Non.

– Je peux le réserver ?

– Euh…

– Tu hésites ?

– Non, non. Il est à toi.

– Merci. J'ai hâte. Quand tu veux partir, tu me fais signe.

Elle fait quelques pas vers le cercle d'amis, puis revient encore vers moi. Elle prend ce qui ressemble à un bout de papier dans son sac à main, sur la table à café, et me fait signe d'approcher mon oreille.

– En veux-tu une bonne ?

– J'aime bien les bonnes…

– Regarde.

C'est une photo de moi, prise en 1991.

– C'est Carole Côté qui me l'avait donnée. Je l'ai avec moi depuis ce temps-là. Moi aussi, j'avais un gros kick sur toi. Moi aussi, tu me gênais. Elle est bonne, non ?

Je suis incapable de répliquer. Quoi ?!!

Je lui montre à mon tour la photo que j'ai récupérée dans ma boîte à souvenirs. Elle me tend son petit doigt et je lui tends le mien. On s'accroche les auriculaires et elle me fait un clin d'œil.

Outremont, 20 h 45

Tous les convives sont attablés. Mirabelle, Charles, Marguerite, Michel, les hôtes Billy et Barbie, ainsi que les deux petits frères, Maurice et Henri, qui ont déjà commencé à cogner des clous. La belle Barbie n'est pas habituée à recevoir des enfants à souper. Avoir su, elle aurait commandé une pizza pour eux. Une salade grecque et deux oies aux noisettes, ce n'est pas un gros succès auprès des garçons. Quoi qu'il en soit, tous sont à table et savourent la salade agrémentée de calmars vinaigrés.

Barbie est une hôtesse exceptionnelle. La musique est excellente, la table dressée comme chez les rois, la vaisselle exquise, son contenu parfait. Elle maîtrise aussi l'art de la conversation.

– Tu sais que si jamais tu cherches une marraine, je suis disponible. J'ai jamais été marraine.

Mirabelle réplique aussitôt :

– Trop tard, c'est moi qui ai été désignée !

Michel, ce grand naïf, fait des blagues à son insu. Ses mots d'esprit sont accidentels, mais non moins efficaces et appréciés. Comme cette fantastique remarque à Barbie :

– Tu te contenteras d'être une tante.

Bien sûr, tout le monde éclate de rire, sauf Maurice et Henri qui n'ont pas compris.

Puis Henri pose à Barbie la question fatidique. Celle qui a fait l'objet d'une discussion avec son grand frère Maurice. Le petit, sachant que son père réagira vivement, ose néanmoins. Comme il a parié avec le grand, il remportera la mise et pourra s'asseoir à l'avant, au retour à la maison. Un enjeu crucial.

– Barbie, est-ce que t'as une bizoune ?

Michel avale son olive Kalamata de travers.

– Voyons, Henri !! Tu parles d'une question !

– C'est Maurice qui veut le savoir.

– Maurice !?

– Pas juste moi, Henri aussi il veut savoir.

Barbie, qui a toujours la bonne réponse, même, et surtout, aux questions épineuses, réplique :

– Pas juste une. J'en ai tant que j'en veux, Henri.

Tout le monde rit, sauf les deux petits.

Dans un squat de Hochelaga-Maisonneuve, 21 h

Gabriel a en main les quatre moitiés des billets de cent dollars, une somme appréciable pour lui. Quelques grammes de crack, c'est pas rien. Avec une de ses amies, Tita, ils discutent du cas Ninon.

Tita aussi flaire le gain facile. Ils n'en ont rien à cirer de Ninon, dans le fond. Au point où il en est, la seule raison qu'aurait Gabriel de protéger sa petite cousine, c'est l'argent qu'elle peut valoir. Pour l'instant, elle pourrait lui rapporter quatre cents beaux dollars.

Tita a un plan.

— Je peux m'arranger pour qu'elle aille à Longueuil.

— Bonne idée. On la gèle, pis tu demandes à Butch de l'amener au bloc à Longueuil. Son frère va me donner le reste du cash.

— Tu lui dis qu'elle est à Longueuil, pis donnes-y le téléphone à Butch. On va dire à Butch de confirmer quand ton cousin va l'appeler. Insiste pour avoir le cash avant.

— C'est ça qu'on va faire. Laisse-la dormir un peu. Dans une couple d'heures.

Ninon ne dort pas. Elle a tout entendu. Cette conversation, cette trahison de son cousin, la pousse vers un bas encore plus bas.

Tandis que Gab et Tita fument du crack dans un coin du squat, Ninon, sans faire de bruit, se lève à leur insu et s'enfuit.

En larmes, elle court à perdre haleine vers la station de métro la plus près.

L'abandon total. Elle cherche son souffle. Souffre.

Outremont, 21 h 05

Le souper est enfin prêt. Les deux grosses oies ont baigné dans leur jus gras quelques heures et le maître d'œuvre, Charles, ouvre la porte du four. Du coup, les oies répandent leur suave odeur et les papilles s'excitent. Charles, mitaines aux mains, invite les hôtes à s'approcher.

– Sentez-vous ça? Hein? Sentez-vous ça?

Son cellulaire sonne et il ôte ses mitaines.

– Ferme donc ton téléphone, Charles, fait Mirabelle, un peu excédée.

– Faut que je le laisse ouvert, j'attends des nouvelles de ma sœur. Allo?

Il s'attendait à entendre Ninon ou son cousin Gabriel, mais c'est sa mère au bout du fil. D'humeur typique, bien sûr.

– Charles, c'est ta mère…

– Je sais où elle est, m'man. Gab l'a vue. Tu peux dormir tranquille.

– Dormir tranquille? Ton maudit cousin de merde. La pire vermine sur la planète. Dormir tranquille? Maudit sans-dessein!!

– Maman, j'ai les deux mains dans le souper, là. Je te dis que tout est sous contrôle. Je peux-tu te rappeler?

– Je te le pardonnerai jamais, Charles.

– Maman!!!

Elle a raccroché.

Impatient et au bord de la colère, il ouvre le four et empoigne l'énorme cocotte. Petit oubli: dans sa rage, il n'a pas remis les mitaines. Résultat: les deux oies et leur jus se répandent sur le plancher de la cuisine. Une gaffe de très haut niveau. Une autre, au palmarès déjà impressionnant de Charles.

– Aaaah! Tabarnak de câlice!!!

Depuis la salle à manger, Barbie a entendu le bruit de deux oies graisseuses, de leur jus qui s'écoule et de la cocotte qui se renverse sur le plancher de bois franc, fraîchement teint et ciré, accompagné des jurons typiques du cuistot gaffeur. Elle redoute le pire. Mais c'est pire que le pire.

– J'ai échappé le souper! V'nez pas icitte!!

Billy et Barbie se lèvent d'un bond, Michel aussi.

– Mon plancher, mon beau plancher!

– As-tu des essuie-tout? Faut mettre des essuie-tout! Mets des essuie-tout! Ça prend beaucoup d'essuie-tout! Où c'est qu'y sont, tes essuie-tout?!

– Y m'en reste juste la moitié d'un rouleau! Mon plancher!! Mon plancher!!

– Mets quelque chose pour absorber, n'importe quoi, des journaux, des serviettes, des linges à vaisselle!! Attention, c'est chaud!

Le chien s'amène et lèche le plancher.

– Bravo. Vraiment, bravo. Excellent. Wow.

– C'est pas le temps, là, Mirabelle! C'est pas le temps, veux-tu!!

Mirabelle, Marguerite et les deux garçons, qui étaient presque assoupis quand les oies ont sauté sur la piste de danse, regardent la scène.

– Venez pas ici, les gars, c'est tout graisseux, les prévient leur père.

– Mirabelle!! s'écrie Barbie qui vient d'avoir une illumination. Va chercher de la ouate en bas, dans ma salle de maquillage, j'ai plein de rouleaux de ouate. Mon plancher! Il faut sauver mon plancher…

Maurice et Henri sont cois. Billy arrive en courant avec une vingtaine de serviettes et de linges à vaisselle.

– Mon plancher, mon plancher, mon beau plancher!!!

– *Goddamn it, Barbie, will you shut up and stop crying?! Get on your freakin' knees and swipe, for crissakes!*

– Je l'ai faite cirer y a même pas un mois. Pis la nouvelle teinture date de juste avant Noël… Mon plancher!!

Charles, à quatre pattes, essuie furieusement le plancher en se félicitant lui-même.

– Câlice de cave. C'est pas que de la marde, ça, maudit innocent d'épais!!

Le chien lèche toujours le plancher. Charles, pour une fois, ne le dispute pas. Au contraire.

– Envoye, Le Chien, liche, liche!! Va dans le coin, liche partout, paye-toi la traite.

Barbie tente de reprendre le contrôle de la situation.

– Étendez pas ça dans le salon pis partout dans maison! Ceux qui ont pilé dans la graisse, enlevez vos souliers!!

– Allez jouer au PlayStation, les gars, en attendant, dit Michel à ses fils tout en essuyant lui aussi un coin de plancher.

Charles, tout empêtré dans sa colère et dans sa gaffe, décide de tenter d'alléger l'atmosphère en occupant les enfants.

– Les gars, j'ai quelque chose pour vous autres.

Il se lève, se dirige vers un coin de la cuisine et prend une grosse boîte. Une boîte pleine de jeux PlayStation. Mais good old Charles, en voulant la remettre aux garçons, glisse sur le plancher huileux et tous les jeux s'éparpillent dans la graisse d'oie. La moitié des disques sont inutilisables.

Résidence des Flots, 23 h 05

Marie-Rose et Rose-Aimée s'affairent à ranger la cuisine. Les invités sont partis, sauf Mme Pagé, le père Dumais et Norbert Tourigny toujours endormi devant la télévision, à côté de son dentier.

Le tournage est terminé. Simon et Félix ont délaissé leurs caméras pour jouer une partie de Monopoly avec Mme Pagé et le père Dumais.

Simon lit une carte Chance.

– Allez sur la Promenade.

– Qu'est-ce que ça veut dire ?

– Vous allez directement sur la Promenade, mais la Promenade est à moi. Alors ça vous coûte cinquante dollars.

– Mon Dieu, ça coûte cher pour une promenade…

Maison Notre-Dame-de-Saint-Martin, 23 h 12

Seul dans l'entrée, un gardien de sécurité veille devant un petit téléviseur. Une émission prétendument sexy joue à TQS. Il entend frapper à la porte vitrée et se lève. De l'autre côté, Ninon, morte de fatigue et de peur.

– Qu'est-cé que tu fais icitte ?!

Outremont, 23 h 30

Charles a fini par sauver les oies. Il les avait jetées dans l'évier, le temps de réparer les dégâts.

Henri et Maurice dorment sur le sofa du salon.

Barbie, appuyée sur l'épaule de Billy, affiche un air maussade. Au moment de retaper ses planchers de bois franc, Billy lui avait suggéré de remplacer les lattes de bois par des tuiles. Barbie avait refusé. Aujourd'hui, elle le regrette.

Après le repas, Charles est retourné à la cuisine pour laver le plancher. Mirabelle fait la vaisselle.

Michel et Marguerite, dans le salon, ne se soucient plus de la gaffe de Charles. Ils parlent de leurs enfants.

– Tous les jours, je les regarde, murmure Michel, et tous les jours, il fait beau. Comme si l'amour était pareil à l'univers, en constante expansion, sans limites.

Marguerite tient Rose dans ses bras.

– Je sais ce que tu veux dire maintenant. Michel, est-ce que ça te dirait de danser ? J'aimerais ça, danser avec toi.

– Ben oui, certain.

Ils se lèvent aussitôt. Elle dépose son bébé dans son panier d'osier et s'approche de Michel pour poser tendrement la main derrière son cou. Michel frissonne. Et comme il semblerait finalement que la vie, des fois, est parfaite, John Coltrane leur souffle : *You don't know what love is.*

Pourtant, ils le savent.

Île Verte, 23 h 45

Laurent, au volant de la Volks de Chloé, se gare près de la maison, épuisé et fébrile. Il a passé trois heures dans un restaurant de Repentigny. Incapable de bouger, de penser. De trouver une manière de m'avouer qu'il a perdu Chloé.

Il voit bien ma petite Nissan bleue stationnée dans l'allée. Il sort de l'auto, la lettre de Chloé à la main, grimpe les marches et frappe à la porte.

Je sais que c'est lui.

Je m'imagine que Chloé est là aussi et que je devrai justifier la présence d'Ève chez nous. On n'est jamais prêt à vivre une scène de grand déchirement, et j'avoue que je suis, pendant un instant, complètement déconcerté.

Mais Chloé n'y est pas.

Ève et moi avons fait l'amour. Plutôt deux fois qu'une. Comme Chloé ne devait arriver que demain en début d'après-midi, j'avais prévu aller déjeuner avec Ève, lui redire mon amour et payer la facture.

Laurent entre dans la maison et je lui présente Ève. Le connaissant, je me dis machinalement qu'il va tomber amoureux d'elle. Mais, Dieu soit loué, il a la tête ailleurs. Il est tendu et nerveux, fatigué, essoufflé, au bout du rouleau. Nous passons à la cuisine, où il me raconte la fuite de Chloé dans le coin de Saint-Siméon. Ensuite, il me remet la fameuse lettre qu'elle a laissée dans la Volks.

– J'avais rien, aucun numéro de téléphone, rien, plaide Laurent. Même pas le tien. De toute façon, mon cell était mort. J'ai aucune idée où elle est.

J'ouvre l'enveloppe.

J'ai entendu le temps me dire qui tu es.
Je l'ai toujours su. Tu es le premier homme.
Dis-moi juste une fois que je suis la première femme.
Dis-moi que je suis Ève.

Québec, dans un Dunkin Donuts, 1 h 30

Chloé prend un café, les yeux dans l'eau.

378

Épilogue
Samedi 8 juin 2002

Aujourd'hui, il fait beau à Montréal. Un beau soleil d'été, vingt-six degrés. Les Expos jouent à Chicago, un rare match contre les White Sox au Cellular Field. Il y a des boîtes partout dans l'appartement. J'attends Ève pour continuer à paqueter. On déménage dans trois semaines.

Laurent est censé venir nous donner un coup de main. Il s'est mis en route hier soir, apparemment ; il revient d'un autre de ses séjours à Sept-Îles. Je ne sais pas comment ils prennent ça, tous ces congés, à l'école de Rosemont où il enseigne depuis septembre dernier. Laurent m'a dit qu'il y allait pour revoir le type à la tondeuse au moteur deux-temps. Me semble, oui. Il est accro à Judith, c'est sûr.

Je n'ai pas eu beaucoup de nouvelles de Chloé. Laurent non plus ne l'a jamais revue, et Judith refuse de parler de sa fille avec lui. Pour éviter de mêler les choses, dit-elle. Quand elle a quitté la maison de l'île Verte l'an dernier, deux de ses collègues se sont occupés de déménager ses choses. Elle s'est trouvé un logement dans Ahuntsic. Elle a donné de ses nouvelles à Mirabelle à quelques reprises, et c'est par

Charles que j'ai su ce qu'elle devenait. Elle n'aura pas eu le cœur en chômage trop longtemps. Elle a eu une aventure de quelques semaines avec un athlète professionnel. Depuis huit mois, elle est en couple avec un homme d'affaires plus âgé qu'elle, divorcé et père d'un petit garçon qui était bien content quand Chloé est allée récupérer son grand danois à Sept-Îles.

Mon cellulaire, posé sur une grosse boîte de livres, sonne.
– Émile ?
– Salut, Charles.
– C'est aujourd'hui, hein, ton party de boîtes ?
– Pas vraiment un party, on fait juste paqueter le maximum…
– Mirabelle entraîne sa nouvelle gérante aujourd'hui, mais attends-moi vers deux heures.
– Cool, man.
Mirabelle est devenue copropriétaire du Sale Caractère avec Izzy Shapiro. Elle détient vingt-cinq pour cent des parts. C'était ça ou elle quittait. Charles, lui, a reçu deux propositions pour revenir à la radio, chez des concurrents de M-Rock, mais il a refusé. Il a préféré fonder sa propre agence de placement médias. Il a une longue liste de clients, dont Meubles Lazzeri et, étonnamment, les slotches Magic Stuff. Autant dire que ces deux-là n'ont pas fini de rouler sur l'or.
Ça tombe bien pour Ninon, en fait. Charles n'a pas cessé, depuis un an, de prendre soin de sa petite sœur. Il l'a suivie pas à pas dans sa thérapie. Il lui a payé un voyage à Cuba l'hiver dernier. Il l'appelle constamment, l'invite à sortir,

l'emmène magasiner. Certains jours, il en est méconnaissable. Je pense qu'il a eu peur de la perdre. Ça lui a ouvert les yeux. Il prend même des nouvelles de sa mère chaque fois qu'il se sent d'attaque pour supporter sa mauvaise humeur, surtout depuis qu'elle lui a appris qu'elle est diabétique.

Ninon a séjourné à Notre-Dame-de-Saint-Martin pendant quatre mois avant de retourner chez sa mère à Cartierville. La trahison de son cousin Gabriel a été le point de départ de sa guérison. Elle s'est trouvé un emploi dans un petit restaurant et compte retourner aux études.

– As-tu appelé Michel? me lance Charles avant de raccrocher. Les petits gars seraient sûrement ben efficaces pour paqueter tes fonds de garde-robe...

– Fait super beau, on va pas enfermer des kids en dedans par un temps pareil!

– Tant qu'à ça.

– À tantôt, Charles.

Michel demeure maintenant à Notre-Dame-de-Grâce avec Maurice et Henri et leur nouvelle petite sœur, Rose. Marguerite travaille à temps partiel au Sale Caractère. À temps très partiel. Michel et Marguerite s'aiment et sont unis par la chose la plus importante qui soit: leur famille.

Marie-Rose et Rose-Aimée vivent toujours à la Résidence des Flots. Leur petit party de l'an dernier aurait pu leur causer bien des ennuis... La rumeur s'est répandue dans la maison de retraite et la direction les a rencontrées. Elles se sont fait chicaner comme des adolescentes. Et elles n'ont pas détesté ça… Mais plus question d'organiser ce genre de soirée !

J'entends les pas d'Ève dans le corridor. Bientôt, elle va débarrer la porte et entrer dans le logement qu'on partage depuis juillet dernier, depuis son retour du Brésil en fait. Comme chaque fois, je vais la regarder poser ses clés sur la table, son sac contre le mur. S'étirer en faisant bouger ses cheveux. Je vais la regarder faire sans croire à ma chance. Elle m'aime. On déménage.

Ce qui a changé depuis quelque temps, c'est que je la regarde faire tout ça en louchant. Ses clés, son sac, son petit ventre rond.

Son ventre. Ses cheveux, son ventre encore. Elle m'aime. Son ventre…

Notre fille naîtra cet automne.

Elle s'appellera Marie.

Suivez-nous sur le Web

Consultez nos sites Internet et inscrivez-vous à l'infolettre pour rester informé en tout temps de nos publications et de nos concours en ligne. Et croisez aussi vos auteurs préférés et notre équipe sur nos blogues!

EDITIONS-HOMME.COM
EDITIONS-JOUR.COM
EDITIONS-PETITHOMME.COM
EDITIONS-LAGRIFFE.COM

MARQUIS

Marquis imprimeur inc.

Québec, Canada

2012

Achevé d'imprimer au Canada
sur papier Enviro 100% recyclé